UNTREU

WEITERE TITEL VON NATALIE BARELLI

In deutscher Sprache

Untreu

In englischer Sprache

Unforgivable

Unfaithful

The Housekeeper

The Accident

The Loyal Wife

Missing Molly

After He Killed Me

Until I Met Her

NATALIE BARELLI

UNTREU

Übersetzt von Cornelius Hartz

bookouture

Die Originalausgabe erschien 2020 unter dem Titel
„Unfaithful“
bei Storyfire Ltd. trading as Bookouture.

Deutsche Erstausgabe herausgegeben von Bookouture, 2024
1. Auflage April 2024

Ein Imprint von Storyfire Ltd.
Carmelite House
50 Victoria Embankment
London EC4Y 0DZ

deutschland.bookouture.com

ISBN: 978-1-83525-549-0
eBook ISBN: 978-1-83525-548-3

EINS

Es ist noch viel zu früh, als ich aufwache. Meine Beine sind in der Bettdecke verheddert, ich habe irgendetwas geträumt, das mich gestresst hat; dass ich einen Flug verpasst oder meinen Pass verloren habe, irgendetwas in die Richtung, und dann war da noch eine Leiter, die nicht ganz bis zum obersten Stockwerk eines Hauses reichte und die gefährlich wankte.

Ein Handy klingelt, das Geräusch hat mich aus dem Traum gerissen. Ich greife so schnell wie möglich danach, damit Luis nicht aufwacht. Mein Puls rast immer noch.

»Hallo?«

»Ich bin's.«

Ich stütze mich auf einen Ellbogen. »Alex? Wie spät ist es?«

»Keine Ahnung. Fünf? Sechs? Wir müssen uns sehen.«

Luis neben mir bewegt sich.

»Ich rufe zurück.«

»Wann können Sie hier sein?«

Er hat diesen eindringlichen Ton, wie immer, wenn er unbedingt meine Aufmerksamkeit will, und zwar sofort. Es ist noch nicht einmal sechs Uhr morgens, und schon bin ich wieder ganz erschöpft. »Ich weiß es nicht, Alex. Ich habe heute Vormittag eine Sitzung. Ich komme hinterher vorbei.«

»Nein! Sie müssen jetzt kommen!«

»Alex, ich kann nicht. Ich komme später, sobald ich Zeit habe, okay? Was ist denn eigentlich los?«

Er seufzt ins Telefon. Kann auch sein, dass er raucht. Er behauptet immer, dass er Nichtraucher ist, aber ich habe es oft genug an ihm gerochen. Meistens Gras. »Ich sag's Ihnen, wenn Sie hier sind. Und bringen Sie die Notizbücher mit.«

»Alle?«

»Ja. Das ist ganz wichtig, Anna. Bringen Sie sie mit, hören Sie?« Er legt auf.

Ich drehe mich um und sehe Luis an, der seelenruhig neben mir schlummert wie ein lächelnder Buddha, einen Arm über den Kopf gestreckt. Ich wette, er träumt nicht von schwankenden Leitern und verpassten Flügen. Ich küsse seine nackte Schulter, er räkelt sich.

»Wer war das?«, krächzt er.

»Tut mir leid, ich hatte gehofft, dass du noch schläfst. Das war Alex.«

»Alex. Natürlich. Kannst du deinen Studenten bitte sagen, dass sie nicht mitten in der Nacht anrufen sollen?«

Er dreht sich auf die Seite, und ich stupse ihn gegen den Rücken. »Es ist nicht mitten in der Nacht, es ist sechs Uhr.« Draußen zwitschern die Vögel, und am Rand der Jalousie scheint das Morgenlicht herein.

»Ich war spät im Bett«, murmelt er.

»Ich weiß.« Ich reibe mein Gesicht mit beiden Händen. Jetzt kann ich ebenso gut aufstehen. »Soll ich dir einen Kaffee bringen?«

»Nein, danke.«

Unten begrüßt mich Roxy, indem sie mir eines ihrer zerkauten Spielzeuge vor die Füße legt. Wir erledigen unsere übliche Prozedur, bei der ich der Französischen Bulldogge den Kopf streichle und sie sich auf den Rücken rollt und mir ihren rosa Bauch zum Kraulen hinhält. Eigentlich gehört sie Mateo. Ich lasse sie durch die Hintertür in den Garten und schalte die Kaffeemaschine ein. Während ich darauf warte, dass der Kaffee durchläuft, räume ich die Spülmaschine aus, wechsle Roxys Wasser, öffne eine Tüte Hundefutter und schütte etwas davon in ihren Napf.

Die ganze Zeit denke ich an Alex, versuche zu analysieren, wie er gerade klang und was das bedeuten könnte. Alex ist mein bester und klügster Doktorand. Im Grunde ist er ein Genie, ungelogen! Ich hatte noch nie einen Studenten wie ihn. Er ist kurz davor, etwas völlig Außergewöhnliches zu veröffentlichen, und meine Aufgabe ist es, dafür zu sorgen, dass er es auch wirklich tut und sich nicht verzettelt.

Ich nippe an meinem Kaffee, klappe den Laptop auf und gehe meine Notizen durch. Heute Vormittag steht als Erstes eine Fachbereichssitzung an. Wir gehen einer ungewissen Zukunft entgegen, und ich habe Geoff schon vor Wochen vorgeschlagen, einen Fundraising-Ausschuss zu gründen. Damit wollte ich Eindruck schinden und zeigen, dass ich eine Teamplayerin bin und viele gute Ideen habe. Geoff fand meinen Vorschlag gut – wie meistens. Geoff ist der Fachbereichsvorsitzende für Mathematik, und Geoffs Meinung zählt. Vor allem, weil ich gerade täglich auf Nachricht warte, ob meine Bewerbung um die ordentliche Professur erfolgreich war. Ich bin ziemlich zuversichtlich. Zumindest gebe ich mir alle Mühe, zuversichtlich zu sein. Eine Stimme in mir sagt, wenn ich den Posten nach all der zusätzlichen Arbeit, die ich geleistet habe, nicht bekomme, kann ich den Job auch gleich hinschmeißen. Alle aus dem Fachbereich, die sich beworben haben, warten auf ihren Bescheid, aber dieses Jahr gibt es wegen unserer Budgetkürzungen nur eine neue Vollzeitstelle, und der Entscheidungsprozess dauert länger als sonst. So lange, dass meine Nerven blank liegen. Aber ich bin trotzdem vorsichtig optimistisch.

Ich gehe wieder nach oben, dusche und ziehe mein übliches Outfit für Besprechungen an: Leinenrock und perlmuttfarbene Bluse. Professionell, aber feminin. Ich lege kleine Brillantohrringe an (keine echten Brillanten, wir haben genug Geld, aber so reich sind wir nun auch wieder nicht) und die silberne Halskette mit dem kleinen herzförmigen Anhänger, den mir die Kinder zum Muttertag geschenkt haben.

Im Spiegel sehe ich, wie Luis mich vom Bett aus beobachtet, er hat einen Arm hinter den Kopf gelegt und runzelt die Stirn.

»Was ist los?«, frage ich.

»Du siehst so ... konservativ aus. Wie eine Lehrerin.«

»Im Grunde bin ich ja auch eine.«

»Du weißt schon, was ich meine.«

Ich lächle, greife nach meinem Lippenstift – *Desert Rose* – und mustere mein Spiegelbild. In meinem Kopf taucht unaufgefordert die Stimme meiner Mutter auf: *Wer hoch hinaus will, muss sich auch so anziehen!*

Ich schließe die Augen. Warum musste ich unbedingt an Mutter denken? Jetzt wird mir die Erinnerung an sie den ganzen Tag wie ein Mahlstein um den Hals hängen. Oder heißt das Mühlstein? Auf jeden Fall wie ein gewaltiges Gewicht, das mich runterzieht, mir das Gefühl gibt, dass ich den falschen Weg eingeschlagen habe, und mich daran erinnert, dass ich mein Potenzial nicht ausschöpfe. Außer es gelingt mir, diese Gedanken wieder zu verdrängen. *Leichter gesagt als getan*, denke ich, während ich mir das Haar bürste.

»Steht denn etwas Besonderes an?«, fragt Luis.

»Fachbereichssitzung, weißt du noch?«

»Ach ja«, sagt er, aber mir ist klar, dass er keine Ahnung hat.

Ich nehme die Flasche Parfüm, die er mir zum Geburtstag geschenkt hat, *La Vie est Belle* von Lancôme, und sprühe mir eine Wolke an den Hals.

In der Uni hat Geoff einmal den Duft mit den Worten kommentiert: »Riechst du hier so gut?«

Rrrrr. Ganz schön suggestiv. Manchmal denke ich, wenn ich wollte – ich will ja nicht, aber wenn ich wollte ... Ich fand schon immer, dass er für einen Akademiker ziemlich gut aussieht, mit seinem dunkelgrauen, verwuschelten, lockigen Haar, das ihm bis in den Nacken reicht. Er trägt eine Brille mit dünnen Gläsern und hat einen Bart, der auch schon grau wird und mit dem er aussieht wie Neil Gaiman.

Luis reibt sich mit den Fingerknöcheln den Kopf, dann schlägt er die Bettdecke zur Seite.

»Warum bleibst du nicht noch liegen?«, frage ich.

»Schon okay.« Er gähnt. »Jetzt bin ich ohnehin wach. Ich geh mal unter die Dusche.«

Auf dem Weg nach unten komme ich an Mateos Zimmer vorbei. Er schläft noch tief und fest, seine Batman-Decke liegt auf dem Fußboden, er hat Arme und Beine ausgebreitet wie ein Seestern. Ich schalte das Licht an und küsse ihn aufs Haar. »Na komm, Matti, Zeit zum Aufstehen, mein Schatz.« Er räkelt sich, gähnt, öffnet die Augen. Ich hebe ein Sweatshirt vom Boden auf und lege es über die Stuhllehne, dann sage ich ihm, dass er sich fertig machen und seine Sporttasche packen soll.

Als ich zu Carlas Zimmer komme, sitzt sie schon am Schreibtisch, wo sie in letzter Minute irgendetwas überarbeitet.

»Guten Morgen, hast du gut geschlafen?«, frage ich sie und küsse sie auf den Kopf.

»Ja, danke.«

Sie bewegt sich kaum, hat einen Ellbogen auf den Schreibtisch und den Kopf auf die Hand gestützt. Ich gebe ihr noch einen Kuss, rieche an ihrem langen, weichen Haar. Sie ist erst dreizehn, aber schon so groß wie ich. »Komm mit uns frühstücken.« Sie nickt und murmelt, dass sie gleich runterkommt.

In der Küche bereite ich gerade das Pausenbrot für meine Kinder zu, als sie lautstark streitend hereinplatzen und um ihren Platz am Kühlschrank, um die Milch und um die Cornflakes-Packung rangeln. Während sie um mich herum zugange sind, gelingt es uns, dass jeder die Bewegungen des anderen vorausahnt, wie bei einem Ballett. Schranktüren werden aufgerissen und manchmal sogar wieder geschlossen. Schüsseln werden auf den Küchentisch geknallt und mit Müsli und Milch, Obst und Joghurt gefüllt. Ich versuche, mit ihrem Tempo mitzuhalten, räume weg, was sie nicht mehr brauchen, schimpfe halbherzig mit ihnen, weil sie so ein Chaos verursachen, aber insgeheim liebe ich den Lärm und das Durcheinander und das Gefühl, dass ich der Mittelpunkt vom all dem bin und Ordnung in ihr Leben bringe. Luis stößt zu uns, er trägt Jeans und ein weißes Hemd, sein Haar ist noch feucht von der Dusche. Er nimmt sich einen Joghurt aus dem Kühlschrank und löffelt ihn langsam, gegen den Küchentresen gelehnt. Mateo ist wieder nach oben gegangen und ruft hinunter, dass er einen seiner Sportschuhe nicht findet, was *echt Mist!* ist, weil er heute Fußballtraining hat. Ich gehe hoch in sein Zimmer und finde den Schuh unter dem Bett, zusammen mit diversen schmutzigen Socken und Unterhosen. Ich werfe sie zu der Wäsche, die schon in der Maschine ist, und schalte das Programm ein.

»Kannst du heute bitte mal den Wasserhahn reparieren?«, frage ich Luis. Jeden Tag erwähne ich den tropfenden Wasserhahn in der Küche, und jeden Tag sagt Luis, dass er ihn repariert. Jeden Tag sage ich so etwas wie: *Wenn du keine Zeit hast, kann ich auch den Klempner kommen lassen*, und jeden Tag versichert er mir, dass das Geldverschwendung wäre und er es selbst erledigen kann.

Auch heute wieder.

»Und da du schon so früh auf bist, gehst du bitte mit Roxy Gassi?«

Er lässt den Joghurtbecher in den Mülleimer fallen und küsst mich auf die Stirn. »Tut mir leid, ich muss in die Galerie. Ich stehe ganz schön unter Druck.«

Ich lege die Hände auf seine Brust. »Ach ja, ich erinnere mich.« Luis' bevorstehende Ausstellung ist eine Riesensache. Seit Monaten ist er deswegen gestresst, und meine Aufgabe ist es, ihn zu unterstützen. Im Grunde ist das mein Lieblingsjob – mich um meine Familie zu kümmern. Ich fahre mit der Hand durch sein dunkles Haar, das immer noch so dick ist wie eh und je und das ihm ständig hartnäckig in die Stirn fällt. Immer, wenn ich an Luis denke, sehe ich ihn vor mir, wie er sich eine Haarsträhne schnappt und mit Daumen und Zeigefinger zurückschiebt.

»Das wird schon«, sage ich. »Tu, was du tun musst.«

Carla taucht wieder auf, fertig angezogen und abfahrbereit.

»Wenn du nach Hause kommst, hängst du dann bitte draußen die Wäsche auf?«, sage ich.

»Kann Matti das nicht machen?«

»Nein, der hat Fußballtraining. Du bist früher zu Hause.«

»Okay.«

Luis umarmt die Kinder und gibt mir einen Abschiedskuss. Ich erinnere ihn daran, dass er Matti heute Nachmittag vom Fußballtraining abholen muss. »Und komm bitte nicht zu spät«, sage ich eindringlich. Mateo bekommt Angst, wenn man zu spät kommt. Einmal haben Luis und ich aneinander vorbeigeredet, wer wann wo sein würde, und niemand hat Matti abgeholt. Er saß auf einer Bank an der Bushaltestelle und wartete sechsundzwanzig Minuten lang – das hat er hinterher mehrmals betont: sechsundzwanzig Minuten lang –, und als ich endlich kam, hatte er sich in die Hose gemacht. Ich brauchte über eine Stunde, um ihn zu trösten. Luis und ich hatten danach einen gewaltigen Streit darüber, wer ihn hätte abholen sollen, und wir konnten uns nicht einigen. Wobei ich genau weiß, dass Luis Schuld hatte.

»Und vergiss heute Abend nicht.«

»Was ist denn heute Abend?«, fragt er.

»Haha, du bist so lustig, du solltest Stand-up-Comedy machen.«

»Habe ich versucht. Sie haben mich nicht einmal vorsprechen lassen.«

Ich muss lachen. Der Witz ist doppelt gut, da die Kinder heute Abend ein Theaterstück aufführen werden. Carla hat ein Stück für den »Wettbewerb für junge Dramatiker« geschrieben, und heute Abend findet in unserem Wohnzimmer die Vorpremiere statt. Ihr kleiner Bruder wird dabei mehrere Rollen spielen. Ich glaube, ich bin genauso aufgeregt wie die beiden.

»Soll ich irgendetwas fürs Abendessen mitbringen?«, fragt Luis.

»Nein, alles erledigt.«

Heute ist Pizza-Abend. Eines Tages, wenn meine Kinder alt genug sind, um auf eigene Faust ins Restaurant zu gehen, werden sie merken, wie himmlisch eine richtige Pizza schmecken kann, die von öligem geschmolzenem Käse trieft und mit kiloweise Salami belegt ist. Bei uns besteht Pizza aus einem selbstgemachtem Vollkornsauerteig, auf den eine selbstgemachte, salzarme Tomatenpassata, jede Menge Gemüse der Saison und fettarmer Hüttenkäse kommen. Manchmal frage ich mich, wie viel von dem, was ich alles tue, damit es meiner Familie gut geht, später als Gesprächsstoff auf der Couch eines Therapeuten landen wird.

Luis schenkt mir sein bezauberndes Lächeln, mit dem er mein Herz immer noch zum Flattern bringt, gibt mir einen Kuss, und weg ist er.

Ich umarme meine Kinder zum Abschied, sage ihnen, dass ich sie lieb habe, bringe aus Versehen Carlas Frisur durcheinander – »Mom!« –, und als sie weg sind, schnappe ich mir vom Haken hinter der Tür der Waschküche die Leine und die Rolle mit den Hundekotbeuteln und mache mit Roxy einen kurzen Gang um den Block.

ZWEI

»Guten Morgen, alle zusammen.«

Geoff steht am Whiteboard. Bei solchen kleineren Besprechungen verwenden wir weder Smartboard noch Beamer, sondern bloß die gute alte Magnettafel.

Er wirft mir über die Schulter einen verärgerten Blick zu. »Da bist du ja.«

»Ja, sorry. Ich musste noch mit dem Hund raus und habe länger gebraucht, als ich dachte.«

Wir sind zu fünft in diesem Ausschuss. Geoff als Vorsitzender des Fachbereichs ist natürlich dabei, dann Rohan und John, die beiden anderen ordentlichen Professoren, Mila, die Jüngste beim Lehrkörper – wie sie gerne immer wieder betont –, und ich.

Wir beraten, weil unsere künftige Finanzierung alles andere als gesichert ist. Unsere großzügige Ausstattung ist von unseren so genannten Anlageberatern verspielt worden, die uns gerade mal ein Drittel der geplanten Rendite eingebracht haben, und jetzt müssen wir auf eigene Faust neue Einnahmequellen erschließen. Darum geht es bei unserer Besprechung, kurz gesagt.

Ich nicke den anderen zu und stelle meinen Laptop auf den Tisch.

»Also, was wollen wir tun?« Ich klappe den Laptop auf, und während ich ein neues Dokument öffne, mustere ich heimlich Mila. Sie trägt ein lockeres Oberteil, das ihr nach dem Motto *zu groß, bleibt nicht von selbst oben* halb über die nackten Schultern hängt und über ihrem Schlüsselbein einen dünnen, silbernen BH-Träger (immerhin trägt sie einen) offenbart. Ich schaue auf ihre Röhrenjeans hinunter, die große Löcher an den Knien hat und über den Knöcheln abgeschnitten ist. Ich weiß nicht recht. Sie ist offensichtlich intelligent – schließlich hat sie mit sechsundzwanzig schon eine Juniorprofessur ergattert –, aber sie ist auch sehr hübsch, mit glänzendem schwarzem Haar, olivfarbener Haut und so langen Wimpern, dass sie nur falsch sein können. Sexy zu sein sollte in diesem Job kein Nachteil sein, aber ich fürchte, es ist einer. Ich würde mich für eine geschäftliche Besprechung niemals so anziehen. Was hat Luis heute Morgen noch gleich gesagt? *Du siehst so konservativ aus.* Ich bemerke, dass Mila mich ansieht und bemerkt hat, dass ich sie ansehe, und wende mich schnell wieder meinem Laptop zu, meine Finger schweben über der Tastatur.

»Da du auch hier bist, übernimmst du das Protokoll, Anna?«

»Klar, gerne.« Ich führe immer Protokoll. Ich könnte es mir auf die Stirn tätowieren lassen: *Ich bin Teamplayerin, kein Job ist mir zu klein oder zu unbedeutend.*

»Ich weiß schon, dass ich immer dich bitte«, fügt Geoff hinzu, »aber du bist die Einzige, der ich zutraue, dass sie das auch richtig macht.«

Ich lächle. Meine Wangen fühlen sich warm an. Werde ich etwa rot? Hoffentlich nicht. »Das ist schon in Ordnung«, sage ich mit Nachdruck. Natürlich fällt es eigentlich nicht in meinen Aufgabenbereich, Sitzungsprotokolle anzufertigen. Darum hätte er auch June, unsere Fachbereichssekretärin, bitten können, aber es ist nun einmal so: Ich bin die Einzige, der man zutrauen kann, dass sie es richtig macht. Ich bin verlässlich, da sind sich alle einig. Ich springe immer ein und helfe, und oft genug ziehe ich dabei für andere den Karren aus dem Dreck. Das ist wahrscheinlich auch der Grund, warum ich dauernd in irgendwelchen Besprechungen sitze. Wenn ich nicht gerade Seminare gebe, klar. Ich glaube, ich melde mich ständig freiwillig: für Ausschüsse, für die Studierendenberatung, für die Beschaffung von Drittmitteln, für Förderanträge, für Sachberichte. Manchmal lande ich in Ausschüssen, von denen ich gar nicht mitbekommen habe, dass ich mich dafür gemeldet habe. Aber wenn es etwas zu erledigen gibt, bin ich bereit. Und wenn es hart auf hart kommt, gelingt es mir, die nötigen Leute zu mobilisieren. Ich bin eine Mobilisatorin.

»Ideen«, sagt Geoff jetzt. »Raus damit. Wer hat Ideen?«

Als Überschrift meines Dokuments schreibe ich: »Neue Finanzierungsmöglichkeiten – Vorschläge Mitarbeiter« und mache die Zeile fett.

Mila nimmt den Bleistift, auf dem sie kaut, aus dem Mund. »Wie wär's, wenn wir unsere Alumni kontaktieren? Ein Benefizdinner veranstalten?«

»Gut. Danke, Mila.«

Geoff schreibt Milas Vorschlag an die Tafel, als wäre er gut, und ich denke: *Wirklich? Ist das alles, was du drauf hast?* Dann sagt er: »Anna, kannst du das organisieren?«

Ich blinzle. Ich will gerade sagen: *Warum organisiert Mila das nicht? Es war doch ihre Idee.* Aber da ich eine Teamplayerin bin, nicke ich. Allerdings kann ich mir die Frage nicht verkneifen: »Hatten wir das nicht ohnehin schon geplant?«

»Nein, hatten wir nicht. Also los.«

»Okay.« Wahrscheinlich will er sowieso nicht, dass ich das persönlich organisiere. Immerhin bin ich Dozentin. Ich mache mir eine Notiz, es an June zu delegieren.

»Lasst uns hier nicht um den heißen Brei herumreden,

Leute«, fährt Geoff fort. »Die Unileitung wird unseren Fachbereich nicht noch einmal retten. Wenn wir so weitermachen, können wir froh sein, wenn wir überhaupt bis Ende nächsten Jahres durchhalten. Wir sind in ersten Gesprächen mit ein paar gemeinnützigen Institutionen – June und ich kümmern uns darum –, aber ich sage es euch ganz offen: Es sieht nicht gut aus. Wenn ihr also irgendwelche guten Ideen habt ... Was gibt es, Anna?«

Ich schaue auf. »Nichts, warum?«

»Du lächelst so.«

Ich setze eine betont unschuldige, verblüffte Miene auf. Wenn ich könnte, würde ich es jetzt sagen, nein, ich würde es aus vollem Halse schreien: dass Alex – *mein* Alex, *mein* Doktorand – im Begriff ist, eine der wichtigsten Vermutungen der Mathematik zu beweisen. Als ich vorschlug, diesen Ausschuss zu gründen, hatte ich davon noch keine Ahnung. Und sobald Alex und ich unseren Artikel publizieren, werden uns die Geldgeber die Türen einrennen. So wichtig ist das, was wir herausgefunden haben. Es ist bahnbrechend und herausragend, das Beste, das die Locke Weidman University je hervorgebracht hat. Und obwohl es Alex' Erkenntnisse sind, kann ich als Alex' Doktormutter doch behaupten, dass ich auf meine Weise für diesen Erfolg verantwortlich bin. Ich stelle mir Geoffs Gesicht vor, wenn er erfährt, dass ich Mitautorin einer dermaßen bahnbrechenden Arbeit bin, dass sie unserer Universität Unsummen von Fördermitteln einbringen wird. Mal ehrlich, das Letzte, was ich selbst veröffentlicht habe, war ein Kommentar in einer Facebookgruppe für berufstätige Mütter unter einem Post mit dem Rezept für einen Eintopf: *Meine Familie fand ihn superlecker! 5 Sterne!*

Ich schüttle den Kopf. »Nein, alles gut, es ist nichts.«

Er zwinkert mir zu und wendet sich wieder der Tafel zu. »Na schön.«

Alex hat mir einmal gesagt, dass er meinetwegen an unsere kleine Universität gekommen ist. Er war über einen Artikel gestolpert, den ich vor einer Ewigkeit publiziert hatte, als ich selbst noch Doktorandin war, und kam mit einem Exemplar einer heute längst eingestellten Fachzeitschrift für Mathematik in mein Büro. Er wollte, dass ich seine Doktorarbeit betreue, die sich mit Theta- und Zeta-Funktionen beschäftigen sollte, und das, obwohl ich gar keine Professorin bin, sondern nur Dozentin. Er hatte Angebote von anderen Universitäten, von denen einige viel renommierter waren als unsere, aber er fand: »Ich muss das einfach hier machen, bei Ihnen.«

So wie er aussah und wie er redete, war mein erster Eindruck, dass er eher nach Princeton gehörte als an unsere bescheidene Einrichtung. Er ist sportlich, sehr attraktiv, blond, und wenn er lächelt, was inzwischen nicht mehr ganz so häufig vorkommt, muss ich immer seine vollkommen geraden, schneeweißen Zähne anstarren.

Fühlte ich mich damals geschmeichelt? Definitiv. Hatte ich Lust auf die zusätzliche Arbeit? Definitiv nicht. Aber als er mich so ernst ansah und mit seinen großen blauen Augen anflehte, konnte ich nicht anders.

»Bitte, Dr. Sanchez! Ich will nur Sie!«

Ich lachte, und dann lächelte er auf eine fast schon verführerische Art, mit den blendenden Zähnen und all seinem Charme, als wüsste er bereits, dass er gewonnen hatte. Und das hatte er wohl auch, denn ich sagte zu. Weil er mein fachliches Interesse geweckt hatte und weil es sich schön anfühlt, begehrt zu werden.

Mir war sofort klar, wie intelligent er ist. Extrem intelligent sogar. Aber wie viele Genies hat er auch zwanghafte Züge. Er kann sich tagelang an einem winzigen und unbedeutenden Detail aufhängen. Manchmal kommt es mir vor, als ob er nicht unterscheiden kann, was wichtig ist und was nicht. Außerdem lässt er sich leicht ablenken.

Nachdem er ein paar Wochen lang an seinem Thema gearbeitet hatte, kam er in mein Büro, schloss die Tür, setzte sich und sagte: »Ich muss Ihnen etwas sagen.«

Er hatte keinen Termin, aber das stört Alex ohnehin nie. Er kommt einfach in mein Büro, wann er will, und wenn ich gerade mit einem seiner Kommilitonen zusammensitze, wartet er draußen, tritt hin und wieder laut genug, dass wir es hören können, gegen den Türrahmen, hustet und nervt, bis wir fertig sind oder abbrechen.

»Was gibt es?«, fragte ich.

»Sie müssen mir versprechen, dass Sie es niemandem erzählen.«

Ich rieb mir die Stirn. »Das kann ich nicht versprechen. Was haben Sie denn?«

Er schaute zur Seite und seufzte.

»Waren Sie betrunken? Haben Sie etwas Schlimmes angestellt? Wurde jemand verletzt? Müssen wir mit dem Studierendenwerk sprechen?«

»Anna! Ist das Ihr Ernst? Das ist das Erste, was Ihnen in den Sinn kommt?«

»Sagen Sie es mir einfach, Alex.«

Er reichte mir einen gewöhnlichen Collegeblock – Alex macht seine Vorarbeiten immer auf Papier, das ist bei uns Mathematikern gar nicht so unüblich.

Ich schlug ihn auf. Die Schrift war chaotisch, voller durchgestrichener Gleichungen und stenografischer Notizen, aber als ich las, was da stand, wurde mir flau im Magen. Ich starrte eine ganze Weile auf das Blatt und fragte mich, ob er sich einen Scherz mit mir erlaubte.

»Sie wissen, was das ist?«, fragte er.

Ich konnte ihn nicht ansehen, und ich bekam keinen Ton heraus. Die Pentti-Stone-Vermutung. Ein berühmtes ungelöstes mathematisches Problem, das erstmals 1905 von den beiden Mathematikerinnen Claudia Pentti und Noemi Stone publiziert wurde. Dann vergaß die Welt die beiden, bis ein amerikanischer Milliardär und Futurist namens Leo Forrester es wieder ausgrub, dessen Stiftung Preise für innovative Entdeckungen vergibt. Als Forrester die Pentti-Stone-Vermutung über den Weg lief, wurde ihm klar: Wenn man diese Vermutung beweisen könnte, wäre das eine Revolution. Es hätte Auswirkungen auf zu viele Dinge, um sie hier aufzuzählen, von der Rechenleistung von Computern bis hin zum Flugzeugbau.

Dass ich so viel über die Pentti-Stone-Vermutung wusste, lag an meiner Mutter. Sie war Physikerin und ich ihr einziges Kind, und ich entpuppte mich als mathematisches Wunderkind. Ich tat allein schon deshalb alles dafür, diese Fähigkeit weiter auszubauen, weil ich das Gefühl hatte, dass es das Einzige war, das sie an mir mochte. Wenn ich meine Mutter beschreiben müsste, würde ich sagen, sie war kühl, streng und nicht sehr mütterlich.

Als ich vierzehn war, schlich ich mich eines Abends hinaus, um auf eine Party zu gehen, auf die ich nicht durfte. Zur Strafe legte mir meine Mutter am nächsten Tag die Pentti-Stone-Vermutung hin. Während in jenem Sommer meine Freundinnen hinunter zum Fluss radelten oder ins Einkaufszentrum gingen oder beieinander übernachteten, saß ich an meinem kleinen Schreibtisch und versuchte, ein mathematisches Problem zu lösen, das selbst erwachsene Männer dazu brachte, sich frustriert die Haare zu raufen. Aber das war der Deal, hatte sie gesagt. Wenn es mir gelänge, dürfte ich rausgehen und mich mit den anderen treffen. Ich hatte keine Ahnung, dass das ein Trick war, und verbrachte den ganzen Sommer damit, über Gleichungen zu brüten, die ganz ähnlich aussahen wie die in Alex' Collegeblock, bis meine Augen sich anfühlten, als hätte ich mir Salz hineingerieben.

Ich konnte die Pentti-Stone-Vermutung natürlich nicht

beweisen, und bis heute verspüre ich immer, wenn ich diese beiden Namen höre, den Drang, jemanden zu beißen. Ich las in Alex' Block, die Zahlen verschwammen, als ich hin und her blätterte. Ich konnte noch nicht vollständig erfassen, was ich da sah, war verwirrt davon, wie vertraut und fremd zugleich mir das alles vorkam. Und obwohl mir klar war, dass ich allein angesichts der Möglichkeit, die diese Notizen bargen, hätte jubeln sollen, war ich am Boden zerstört. Schließlich schaute ich auf. Er sah mich an, und ich wollte nur noch, dass er verschwand. Ich wollte ihm weismachen, dass ich zu tun hätte und keine Zeit für so etwas.

Dann sagte er es.

»Die Pentti-Stone-Vermutung. Ich glaube, ich habe einen Ansatz.« Er sah nervös aus, fast schon verängstigt.

»Ach ja?«

»Ja.«

Es gibt auch etwas zu gewinnen: Fünfhunderttausend Dollar für die erste Person, die die Pentti-Stone-Vermutung beweisen oder widerlegen kann. Das ist zwar nicht so viel wie der mit einer Million Dollar dotierte Millennium Prize für Mathematik, aber es ist auch wahrlich kein Pappenstiel.

Ich stand auf und schloss die Tür, obwohl sich der Raum jetzt schon anfühlte, als wäre sämtlicher Sauerstoff verbraucht. »Erzählen Sie mir doch mal im Einzelnen, was Sie da gemacht haben.«

Das tat er, aufgeregt, chaotisch, und doch war es wunderschön. Er war zwar noch nicht ganz am Ziel, aber die bisherige Arbeit an seiner Dissertation hatte ihn zufällig in die richtige Richtung gestoßen.

»Ich glaube, ich kann es schaffen«, sagte er.

Ich atmete ein und aus, damit sich mein Puls beruhigte. »Es ist trotzdem schwieriger, als Sie denken.«

»Ich weiß. Ich brauche Ihre Hilfe, Anna. Helfen Sie mir?«

Ob ich ihm dabei helfen würde? Mein erster Impuls war:

Nein. *Auf keinen Fall.* Aber wie konnte ich da Nein sagen? Würde er sich eine andere Betreuerin suchen? Jemanden am MIT vielleicht? Konnte ich das verantworten? Zumal sich für mich ein Kreis schließen würde, wenn ich Ja sagte. Ich würde zu Ende bringen, womit ich vor so langer Zeit begonnen hatte.

»Und ich möchte das Thema meiner Doktorarbeit ändern«, fuhr er fort. »Kann ich das?«

Ich dachte kurz darüber nach. Im Grunde sprach nichts dagegen, die Leute wechseln ständig ihr Thema.

»Und Sie dürfen niemandem davon erzählen«, fügte er hinzu. »Warum, ist ja wohl klar.«

»Logisch.« Wenn jetzt bekannt würde, dass Alex kurz davor war, die Pentti-Stone-Vermutung zu beweisen, und vor allem, wie er dabei vorgehen würde, dann würde sich zweifellos jemand anderes darauf stürzen und ihm womöglich den Preis vor der Nase wegschnappen. Oberflächlich betrachtet wirken wir Akademiker vielleicht wie harmlose Streber, aber unter der Oberfläche sind wir ein Haufen Hyänen, die für ein bisschen Anerkennung buchstäblich alles tun würden. »Nicht einmal Ihrem Mann«, sagte er.

»Ehrlich gesagt, Alex, wenn ich Luis etwas von Pentti-Stone erzähle, würde der denken, das wäre eine neue Spa-Anwendung.«

»Das ist mir egal. Niemand darf es wissen, das müssen Sie schwören. Niemand.«

Und das tat ich. Ich schwor es, hoch und heilig, und versicherte ihm, dass ich gut darin sei, Geheimnisse für mich zu behalten. Währenddessen malte ich mir bereits aus, was diese mathematische Sensation für die Universität bedeuten könnte, was für Forschungsgelder wir damit einwerben könnten. Das wäre ein Wendepunkt für unseren Fachbereich. Wir würden aus dem Stand in die Riege der angesehensten akademischen Einrichtungen Amerikas katapultiert.

Von da an drehte sich Alex' Leben nur noch um die Pentti-

Stone-Vermutung, und das hatte Folgen: Er wurde immer dürrer, und die dunklen Ringe unter seinen Augen verrieten, dass er zu wenig Schlaf bekam.

Mehrere Monate waren wir zugange, doch das ist eigentlich nicht sonderlich lange. Manche Kollegen brauchen Jahre oder sogar Jahrzehnte, um ein mathematisches Problem zu lösen. Ein paarmal verzettelte er sich. Er dachte schon, er wäre ganz nah dran, aber dann kam ein winziges Detail zum Vorschein, das sein ganzes mathematisches Gebäude zum Einsturz brachte, und er musste wieder von vorne anfangen.

Dann entwickelte er eine Paranoia, hatte Angst, dass Leute seine Arbeit ausspionieren. Er weigerte sich, überhaupt noch etwas in einen Computer zu tippen, falls uns Hacker auf der Spur wären. Er schrieb alles mit der Hand und bewahrte es in einer abschließbaren Schublade in meinem Schreibtisch auf, obwohl er in dem Büro, das er sich mit einigen anderen Doktoranden teilte, einen abschließbaren Aktenschrank hatte.

»Ich traue denen nicht«, sagte er.

»Dann schließen Sie es doch in Ihrem Schrank ein.«

»Anna, der hat Rollen!«

Schließlich einigten wir uns darauf, dass er in meinem Büro arbeiten durfte und dass ich immer abschließen würde, wenn ich nicht da wäre. Ich ließ extra für ihn einen kompakten Schreibtisch hineinstellen. Anfangs war es aufregend, wie schnell wir Fortschritte machten. Aber als der Druck zu viel für ihn wurde und zusehends seine Gesundheit litt, war es in seiner Nähe gar nicht mehr angenehm. Ich hatte Angst davor, zur Arbeit zu kommen. Er war nur noch wütend, traurig und verzweifelt. Manisch. Dann war er plötzlich sauer auf mich, weil er fand, ich würde ihm nicht genug helfen. Als wäre es meine Schuld, dass er das Problem noch nicht gelöst hatte. Als wäre es eine simple Multiplikation und ich hätte ihm nicht erklärt, wie das geht.

Dann kam er irgendwann gar nicht mehr in die Uni. Ich

wusste, dass er nicht zu Hause weiterarbeitete, schließlich lagen alle seine Notizen in meinem Büro. Eines Nachts wachte ich auf aus einem Traum und hatte eine Idee. Auf Zehenspitzen schlich ich nach unten und rief ihn an. Ich legte ihm meine Theorie dar. *Was, wenn …? Was glauben Sie? Würde das funktionieren?* Zwei Tage später hatte er den Knoten gelöst.

Autor einer Doktorarbeit kann nur der betreffende Doktorand sein. Aber wir beschlossen, gemeinsam einen Artikel zu schreiben, in dem wir den Beweis der Pentti-Stone-Vermutung vorstellen. Wir werden beide Autoren des Artikels sein, was bei Student und Betreuer durchaus öfter vorkommt, aber Co-Autor eines Artikels über eine so bahnbrechende Leistung zu sein, ist für jeden Akademiker Gold wert. Sein Name steht an erster Stelle, keine Frage. Aber wir dürfen keine Zeit verlieren. Ich bin zwar nicht so paranoid wie er, aber Ideen hüpfen nun einmal schnell von Kopf zu Kopf, bis sie einen aufnahmebereiten Wirt finden.

Oft finden sie mehr als einen, und wer zuerst kommt, mahlt zuerst.

DREI

»Du siehst gut aus heute«, sagt Geoff. Die anderen sind schon gegangen, nur noch wir zwei sind da. Er packt seinen Laptop ein, und ich räume den Besprechungsraum auf, um ihn so zu hinterlassen, wie ich ihn gerne vorfinden würde.

»Ach ja?« Ich lache ein wenig, wende mich dem Whiteboard zu und wische es ab, damit ich ihn nicht ansehen muss. »Danke, das ist nett. Luis fand, ich sehe konservativ aus.«

Er steht direkt neben mir, nimmt mir den Radierer aus der Hand und legt ihn auf die Ablage.

»Was?«, frage ich.

Er fasst mich an den Schultern, dreht mich zu sich um, und dann greift er mir an die Bluse und öffnet den obersten Knopf.

»So.« Er lächelt. »Schon besser.«

Ich spüre, wie ich rot werde. Jetzt ist der obere Rand meines schlichten weißen BHs zu sehen, und mein erster Gedanke ist: *Warum habe ich keinen hübscheren angezogen?*

Geoff geht, aber er bleibt noch einmal an der Tür stehen, zwinkert mir zu und sagt: »Wir sehen uns!«

Ich räume auf. So verlegen ich bin, ja sogar ein wenig schockiert: Ich kann den Anflug eines Lächelns, das meine Lippen umspielt, nicht unterdrücken.

Als Geoff und ich letztes Jahr auf einer Konferenz in Chicago waren, wäre beinahe etwas zwischen uns gelaufen. Er hatte mich den ganzen Abend wie ein hungriger Wolf angestarrt, und ich fühlte mich wahrscheinlich etwas mehr geschmeichelt, als es mir guttat. Irgendwie trank ich zu viel Wein, auf jeden Fall mehr, als ich vorgehabt hatte, und das Nächste, an das ich mich erinnere, ist, dass wir in seinem Zimmer waren und er bis auf die Boxershorts nackt war. Ich ergriff in letzter Sekunde die Flucht. Mir war, als wäre ich aus einem Traum aufgewacht, und sah plötzlich die süßen kleinen Gesichter von Carla und Mateo vor mir. Ich rief »Sorry!« und rannte aus dem Zimmer, und bis heute danke ich jeden Tag dem Universum dafür, dass ich zur Vernunft gekommen bin, bevor etwas passiert ist. Am nächsten Tag war mir das Ganze extrem peinlich, und wegen des vielen Alkohols konnte ich mich nicht an alle Details erinnern. Ich entschuldigte mich bei ihm, obwohl ich mir da schon nicht mehr sicher war, wofür genau: Dass ich es beinahe durchgezogen hätte? Oder dass ich am Ende kalte Füße bekam?

Er lachte. »Ist schon okay, Anna.« Dann schaute er sich kurz um, ob auch niemand in der Nähe war, beugte sich zu mir und sagte leise: »Nächstes Mal.«

Und ich lachte und sagte: »Das glaube ich kaum«, obwohl ich mich irgendwie geschmeichelt fühlte, dass er es immer noch wollte.

Er sah mich traurig an und legte beide Hände auf sein Herz. »Du bringst mich noch ins Grab!«

Ich gluckste und knuffte ihm in die Schulter. Ich war so dankbar, dass wir über die ganze Sache lachen konnten. Es schüttelt mich heute noch, wenn ich daran denke, was hätte passieren können, aber jetzt ist es wie ein Insiderwitz zwischen uns: Als einmal jemand in einer Sitzung Chicago erwähnte, sahen wir uns sofort an und grinsten hinter vorgehaltener Hand.

Auf dem Rückweg von der Besprechung schaue ich kurz bei June vorbei, um ihr von dem Alumni-Dinner zu erzählen. Und um zu erwähnen, dass es Milas Idee war, nicht meine. Sie soll nicht denken, ich wolle ihr zusätzliche Arbeit aufbürden. Ich bin fast an ihrer Tür, als ich sehe, wie Clyde, der stellvertretende Dekan der Uni, ihr einen Stapel Papiere auf den Schreibtisch knallt.

»Verdammt nochmal, June! Wie dämlich sind Sie eigentlich? Das hier sind die Zahlen vom letzten Jahr! Ich wollte die Zahlen für dieses Jahr! Bringen Sie das in Ordnung.« Dann dreht er sich um, murmelt etwas von wegen, man hätte hier ständig doppelte Arbeit, und marschiert den Flur hinunter.

Es war furchtbar anzusehen, und wenn ich Zeit gehabt hätte, mich abzuwenden, hätte ich es getan. Aber jetzt ist es zu spät. Das macht es für June bestimmt noch peinlicher. Also stehe ich da, eine Handbreit von ihrem Schreibtisch entfernt, und lächle, als wäre alles in Ordnung, oder als hätte ich es nicht mitbekommen. Mit zitternder Hand greift sie nach dem Papierstapel und zieht ihn langsam zu sich heran. Sie hat den Kopf gesenkt, sodass ihre schwarzen Locken nach vorne fallen und fast ihr Gesicht verdecken, und sieht aus, als würde sie gleich in Tränen ausbrechen.

»Er ist halt ein Tyrann«, sage ich. »Mit mir redet er auch immer so.«

Ich weiß nicht, warum ich das sage, es ist gar nicht wahr. Ich will nur, dass sie sich nicht so erniedrigt fühlt. Meiner Meinung nach sollte Clyde mit niemandem so reden, und ich nehme mir vor, ihn später darauf anzusprechen.

June schaut auf, auf ihren Wangen sind rote Flecken. Sie versucht zu lächeln, aber es gelingt ihr nicht. Ihr Kinn zittert. »Das bezweifle ich sehr.«

»Sie würden sich wundern.«

»Dabei ist das nicht mal mein Job«, sagt sie. »Seine Sekretärin ist krankgeschrieben, ich bin bloß für sie eingesprungen.«

Ich beuge mich vor und flüstere: »Ich habe einmal in seinem Schreibtisch nach einem Hefter gesucht und eine Penispumpe gefunden. In der linken oberen Schublade, unter dem blöden kleinen Fach, wo er seine Büroklammern und Gummibänder aufbewahrt.« Ich stehe auf. »Wenn er das nächste Mal so mit Ihnen redet, denken Sie einfach an die Pumpe.«

Wir wissen beide, dass ich mir das nur ausgedacht habe. Sie senkt den Kopf und kichert leise, es dauert einen Moment, bis sie sich beruhigt hat. Als sie wieder aufblickt, lächelt sie mich an, und es ist nicht gespielt.

»Danke«, sagt sie und versucht, ihr Grinsen abzuschalten, was ihr aber nicht gelingt.

Ich zwinkere ihr zu. »War mir ein Vergnügen.«

Dann erzähle ihr von dem Vorschlag mit dem Alumni-Benefizdinner, und anschließend gehe ich zurück in mein Büro, um das Sitzungsprotokoll zu tippen und den anderen zu mailen, danach werde ich mich mit Alex treffen.

Mila kommt herein. Von draußen hört man Lachen, sie schließt die Tür hinter sich.

»Anna, hast du einen Moment Zeit?«

»Klar doch, Mila. Setz dich.« Ich deute auf den Stuhl vor meinem Schreibtisch. »Wie kann ich dir helfen?«

Sie schaut an die Decke, als müsste sie erst darüber nachdenken, was sie von mir will. Ich warte mit verschränkten Händen und lächele sie freundlich an. Ich versuche, den Blick der gütigen Mentorin aufzusetzen, während ich mich frage, ob ich etwas für sie erledigen soll. Bestimmt soll ich eine ihrer Aufgaben übernehmen. Jemanden finden, der ihre Examensklausuren korrigiert. Das Ehemaligendinner organisieren.

»Wie kann ich dir helfen?«, frage ich noch einmal.

»Ich wollte es dir selbst sagen und mich vergewissern, dass mit dir alles okay ist.«

»Huch?«

Sie schaut zur Seite, atmet tief ein, schließt kurz die Augen, und da weiß ich, dass jetzt etwas Schlimmes kommt. Etwas richtig Schlimmes.

»Ich bekomme die Professur. Ich habe es heute Morgen erfahren.«

Mir gelingt es, die Lippen über die Zähne zu ziehen und zu lächeln. Meine Fingerknöchel sind weiß, und ich spüre, wie sich mein Brustkorb hebt und senkt und mein Puls rast. Ich wiederhole die Worte in meinem Kopf, für den Fall, dass ich sie falsch verstanden habe. *Ich bekomme die Professur.* Nein, es ändert sich nichts, mein Magen krampft sich nach wie vor zusammen. Ich überlege, was ich darauf erwidern soll, und wir starren uns eine Weile schweigend an.

»Ich wusste gar nicht, dass du dich beworben hast.«

»Ja, das war ganz spontan – quasi in letzter Minute. Geoff hat mir dazu geraten.«

»Ach ja?« *Quasi in letzter Minute?* Es dauert Wochen, ja Monate, solch eine Bewerbung zusammenzustellen. Will sie mir weismachen, dass sie die zwanzig Minuten vor Ablauf der Frist verfasst hat? Ich verstehe das nicht. Will sie Salz in die Wunde streuen?

Dann kommt mir ein Gedanke: Vielleicht gibt es dieses Jahr doch mehr als eine neue Professur. Vielleicht bekomme ich ja auch noch Bescheid.

»Wann hast du es denn erfahren?«

»Heute Morgen schon. Und Anna, du musst mir glauben, ich war völlig überrascht. Ich konnte das gar nicht fassen. Ich war mir so sicher, dass du das Rennen machst. Eigentlich hättest du die Stelle kriegen müssen. Keine Ahnung, warum sie mich ausgewählt haben. Ich erwarte ständig, dass mir jemand auf die Schulter tippt und sagt, dass es ein Versehen war.« Sie gibt ein kurzes, selbstironisches Lachen von sich.

Wahrscheinlich sollte ich jetzt irgendetwas sagen, aber ich

kann nicht sprechen. Es ist, als wäre meine Kehle zugeschnürt, und nichts kommt durch, höchstens noch mein letzter Atemzug.

»Ich kann mir vorstellen, wie enttäuscht du sein musst.« Sie beugt sich zu mir vor, alle wolle sie sich vergewissern, dass ich am Boden zerstört bin.

»Überhaupt nicht«, bringe ich schließlich hervor. »Ich …« Eigentlich wollte ich sagen: *Ich freue mich für dich,* aber die Worte bleiben mir im Hals stecken. »Das ist doch toll.«

»Findest du wirklich?«

»Natürlich! Warum denn nicht?«

Sie legt eine Hand auf ihre Brust, direkt unterhalb ihres Halses. »Ach, Gott sei Dank. Ich hatte so gehofft, dass du das sagen würdest, aber ich war schon ein bisschen nervös. Vor allem, weil du schon damals bei meinem Vorstellungsgespräch dabei warst.«

»Ja, ich erinnere mich.«

»Man sollte meinen, dass so etwas nach Dienstalter entschieden wird. Wie dem auch sei, mir fällt ein Stein vom Herzen, dass du das so gut aufnimmst.«

Auf meinem Schreibtisch liegt eine Büroklammer, und vor meinem geistigen Auge sehe ich mich, wie ich sie geradebiege und ihr in die Wange steche, um sie zum Schweigen zu bringen. »Sei nicht albern! Das ist doch fabelhaft! Ich freue mich. Du hast es verdient. Herzlichen Glückwunsch!« Ich stehe auf, denn ich fange gerade an zu zittern und habe Angst, dass sie das mitbekommt. Das würde die Demütigung nur noch schlimmer machen.

Sie steht ebenfalls auf. »Danke, dass du das so gut aufnimmst«, sagt sie noch einmal.

Im Laufschritt eile ich zur Damentoilette, schließe mich in einer Kabine ein, klappe den Deckel herunter und setze mich hin. Ich atme zu schnell und zu laut ein und aus. Ich stütze den Kopf in die Hände und versuche, gezielt meine Atmung zu kontrollieren, warte darauf, dass mein Puls langsamer wird. Ich presse mir die Finger gegen die Augen. Natürlich habe ich die Stelle nicht bekommen. Seit Jahren habe ich schon nichts mehr publiziert. Ich unterrichte nur, sitze in nutzlosen Ausschusssitzungen herum und schreibe Protokolle. So bekommt man keine ordentliche Professur. So bekommt man einen Tritt in den Hintern. Was hat sie gesagt? *Quasi in letzter Minute. Geoff hat mir dazu geraten.* Warum tut er das, wenn er mir doch schon vorgeschlagen hat, mich zu bewerben, und es nur eine Stelle gibt?

Wobei – hat er mir das überhaupt vorgeschlagen? Nicht direkt. Er hat mich aber auch nicht davon abgehalten, als ich das angesprochen habe. Ganz im Gegenteil, er meinte, all die zusätzliche Arbeit, die ich in den letzten Monaten geleistet habe, *wird einen guten Eindruck auf den Ausschuss machen, Anna. Die lieben Teamplayer.*

Am Waschbecken spritze ich mir Wasser ins Gesicht und tupfe mir die Augen ab. Ich bin so weit wiederhergestellt, dass ich zurück in mein Büro gehen kann. Einen Moment später steckt Geoff den Kopf durch die Tür.

»Ah. Anna, kann ich kurz mit dir sprechen?«

»Geht es um Mila? Denn ich finde das großartig, wirklich toll. Ganz wunderbare Neuigkeiten.«

»Ah, gut, dann weißt du es also schon.«

»Ja, und ich freue mich wirklich für sie.«

»Okay. Gut. Ach, übrigens, hast du das Protokoll schon fertig?«

»In deinem Posteingang.«

»Prima, gute Arbeit.«

Am liebsten würde ich nach Hause gehen, mich im Bett zusammenrollen und ein oder zwei Jahre lang schlafen, aber das geht nicht, ich habe nachher Seminar. Vielleicht könnte ich sagen, dass ich krank bin, und June bitten, für den Nachmittag eine Vertretung zu organisieren. Einen der Postdocs.

Nein. Mila wird sofort ahnen, dass es ihretwegen ist, und dann wird sie denken, dass ich sauer auf sie bin, und mir in den Ohren liegen: *Ach, jetzt bist du wütend, Anna. Es tut mir so leid!* Ich frage mich, ob Mila jetzt einige ihrer Seminare auf mich abwälzen wird. Natürlich wird sie das.

Dann fällt mir ein, dass ich ja zu Alex fahren wollte. Gut. Darauf muss ich mich jetzt konzentrieren: Alex und die Pentti-Stone-Vermutung. So könnte ein Kinderbuch heißen: *Alex und die Pentti-Stone-Vermutung*. Ich putze mir die Nase und stelle mir Geoffs – und Milas – Gesichter vor, wenn unser Artikel publiziert wird. Stelle mir vor, wie Geoff merkt, dass er die falsche Bewerberin unterstützt hat. Milas Worte hallen in meinem Kopf nach: *Eigentlich hättest du die Stelle kriegen müssen.*

Verdammt richtig.

Ich denke an den Anruf von Alex heute früh. Was wohl mit ihm ist? Er klang ... wütend? Oder traurig? Nicht ganz. Aufgewühlt? Das auf jeden Fall. Sollte ich mich auf weitere schlechte Nachrichten gefasst machen? Hat er einen Fehler gefunden? Wird er sagen, dass wir doch noch nicht einreichen können? Das wäre ein Rückschlag, aber es wäre nicht der erste. Vielleicht ist es diesmal aber ein ernsterer Rückschlag. Nein, ich kenne seine Arbeit, und ich kenne den Artikel, und ich weiß, dass er abgabereif ist. Es sei denn, ich habe etwas übersehen. Und wenn ich bedenke, wie zuversichtlich ich heute Morgen noch war, dass ich die Professur bekommen würde, dabei aber nicht einmal wusste, dass Mila ebenfalls im Rennen war, geschweige denn, dass sie mich ausstechen würde, sollte ich vielleicht nicht allzu sehr auf mein Urteilsvermögen vertrauen.

Aber ich brauche diese Dissertation. Sie ist meine Chance, ihnen zu beweisen, dass sie falsch liegen. Ihnen ins Gesicht zu lachen, den Job zu kündigen und anderswo einen besseren zu bekommen – vielleicht mit der Familie nach Boston zu ziehen, um am MIT zu unterrichten.

Ich nehme meine Tasche und schnappe mir meine Jacke von der Stuhllehne. Ganz egal, was Alex gerade für ein Problem hat: Ich werde es lösen. Mir ist auch egal, was es kostet. Alles, was ich will, ist Milas Gesichtsausdruck zu sehen, wenn unsere Ergebnisse publiziert werden. Ich werde ihr auf die Schulter tippen und sagen: *Ich fürchte, das war* doch *ein Versehen, Mila.*

VIER

Ich war schon ein paarmal bei Alex zu Hause. Ich parke um die Ecke, schalte den Motor aus und nehme mir einen Moment Zeit, um durchzuatmen und mich zu beruhigen. Alex neigt weiß Gott dazu, überzureagieren. Schon der kleinste Anlass reicht, dass er komplett verzweifelt. Er ist siebenundzwanzig, aber manchmal kommt er mir vor, als wäre er erst zwölf. Trotzdem, er ist das Genie hinter unserer Arbeit, denke ich mir, während ich die Treppe hinaufsteige, und meine Zukunft hängt davon ab, wie gut ich ihn im Griff habe.

Seine Wohnung ist sehr schön eingerichtet, ganz anders, als man es von einem Studenten erwarten würde. Sie ist geräumig, im Wohnzimmer hängt ein riesiger Flachbildfernseher an der Wand, die Möbel aus Glas und Chrom und beigen Polstern würden auch in ein Büro oder in den Ausstellungsraum eines schicken Möbelhauses passen. Er hat noch einen Mitbewohner, der, soweit ich mich erinnere, Journalismus studiert. Dabei wäre Alex auf dessen Anteil an der Miete gar nicht angewiesen, die zahlen ihm seine Eltern. Er hat einmal halb im Scherz erzählt, dass er das Zimmer nur untervermietet, damit er jemanden zum Reden hat.

Ich klopfe an, und er reißt sofort die Tür auf, mit nacktem Oberkörper und geweiteten Pupillen, und plötzlich wird mir klar, dass er vielleicht irgendetwas genommen hat, Amphetamine oder so. So wie er aussieht, wirft er schon seit einer Weile Pillen ein. Ich könnte mich ohrfeigen, dass mir das nicht früher aufgefallen ist.

»Wo ist Ihr Mitbewohner?«, frage ich, ziehe meine Jacke aus und lege sie über die Armlehne des Sofas. »Wie heißt er noch mal?«

»Vernon. Ist nicht da. Haben Sie die Notizbücher?«

»Ach, Mist! Sorry.«

»Anna! Haben Sie die etwa vergessen?«

»Ja, tut mir leid. Heute Vormittag war die Hölle los.«

Er atmet laut durch die Nase aus, scheint sich dann aber wieder zu entspannen. »Möchten Sie einen Kaffee? Ich wollte mir gerade einen machen.«

»Gerne.«

Er wendet sich ab, dreht sich dann aber wieder zu mir um: »Haben Sie geweint?«

»Nein.«

»Ihre Augen sind ganz verquollen.«

»Ich sagte: Nein.«

Er zuckt mit den Schultern, und ich folge ihm in die Küche und sehe ihm dabei zu, wie er Kaffeepulver in die Maschine löffelt. Ich will gerade fragen, was denn nun los ist, als er es selbst sagt.

»Ich habe es mir anders überlegt.«

Ich warte darauf, dass er weiterredet, aber er schweigt, macht einfach weiter mit dem Kaffee und sieht mich nicht an, während er mit Bechern und Zuckerdose hantiert.

»Okay, *was* haben Sie sich anders überlegt?« Ich bin schon jetzt ganz erschöpft, als ich mich für seine unvermeidlichen Selbstzweifel wappne, dafür, dass er glaubt, dass in seinen Berechnungen ein Fehler steckt. Das Gremium beim *Journal of*

Applied Number Theory wird den Artikel nicht annehmen, wenn es irgendwelche Zweifel an der Richtigkeit der Lösung gibt. Das weiß er genau. Und wenn er nicht so lange warten will, habe ich Freunde am MIT, die sich den Artikel bis dahin ansehen könnten. Die würden notfalls auch eine Geheimhaltungsvereinbarung unterschreiben. So etwas passiert immer wieder. Auch das weiß er.

»Reden Sie mit mir, Alex. Sie wollen Ihre Doktorarbeit doch noch nicht einreichen? Ist es das?«

Er fährt herum. »Meine Doktorarbeit? Natürlich reiche ich die ein. Sind Sie verrückt?«

»Okay, gut zu hören. Worum geht es dann?«

Er lächelt, als er darüber nachdenkt, doch dann verhärten sich seine Gesichtszüge, bis sein Mund so angespannt ist, dass sich seine Lippen kaum noch bewegen, als er sagt: »Das wird Ihnen nicht gefallen.«

Himmel, er sieht wirklich furchtbar aus. Wie lange habe ich ihn nicht gesehen? Mindestens zwei Wochen.

Er holt einen Brief aus seiner Gesäßtasche und reicht ihn mir. Ich zögere, dann nehme ich ihm den Umschlag mit spitzen Fingern ab, wobei ich versuche, nicht auf seine schmutzigen Fingernägel zu starren. »Was ist das?« Ich bin gerade dabei, ein einzelnes Blatt Papier aus dem Briefumschlag herauszuziehen, als er es sagt.

»Ich werde ihn alleine publizieren. Den Artikel meine ich. Die Dissertation sowieso.«

»Wie bitte?«

»Ich will nicht mehr, dass Sie Co-Autorin sind.«

Beinahe muss ich lachen. »Das ist doch wohl ein Witz, oder?«

Seine Hand zittert, als er Kaffee in die Becher gießt, er verschüttet ein wenig. Mein erster Instinkt ist, ein Küchentuch zu nehmen und den Kaffee aufzuwischen, aber ich verkneife es mir.

»Ich habe lange und intensiv darüber nachgedacht«, sagt er. »Es ist meine Arbeit.«

Eine Welle der Empörung durchfährt mich, und meine Faust schließt sich fester um den Umschlag, aber dann sage ich mir, dass ich mich beruhigen muss. Ich atme tief ein und aus, und der Umschlag gleitet mir aus den Fingern. Er meint es nicht so. Wegen irgendetwas hat er Panik bekommen. Kein Grund für mich, ebenfalls durchzudrehen.

Er lehnt am Fenstersims und rührt mit einem Löffel in seinem Kaffee. Eine Brise kommt durch das halb geöffnete Schiebefenster und zerzaust sein Haar.

»Kommen Sie, Alex, ich habe Ihnen geholfen, das wissen Sie genau. Ohne mich hätten Sie es nicht geschafft.«

Er grinst unverschämt. »Hören Sie sich eigentlich selbst zu? Ich *habe* es ohne Sie geschafft, Anna. Sie waren vielleicht zufällig mit im Raum, aber das ist auch schon alles, was Sie dazu beigetragen haben.«

»Sie wissen genau, dass das nicht stimmt.« Ich denke an all die Stunden, in denen ich mit ihm zusammengehockt habe, in denen wir uns gemeinsam die Köpfe zerbrochen und versucht haben, den seidenen Faden zu finden, an dem wir ziehen konnten, um schließlich die Lösung ans Licht zu holen. Ich denke an all die Momente, in denen er so verzweifelt war, dass er wollte, dass ich ihn in den Arm nehme und drücke, bis es vorbei ist, an die Momente, in denen er wie ein Kind an meiner Schulter geschluchzt hat, während ich beruhigend auf ihn einredete. Bei einer Gelegenheit hat er mir gesagt, dass nicht einmal seine eigene Mutter so nett zu ihm sei wie ich.

Als ich jetzt daran zurückdenke, wird mir etwas klar, womit ich mich damals nicht auseinandersetzen wollte, aber ich fürchte, jetzt ist es so weit: Alex ist vollkommen neben der Spur.

Ich muss daran denken, wie ich ihn neulich anrief, es war kurz vor Mitternacht. Ich hatte ihn geweckt, und er war ziemlich sauer, weil er zum ersten Mal seit Wochen wieder ein paar Stunden am Stück hatte schlafen können. Bis ich anrief. Aber ich hatte eine Idee, und die konnte nicht warten. Es war das letzte noch fehlende Puzzleteil. Damit hatten wir die Lösung.

Genau das erzähle ich ihm jetzt, und ich muss mich sehr zusammenreißen, nicht laut zu werden. »Daran erinnern Sie sich nicht? Wirklich, Alex?«

Er grinst schief, und aus seinem Grinsen spricht eine solche Arroganz, dass ich ihn am liebsten ohrfeigen würde.

»Glauben Sie ernsthaft, dass Sie so viel beigetragen haben? So schlau sind Sie doch gar nicht, Anna. Sie versuchen, von mir zu profitieren, nicht umgekehrt. Ich habe es Ihnen doch gesagt. Ich habe in den letzten Wochen intensiv darüber nachgedacht, und …«

»*Wochen*? Sie haben mich die ganzen letzten *Wochen* über am Artikel weiterarbeiten lassen?«

Er zuckt mit den Schultern. »Na und? Schicken Sie mir eine Rechnung.«

»Alex! Was soll das? Das können Sie doch nicht machen!«

»Finden Sie sich damit ab. Ich bin das Beste, was Ihrer Karriere je passiert ist, auch ohne dass Ihr Name als Co-Autorin über dem Artikel steht. Sie waren meine Doktormutter, das wird Ihnen jede Menge Anerkennung einbringen. Und Ihre ach so tolle Uni wird bestimmt auch davon profitieren, dass ich Ihr Doktorand war.«

»Tun Sie das nicht. Sie wissen, dass das nicht fair ist.«

»Das Leben ist nun einmal nicht fair. Gewöhnen Sie sich endlich daran.«

Ich lache auf. »Das merke ich auch gerade.« Aber dann schaue ich in sein Gesicht und weiß nicht, ob ich ihn schlagen oder anbetteln soll. Ich mustere ihn genau. Seine zitternden Hände. Die weiße Spucke in seinen Mundwinkeln. Die geweiteten Pupillen. Seine Haut ist so blass, dass sie fast bläulich scheint. »Bekommen Sie in letzter Zeit Schlaf?« Ich klinge jetzt schon wieder etwas versöhnlicher.

Er schnaubt. »Schlafen kann ich, wenn das alles hier vorbei ist.«

Ich wende mich ihm zu. »Was haben Sie genommen, Alex?« Ich strecke die Hand aus, um ihn zu berühren, er zuckt zurück. »Ich glaube, ich sollte jemanden anrufen. Wir können das alles später besprechen, aber ich glaube, Sie brauchen Hilfe. Haben Sie in letzter Zeit Ihre Eltern besucht?«

»Halten Sie den Mund.« Er reibt sich die Stirn, hört gar nicht mehr damit auf.

Ich gehe um den Tisch herum auf ihn zu. Ich möchte ihn einfach umarmen. Ihn festhalten, bis es vorbei ist. »Ich mache mir Sorgen um Sie.«

»Nein, tun Sie nicht. Bleiben Sie weg von mir!«

»Alles gut.« Aber da rinnt Blut aus seiner Nase. »Mein Armer, bitte, schauen Sie mich an. Ich bin hier, Alex. Was ist denn los mit Ihnen? Ich tue Ihnen nichts, das wissen Sie doch.«

Aber er presst sich mit dem Rücken an das Fenster hinter ihm, und seine Augen zucken nach links und rechts, als ob er nach einem Fluchtweg sucht. »Ich habe gesagt, was ich zu sagen hatte, und ich will, dass Sie gehen! Sofort!«

Ich muss jemanden anrufen. So schnell wie möglich. Er braucht einen Arzt. Aber mein Handy ist in meiner Umhängetasche, und die liegt drüben im Wohnzimmer. Also rede ich weiter und fixiere seinen Blick, während ich langsam auf ihn zugehe. »Sie können den Artikel alleine publizieren, das ist mir egal. Wirklich. Kommen Sie, Alex, wir setzen uns hin.«

Ich strecke ihm wieder die Hand entgegen, aber er lacht nur. Ich komme näher. So nah, dass ich ihn fast berühren kann.

Er hebt einen Arm und hält ihn sich vor das Gesicht. »Lassen Sie mich!«

Einen schrecklichen Moment bin ich überzeugt, dass er Angst vor mir hat. Dann dreht er sich mit einer einzigen Bewegung um, schiebt das Fenster hoch, schwingt ein Bein hinaus, sodass er rittlings auf der Fensterbank sitzt, und schaut nach unten. Ich schreie, dass er das lassen soll, aber da hat er das andere Bein schon nachgezogen und ist fort, und ich stehe da mit ausgestreckten Armen und einem erstickten Schrei in der Kehle.

»*Alex!*«

Aber Alex ist nicht mehr da.

FÜNF

Es ist ganz seltsam. Unwirklich. Wie ein Traum. Er hat nicht gebrüllt oder geschrien, hat gar kein Geräusch gemacht. Er war einfach weg.

Ich will sofort zum Fenster, aber ich kann mich partout nicht bewegen. Schwarze Punkte tanzen vor meinen Augen, und ich lege eine Hand flach auf den Tisch, um mich zu beruhigen.

»Alex?«

Einen Moment später mache ich einen Schritt und dann noch einen, und dann bin ich am Fenster.

»Alex?« Ich spähe die schmale Gasse an der Westseite des Mietshauses entlang, aber ich kann ihn nicht sehen. Nirgends sehe ich ihn, und einen tröstlichen Augenblick lang bin ich überzeugt, dass er mir einen Streich spielt, doch dann entdecke ich seinen nackten Fuß. Sein Körper ist zwischen der Ziegelwand des Gebäudes und einem Müllcontainer eingeklemmt. Ein Metallteil hat seinen Oberkörper durchbohrt, und ich weiß direkt, dass er tot ist. Ich presse mir die Hände auf den Mund, um nicht loszuschreien, und sinke zu Boden, mit dem Rücken an der Wand.

Ich muss Hilfe holen. Auf allen vieren krabbele ich ins Wohnzimmer, rappele mich auf und schnappe mir meine Tasche, die ich auf der Couch liegen gelassen habe. Es ist eine Umhängetasche aus gegerbtem, weichem Leder, und Luis hat einmal gewitzelt, wenn man darin etwas sucht, wäre es, als würde man die Hand in einen riesigen Pilz stecken. Als ich jetzt daran denken muss, an die Sache mit dem riesigen Pilz, beschleicht mich das Gefühl, dass ich selbst auf einem Trip bin. Hat Alex mir etwas in den Kaffee getan und ist dann aus der Wohnung gegangen? Ist das alles ein übler Scherz?

Nein. Ich habe meinen Kaffee gar nicht angerührt. Ich leere meine Tasche auf dem Fußboden aus, so finde ich mein Handy am schnellsten. Mit zitternden Händen greife ich danach, doch dann halte ich inne.

Alex ist tot. Da bin ich mir ganz sicher. Soll ich zuerst die Universität anrufen? Oder seine Eltern? Und was soll ich denen sagen? Nein, einen Krankenwagen muss ich rufen. Das wäre das Richtige. Mein Finger wandert zur ersten Ziffer, der 9.

Aber was genau soll ich denen sagen?

Er wollte meinen Namen aus dem Artikel streichen, und dann ist er aus dem Fenster gestürzt.

Mir fällt der Brief wieder ein, den er mir vorhin gegeben hat. Er liegt auf dem Küchentisch. Mit zitternden Fingern greife ich danach. Er ist auf dickem, cremefarbenem Briefpapier ausgedruckt.

Liebe Anna,

zunächst möchte ich Ihnen dafür danken, dass Sie meine Dissertation betreuen, und dafür, was Sie alles getan haben, damit ich mich an der Locke Weidman University wohlfühle.

Ich habe beschlossen, meine Arbeit allein zu veröffentlichen. Das gilt auch für den Artikel, der auf meiner Dissertation basiert. Ich weiß, dass wir darüber gesprochen hatten, Sie als Mitautorin zu nennen, aber ich habe darüber nachgedacht und bin zu dem Schluss gekommen, dass es überhaupt keinen Grund gibt, Ihren Namen zu nennen. Um ehrlich zu sein, fürchte ich, dass Ihr Beitrag durch die Nennung Ihres Namens mehr Gewicht erhält, als gerechtfertigt wäre.

Ich hoffe, Sie verstehen und respektieren meinen Standpunkt. Bitte senden Sie mir alle schriftlichen Unterlagen zu, die Sie von mir haben.

Als wäre ihm das erst nachträglich eingefallen, hat er handschriftlich daruntergesetzt:

Sorry, Alex

Ich halte mir eine Hand über die Augen. Sie werden denken, dass ich es war. Natürlich werden sie das. Sie werden den Brief lesen und dann behaupten, ich hätte Alex im Zorn aus dem Fenster geschubst. Keiner wird mir glauben, dass er einfach so von selbst gesprungen ist. Er war da, dann war er weg. Aber so war es nun einmal, oder etwa nicht?

Komme ich ins Gefängnis? Selbstverständlich komme ich ins Gefängnis. *Student von eigener Doktormutter ermordet!* werden die Zeitungen verkünden, die Blogs, die sozialen Medien und die Talkrunden.

Ermordet.

Aus irgendeinem verrückten Grund muss ich an meine Mutter denken und kann fast hören, wie sie unwirsch und enttäuscht mit der Zunge schnalzt.

Ich gehe wieder zum Fenster, ganz langsam, wie eine Katze, und die ganze Zeit über lausche ich. Alle Geräusche scheinen verstärkt zu sein, als hätte ich ein bionisches Gehör. Autos in der Ferne, Hundegebell, das Klirren eines Hammers irgendwo auf einer Baustelle. Keine Polizeisirenen. Noch nicht.

Okay. Ich muss gleichmäßig atmen. Mich konzentrieren.

Ich denke an meine Kinder, als ich den Brief zusammenknülle und in die Hosentasche stecke. Ich spüle den Becher ab, trockne ihn mit dem Geschirrhandtuch und stelle ihn zurück ins Regal. Ich mache mir keine Sorgen wegen Fingerabdrücken oder DNA, aber man muss ja nicht gleich merken, dass Alex an diesem Vormittag nicht allein war. Mein Herz schlägt mir bis zum Hals, als ich im Wohnzimmer auf den Knien herumrutsche und hektisch alles einsammle, was ich dort vorhin habe fallen lassen: zwei Tampons, eine Packung Taschentücher, meinen lange verloren geglaubten silbernen Kugelschreiber, Make-up, Sonnenbrille, Portemonnaie, Schlüsselbund, Kassenbons. Eine ungeöffnete Packung Minzbonbons. Eine ID-Karte an einem Schlüsselband von der UCLA, wo ich letztes Jahr an einer Podiumsdiskussion teilgenommen habe. Einen Hustenbonbon in Zellophan, bei dessen Anblick ich beinahe in Tränen ausbreche. Ich weiß noch genau, wie Mateo den lutschte. Er mochte ihn nicht, wickelte ihn wieder ein und steckte ihn zurück in meine Tasche. Ich werfe das alles hinein und bin fast am Hyperventilieren, als ich mich panisch im Zimmer umschaue, ob ich irgendetwas von mir übersehen habe. Schließlich öffne ich leise, ganz leise die Wohnungstür.

Ich will gerade auf den Hausflur hinaustreten, da höre ich Schritte auf der Treppe. Ich schließe die Tür wieder, halte mit pochendem Herzen den Atem an und bete, dass es nicht sein Mitbewohner ist. In meinem Kopf rasen die Gedanken, ich überlege, wie ich erklären soll, dass ich ganz allein in der Wohnung bin, als die Schritte wieder leiser werden und auf der Treppe nach oben verschwinden. Erst jetzt wage ich auszuatmen. Aus einem Impuls heraus schnappe ich mir eine beige Strickmütze vom Kleiderständer und ziehe sie mir über die Ohren, dann setze ich meine Sonnenbrille auf. Ich schlüpfe aus der Tür und haste die Treppe hinab. Ich brauche nur eine Minute, nicht einmal, dreißig Sekunden vielleicht, dann bin ich draußen. Aber gerade als ich den letzten Treppenabsatz erreiche, betritt jemand das Gebäude.

Ich halte den Atem an und gehe mit gesenktem Kopf vorbei. Aus dem Augenwinkel nehme ich dunkles Haar und einen silbern und violett schimmernden Ring an einem Zeigefinger wahr.

»Pardon«, murmle ich.

Ich betrete den Bürgersteig und laufe zu meinem Auto.

SECHS

Ich stecke die Mütze ins Handschuhfach und fahre los. Mein Herz klopft immer noch, alle meine Sinne sind geschärft. Jedes Geräusch ist ein elendes Getöse, die Brise auf meiner Haut fühlt sich an wie ein Orkan.

Ob mich jemand gesehen hat? Ich versuche, mir die Hauswand gegenüber von Alex' Fenster vorzustellen. Es ist eine einfache Backsteinmauer, die Seitenwand eines alten Lagerhauses. Keine Fenster, soweit ich mich erinnern kann. Die Gasse ist schmal und bis auf die Mülltonnen und den Müllcontainer leer. Er gab keinen Laut von sich, als er fiel, das ist vielleicht das Seltsamste an der ganzen Geschichte. Wie lange war ich danach noch in der Wohnung? Keine Ahnung. Zwei Minuten? Oder fünf?

Habe ich irgendwem erzählt, dass ich zu Alex wollte? Nein, ich glaube nicht. Aber dann denke ich: *Ich glaube nicht* reicht mir nicht, also zermartere ich mir das Gehirn und verfolge alle meine Schritte zurück. Da war sein Anruf heute Morgen, aber daran war nichts Ungewöhnliches.

Auf dem Parkplatz der Universität hole ich den Brief hervor, als würde er mir irgendetwas verraten, das mir entgangen ist. Ich streiche ihn am Oberschenkel glatt und fange an, ihn noch einmal zu lesen, als es über meinem Kopf plötzlich knallt und mein Herz aussetzt.

»Alles okay, Ma'am?«

Es ist der Pförtner oder vielleicht einer der Wachleute, ich kann die immer nicht auseinanderhalten, auf jeden Fall trägt er eine Uniform. Mir wird klar, dass er aufs Autodach geklopft hat, um meine Aufmerksamkeit zu erregen. Ich lasse das Fenster herunter. »Ja, danke.«

»Dann ist ja gut.«

Wie lange sitze ich wohl schon hier? Ich zerreiße den Brief in so viele Stücke, wie ich kann, und hole die Mütze aus dem Handschuhfach.

Ich werfe beides in den Mülleimer neben dem Aufzug, dann fahre ich nach oben, verstaue meine Sachen in meinem Büro und gehe zu meinem nächsten Seminar.

Normalerweise bin ich eine sehr engagierte Dozentin. Ich stelle ständig Fragen und achte darauf, dass alle mitkommen. Aber als ich heute im Hörsaal stehe, unterrichte ich quasi auf Autopilot. Nicht einmal Melanie – eine extrem kluge, aber leider reichlich undisziplinierte Erstsemesterin – schnauze ich an, als sie ihr Bein über den ausklappbaren Tisch an ihrem Sitz baumeln lässt. Etwa ein Drittel der Kursteilnehmer sind junge Frauen, was für eine Erstsemesterveranstaltung nicht ungewöhnlich ist, aber die meisten von ihnen werden in den nächsten drei Jahren das Studienfach wechseln. Zu Beginn des Semesters versuche ich normalerweise zu erraten, welche von ihnen durchhalten und welche nicht. Melanie fällt in die erste Kategorie: Sie ist intelligent genug, und ich glaube, sie hat ein echtes Faible für Mathematik, aber sie stößt andere immer wieder vor den Kopf, weil sie so frech ist. Vor allem mich. Ich fürchte, sie hat schon gemerkt, dass ich mich leicht herumschubsen lasse und dass hinter meinen Drohungen wenig steckt. Wenn ich ihr eine Standpauke halte (was ich ohnehin schon halbherzig tue, weil sie mir immer ein bisschen Angst macht), legt sie noch einen drauf, indem sie im nächsten Moment eine Kaugummiblase platzen lässt. Ich bemerke, dass sie so etwas wie *Hallo?* sagt, und mir wird klar, dass ich schon eine ganze Weile nichts mehr gesagt habe. Ich hatte gedämpfte Stimmen auf dem Flur gehört und dachte: *Das war's. Sie wissen es. Gleich kommen sie durch die Tür und verkünden, dass Alex tot ist.* Aber nichts passiert, und die Stimmen verschwinden wieder.

Ich bringe den Rest der Stunde hinter mich und gehe dann schnell zum Personalraum. Ich hole meinen Thunfischsalat mit Ei aus dem Kühlschrank und tue so, als würde ich ihn mit zu meinem Büro nehmen und am Schreibtisch essen. In Wirklichkeit rühre ich ihn nicht an. Ich kann jetzt nichts essen, schon gar nicht Thunfischsalat mit Ei. Ich öffne die Tupperdose, stochere mit der Gabel im Inhalt herum, schließe den Deckel wieder, werfe den Salat samt Behälter in den Papierkorb und rede mir ein, dass ich an jedem anderen Tag genau das Gleiche getan hätte. Bis zum Feierabend erledige ich meine übrigen Aufgaben wie in Trance – ich muss mich in regelmäßigen Abständen geradezu physisch wachrütteln, um in Bewegung zu bleiben. Irgendwann taucht Geoff auf, und ich denke: *Das war's dann wohl.* Ich höre, wie er *Alex* sagt, und ich warte auf das Wort *tot*, aber es kommt nicht, und ich blinzle verwirrt. »Was hast du gesagt?«

»Ich habe gefragt, ob Alex nächsten Dienstag vor dem Gremium eine Präsentation hält ...?«

Ich muss daran denken, wie er hinter dem Müllcontainer lag. Warum hat man ihn noch nicht gefunden? Wie lange wird das noch dauern? Vielleicht hat man ihn auch schon entdeckt, aber niemand sagt uns Bescheid. Ist das denkbar? Soll ich bald irgendetwas sagen? So etwas wie: *Eigentlich wollte Alex sich melden, aber er reagiert nicht auf meine Anrufe. Ob mit ihm alles okay ist?*

»Und?«, hakt Geoff nach.

Doktoranden sollen jedes Vierteljahr eine Präsentation halten, um ihre Fortschritte evaluieren zu lassen. Das ist streng genommen nicht verpflichtend, aber man muss schon einen guten Grund haben, um sich davor zu drücken. Alex hat die letzten beiden Male nicht teilgenommen, weil er beschlossen hatte, sein Dissertationsthema zu wechseln, und nicht wollte, dass das herauskam. Über die Präsentation, die jetzt ansteht, haben wir erst letzte Woche gesprochen.

»Ich kann Ihnen nicht noch einmal Aufschub gewähren«, sagte ich zu Alex. »Es wird langsam unangenehm. Na schön, notfalls muss ich mir halt etwas einfallen lassen.«

»Nein, ich mache das schon.«

»Wirklich? Da staune ich aber. Ich dachte, Sie wollen das Ganze noch geheim halten?«

Er grinste. »Ich referiere einfach über die Theta- und Zeta-Funktionen. Das ist ja offiziell immer noch mein Thema.«

»Ah.« Ich nickte, aber ich fühlte mich damit nicht besonders wohl. Es ist das eine, seine Arbeit unter Verschluss zu halten; den Fachbereich an der Nase herumzuführen, ist etwas ganz anderes.

»Haben Sie da denn etwas Neues zu präsentieren?«

»Nein.«

»Und wie soll das dann funktionieren?«

Er hielt inne, dann wandte er sich zu mir um und strahlte, als hätte er gerade einen Geistesblitz. »*Sie* könnten das doch tun. Sie könnten mir da doch im Handumdrehen etwas aufschreiben! Das ist doch Ihr Fachgebiet, oder?«

Natürlich war das kein Geistesblitz. Er hatte von vornherein geplant, mich darum zu bitten. Aber ich sagte ihm klar und deutlich Nein. Das wäre noch schlimmer, als den Fachbereich anzulügen: Das wäre regelrechter Betrug. »Kommt überhaupt nicht infrage«, sagte ich. »Und vielleicht haben Sie es noch nicht bemerkt, aber ich habe ziemlich viel zu tun, Alex.«

»Verstehen Sie denn nicht? Auf diese Weise lassen die mich in Ruhe! Sonst fangen sie an, Fragen zu stellen! Sie werden Verdacht schöpfen. Oder mich aus dem Programm werfen!«

»Nein, das werden sie nicht. Ich bin Ihre Betreuerin. Ich bin die Einzige, die Sie rauswerfen kann.« Das war zwar nicht ganz richtig, aber wenn man Alex eine Bitte abschlägt, ist das, als würde man sich mit einem besonders eigensinnigen Dreijährigen streiten. Er bettelte, er schmollte, er wurde wütend, er flehte, er drohte, dann schmollte er wieder, und am Ende sagte ich doch Ja – ich wollte einfach nur, dass das Gespräch ein Ende hatte. Also machte ich mich an die Arbeit. Bis vier Uhr morgens saß ich an seiner Präsentation, aber für das Ergebnis hätte ich mir eine Eins plus gegeben.

Geoff räuspert sich.

»Entschuldige. Ja. Das hat er mir versprochen. Er kommt, definitiv.«

Er nickt. »Gut. Ich freue mich schon darauf.« Er wendet sich zum Gehen, doch dann hält er inne und dreht sich noch einmal zu mir um. »Alles okay mit dir?«

»Klar, warum?«

»Du scheinst ein wenig neben dir zu stehen.«

»Tut mir leid. Ich bin nur müde.«

»Du siehst auch müde aus. Du bist doch nicht sauer wegen der Beförderung, oder?«

Erst jetzt fällt mir auf, dass er sich nicht einmal die Mühe gemacht hat, es mir persönlich mitzuteilen. Niemand hat es mir mitgeteilt, nur Mila, und die zählt nicht. Die wollte nur prahlen.

»Nein, ich bin nicht sauer wegen der Beförderung.«

Ich warte, bis ich wieder in meinem Auto sitze, bevor ich weine. Dann fahre ich nach Hause, und als ich zur Tür hereinkomme und sofort vom Lärm meiner Kinder umgeben bin, die

Carlas Theaterstück vorbereiten, gibt es einen Moment, in dem ich mir fast einreden kann, dass es gar nicht passiert ist.

»Hallo?«, rufe ich, als ich mich dem Wohnzimmer nähere.

»Nein!«, schreien die zwei. »Nicht reinkommen!«

»Okay! Tut mir leid! Wo ist euer Vater?«

»Im Schuppen!«, rufen sie.

Ich schlendere durch den Garten zum Schuppen und bleibe in der Tür stehen. Luis beugt sich über sein Fahrrad, und einen Moment lang bin ich versucht, zu rufen: *Heute ist etwas Furchtbares passiert.*

»Hey, Schatz, wie war dein Tag?«, fragt er, ohne aufzuschauen.

Wieder einmal spüre ich eine gewisse Distanz zwischen uns. Das kommt in letzter Zeit häufiger vor. Er sagt *Wie war dein Tag?*, aber es klingt nicht, als wäre er bei der Sache und würde sich wirklich anhören wollen, wie mein Tag war. Vielleicht mache ich mir aber auch zu viele Gedanken. Bestimmt hat er einfach nur viel um die Ohren. Und doch würde ich gerade jetzt, wo ich ihn schweigend anstarre, alles darum geben, dass er zu mir hochschaut, mich ansieht und mich fragt, was los ist, auch wenn ich es ihm nicht sagen kann. Nur damit ich weiß, dass er mich wahrnimmt.

Tut er aber nicht.

»Gut«, sage ich schließlich. »Bis gleich, drinnen.«

Die fertige Wäsche steckt immer noch in der Waschmaschine. Ich könnte Carla darauf ansprechen, aber mir fehlt die Kraft dafür. Ich stecke sie einfach in den Trockner und mache mich dann ans Abendessen.

Luis kommt herein, öffnet eine Flasche Wein und deckt den Tisch. Normalerweise – ein Wort, das mir in diesem Moment geradezu absurd vorkommt – essen wir alle gemeinsam am Esstisch. Darauf bestehe ich. Aber wegen des Theaterstücks der Kinder essen wir heute am Couchtisch im Wohnzimmer.

Zum Glück dauert es nur rund zwanzig Minuten. Ich tue

so, als ob ich zuschaue. Ich lache, wenn Luis lacht, und klatsche, wenn Luis klatscht. Ich bekomme überhaupt nicht mit, worum es geht, aber ich tue mein Bestes, dass das niemand merkt, und bin dankbar, dass ich mir etwas anderes anschauen kann als die furchtbaren Bilder in meinem Kopf. Als die Aufführung vorbei ist, geben wir unser Feedback, das in meinem Fall darin besteht, dass ich einfach mit anderen Worten wiederhole, was Luis sagt, und den beiden versichere, wie begabt sie sind. Danach gehen sie auf ihre Zimmer, um Hausaufgaben zu machen, und Luis meint, er müsse zurück ins Atelier, um zu arbeiten.

»Ich habe so viel zu tun«, sagt er.

»Ich weiß«, sage ich. »Ich verstehe schon.« Aber tief in mir drin wünsche ich mir, er würde bei mir bleiben. Wir könnten auf der Couch sitzen, er könnte seinen Arm um mich legen, und wir könnten uns über etwas anderes unterhalten, simplere Themen, Familienangelegenheiten, und ich könnte Alex vergessen und vielleicht sogar so tun, als wäre es nie passiert.

Mit einem Mal wird mir klar, wie schlimm das, was ich getan habe, eigentlich ist, und einen Moment lang verschlägt es mir buchstäblich den Atem. Ich murmele, ich würde ins Bad gehen, und dann setze ich mich auf den Badewannenrand, vergrabe den Kopf in den Händen. Was habe ich getan? Was ist nur los mit mir? Ich hätte nicht einfach so verschwinden dürfen. Ich hätte einen Krankenwagen rufen müssen und erklären, was passiert war. Er war garantiert voll mit Drogen. Von dem Brief hätte ich denen gar nichts erzählen müssen, aber in der Aufregung habe ich nicht klar denken können. Ich bin in Panik geraten, und jetzt ist es zu spät, jetzt kann ich es niemandem mehr erzählen. Was sollte ich denn sagen? Dass mir das entfallen ist? Dass ich nach Ausflüchten gesucht habe? Und dann meine Meinung geändert habe?

Als ich zurück ins Wohnzimmer komme, schlüpft Luis gerade in seine Jacke.

»Ich brauche heute länger im Atelier, geh ruhig schon schlafen«, sagt er, steigt auf sein Fahrrad und fährt davon. Später, nachdem die Kinder im Bett sind, schaue ich eine Folge *Martha's Vineyard Mysteries*. Ich kann mich nicht auf die Handlung konzentrieren, schaue mir nur die Landschaft an, die Boote, das Meer und die hübschen Häuser, und als später Luis nach Hause kommt, hat mich die Angst dermaßen im Griff, dass ich so tun muss, als ob ich schlafe, damit er die Furcht in meinen Augen nicht sieht.

SIEBEN

Am nächsten Tag geht es mir kaum besser. Ich habe in der Nacht kein Auge zugetan, und mein Gehirn fühlt sich zerfasert an. Manchmal knackt es darin, buchstäblich, als würde jemand in meinem Schädel eine Peitsche schwingen. Ich habe mich sorgfältig geschminkt und mein buntes Hemdblusenkleid angezogen, und ich habe sogar Pfannkuchen zum Frühstück gemacht. Matti schrie begeistert auf, und Carla schenkte mir ein besonders strahlendes Lächeln. Es macht mich so froh, wenn ich sehe, dass sie glücklich sind. So froh, dass ich fast geweint hätte.

»Klopf, klopf! Bist du startbereit?«

Rohan steht in der Tür. Ich starre ihn eine Sekunde zu lange an, und er hebt eine Augenbraue. Immer noch nichts über Alex. »Ach ja, richtig.« Die Mitarbeiterversammlung hatte ich vollkommen vergessen. Ich schaue demonstrativ auf die Uhr. »Wow, schon zehn. Bin gleich da.« Ich erwarte, dass er verschwindet. Als das nicht passiert, stehe ich auf und tue, was ich immer tue: Ich greife nach meinem Laptop. Doch im selben

Moment denke ich: *Nein. Nicht mit mir. Soll doch zur Abwechslung mal jemand anderes das Protokoll schreiben.* Aber dann wird mir klar, dass ich mich möglichst normal verhalten muss. Also nehme ich den Laptop und klemme ihn mir unter den Arm.

»Tut mir leid wegen der Professur«, sagt Rohan.

Ich drehe mich zu ihm um und schaue ihn an. Mir schießen ungewollt Tränen in die Augen. Zum einen, weil ich weiß, dass er es ernst meint, zum anderen, weil ich diese Tränen schon so lange zurückhalte, dass sie sich jetzt bei der kleinsten Gefühlsregung Bahn zu brechen drohen. Ich lege eine Hand auf seinen Arm. »Vergiss es. Die zusätzliche Arbeit ist das bisschen Geld sowieso nicht wert.«

Er lacht. »Da hast du auch wieder recht.«

»Danke, aber es ist alles in Ordnung.« Mal ehrlich: Diese Professur ist im Moment das geringste meiner Probleme.

Ich überstehe den Rest des Arbeitstages, ohne dass irgendjemand die traurige Nachricht überbringt, und denke ernsthaft darüber nach, selbst bei der Polizei anzurufen. Ich korrigiere Klausuren bei eingeschaltetem Deckenlicht. Draußen regnet es, und es wird langsam kalt, deshalb habe ich ein altes Sweatshirt mit dem Logo der Uni angezogen, denn mein Büro hat nur ein schmales waagerechtes Fenster unter der Decke – eigentlich eher eine Art Lüftungsschlitz –, das man mit einer Kurbel auf- und zuklappen kann, aber es klemmt schon seit Ewigkeiten und schließt nicht mehr richtig. Die Tür steht offen, wie meistens.

June taucht auf und hält sich an der Klinke fest. Irgendetwas an ihrem Auftreten sagt mir, dass es endlich so weit ist. Ich hoffe, ich bin bereit dafür. Ich fühle mich überhaupt nicht bereit.

»Haben Sie schon gehört?«, fragt sie leise.

»Was?«

Ein Herzschlag.

»Von Alex?«

Sie ist blasser als sonst, und als sie die Lippen zusammenpresst, weisen ihre Mundwinkel nach unten, als würde sie gleich anfangen zu weinen. Ich lehne mich zurück und lege den Stift auf den Schreibtisch. »Was ist denn mit Alex?«

Sie kommt herein und wirft einen kurzen Blick hinter sich in den Flur, bevor sie die Tür schließt.

»Er ... Alex ... Er ist tot. Es tut mir so leid.«

Ich zucke zusammen. »Alex? *Mein* Alex?« Ich lege mir eine Hand auf die Brust und reiße die Augen weit auf. Carla hat das gestern Abend in einer Szene ihres Stücks auch so gemacht, und ich habe es mir gemerkt und heute Morgen vor dem Badezimmerspiegel geprobt.

June nickt. »Ja.«

Ich beuge mich zu ihr vor. »Das kann nicht sein. Ich habe gestern noch mit ihm telefoniert.« Das stimmt, und es lässt sich nachprüfen. Damit habe ich gerade verkündet, dass ich wahrscheinlich die letzte Person bin, die mit ihm gesprochen hat, und dass ich nichts verheimlichen will.

»Doch, er ist tot, Anna. Man hat ihn vor ein paar Stunden gefunden.«

Ihre Worte beschwören sofort das Bild wieder herauf, das ich versucht habe, aus meinem Kopf zu verbannen. Ich spüre, wie mein Brustkorb die Luft aus meiner Lunge presst, und einen Moment lang bin ich mir nicht sicher, ob ich sie wieder hineinbekomme. Ich sitze da, starre June an und kriege keinen Ton heraus. Im Raum ist keine Luft mehr, trotz der kaputten Kurbel. Jetzt erst merke ich, dass ich gar nicht nachfrage. Zum Glück finde ich meine Stimme wieder.

»Woher wissen Sie das? Wer hat ihn gefunden?«

»Die Polizei hat angerufen. Val vom Studierendenwerk hat es mir gerade gesagt.«

Ich verberge mein Gesicht in den Händen. »O mein Gott.«

June kommt um meinen Schreibtisch herum und berührt sanft meine Schulter. »Es ist ja nicht Ihre Schuld, Anna.«

Ich reiße so ruckartig den Kopf hoch, dass es weh tut.

»Es ging ihm nicht gut in letzter Zeit. Das weiß doch jeder. Sie hätten daran auch nichts ändern können.«

Ich atme wieder aus, ganz langsam. »Das wissen Sie doch gar nicht.«

»Doch, das weiß ich.«

»Vielleicht habe ich ihn zu sehr unter Druck gesetzt.« Ich starre sie schockiert an: Habe ich das wirklich gerade gesagt? Ich halte mir die Hände vors Gesicht und tue so, als würde ich weinen, aber plötzlich muss ich lachen, ich kann gar nicht mehr aufhören. Zum Glück fließen mir trotzdem die Tränen übers Gesicht.

June sieht sich nach einem Stuhl um, und dann nimmt sie den von der anderen Seite des Schreibtischs und schiebt ihn neben meinen. Sie setzt sich so dicht neben mich, dass sich unsere Knie fast berühren. Ich war June noch nie so nah. Aber um ehrlich zu sein, nehme ich sie kaum wahr. Erst jetzt fällt mir auf, wie hübsch sie ist, mit ihren schwarzen Locken und ihrer kurvigen Figur. Sie sieht jünger aus als ich, aber ich schätze, das liegt nur daran, dass sie besser in Form ist als ich; wir gehen beide stark auf die Vierzig zu.

»Damit hatte das bestimmt nichts zu tun«, sagt sie, und ich merke, dass ich für einen Moment vergessen habe, worüber wir reden. »Sie wissen doch, was Alex für ein Mensch war und wie schwer es für ihn war. Er war depressiv ...«

Ich starre sie einen Moment lang an. »Woher wollen Sie das wissen?«

»Das hat er mir selbst gesagt. Es machte ihm Sorgen, dass er so besessen von seiner Arbeit war. Er hat manchmal mehrere Tage am Stück nicht geschlafen. Ich weiß ehrlich gesagt nicht, wie er überhaupt zurechtgekommen ist.«

Ich starre sie ungläubig an. Alex war *mein* Doktorand, *mein* Schützling! Wie kann es sein, dass June so viel darüber weiß, mit welchen inneren Dämonen er gerungen hat? Als Assistentin der Fachbereichsleitung gehört sie nicht einmal zum Lehrkörper.

Was sie wohl sonst noch weiß?

»Das hat er Ihnen erzählt? Wann denn?«

»Ich weiß nicht genau. In den letzten paar Wochen. Sie haben doch mitbekommen, wie er drauf war. Ist Ihnen aufgefallen, wie sehr er abgenommen hat? Wie er sich verändert hat? Er stand ständig unter Strom, wie auf Drogen. Einmal sagte er zu mir: ›June, eines Tages werden Sie erzählen können, dass Sie mich damals schon gekannt haben!‹ Am nächsten Tag meinte er dann, er würde alles hinwerfen und erst mal ein Jahr lang segeln gehen. Um ehrlich zu sein, hatte ich nie den Eindruck, dass die Wissenschaft das Richtige für ihn war, jedenfalls nicht auf diesem Level. Dafür war er zu ... instabil.«

»Wie ist er denn eigentlich gestorben?«

»Es tut mir so leid, Anna«, sagt June, und ihr Gesicht ist von Schmerz gezeichnet. »Er ist gesprungen. Aus dem Fenster seiner Wohnung.«

Mir kommt ein wenig Galle hoch, und einen Moment lang denke ich, dass ich mich gleich übergeben muss, direkt hier auf den dunkelblauen Teppichboden. »Ich hätte gedacht, Sie sagen jetzt, er hätte eine Überdosis genommen oder so was.«

»Ich weiß.«

»Aber aus dem Fenster?« Ich fühle mich so blass, wie June aussieht. »Ist er wirklich tot?«, frage ich, keine Ahnung, warum. Vielleicht, weil es realer wird, wenn ich es von jemand anderem höre. Noch realer als gestern, als ich auf seinen blutenden, leblosen Körper hinunterschaute, der drei Stockwerke tiefer hinter einem Müllcontainer klemmte.

June sagt noch etwas, aber ich höre ihre Worte nicht, sondern nur das Geräusch des pulsierenden Blutes in meinen Ohren. Ihr Mund bewegt sich immer noch, als ich fluchtartig mein Büro verlasse, die Treppe hinunterhaste und um die Ecke zum Parkplatz laufe. Als ich die Fahrertür meines Wagens öffnen will, fällt mir mein Schlüsselbund herunter, und dann sitze ich die nächsten zwanzig Minuten mit der Stirn auf dem Lenkrad im Auto und hyperventiliere und meine, die Symptome einer Panikattacke zu erkennen. Dabei kann ich nicht einmal sagen, was mir solche Angst macht. Dass Alex wirklich tot ist? Oder dass ich einen Riesenfehler begangen habe?

ACHT

Ich sehne mich nach Luis, möchte den Kopf an seine Schulter legen und seine beruhigende Stimme hören. Ich greife nach meiner Umhängetasche auf dem Beifahrersitz und krame mein Handy heraus, aber der Anruf geht direkt an die Mailbox. Damit hatte ich eigentlich auch gerechnet, er schaltet sein Telefon immer aus, wenn er arbeitet.

»Hallo, ich bin's. Kannst du mich bitte zurückrufen?« Dann füge ich ein wenig leiser hinzu: »Ich weiß, dass du viel zu tun hast, aber könntest du vielleicht doch früher nach Hause kommen?« Ich halte inne, überlege, ihm von Alex zu erzählen – *Alex, weißt du noch? Er ist tot* –, doch stattdessen sage ich nur: »Ich vermisse dich.«

Ich drehe den Zündschlüssel, lasse den Schalthebel aber auf Parken. In diesem Zustand sollte ich nicht nach Hause zu den Kindern fahren. Ich bete, dass Luis zurückruft. Dann denke ich: *Warum fahre ich nicht einfach zu ihm?* Ich könnte ihm bei der Arbeit zusehen und ihm währenddessen von Alex berichten und erzählen, warum alles meine Schuld ist. Mit *alles meine Schuld* meine ich natürlich nicht, was in der Wohnung passiert ist, sondern dass ich ihn zu sehr unter Druck gesetzt habe und zu hohe Erwartungen hatte. Nein. Ich werde ihm nicht von Alex erzählen. Nicht jetzt. Stattdessen werde ich sagen: »Lass uns nach der Ausstellung wegfahren, nur wir beide. Die Kinder kommen auch mal ohne uns zurecht. Die können ein, zwei Wochen zu deinem Vater. Die würden das toll finden. Ich nehme Urlaub. Wir sagen niemandem, wo wir sind. Wir besinnen uns ganz auf uns, wie wir früher waren. Ich vermisse dich.« *Das* werde ich zu ihm sagen.

Ich schreibe Carla eine SMS.

Ich muss länger arbeiten, esst schon mal ohne mich. Im Kühlschrank ist Lasagne, die kannst du in die Mikrowelle tun. Pass bitte auf, dass Matti seine Hausaufgaben macht. Wir sehen uns später, Schatz. Hab dich lieb. Kuss

Sie antwortet sofort:

OK

Auf dem Weg zum Atelier halte ich am Weinladen, denn ich brauche unbedingt einen Drink. Den brauche ich schon seit Stunden. Als ich die erstbeste Flasche, einen Napa Valley Cabernet, aus dem Regal nehme, entdecke ich weiter hinten einen Pappkarton, der sofort nostalgische Erinnerungen bei mir weckt. Für einen Moment bin ich wieder in der Uni. Luis und ich sitzen im Schneidersitz auf dem Boden seines Zimmers, Cher oder Celine Dion im CD-Player. Aus Marmeladengläsern trinken wir Wein, der aus einem Drei-Liter-Karton kommt, und küssen uns, bis mir die Lippen wehtun. Wir reden darüber, wie wir uns die Zukunft vorstellen, wie viele Kinder wir haben wollen (zwei: einen Jungen und ein Mädchen), wir fallen uns immer wieder ins Wort und gestikulieren wild, während wir uns ein Leben ausmalen, in dem Luis ein berühmter Künstler ist und ich eine berühmte Mathematikerin.

Ich stelle die Flasche zurück ins Regal und greife stattdessen nach dem Drei-Liter-Karton. Der Mann an der Kasse zuckt bei meinem Anblick leicht zusammen. Ich werfe einen Blick in den Spiegel hinter ihm und stelle fest, dass ich dünne schwarze Streifen auf den Wangen habe, wo meine Tränen sich mit Mascara vermischt haben. Am Boden meiner Tasche finde ich ein zerknülltes Kleenex mit öligen, gelben Flecken darauf. Ich wette, das ist vom Hähnchencurry von gestern Abend. Ich wische mir mit einer einigermaßen sauberen Ecke die Wangen ab und lege eine kleine Packung Taschentücher, die es an der Kasse gibt, zu meinem Einkauf.

Luis' Atelier befindet sich in einem alten Lagerhaus im Westen der Stadt. Es ist riesig und macht die Hälfte des ganzen dritten Stockwerks aus. Es ist perfekt für ihn: breite Fenster, unverputzter roter Backstein, hohe Decken.

Ich parke draußen und schaue automatisch nach oben, erwarte, dass die Fenster hell erleuchtet sind, aber alles ist dunkel. Habe ich ihn etwa verpasst? Ich schaue auf die Uhrenanzeige am Armaturenbrett – zehn vor sechs. Ich hole mein Handy hervor und rufe ihn noch einmal an, aber es geht immer noch die Mailbox ran. Ich schreibe Carla eine SMS.

Hi Schatz, ist Dad zu Hause?

Nein. Wann kommst du nach Hause?

Ich weiß noch nicht. Später. Hab dich lieb. Kuss

Ich warte einen Moment, ob noch etwas kommt, tut es aber nicht, also stecke ich das Handy zurück in meine Tasche und nehme den Karton mit dem Wein vom Beifahrersitz. Ich weiß, wo er einen Ersatzschlüssel deponiert hat, und mit ein bisschen

Glück liegt der da noch. Unten muss man einen Türcode eingeben, den ich in den Notizen auf meinem Handy nachschlagen muss. Ich tippe die Zahlen ein, und mit einem Klicken öffnet sich die schwere Tür. Ich nehme den Aufzug – einen dieser riesigen Lastenaufzüge – zu Luis' Atelier.

Der Ersatzschlüssel ist an seinem Platz, wo zwischen zwei Ziegelsteinen der Mörtel weggebröckelt ist. Er ist klein und flach, oben abgerundet und passt überhaupt nicht zu der großen Metalltür. Irgendwie macht der Schlüssel den Eindruck, als wäre er länger nicht mehr benutzt worden, und tatsächlich klemmt er im Schloss. Ich denke schon, ich komme vielleicht doch nicht ins Atelier, und plötzlich habe ich das Gefühl, dass ich unbedingt hineinmuss, um auf Luis zu warten. Ich drehe den Schlüssel noch einmal, und da knackt es, und plötzlich bin ich drin.

Ich war schon seit Monaten nicht mehr im Atelier, aber der Geruch ist immer noch derselbe: eine Mischung aus Terpentin und Leim oder so etwas. Ich betätige den Schalter neben der Tür, die Leuchtstoffröhren flackern auf, und ich bekomme einen Riesenschreck.

In der Mitte des Raumes steht ein gewaltiges Vogelnest aus Zweigen, Federn und Heu, das an so dünnen Drähten aufgehängt ist, dass man sie kaum sieht. Ich betaste vorsichtig einen kleinen Teil des Nests und stelle fest, dass es gar nicht aus Zweigen und Federn besteht, sondern aus recyceltem Plastik, das nur so aussieht. Im Inneren des Nests befinden sich zwei merkwürdige kleine Kreaturen, die in riesigen Eierschalen hocken um mich mit flehenden Augen angucken. Ich muss wegschauen.

Abgesehen von den Materialresten auf dem langen aufgebockten Arbeitstisch ist das Atelier erstaunlich aufgeräumt. Aber Luis ist halt ein ordentlicher Mensch. Sehr organisiert.

Ich bringe meinen Weinkarton in die Kochnische am anderen Ende des großen Raums. Sie besteht nur aus einem weiß gefliesten Tresen mit eingelassenem Spülbecken, einem kleinen Schrank und einem Hängeschrank darüber an der Wand. Ich stelle den Karton auf den Tresen und will mir ein Glas nehmen, dann bemerke ich zwei Gläser auf dem Abtropfgestell neben der Spüle. Weingläser. Ich kann mich nicht daran erinnern, dass Luis in seinem Atelier Weingläser hätte. Ich schaue in die Schränke und finde zwei hübsche blau-weiße Schalen, von der Art, in denen man Oliven oder Nüsse auf den Tisch stellt. Statt dem Sammelsurium an angestoßenen Porzellantellern, die er früher hier benutzte, steht im Hängeschrank ein Stapel von sechs sandfarbenen und augenscheinlich handgefertigten Keramiktellern. Auf dem Bord daneben steht ein Satz dazu passender, wie Kelche geformter Becher. Was um alles in der Welt hat dieses Zeug hier zu suchen? Für sich selbst würde Luis so etwas nie und nimmer kaufen. Ihm ist es egal, woraus er trinkt, wenn er arbeitet. Ich schaue mich nach dem verbeulten alten Emaillebecher mit dem Logo der Cleveland Browns um, den er immer benutzt, und entdecke ihn in einer Plastikkiste zusammen mit leeren Gurkengläsern und ein paar alten Zeitungen.

Meine Haut fühlt sich klamm an. Es ist stickig hier drin. Die Fenster im Atelier lassen sich nicht öffnen, außer den kleinen ganz oben, Luis hat einen Haken an das Ende einer langen Metallstange geschweißt, mit der man sie auf- und zumachen kann. Ich finde die Stange, die an der Wand lehnt, und es gelingt mir, den Haken in den Riegel zu stecken und eines der Fenster zu öffnen. Ein schwacher Windhauch lässt die langen weißen Federn an der Skulptur flattern.

Ich nehme ein Weinglas in die Hand, bewundere sein elegantes Design und gieße mir gerade einen großzügigen Schluck ein, als ich höre, wie draußen der Lastenaufzug in Bewegung gerät. Das Wissen, dass Luis gleich hier sein wird, überkommt mich wie eine warme Welle der Erleichterung, und ich gieße sofort auch für ihn ein Glas ein, lehne mich mit dem

Rücken gegen den Tresen und lächle bei dem Gedanken, wie überrascht er sein wird. Doch der Aufzug fährt vorbei und kommt ein Stockwerk höher zum Stehen: Ich höre, wie sich die Tür schließt, es folgen Schritte irgendwo über meinem Kopf und dann – nichts mehr. Ich trinke mein Glas leer und beginne mit dem zweiten.

Neben dem Sofa steht ein kleiner runder Marmortisch, der aussieht wie aus einem Pariser Bistro. Darauf befinden sich eine dicke Kerze auf einer Untertasse und eine Schachtel Streichhölzer. Ich zünde die Kerze an, wobei mir das Streichholz fast bis auf die Finger herunterbrennt, dann schalte ich die grelle Deckenbeleuchtung aus und setze mich auf das Sofa. Das riesige Nest wirft einen seltsamen Schatten an die Wand gegenüber. Ich lehne mich zurück, schließe die Augen und versuche, an nichts mehr zu denken. Ich tue so, als wäre ich in einer Blase, in der mich nichts berühren kann, lasse die Geräusche der Stadt auf mich einwirken und warte darauf, dass Luis zurückkommt.

Als ich die Augen öffne, zittere ich. Mein Herz klopft zu schnell. Ich habe von Alex geträumt, und einen verwirrenden Moment lang glaube ich, dass er hier ist. Ich setze mich auf, fühle mich taumelig und desorientiert. Die Kerze ist erloschen, das einzige Licht im Raum kommt von der Straßenlaterne draußen. Ich taste mich zu meiner Tasche vor und krame nach meinem Handy. Keine Nachricht von Luis. Und es ist 21:23 Uhr. Ich versuche es noch einmal, aber wieder kommt nur seine Mailbox, und ich mache mir nicht die Mühe, noch eine Nachricht zu hinterlassen. Ich schalte das Deckenlicht wieder an, um aufzuräumen. Ich habe drei Gläser Wein getrunken, das war wahrscheinlich zu viel, um noch Auto zu fahren, auch wenn ich einiges davon schon wieder ausgeschlafen haben dürfte. Ich spüle die Gläser ab und stelle sie zurück ins Regal, wische den gefliesten Tresen ab und nehme meinen Weinkarton.

Dann platziere ich den Schlüssel wieder in seinem Versteck und fahre nach Hause.

Die Kinder haben alle Lichter im Haus angelassen, obwohl sie beide in ihren Zimmern sind. Ich schaue zuerst nach Mateo und finde ihn an seinem Schreibtisch, wo er irgendein Computerspiel spielt und Kopfhörer trägt, die fast so groß sind wie sein Kopf. Ich lege meine Hand auf seine Schulter. »Noch nicht, Mom, bitte!«, greint er.

»Es ist fast zehn …« Offensichtlich hört er mich nicht. Ich ziehe am Kabel der Kopfhörer, und er schiebt mich weg. Ich schnappe mir einen Stift und ein Stück Papier und kritzle darauf: *15 Minuten dann Bett!* Ich lege es direkt vor seine Nase auf den Schreibtisch. Er nickt und grunzt etwas, das vielleicht »Okay« heißen soll.

Carla schläft schon. In dieser Hinsicht kommt sie ganz nach mir: Sie geht früh zu Bett und steht früh auf. Sie hat die Decke bis ans Kinn hochgezogen, aber als ich sie sanft auf die Wange küsse, rührt sie sich.

»Was ist los, Mom?«

»Nichts. Schlaf weiter.«

Ich setze mich an den Küchentisch und warte auf Luis, mein Handy vor mir. Ich frage mich immer wieder: *Was passiert wohl als Erstes, wenn jemand vermutet, dass ich dabei war, als Alex starb?* Sicher würde die Polizei anrufen. Aber bisher kam kein solcher Anruf. Auch sonst keine Nachricht, keine E-Mail, nichts. Ich habe alles überprüft.

Obwohl mein Magen rebelliert, gieße ich mir noch ein großes Glas Rotwein ein. Wo zum Teufel ist Luis? Ist ihm etwas zugestoßen? Und was hatten diese Weingläser da zu suchen? Ich denke an Mila und Geoff und die Arbeit, lasse meine Stirn auf die Unterarme sinken und weine, einfach weil ich so wahnsinnig müde bin.

Dann kommt Luis herein. »Warum bist du noch auf?«, fragt er. Ich wische mir mit dem Handrücken die Tränen weg, und er kommt zu mir und zieht sich einen Stuhl heran. »Was ist los, Anna? Die Kinder ...«

»Den Kindern geht es gut. Die sind im Bett.«

Er legt mir einen Arm um die Schultern. »Was hast du denn?«

Ich lehne mich an ihn, lege den Kopf an seine Brust, und spüre die Kälte seiner Lederjacke an meiner Wange. Er wird Fahrrad gefahren sein. Durch Rotz und Tränen berichte ich ihm von Alex. Ich habe eindeutig zu viel Wein getrunken.

»Du hättest mich anrufen sollen.«

»Habe ich doch, ich habe dir mehrmals auf die Mailbox gesprochen«, heule ich.

Er holt direkt sein Handy aus der Tasche. »Tut mir leid. Ich habe vergessen, es wieder einzuschalten.«

»Wo warst du denn?«

»Ach, Schatz! Im Atelier! Hast du das vergessen? Wir haben doch darüber geredet, erinnerst du dich nicht?« Er zieht mich wieder an sich. »Nein, natürlich nicht, bei allem, was passiert ist.«

Mein Kopf ist benebelt von dem ganzen Wein, der in mir herumschwappt, und ich glaube, mir wird schlecht. Ich hätte etwas essen sollen, das ist das Problem.

»Ich bin gleich wieder da«, sage ich, stolpere ins Bad und übergebe mich in die Toilette. Als es vorbei ist, stütze ich mich mit beiden Händen auf dem Waschbecken ab und starre mein Spiegelbild an. Hat Luis wirklich gerade gesagt, dass er den ganzen Abend im Atelier war?

Ich höre, wie er draußen herumstromert, und als ich aus dem Bad komme, trägt er ein T-Shirt und hat seine Jacke über die Stuhllehne geworfen. Er spült gerade mein Glas ab. Die

Erinnerung an die beiden eleganten Weingläser auf dem Abtropfgestell in seinem Atelier blitzt in mir auf.

»Du siehst blass aus, Liebling. Geht's dir gut?«

Ich schiebe ihn aus dem Weg, um mir ein Glas mit Leitungswasser zu füllen, und nicke. »Ich glaube schon«, sage ich und wische mir mit dem Ärmel den Mund ab. Aber mein Herz klopft, und ich spüre, wie mir wieder die Tränen in die Augen schießen. Ich glaube, dass Luis mir nicht sagt, wo er wirklich gewesen ist, macht mir mehr zu schaffen als alles andere. »Bist du jetzt erst aus dem Atelier gekommen?«

»Ja, tut mir leid, dass es so spät geworden ist. Ich habe so viel zu tun. Ich war so vertieft, dass ich völlig die Zeit vergessen habe.«

»Warst du auswärts essen?«, frage ich und denke, vielleicht war er ja zwischendurch noch in einem Diner und wir haben uns einfach nur verpasst.

Er steht mit dem Rücken zu mir und schüttelt den Kopf. »Ich habe mir etwas liefern lassen. Gegen sieben, glaube ich.«

Nein, hast du nicht, würde ich am liebsten sagen. Nicht nur, dass ich selbst gegen sieben im Atelier war, bringt mich auf die Palme, sondern die Tatsache, dass er überhaupt erwähnt, wann das war. *Gegen sieben, glaube ich.* Das ist doch völlig unwichtig, warum erwähnt er es dann? Aber ich halte den Mund, und in meinem Kopf taucht komplett ausformuliert die Frage auf: *Betrügst du mich?* Denn das ist genau der Eindruck, den ich habe. Zugleich wird mir klar, dass der Gedanke schon in meinem Kopf herumgeistert, seit ich in seinem Atelier das hübsche Geschirr entdeckt habe.

»Komm mit ins Bett«, sagt er und geht die Treppe hinauf. Dann bleibt er stehen und wartet auf mich, hält mir sogar die Hand hin.

Ich bin so wütend, dass meine Ohren ganz warm sind. Ich nehme seine Hand und stelle mir vor, wie ich mit solcher Wucht daran ziehe, dass er rückwärts die Treppe hinunterfällt.

Ich würde gar nicht erst versuchen, ihn aufzufangen, das wäre ja nicht Sinn der Sache. Ich würde einfach dastehen, mein Blick verschwommen vom Alkohol, und zusehen, wie er sich den Kopf auf den Holzstufen aufschlägt. Aber dann fällt mir ein, dass ich Kinder habe, und ich löse meine Hand von seiner und greife stattdessen nach dem Geländer.

NEUN

Als ich aufwache, habe ich einen trockenen Mund, und ich könnte sofort losheulen. Luis' Seite des Bettes ist leer, und ich rolle mich hinüber, drücke mir die Finger auf die Augen und wende die Lüge in meinem Kopf hin und her. Aber mein Kopf funktioniert nicht mehr, und schließlich gebe ich auf. Der Geruch von Kaffee veranlasst mich, langsam die Beine aus dem Bett zu schwingen.

»Wie fühlst du dich, Schatz? Ich dachte, ich lasse dich ausschlafen.«

»Gut, danke. Besser.« Ich nehme den Becher mit dampfendem Kaffee, den Luis mir reicht, und mustere sein Gesicht, in der Erwartung, dass er sich doch noch korrigiert. Dass er sich auf die Stirn schlägt und so etwas sagt wie: *Warte! Habe ich gesagt, dass ich gestern Abend im Atelier war? Ich Depp! Ich habe mit Toby Squash gespielt. Er kann das bestätigen.* Toby ist unser Nachbar, und sie spielen manchmal Squash, aber eher nicht so spät abends.

Stattdessen bekomme ich zu hören: »Alles okay mit dir? Du siehst gar nicht gut aus. Ist es wegen Alex?«, und mir wird wieder flau im Magen.

Als ich in der Uni ankomme, ist alles viel stiller als sonst. Ich gehe direkt in mein Büro, ohne jemandem zu begegnen, dann kommt June mit besorgter Miene, um nach mir zu sehen. Sie bringt mir einen Schokoladenkeks auf einem kleinen weißen Teller und einen Kaffee, den sie vor mir abstellt.

»John übernimmt heute Morgen Ihr Seminar. Wie fühlen Sie sich?«

»Mir geht es gut«, sage ich und hoffe, sie verschwindet wieder, damit ich mich auf dem Fußboden unter dem Schreibtisch zusammenrollen kann. Ich starre auf den Keks. June hat mir noch nie Kaffee gebracht, geschweige denn einen Keks. Ich nehme den Schokokeks und betrachte ihn genau. »Sind Sie meine Mutter?«, frage ich. Sie gluckst. Plötzlich habe ich Angst, dass sie denken könnte, ich hätte andeuten wollen, sie sei alt genug, um meine Mutter zu sein, was natürlich Quatsch ist, also füge ich hinzu: »Ob Sie es glauben oder nicht, meine Mutter backt die genauso.« Was komplett erlogen ist. Vielleicht sage ich das nur, um die Leere zu füllen. Oder um mich selbst davon abzuhalten, so etwas zu sagen wie: *Übrigens, ich war dabei, als Alex gestorben ist, und ich frage mich die ganze Zeit, ob er auch gesprungen wäre, wenn ich nicht dabei gewesen wäre. Ach ja, und mein Mann betrügt mich höchstwahrscheinlich.*

Sie legt mir eine Hand auf die Schulter. »Sie sehen müde aus.«

»Danke. Das sagt meine Mutter auch immer.«

»Das beweist nur, dass Sie mehr auf Ihre Mutter hören sollten. Wollen Sie nicht ein paar Tage freinehmen? Das würde Ihnen guttun, Anna. Wenn Sie wollen, spreche ich mit Geoff und sorge dafür, dass jemand Ihre Kurse übernimmt.«

»Alles gut, wirklich, aber trotzdem danke.« Ich nehme einen Schluck Kaffee, spiele auf Zeit. Als sie sich schließlich zum Gehen wendet, fasse ich mir ein Herz.

»Darf ich Sie etwas fragen?«

Sie dreht sich um. »Ja?«

»Ich versuche zu verstehen, warum Alex Ihnen erzählt hat, was Sie gestern meinten, wie es ihm ging, von seinen Stimmungsschwankungen …«

»Ich habe ihn gefragt. Ich habe ihm angesehen, dass etwas nicht stimmte. Er war so ruhig in letzter Zeit, fand ich – diese ungestüme Energie bei ihm, die war auf einmal weg.«

»Er war völlig erschöpft«, sage ich und nicke.

»Er war deprimiert, Anna.« Sie zögert. »Haben Sie das nicht bemerkt?«

Ich nicke schnell. »Doch, natürlich.« Was gar nicht stimmt. Ich habe es nicht bemerkt, nicht wirklich. Ich sah nur seine Besessenheit, die Höhen und Tiefen, aber nicht, dass es so schlimm um ihn stand. Dass er dringend Hilfe brauchte.

»Es ist nicht Ihre Schuld«, sagt sie.

Und ich denke: Wenn sie das immer wieder sagt, glaubt sie es offenbar doch.

»Ich weiß. Danke«, antworte ich. Auch wenn das natürlich gelogen ist. Es *ist* meine Schuld. Ich habe ihn vielleicht nicht direkt umgebracht – glaube ich jedenfalls nicht –, aber ich bin schuld, dass er tot ist. Ich war da, und er ist ausgeflippt.

Mein Gott. Daran will ich jetzt gar nicht denken. Aber ich frage mich einfach, wie viel er June anvertraut hat, vor allem, weil ich keine Ahnung hatte, dass sie überhaupt miteinander reden.

»Hat er mit Ihnen auch über mich gesprochen?«, frage ich.

Sie lächelt. »Er hat gesagt, dass Sie die Beste sind und dass er sich deshalb solche Mühe gibt, die bestmögliche Arbeit abzuliefern. Ihretwegen. Sie hätten das verdient.«

Ich denke darüber nach, warte noch einen Moment, aber sie ist schon in ihren eigenen Gedanken versunken. Offenbar weiß sie nicht, dass Alex seine Meinung über mich geändert hat. Dass er am Ende der Ansicht war, ich hätte quasi gar nichts beigetragen.

»Sagen Sie mir Bescheid, wenn Sie etwas brauchen«, sagt sie. »Übrigens hat sein Vater angerufen. Er möchte Ihnen danken, auch im Namen seiner Frau. Er sagte, sie beide wüssten wirklich zu schätzen, was Sie für ihren Sohn getan haben.«

Es ist, als würde mir plötzlich jemand die Daumen auf die Kehle pressen. Ich bekomme keinen Ton heraus.

»Ich weiß.« Sie seufzt. Sie geht, und an der Tür sagt sie noch: »Die Polizei wird in einer Stunde hier sein. Die wollen mit Ihnen reden.«

Endlich atme ich ein. »Mit mir? Warum?«

Sie zuckt die Schultern. »Weil Sie von allen hier am meisten mit ihm zu tun hatten.«

»Natürlich. Sorry. Gut, ich bin hier.«

ZEHN

Die Befragung durch die Polizei geht problemlos über die Bühne, geradezu oberflächlich, wie ich finde. Sie sind zu zweit, ein Mann und eine Frau, die Namen nehme ich gar nicht wahr, so sehr rauscht es in meinen Ohren vor lauter Angst. Sie wollen wissen, wie ich Alex' psychische Verfassung einschätze. Ich erzähle ihnen, wie schlimm es war und dass wir uns schreckliche Sorgen um ihn gemacht haben. Ich gebe wieder, was June gesagt hat. *Er hat in letzter Zeit so schrecklich abgenommen. Er hatte sich stark verändert. Er wirkte überreizt, fast schon, als wäre er auf Drogen.* Nach und nach wird mir jetzt klar, dass ich Alex nie besonders mochte. Vielleicht wusste ich das längst, tief in mir drin, aber ich habe es noch nie artikuliert. Ich fand gut, was er aus mir herausgeholt hat, ich fand gut, dass ich so etwas war wie seine Retterin, die Person, die ihn trösten konnte, die ihn wieder aufrichtete, wenn er die Nerven verlor, die ihm half, seine wahre Begabung auszuleben. Aber jetzt, wo er tot ist, empfinde ich nichts mehr für ihn, außer einer unterschwelligen Verbitterung darüber, was er mir antun wollte.

Die Polizisten und ich sind uns einig, wie tragisch die ganze Situation ist, und ich erzähle, die Universität sei gerade dabei, ein besseres System einzuführen, um die psychische Gesundheit der Studierenden zu überprüfen. Das ist mir spontan eingefallen, und ich notiere mir im Geiste, das Thema bei der nächsten Mitarbeiterversammlung zur Sprache zu bringen. Sie nicken, schreiben sich alles auf und danken mir für meine Zeit. Als Nächstes unterhalten sie sich mit June, die ihnen zweifelsohne das Gleiche erzählt, und mit Geoff, der ohnehin nichts von Alex mitbekommen hat.

Ich bin so erleichtert, als sie wieder gehen, dass mir der Kopf schwirrt. Danach kann ich mich nicht mehr konzentrieren. Als ich mich mit Bernie treffe, einem meiner Postdocs, frage ich ihn, ob er nächste Woche meine Tutorien übernehmen kann, und er fragt: »Alles okay?«

»Klar, warum?«

»Weil ich Ihnen gerade eine Viertelstunde lang erzählt habe, dass ich nächste Woche nicht da bin. Sie haben mir überhaupt nicht zugehört.«

Am Nachmittag starre ich auf den Stapel Klausuren, die ich noch korrigieren muss, und überlege, ob ich das nicht einem der Wissenschaftlichen Mitarbeiter überlassen könnte, aber das würde bedeuten, dass ich schon Feierabend machen könnte, und ich will noch nicht nach Hause.

Als ich mit dem Korrigieren fertig bin, sitze ich da und presse mir die Finger auf die Augen. Vielleicht sollte ich Luis zur Rede stellen. Aber was soll ich ihm sagen? Ich muss immer wieder an das seltsame handgefertigte Geschirr denken. Ich hätte nie gedacht, dass Luis so etwas mag. Hat sie es für ihn gekauft? Vielleicht ist sie auch eine Künstlerin, die im selben Gebäude arbeitet. Vielleicht war er in der Zeit, als ich dort war, in einem anderen Stockwerk und hat mit irgendeinem gertenschlanken jungen Ding herumgeknutscht. Einer Töpferin vielleicht.

Schließlich befreit mich Geoff aus meinem Elend. Ich sitze gerade da und stütze die Stirn auf die Handballen, als er hereinkommt. Er klopft zweimal auf meinen Schreibtisch, damit ich aufschaue, und setzt sich auf die Ecke der Tischplatte.

»Was für ein Tag, hm? Das mit Alex tut mir leid. Hast du Lust auf ein Bier?«

Ich schaue hoch. »Du hättest mir selbst sagen sollen, dass ich die Professur nicht bekomme. Hätte ich nicht eine offizielle Mitteilung kriegen müssen? Dass ich es von Mila erfahren habe, war schon ein bisschen ... seltsam.«

»Ich weiß, es tut mir leid. Ich dachte nicht, dass sie dir das erzählen würde.«

»Nur so aus Neugierde, warum habe ich den Posten denn nicht bekommen?«

Ich bin mir sicher, dass ich ein winzig kleines Lächeln um seinen Mund spielen sehe, aber es verschwindet so schnell, dass ich es mir vielleicht doch bloß eingebildet habe.

»Wer weiß? Das entscheidet der Verwaltungsrat. Ich vermute, es liegt daran, dass du nicht genug publiziert hast. In deinem Schriftenverzeichnis klafft eine ziemliche Lücke. Na ja, vielleicht ist das ja auch gar nicht so dein Ding? Viele sind zufrieden damit, wenn sie zeitlebens dem akademischen Mittelbau angehören. Hast du das mal in Betracht gezogen?«

Und ich denke: *Was habt ihr denn auf einmal alle gegen mich?* Erst feuert mich Alex als seine Betreuerin und Co-Autorin, ausgerechnet in dem Moment, als er fertig ist mit seinen Berechnungen und mich nicht mehr braucht, und jetzt fragt mich Geoff, ob Professorin zu sein überhaupt *mein Ding* ist, nachdem er mich für meine Bewerbung monatelang zusätzliche Arbeit hat machen lassen, damit ich zeigen kann, wie unentbehrlich und *teamfähig* ich bin? An manchen Tagen ist es wirklich schwer, sich in dieser Welt nicht benutzt und ausgespuckt zu fühlen.

»Nein, damit bin ich nicht zufrieden, und das weißt du genau«, sage ich. »Wie kannst du so etwas überhaupt denken?«

Er runzelt die Stirn. »Ich bin mir nun einmal nicht sicher,

ob du ehrgeizig genug dafür bist, Anna. So wie in letzter Zeit geht es auf jeden Fall nicht. Wann hast du das letzte Mal auf einer Konferenz einen Vortrag gehalten? Oder ein Panel geleitet? Oder an einer Fachtagung teilgenommen? Mila macht so etwas ständig. Du nicht.«

Er hat keine Ahnung, wie sehr mich seine Worte verletzen. Ich hatte immer das Gefühl, dass Geoff und ich uns gut verstehen; dass uns etwas verbindet. Wenn er so über mich denkt, warum hat er dann nicht früher etwas gesagt? Und was ist das überhaupt neuerdings mit Mila? *Mila macht so etwas ständig.* Das ist wie ein Schlag ins Gesicht. Plötzlich fühle ich mich einfach nur alt, als wäre mein Haltbarkeitsdatum überschritten. Mir wird schlagartig klar, dass ich gegen die Milas dieser Welt keine Chance habe. Die ganze Zeit über dachte ich, ich wäre der Star der Show, doch jetzt stellt sich heraus, dass ich nur eine Nebenrolle hatte.

Geoff erhebt sich vom Tisch. »Na komm, wir trinken ein Bier. Dann sprechen wir in Ruhe über alles.«

Ich seufze. »Ich weiß nicht. Lädst du mich ein?«

»Nein, aber die Juristen geben einen aus. Da drüben feiert gerade jemand Geburtstag oder so was. Wenn wir uns beeilen, kriegen wir jeder noch ein, zwei Gläser ab.«

Ich bin mir unschlüssig. Aber ich bin ohnehin so abgespannt, ein Bier kann da nicht schaden. Ich schaue auf die Uhr. Halb sechs.

»Kommt Mila auch mit?«

Er legt den Kopf schief. »Nein, die ist schon gegangen.«

Ich schaue mit müden Augenlidern zu ihm hoch.

»Komm schon, Anna. Nur ein Feierabendbier.«

Ich seufze. »Okay.« Ich schalte den Computer aus, schnappe mir meine Tasche, und wir verlassen zusammen das Gebäude. Normalerweise würde ich zur juristischen Fakultät den Fußweg nehmen, der sich um die Blumenbeete schlängelt, aber heute folge ich Geoff, der über den Rasen geht, den man eigentlich nicht betreten darf, und verbotenerweise über die großblättrigen Funkien und die Überreste der Salzwiesen-Schwertlilien stapft. Vielleicht ist das mein Problem: Ich breche nie irgendwelche Regeln. Vielleicht bekomme ich deshalb nie, was ich will.

Es ist keine Geburtstagsparty, sondern eine Verabschiedung in den Ruhestand, und wir haben die feierlichen Reden verpasst, aber nicht den Alkohol. Normalerweise würde ich so etwas nie tun – die Ruhestandsparty eines Professors stürmen. Das ist halt typisch Geoff. Wenn es irgendwo etwas umsonst gibt, ist er dabei. Wir stehen am Büfett mit Plastikbechern, Karottensticks und Dips, und Geoff findet auf dem Boden einer Plastikwanne voll wässrigem Eis zwei Flaschen Bier. Er reicht mir eine, und wir stoßen mit den noch geschlossenen Flaschen an.

»Ich bin gleich wieder da«, sagt er und verschwindet, um mit jemandem am anderen Ende des Raums zu sprechen.

Ich sehe ihm verwirrt hinterher und schüttle den Kopf. Warum hat er sich überhaupt die Mühe gemacht, mich mitzunehmen, wenn er mich gleich wieder allein lässt? Ich überlege, ob ich einfach wieder gehen sollte, lehne mich gegen den Tisch, habe die immer noch geschlossene Bierflasche in der Hand und sehe keinen Flaschenöffner. Was mache ich hier überhaupt?

»Ist das dein Freund?« Ein Mann Mitte dreißig mit kurzem Bart und grünen Augen steht auf einmal neben mir. »Entschuldige, ist es okay, wenn ich mich zu dir geselle? Ich hätte wohl vorher fragen sollen.«

Mir liegt auf den Lippen, dass ich sowieso gerade gehen wollte, da sehe ich, wie Geoff einen Blick in meine Richtung wirft und diesen gutaussehenden Mann mustert, der mich angesprochen hat, da ändere ich meine Meinung.

Ich hebe mein Bier. »Wenn du mir das öffnen kannst, dann gerne.«

Er nimmt meine Flasche, schraubt den Verschluss kurzerhand ab und gibt sie mir zurück. Ich muss lachen.

»Das war die einfachste Aufgabe, die ich den ganzen Tag über zu erledigen hatte«, sagt er. Er lehnt sich ebenfalls gegen den Tisch. Wir stehen nebeneinander und nippen an unseren Bieren. Er deutet mit dem Kinn in Geoffs Richtung. »Also? Ist das dein Freund?«

»Was? Oh nein, das ist er nicht.«

Er schaut auf meine linke Hand. »Dein Mann?«

»Nein, auch nicht mein Mann.« Bei dem Wort spüre ich, wie mir die Tränen in die Augen steigen, und nehme einen Schluck, um mein Unbehagen zu verbergen.

»Er ist ein Arschloch«, sage ich und wische mir mit dem Handrücken den Mund ab. Ich bin mir gar nicht sicher, über wen ich gerade rede.

»Wirklich? Wow, okay, erzähl.«

Ich behalte Geoff im Auge, während ich den Kopf leicht drehe, damit ich dem Fremden ins Ohr flüstern kann.

»Er vögelt eine der Juniorprofessorinnen, und deshalb hat er dafür gesorgt, dass sie eine ordentliche Professur bekommt.«

»Ha! Von der MeToo-Bewegung hat der wohl noch nie etwas gehört, was?«

»Also bitte. Der denkt bestimmt, MeToo ist eine Stadt in Japan.«

Er lacht.

»Eigentlich hätte ich die Professur kriegen müssen«, fahre ich fort. »Aber ich habe mich geweigert, mit ihm Sex zu haben. Er hat es versucht, einmal. Ich habe Nein gesagt.«

Ich weiß gar nicht, warum ich das erzähle. Es ist, als würde ich Teile der Geschichte in die Luft werfen und zuschauen, wie sie sich zu einer neuen, zufälligen Version der Ereignisse zusammensetzen. »Deshalb hat sie die Beförderung bekommen und nicht ich.« Ich nehme noch einen Schluck.

»Das ist ja furchtbar. Wie ist sie denn so?«

Ich denke an die kluge, hübsche Mila mit dem glänzenden langen Haar, der perfekten Haut und der dünnen Goldkette um ihren zarten Knöchel. »Gewöhnlich«, sage ich und zucke mit den Schultern. »Aber manche Leute tun halt alles, was sie können, um Karriere zu machen.«

»Du könntest klagen. Den Prozess würdest du gewinnen.«

Ich zucke mit den Schultern. »Hey, ich nehme die Dinge, wie sie kommen. Mein Mann hat eine Affäre, das ist im Moment mein größtes Problem.« Jetzt bin ich nicht mehr zu bremsen. Vielleicht liegt es am Bier. Vielleicht bin ich auch einfach nur einsam und habe es satt, immer nur für die anderen da zu sein.

Es wäre – zumindest oberflächlich betrachtet – viel sinnvoller gewesen, mich Lori anzuvertrauen. Die bekomme ich kaum noch zu sehen, seit sie nach Seattle gezogen ist. Sie ist zum dritten Mal verheiratet und hat einen Sohn im Teenageralter aus der ersten Ehe und sagt immer, was für ein Glück ich hätte. »Du hast den perfekten Ehemann, die perfekten Kinder und die perfekte Karriere! Wie hast du das gemacht?«, fragt sie manchmal, und ich flachse dann immer: »Du kannst meine Kinder gerne haben, wenn du sie so toll findest. Meinen Göttergatten gebe ich dir gratis dazu. Mal sehen, was du nach einer Woche sagst.« Aber tief in mir drin war ich bisher immer überzeugt, dass sie recht hat: Ich hatte die perfekte Familie und das perfekte Leben. Schon deshalb will ich mich Lori im Moment auf keinen Fall anvertrauen. Vielleicht irgendwann später, wenn sich die Wogen geglättet haben. Ich stelle mir vor, wie ich in zehn Jahren auf einem unserer gemeinsamen Trips zum Skifahren in Colorado Seite an Seite mit Lori im Sessellift sitze und sie mein wunderbares Leben kommentiert.

Wenn du wüsstest, Lori! Es gab mal eine Zeit, vor vielen Jahren, da dachte ich, alles wäre vorbei …

Doch jetzt stehe ich hier und erzähle einem völlig Fremden von meinen Eheproblemen. Wenigstens muss ich dann nicht an

Alex denken. Was mit Alex passiert ist, kommt mir langsam wie eine ganz entfernte Erinnerung vor. Selbst die Polizei schien sein Suizid nicht weiter zu kümmern. Ich nehme mir vor, mich von jetzt an zu zwingen, *Alex' Suizid* zu denken statt *Alex' Tod*. In der Zwischenzeit hört sich der Mann, der jetzt ganz nah bei mir steht und den Kopf leicht gesenkt hat, aufmerksam meine Leidensgeschichte an.

»Würdest du ihn denn verlassen?«, fragt er, als ich fertig bin.

Ich zucke zusammen. »Meinen Mann? Nein! Na schön, ich habe mir schon ein paarmal vorgestellt, wie das wäre. Wenn ich mich besonders über ihn geärgert habe.«

»Aber fragst du dich denn manchmal, wie es wäre, mit jemand anderem zusammen zu sein?«

»Wie es wäre? Das kommt darauf an. Klar, ich habe mich schon mal gefragt, wie es wäre, mit jemandem verheiratet zu sein, der richtig erfolgreich ist. Jemandem, der viel zu tun hat und engagiert ist.« Ich schaue hinüber zu Geoff, der meinem Blick begegnet und mir zuzwinkert. Vielleicht hätte ich es tun sollen, damals in der Nacht in Chicago; stattdessen hat Luis jetzt mich betrogen – das hätte ich nie im Leben von ihm gedacht. Ob das meine Strafe dafür ist, dass ich zu viel geflirtet habe? Dann kommt mir ein Gedanke, ein schrecklicher Gedanke, bei dem sich mir der Magen zusammenzieht und mir die Galle hochkommt: *Was, wenn Luis vorhat, mich zu verlassen?*

»Nein«, antworte ich schließlich. »Ich habe nie daran gedacht, wie es mit jemand anderem wäre.«

»Dann sag nichts zu deinem Mann. Konfrontiere ihn nicht mit deinem Verdacht.«

»Meinst du?«

»Ja, das meine ich. Du hast noch nicht genug Informationen. Das hast du selbst gesagt.«

»Bist du verheiratet?«, frage ich.

»Nein. Aber ich war lange in einer Beziehung. Ich fand heraus, dass sie eine Affäre hatte, und stellte sie zur Rede.«

Ich mache große Augen. »Echt?«

»Echt. Es gab eine unschöne Szene, und ich sagte ihr, sie solle gehen. Ich dachte, sie würde sich für mich entscheiden, weißt du? Ich dachte, sie würde mich anflehen, ihr zu verzeihen. Tat sie aber nicht. Und seitdem ist sie mit dieser Frau zusammen.«

»Oh, wow, mit einer Frau?«

»Korrekt.«

»Das Gras auf der anderen Seite ist also doch nicht immer grüner, gut zu wissen.«

Er lächelt. »Habt ihr Kinder?«

»Zwei. Einen Jungen und ein Mädchen.«

»Noch ein Grund mehr, den Mund zu halten. Wenn ich in deiner Lage wäre, würde ich eher um das, was ich habe, kämpfen.«

Oh, keine Sorge, ich habe durchaus vor, um das, was ich habe, zu kämpfen. »Danke. Das sind sehr weise Worte.« Ich hebe meine Bierflasche, und wir stoßen an.

Wir lehnen uns zurück und reden über tiefgründige Dinge, über das Leben an sich, und halten uns dabei an der Tischkante fest. Ich kann spüren, wie sich sein kleiner Finger dem meinen nähert, und ein wohliger Schauer läuft mir über den Rücken. Er nimmt seine Hand nicht weg, ich auch nicht.

»Und wenn du herausfindest, wer es ist«, sagt er, »kannst du sie in einem Kessel voller Fledermäuse kochen. Da, wo ich herkomme, macht man das so.«

Ich wende ihm den Kopf zu. »Woher kommst du denn?« Er hat wunderschöne Augen, grün mit goldenen Sprenkeln, die durch sein dunkles Haar besonders gut zur Geltung kommen.

»Irland. Ich habe da nie gelebt, ich bin hier geboren, aber meine Großmutter erzählt mir immer diese Geschichten. Mit meiner Ex hätte ich das machen sollen.«

Ich starre ihn an und frage mich vage, wo ich Fledermäuse herbekomme.

Er fängt an zu lachen. »Das war ein Witz.« Dann fügt er hinzu: »Wir kochen keine Fledermäuse. Wir sind doch keine Wilden.«

Ich kichere, und mein Blick fällt auf seine Brust. Die oberen beiden Knöpfe seines Hemdes stehen offen, und ich erhasche einen Blick auf schwarzes, grobes Haar. Ich frage mich, wie es sich anfühlen würde, jemand anderen als Luis zu berühren. Dann frage ich mich, ob er wohl an mich denkt, wenn er sein Flittchen berührt, und ob sie schöne Brüste hat. Ich wette, die hat sie. Ich wette, die sind ganz fest und hängen nicht. So wie meine früher, bevor ich seine Kinder bekam.

Der Ire greift hinter sich und hat mit einem Mal eine Flasche Prosecco in der Hand. »Komm mit.« Ich gehorche, und als wir den Flur erreichen, nimmt er meine Hand und führt mich um eine Ecke in ein leeres Büro. Im Dunkeln greife ich nach dem Lichtschalter, den ich neben der Tür vermute, aber er hält meine Hand fest und flüstert: »Nein, nicht.«

Meine Haut kribbelt, und ich erschaudere. Seine Zunge ist an meinen Lippen, langsam und weich wie Samt. Ich will gerade den Kopf abwenden und sagen, es täte mir leid, wenn ich einen falschen Eindruck erweckt hätte, aber dann denke ich an Luis und öffne meine Lippen ein wenig. Er knöpft meine Bluse auf und lässt seine Hände hinter meinen Rücken gleiten, um den Verschluss meines BHs zu öffnen.

»Zieh das aus«, flüstert er.

Ich zittere, schlüpfe aus den Ärmeln, lasse Bluse und BH zu Boden fallen. Er hat sein Hemd ebenfalls ausgezogen, und so stehen wir da und pressen uns aneinander, meine Brüste gegen seine Brust, und dann liegen wir auf dem Boden, und sein Mund ist auf meinem und seine Hand gleitet in meinen Rock.

»Warte!«

»Alles okay?«, fragt er.

»Moment noch.« Ich halte mir den Arm über die Augen und spüre, wie er von mir ablässt.

Was um alles in der Welt tue ich da? In meinem Kopf dreht sich alles, und ein Lichtblitz taucht hinter meinen Augenlidern auf. Was hat da geklickt, eine Kamera? *Eine Kamera?*

Ich öffne sofort die Augen und setze mich auf. Im schummrigen Licht sehe ich, wie er mich anlächelt, sein Smartphone in der Hand. Ich springe auf und greife danach, meine Stimme schrill vor Panik. »Hast du mich gerade fotografiert?« Doch bevor er antworten kann, ist vom Flur her ein Geräusch zu hören, und der Lichtschein unter der Tür wird unterbrochen. Ich sehe ihn an und lege mir einen Finger auf die Lippen. Dann halte ich den Atem an: Ich bin mir sicher, dass ich trotz der Dunkelheit sehen kann, wie sich langsam der Türknauf dreht.

Ich taste nach meiner Bluse und dem BH. Der Ire kichert. »Leise!«, zische ich. Ich werfe sein Hemd nach ihm. »Zieh dich an.« Mein Herz pocht mir in den Ohren. Wer auch immer da an der Tür ist, ich will, dass er verschwindet. Es gelingt mir, meinen BH einzuhaken und die Bluse wieder anzuziehen. Auf der anderen Seite der Tür ist es still, und ich stelle mir vor, wie jemand lauscht, eine Hand ans Ohr gelegt.

Schließlich entfernt sich der Schatten, und ich lasse erleichtert den Kopf sinken, als ich langsam wieder zu Atem komme.

»Lass uns hier abhauen«, flüstere ich und bin plötzlich wütend auf diesen Mann, dass er mich in eine solche Lage gebracht hat. Ich öffne die Tür einen Spalt und schaue nach, ob die Luft rein ist.

Er legt eine Hand auf meinen Arm. »Warte.«

Ich schüttele ihn ab. »Ich muss los.«

Ich marschiere den Flur hinunter, zurück zur Party. Ein paar Nachzügler haben sich in der Nähe der Käseplatte versammelt. Geoff ist nirgends zu sehen. Ich schnappe mir meine Tasche, die immer noch über einer Stuhllehne hängt, verlasse das Gebäude und laufe hinüber zum Parkplatz.

Erst jetzt fällt mir wieder ein, dass der Typ mich fotografiert hat. Ich wollte ihm sagen, dass er das Bild wieder löschen soll, aber nachdem wir fast ertappt wurden, habe ich nicht mehr daran gedacht. Ich starte meinen Wagen, und als ich vom Parkplatz fahre, sehe ich ihn. Er steht auf dem Bürgersteig und breitet ungläubig die Arme aus. Ich will anhalten, ihm befehlen, das Foto zu löschen, aber hinter mir kommt ein Auto, ich muss weiterfahren, und die Chance ist vertan.

Während des Heimwegs krampft sich mein Magen immer mehr zusammen, und ich beiße mir so fest auf die Unterlippe, dass sie blutet. Zu Hause stelle ich den Motor ab und sitze eine Weile im Dunkeln, mit der Stirn am Lenkrad. Ich kann gar nicht glauben, was ich da vorhin getan habe. Was habe ich mir nur dabei gedacht? Dass meinen Mann zu betrügen mir helfen würde, ihn zurückzubekommen? Die Beförderung ist mir total egal, hier geht es um meine Ehe. Meine Familie ist für mich immer das Allerwichtigste, und als mir klar wird, auf was für eine törichte Weise ich vorhin alles gefährdet habe, was mir lieb und teuer ist, schlage ich mir mit der Faust an den Kopf – als ob mich das zur Vernunft bringen würde.

Ich lehne mich im Sitz zurück. Es ist okay. Es ist nicht das Ende der Welt. Er schien ein ganz netter Kerl zu sein. Morgen werde ich zu ihm gehen und ihn bitten, das Foto zu löschen. Dann werde ich meine Energie auf meine Familie konzentrieren. Wenn ich herausfinde, mit wem Luis eine Affäre hat, kann ich ihr bestimmt einfach sagen, dass sie ihn in Ruhe lassen soll. Es ist garantiert nur ein Abenteuer. Luis liebt mich, das weiß ich. Er ist ein so liebevoller Vater und ein so liebevoller Ehemann.

Oder etwa nicht?

ELF

Am nächsten Morgen gehe ich direkt zur juristischen Fakultät, durch den gekachelten Eingang, den Flur entlang und die Treppe hinauf zu dem Büro, wo ich am Abend zuvor war. Ich bin fest entschlossen, es durchzuziehen. Ich habe das Recht, von ihm zu verlangen, dass er das Foto löscht. Ich versuche verzweifelt, mir zu überlegen, was ich tue, sollte er sich weigern.

Die Tür zum Büro ist offen, aber hinter dem einzigen Schreibtisch im Raum sitzt eine Frau mit kurzen grauen Haaren und einem Muttermal auf der linken Wange. Über den Rand ihrer Brille hinweg blickt sie mich überrascht an. »Kann ich Ihnen helfen?«

»Ich ... Ich suche nach ...« Ich habe keine Ahnung, nach wem ich suche. Ich weiß nicht einmal seinen Namen. »Ist das Ihr Büro?«

»Ja. Und Sie sind?«

»Da war ein ...«, stottere ich. Ich bin nicht in der Lage, aus mehreren Wörtern einen zusammenhängenden Satz zu formen. Ich setze noch einmal an. »Ich war gestern Abend auf der Verabschiedung von Professor Bashki.«

»Und?«

»Ich bin auf der Suche nach einem Mann. Er hat einen Bart und grüne Augen.«

Sie runzelt die Stirn und schüttelt den Kopf. Sie wirkt ein wenig unwirsch, was ich ihr nicht verdenken kann. Ich komme mir vor wie ein Schulmädchen, das den Jungen sucht, den sie gestern Abend geküsst hat. Nur dass ich fast vierzig bin.

Sie widmet sich wieder ihrer Arbeit. »Ich habe keine Ahnung, wen Sie meinen, tut mir leid. Das Verwaltungsbüro des Studierendenwerks ist am Ende des Flurs, versuchen Sie es da.«

»Alles klar, danke schön. Nichts für ungut.« Zurück auf dem Flur suche ich den Boden ab, falls ich gestern Abend etwas verloren habe. Zum Beispiel meinen BH. Oder meine Selbstachtung. Ich gehe zügig in die Richtung, die sie mir gesagt hat, und nach ein paar falschen Abzweigungen sehe ich das Schild mit der Aufschrift *Studierendenwerk – Verwaltung*.

Die Tür steht offen, und ich erkenne ihn sofort, obwohl er mir den Rücken zudreht. Er steht leicht gebeugt an einem Wasserspender. Als ich mich ihm nähere, dreht er sich um, einen Pappbecher in der Hand, und ein Grinsen breitet sich auf seinem Gesicht aus. »Na so was«, sagt er mit einem spöttischen Unterton, der mir einen Schauer über den Rücken jagt, und zwar keinen von der guten Sorte. Er fährt sich mit einer Hand durchs Haar. »Schön, dich zu sehen. Du warst gestern Abend so schnell weg.«

Ich schaue mich in dem großen Raum um, um festzustellen, ob uns jemand hören kann. »Dürfte ich mal kurz mit dir reden?« Zwei Frauen, die an zwei einander zugewandten Schreibtischen sitzen, schauen auf.

»Klar.«

Ich bedeute ihm, mir auf den Flur zu folgen, damit wir außer Hörweite sind. Dort bleibe ich stehen und strecke meine Hand aus. »Hast du dein Handy dabei?«

Er legt den Kopf schief und lächelt. »Mein Handy?«

»Du weißt schon …« Wir sind allein, aber ich sehe mich trotzdem um, bevor ich weiterrede. Dann beuge ich mich zu ihm. »Du hast gestern Abend ein Foto von mir gemacht«, flüstere ich. Mir wird schon wieder flau im Magen, als ich diese Worte nur sage.

»Stimmt.«

»Kannst du das bitte löschen?«

Er hebt das Kinn und starrt mich einen Moment lang an. »Und was, wenn ich das nicht tue?«

Mein Herz rast. »Du musst. Ich habe dir nicht erlaubt, mich zu fotografieren.« Als ob das jemals irgendwen kümmern würde.

»Vielleicht schaue ich es mir ja ganz gerne an.« Er zwinkert. »Vielleicht …«

Ich stehe jetzt ganz nah bei ihm und bin so wütend, dass meine Nasenlöcher zittern. »Du löschst das Foto, und zwar *sofort*. Das ist kein Witz. Es gibt Gesetze. Ich zeige dich an, dann kommst du vor Gericht oder wirst gefeuert oder so, das ist mir ganz egal.«

Er hebt beide Hände zum Zeichen, dass er kapituliert. »Okay, okay! Wow! Immer mit der Ruhe, Lady! Ich habe ja nur Spaß gemacht.«

»Und ich verstehe keinen Spaß. Du löschst das Foto, und dann löschst du es aus den gelöschten Fotos. Und du zeigst mir dein Handy, dass ich mich davon überzeugen kann.«

Er dreht sich um und geht zurück in Richtung Verwaltungsbüro. Einen Moment lang denke ich, dass er mich einfach stehen lässt und nicht mehr mit mir reden will. Mein Herz klopft wie wild, während ich überlege, was ich als Nächstes tun soll. Doch an der Tür sehe ich, wie er in einem Rucksack wühlt, der auf einem Stuhl neben dem Schreibtisch liegt. Er holt sein Handy heraus, tippt auf dem Bildschirm herum und kommt zu mir. Ich bin so erleichtert, dass mir die Beine wackeln.

»Ryan?«

Er dreht sich um. Eine Frau steht am Fotokopierer und zieht eine Grimasse. »Papierstau, kannst du mal schauen?«

»Klar, Sekunde.«

Als er bei mir ist, hält er mir das Display entgegen. »Erledigt.«

Ich sehe ihn mit großen Augen an und strecke die Hand nach dem Handy aus. Er gibt es mir. Ich schaue mir die Fotos an. Die letzten Bilder sind von einem Hund in einem Park, einem Golden Retriever mit einem locker um den Hals gebundenen roten Tuch. Ich scrolle schnell nach unten, meine Hände zittern. Ein älteres Paar in einem Restaurant, er mit dem Arm um eine rothaarige junge Frau, beide grinsen, noch mehr Fotos von dem Hund, ein Sonnenuntergang in einem Park, der mir vage bekannt vorkommt. Er – Ryan – mit dem Arm um die Schultern eines älteren Mannes, der ihm sehr ähnlich sieht. Sein Vater, vermute ich. Nachdem ich bis zum Anfang gescrollt habe, zu Fotos, die schon über ein Jahr alt sind, öffne ich den Papierkorb. Aber auch dort finde ich nichts. Ich gebe ihm sein Smartphone zurück: »Danke.«

Er grinst. »Hast du Lust, dich mal auf einen Kaffee zu treffen?«

»Nein.« Ich wende mich zum Gehen.

»Anna.«

Ich bleibe stehen und drehe mich noch einmal um. »Woher weißt du meinen Namen?«

Er rollt übertrieben mit den Augen. »Mensch, hast du Verfolgungswahn? Den hast du mir gesagt.« Er grinst mich an wie ein feixender Teenager.

Hätte ich wirklich beinahe mit diesem Mann geschlafen? Was um alles in der Welt habe ich mir dabei gedacht? Ich habe eine Familie. Ich habe Kinder, um Himmels willen! Ich sage mir, dass Luis schuld ist. Luis, der seinen Schwanz nicht in der Hose behalten kann. Luis, der mich angelogen hat, wo er war, gerade als ich ihn am meisten brauchte. Luis, der seinen Wein plötzlich aus hochstieligen Gläsern trinkt und mit Yakkäse gefüllte Oliven von handgemachter Töpferware isst.

Ryan legt eine Hand auf meinen Arm, aber ich schüttele ihn ab und tue so, als müsste ich den Gurt meiner Tasche weiter auf die Schulter ziehen.

»Das muss dir nicht peinlich sein. Gestern Abend meine ich«, sagt er.

»Ist es auch nicht«, platze ich heraus. Ich merke, wie ich rot werde. Nein, peinlich nicht, das ist das falsche Wort. Ich schäme mich in Grund und Boden.

Es sind jetzt mehr Leute um uns herum, Studierende, Verwaltungspersonal, Lehrkräfte, und ich wünschte, er würde die Klappe halten. Ich sehe mich hektisch um, ob uns jemand zuhört, mein Blick huscht umher wie die Kugel in einem Flipperautomaten. »Vergessen wir es einfach, okay?«

»Wie du meinst. Und wenn wir uns einfach mal ein bisschen unterhalten?«

»Tut mir leid. Ich habe für so was keine Zeit.« Dann füge ich hinzu: »Aber wenn du irgendwem von gestern Abend erzählst, werde ich alles leugnen.«

Ich marschiere hinaus, und dieses Mal ruft er nicht nach mir oder versucht, mich aufzuhalten. Ich kann immer noch seine Hand auf meiner Haut spüren. Wie eine Brandwunde.

Ich habe am Vormittag ein Seminar. Infinitesimalrechnung für Erstsemester. Ich unterrichte wie auf Autopilot, bin in Gedanken bei all dem, was in meinem Leben gerade vor sich geht. Alex, Geoff, Ryan. Luis. Nach der Stunde kommt mir auf dem Flur Geoff entgegen. Schon wieder. Ich frage mich langsam, ob er das mit Absicht macht. Vielleicht redet er mit mir ab jetzt nur noch auf dem Flur.

»Was war denn gestern Abend mit dir? Ich habe überall

nach dir gesucht. Ich dachte, wir könnten uns ein Taxi nach Hause teilen.«

Ich will mich herausreden, ich hätte Kopfschmerzen gehabt, dann fällt mir meine Handtasche ein, die über der Stuhllehne hing.

»Ja, entschuldige, ich habe mich in ein Gespräch verwickeln lassen.«

»Stimmt, das habe ich gesehen. Dieser Typ, oder?« Er lächelt. »Ihr hattet offenbar eine ganze Menge zu besprechen. Und dann wart ihr beide verschwunden.«

Ich spüre, wie mir die Röte den Hals emporkriecht. »Genau. Wie auch immer, Geoff, ich muss jetzt wirklich los.«

»Klar doch. Hast du nach der Arbeit Zeit zum Reden?«

»Worüber?«

»Nichts Besonderes. Ich möchte nur wissen, wie es dir geht. Der Tod von Alex muss dich ziemlich mitgenommen haben.«

»Danke, aber ich habe keine Zeit.« Ich bin schon an ihm vorbei, als ich noch einmal seine Stimme höre.

»Schön, dann ein andermal. Ich mache mir Sorgen um dich!«, ruft er mir hinterher.

ZWÖLF

Eine Woche später denke ich kaum noch an Alex. Das klingt nicht besonders nett, ich weiß. Und wenn ich doch an ihn denke, dann voller Wut. Der Gedanke, dass er mich benutzt hat, um den Fachartikel nicht selbst schreiben zu müssen, lässt meine Brust vor Zorn vibrieren. Sein Tod? Ich weiß nicht. Vielleicht habe ich noch nicht richtig begriffen, dass er tot ist. Vielleicht werde ich das auch nie.

Im Moment denke ich sowieso nur an Luis, irgendwie drehe ich mich im Kreis. Luis und ich, Luis und eine Andere. Der Gedanke, dass Luis eine Affäre hat – inzwischen bin ich hundertprozentig davon überzeugt –, macht mich wahnsinnig. Immer, wenn er nicht zu Hause ist, durchstöbere ich seine Sachen, seine Taschen, die Schublade des kleinen Schreibtischs in der Ecke des Wohnzimmers, der inoffiziell seiner ist. Den Familiencomputer, der ebenfalls inoffiziell seiner ist und auf dem er sein E-Mail-Konto hat. Carla hat sich das Passwort für den PC ausgedacht und es auf einen Post-it-Zettel gekritzelt, der am unteren Rand vom Bildschirm klebt: *chez-les-sanchez.*

Mit den Fingern der einen Hand im Mund und der anderen an der Maus durchforste ich seine E-Mails, scrolle, lese, scrolle, lese, bis mir die Augen tränen. Nichts. Auch in seinem Terminkalender, der auf dem Tisch liegt, finde ich nichts Ungewöhnliches, nicht einmal einen verräterischen Schnörkel oder ein Codewort kann ich in Luis' ordentlichen, fein säuberlich ausbuchstabierten Einträgen entdecken. Ich schaue mir seine Handyrechnungen an und suche nach öfter gewählten Nummern. Ich rufe die Nummern an, die ich nicht kenne – *Hallo, ist dort das Aquarium?* Aber es ist nichts Ungewöhnliches dabei: Geschäfte für Künstlerbedarf und 3-D-Druck, für Verpackung und Transport, die Perry Cube Gallery, Recyclingfirmen. Doch das muss nichts heißen. Es kann ja genauso gut sein, dass sie da irgendwo arbeitet.

Eines Tages fahre ich unangekündigt über Mittag ins Atelier und bringe uns etwas zu essen mit: Calamari mit Sahnemeerrettich, sein Lieblingsessen. Ich erwische ihn nicht in flagranti, was ich als Indiz dafür werte, dass ich mir das alles nur einbilde. Er scheint sich ehrlich zu freuen, dass ich ihn besuche, was umso schöner ist. Wir essen auf der Couch vor dem riesigen Nest zu Mittag. Und er serviert die Calamari auf seinen hübschen neuen Tellern.

»Woher hast du die denn?«, frage ich.

Er zuckt die Schultern. »Weiß ich gar nicht mehr. Wahrscheinlich für einen dieser Tage der offenen Tür gekauft.«

Je mehr ich versuche, ihn zu überführen, desto unschuldiger kommt er mir vor und desto mehr rede ich mir ein, dass ich paranoid bin. Ich sage mir, dass mir meine Fantasie einen Streich gespielt hat, und tausend andere Klischees. Dass mich die Sache mit Alex so aus der Fassung gebracht hat, dass ich nicht mehr klar denken konnte. Aber immer wenn ich mich davon zu überzeugen versuche, meldet sich tief in mir eine misstrauische Stimme: *Du weißt, dass er sich an dem Abend kein Essen ins Atelier bestellt hat. Er hat dich angelogen.* Und sobald ich an diese Lüge denke, nagt wieder der Zweifel an mir.

Nachts liege ich stundenlang wach und denke an all das,

was ich für meine Familie tue, und daran, dass ich es voller Freude und Dankbarkeit tue. Ich putze und ich koche, ich schicke die Kinder auf Privatschulen, Carla geht zum Ballett, zum Schauspielunterricht und zum Programmierkurs, Mateo zum Fußball und zum Fechten, einmal pro Monat gehen mein Mann und ich groß aus (haben wir das eigentlich letzten Monat getan? Ich kann mich gar nicht erinnern), und mindestens einmal pro Woche schlafen wir miteinander. Und trotzdem reicht es irgendwie nicht. *Ich* reiche nicht.

June hat mir Kaffee gebracht, in einer richtigen Tasse mit Untertasse, und einen Teller mit Keksen. Das hat sie diese Woche jeden Tag gemacht, bis auf einen. Neulich habe ich sie dann schließlich gefragt: »Womit habe ich das eigentlich verdient?«

»An dem Tag, als der stellvertretende Dekan mich angeschnauzt hat, waren Sie so nett zu mir. Ich wollte mich nur bedanken.«

»Ach, wirklich? Wenn das so ist, freue ich mich, dass er Sie angeschnauzt hat. Ich hoffe, er schnauzt Sie noch oft an«, sagte ich, und sie lachte.

»Wie geht es Ihnen heute Morgen?«, fragt sie jetzt.

»Mir geht's gut, June, danke.« Ich knabbere an einem der Kekse. »Ingwer?«

Sie nickt und schenkt mir ein kurzes, zufriedenes Lächeln. »Mit Zimt.«

»Wow, die sind genial«, murmle ich mit vollem Mund und erwische einen verirrten Krümel, der zu entkommen versucht.

Sie lacht. »Das haben Sie gestern auch schon gesagt. Und vorgestern.«

»Was soll ich sagen, Sie übertreffen sich jeden Tag aufs Neue, June, und jeden Tag schließe ich Sie dafür ein Stück mehr ins Herz.«

Sie klatscht fröhlich in die Hände. »Hach wie schön! Und es ist ein neues Rezept, das ich ausprobieren wollte.«

Ich nicke und steckte mir den Rest des Kekses in den Mund. »Ein Triumph.«

»Fabelhaft! Nun, ich gehe wohl besser wieder an die Arbeit.« An der Tür bleibt sie noch einmal stehen, dreht sich um und sagt: »Alex' Eltern. Sein Vater, meine ich, der hat angerufen. Es tut mir leid, aber er möchte, dass wir ihm alles, was von Alex noch hier ist, per FedEx schicken. Wäre es ... Würden Sie mir kurz alles hinüberbringen, was Sie von ihm haben?«

Meine Haut kribbelt. »Was soll denn das sein?«, frage ich.

»Irgendwelche persönlichen Papiere oder Notizen, denke ich mal. Hatte er hier vielleicht noch ein paar Fachbücher? In seinen Schubladen?«

Sie geht auf seinen Schreibtisch zu, und ich stehe abrupt auf. »Ich mache das schon«, platze ich heraus.

Sie hält überrascht inne. »Nur wenn Sie wollen, sonst kann ich das auch erledigen.«

»Danke, June, das ist sehr rücksichtsvoll. Aber das ist schon in Ordnung. Ich tue das gerne. Und es ist ja auch gar nicht viel.«

»Was auch immer Sie haben. Ich verschicke das dann noch heute Vormittag.«

»Natürlich. Geben Sie mir nur eine Minute. Ich bringe es Ihnen sofort.«

Sie verlässt mein Büro, und ich gehe hinüber zu seinem kleinen Schreibtisch und setze mich. Es ist ein alter Holzschreibtisch, den der Hausmeister weiß Gott wo gefunden hat, in irgendeinem dunklen Keller, wie es aussieht. Wir sind inzwischen so pleite, dass wir uns nicht einmal neue Schreibtische leisten können. Ich fahre mit der Hand darüber, Staub klebt an meiner Handfläche.

Ich ziehe die oberste Schublade auf und nehme zwei Fachbücher heraus. Ich schüttle die Seiten auf, aber nichts fällt heraus. Ansonsten ist sie leer, bis auf ein paar Kleinigkeiten, die er zurückgelassen hat, einen Kugelschreiber, ein Radiergummi, ein Lineal und einen Locher. Ich stecke die Utensilien in einen großen Umschlag und lege ihn auf die Bücher. In der anderen Schublade finde ich ein Notizbuch voller Kritzeleien und düsterer Zeichnungen, bluttriefende Dolche über Namen, die mir nichts sagen. Ich werfe es in den Papierkorb. Ich glaube nicht, dass irgendjemand daran Freude haben würde.

Ich bin erleichtert, auch wenn ich nicht genau weiß, warum. Keine Ahnung, was ich erwartet habe, dort zu finden. Aber was auch immer es war, es ist nicht da. Dann setze ich mich wieder an meinen eigenen Schreibtisch und schließe die unterste Schublade auf, wo wir seine speziellen Notizbücher aufbewahrt haben. Die Notizbücher, die ich ihm bringen sollte an dem Tag, an dem er starb. Ich starre sie an. Neun große schwarze Notizbücher mit Spiralbindung. Die mochte er besonders gern. Vor allem das Papier. Er wollte gar nichts anderes mehr benutzen.

Ich lege sie auf meinen Schoß und fahre mit den Fingerspitzen die Ränder entlang. Ich öffne eines, achte nicht darauf, welches. Ein Original. Das einzige Exemplar. Ich zögere, blicke zur Tür, um mich zu vergewissern, dass mich niemand beobachtet hat, dann lege ich sie zurück in die Schublade und schließe sie wieder ab. Ich weiß nicht, warum. Vielleicht, weil seine Eltern mit dem Inhalt ohnehin nichts anfangen können. Und weil ich mir genau überlegen muss, was ich damit mache.

Ich gebe June den Stapel.

»Das ist alles?«

»Ja.«

»Danke. Sie sehen müde aus. Können Sie nicht heute mal früher heimgehen?«

»Ich muss sogar früher heimgehen. Heute ist ein großer Tag – Luis' Vernissage in der Perry Cube.«

»Oh, viel Glück dabei. Ich hoffe, alles läuft gut.«

»Danke, June. Das hoffe ich auch, er hat so hart gearbeitet.«

Vor dem Spiegel im Wohnzimmer trage ich noch einmal neuen Lippenstift auf. Auf dem Kaminsims liegt die Einladung für die Vernissage heute Abend. Die eine Seite zeigt ein Detail von *The Nest*, dem größten Werk in der Ausstellung. Auf der anderen Seite stehen Datum und Uhrzeit sowie der übliche Text.

Einladung zur Eröffnung von Without Us, *einer Ausstellung von Luis Sanchez in der Perry Cube Gallery.*

Luis war den ganzen Tag in der Galerie, aber er ist noch einmal nach Hause gekommen, um sich umzuziehen. Er kommt gerade die Treppe herunter, trägt schwarze Jeans, ein schwarzes Hemd und eine graue Krawatte. »Du siehst sehr schick aus«, sage ich und richte seine Krawatte.

»Danke, Schatz. Ich bin verdammt nervös. Schau mal, wie verschwitzt meine Handflächen sind.« Er zeigt sie mir, dann reibt er sie sich an den Oberschenkeln trocken.

»Alle werden dich lieben«, sage ich.

»Meinst du?«

»Auf jeden Fall.«

Langsam glaube ich wirklich, dass ich paranoid war und es eine ganz einfache Erklärung dafür geben muss, warum er an jenem Abend nicht im Atelier war. Aber da ich bisher nicht erwähnt habe, dass ich dort war, kann ich es nun erst recht nicht mehr – der Zug ist abgefahren. Wenn ich jetzt damit ankäme, würde es nur zeigen, dass ich ihm nicht vertraue. »Du bist manchmal so eifersüchtig, Anna. Warum kannst du mir nicht vertrauen?«, würde er sagen, so wie er es auch sonst immer sagt.

Er legt die Arme um mich und drückt mich an sich, aber

nicht so, wie ich es mir gewünscht hätte, als wollte er mir die Klamotten vom Leib reißen. Nein, er klopft mir nur freundschaftlich auf den Rücken, dann löst er sich wieder von mir. Ich stehe da, eine Hand an der Hüfte.

»Fällt dir etwas auf?«

Er braucht einen Moment. Ich fahre mit einem Arm über meinen Körper, um mein Outfit zu präsentieren.

Er lacht. »Klar! Dass du wunderschön aussiehst.«

Ich trage eine weite Hose, High Heels und eine gelbe Bluse mit Puffärmeln. Das Outfit habe ich gestern im Beachwood Place gekauft. Ich habe Stunden damit verbracht, den richtigen Look auszusuchen. Ich betrachte uns beide im Spiegel und stelle fest, dass wir nach all den Jahren immer noch ein hübsches Paar sind.

Carla stapft die Treppe hinunter und bleibt stehen, als sie uns sieht. »Wow, habt ihr euch aber aufgebrezelt. Wo wollt ihr denn hin?«

Einen Moment lang denke ich, sie hat vergessen, dass ihr Vater heute seinen großen Abend hat. Ich will sie gerade zurechtweisen, da sehe ich, wie sie grinst.

»Haha«, sage ich. »Sehr witzig.«

Sie hält ihm ein kleines, in hübsches Krepppapier eingewickeltes Päckchen hin. »Bitte sehr, Dad. Ich wollte dir nur gratulieren. Hab dich lieb.« Luis nimmt das Geschenk entgegen, und sie wirft ihm die Arme um den Hals und legt ihren Kopf kurz an seine Schulter. Ich denke: *Auf keinen Fall hat er eine Affäre. Er würde nicht riskieren, seine Familie zu zerstören. Dafür liebt er uns zu sehr.* Carla lässt von ihm ab, und er packt sein Geschenk aus. »Ich würde ›Hals- und Beinbruch‹ sagen, Dad, aber ich möchte lieber, dass du heil bleibst. Du haust sie auch so um, das weiß ich.«

Er hält ein wunderschönes, in Leder gebundenes und mit bunten Vögeln verziertes Buch in der Hand. Er schlägt es auf und streicht über die dicken, cremefarbenen leeren Seiten. Ein edles Skizzenbuch.

»Wunderschön. Danke, mein Schatz.« Er küsst sie auf die Stirn. »Hoffentlich haue ich nicht zu viele um. Die sollen ja noch begeisterte Kritiken schreiben. Vielleicht kaufen sie ja sogar ein oder zwei Stücke.«

Sie nickt. »Na gut, dann einfach toi toi toi.«

Ich gehe zu ihr und umarme sie. »Hat Matti seine Hausaufgaben gemacht?«

»Die macht er gerade«, sagt sie.

»Und lass ihn heute Abend bitte nicht Xbox spielen, okay?«

»Jawohl, Mutter.«

»Und geht nicht zu spät ins Bett. Beide.«

»Jawohl, Mutter.«

»Ich hab dich lieb.«

»Jawohl, Mutter.«

»Ach, hau schon ab.«

Sie kichert, drückt mir einen Kuss auf die Wange, löst sich von mir und läuft die Treppe wieder hoch.

Ich bin richtig glücklich an diesem Abend. Ich freue mich für Luis – und für mich. Das ist es, wofür ich lebe: das Gefühl, dass wir miteinander verwachsen sind; dass wir gemeinsam der Welt die Stirn bieten und ihr zeigen, wozu wir in der Lage sind. Heute Abend fühlt es sich an, als würden wir uns zusammen auf eine große Reise begeben. Luis' erste Solo-Ausstellung in einer der renommiertesten privaten Kunstgalerien des Landes, und ich an seiner Seite.

Aber als dann die hübsche Kuratorin Isabelle, die höchstens Anfang zwanzig ist, immer wieder Leute zu Luis bringt, die *dich unbedingt kennenlernen wollen, Luis*, und der Galerist Perry, ein kleiner, glatzköpfiger Mann mit dick gerahmter Brille, eine Rede hält, in der es um die *außergewöhnlich schönen Werke* geht, die *zu Luis Sanchez' Markenzeichen geworden sind und die unsere Aufmerksamkeit immer wieder auf die drängenden Probleme unserer Zeit lenken*, da geht in mir eine Veränderung vor.

Zuerst spüre ich es kaum, es ist wie ein Haarriss, der sich auftut und sich ganz allmählich in mein Blickfeld schleicht. Vielleicht sind die roten Klebepunkte der Auslöser, die neben jedem Kunstwerk auftauchen, so schnell, dass ich mit dem Zählen gar nicht hinterherkomme. Jetzt erst dämmert mir, wie viele Menschen hier sind und *wer* diese Menschen sind: nicht einfach nur Leute, die zum Spaß Kunst kaufen, sondern ernsthafte Sammler. Sie vertreten Institutionen und Privatsammlungen und sind aus dem ganzen Land angereist, um Luis' Kunstwerke zu bewundern – und zu erwerben. So etwas habe ich noch nie erlebt, und es löst in mir ein so unerwartetes Gefühl aus, dass es eine Weile dauert, bis mir klar wird, was es ist: Ich habe Angst.

Angst, dass er mich verlässt.

Ich dachte immer, dass ich die Familie zusammenhalte, weil ich so unentbehrlich bin. Ich arbeite, ich bezahle die Rechnungen, ich unterstütze meinen Mann bei seiner künstlerischen Karriere. Nicht zum ersten Mal geht mir durch den Kopf, dass ich meine Chancen, selbst Karriere zu machen, verpasst habe. Plötzlich bin ich nur noch eine gewöhnliche Mathedozentin, und Luis ist auf dem Weg in eine strahlende Zukunft. Und ich habe gar nicht mitbekommen, wie das passiert ist. Wahrscheinlich habe ich es schon deshalb nicht mitbekommen, weil ich ständig in einem kleinen, luftleeren Büro hocke und immer als Erstes eine Maschine Wäsche waschen muss, wenn ich nach Hause komme. Weil ich genug damit zu tun habe, den Kindern vor der Schule ihr Mittagessen zuzubereiten und darauf zu achten, dass sie pünktlich zum Ballett und zum Fußball kommen. Und währenddessen hat Luis seine Bestimmung gefunden, und jetzt braucht er mich nicht mehr. Mein Mann braucht. Mich. Nicht. Mehr.

Hätte ich es doch nur geschafft, Karriere zu machen. Eine Frau zu werden, mit der er sich voller Stolz in der Öffentlichkeit zeigen kann. Auf einmal habe ich das Gefühl, dass ich mein Potenzial überhaupt nicht ausgeschöpft habe, aber dass es jetzt zu spät dafür ist. Dass ich alle enttäuscht habe. Und niemand würde mir das ausreden, vor allem nicht meine Mutter.

Ich schaue gerade irgendwo anders hin, ins Leere, aus dem Haarriss ist mittlerweile ein klaffender Abgrund geworden, als ich seine Stimme höre. Er hält seine Rede, trägt seinen Text mit jungenhaftem Charme und selbstironischen Witzchen vor. Es ist eine brillante Rede: nicht zu lang, lustig, sehr interessant und ganz anders, als ich es erwartet hätte, wenn ich mir vorher die Mühe gemacht hätte, darüber nachzudenken. Und vor allem hängen alle Anwesenden wie gebannt an seinen Lippen. Bis zum Ende hätte man eine Stecknadel fallen hören können.

Mein Mann glüht vor Enthusiasmus, er leuchtet richtig, als würde ein Heiligenschein über ihm schweben. Er blickt mich voller Stolz und Liebe an, und zuerst lächle ich zurück, meine Augen funkeln ebenfalls vor lauter Freude, und meine Wangen sind heiß vor Glück, im Schein seiner Liebe.

Doch dann dämmert es mir. Sein Blick voller Stolz und Liebe gilt gar nicht mir. Er ist auf jemanden links hinter mir gerichtet, und ich drehe langsam den Kopf und schaue über meine Schulter, bis ich sehe, wen er da so bewundernd ansieht.

DREIZEHN

Isabelle. Die hübsche, elfengleiche Isabelle. Schon der Name perlt auf der Zunge wie eine Verheißung. *Isabelle.* Jung ist sie, Isabelle. Sehr jung. Ich kann meinen Blick nicht von ihr abwenden. Ich starre auf ihr schimmerndes blondes Haar, das zu einer kunstvollen Hochsteckfrisur gestylt ist, auf ihre perfekte Porzellanhaut und ihre funkelnden blauen Augen, und alles, was ich denken kann, ist: *Gib's auf, Anna, je eher, desto besser. Es ist vorbei. Gegen die kommst du nicht an.*

Ich bin nach und nach in den hinteren Teil der Menge bugsiert worden, während sich die Leute näher an Luis herandrängelten. Mit meinem Outfit, von dem ich bis eben noch überzeugt war, dass es stylish und professionell wirkt, komme ich mir plötzlich völlig fehl am Platz vor. Als hätte ich mir zwar Mühe gegeben, wäre dann aber auf der falschen Veranstaltung gelandet. Ich habe mich für ein wichtiges Business-Meeting angezogen, während alle anderen Frauen im Raum elegant, teuer, sexy gekleidet sind. Isabelle sieht umwerfend aus in ihrem schiefergrauen, fließenden, mehrlagigen Ensemble, das in seidenen Wellen über ihre Vorderseite fällt und ihre perfekten Brüste zur Geltung bringt – zumindest in dem Punkt hatte ich recht –, während ich aussehe wie eine Versicherungsvertreterin auf dem Weg zu einem Verkaufsseminar.

Selbst jetzt, wo sie sich an den gegenüberliegenden Enden des Raumes befinden, ist die sexuelle Spannung zwischen ihnen spürbar. Mein Brustkorb hebt und senkt sich, jeder Atemzug ist ein Kraftakt. Waren sie an dem Abend zusammen, als ich allein in Luis' Atelier auf ihn wartete? Natürlich waren sie das. Das war es also, was er in den letzten Wochen getan hat, als ich dachte, er müsste so hart an seiner Ausstellung arbeiten.

Ich bin echt unter Druck, Schatz. Ich stelle mir vor, wie ich ihn in eine riesige Schrottpresse werfe, und lasse das Bild einen Moment lang in meinem Kopf. Kurz geht es mir besser.

Was ist mit all den Abenden, in denen ich bis spät in die Nacht an meiner Bewerbung gearbeitet habe, um einen besser bezahlten Job zu bekommen und noch mehr für meine Familie zu arbeiten? Mit all den gesunden Mahlzeiten, die ich zubereitet habe, während er sie gevögelt hat? Den Zetteln mit Anweisungen und Tipps, die ich immer hinterließ, wenn ich nicht zu Hause sein konnte?

Lachs Teriyaki. Einfach den Lachs (schon in Mehl gewendet im Kühlschrank) im Wok mit Zitronensaft anbraten – etwa 1 Minute pro Seite, achtet darauf, dass der Wok superheiß ist! Dann kommt die Teriyaki-Soße hinzu (in dem blau-weißen Kännchen, auch im Kühlschrank), und wenn es fast blubbert, ist es servierbereit! Geschnittenes Gemüse ist in der Dose mit dem roten Deckel im unteren Fach, könnt ihr direkt so dämpfen. Sorry, dass ich wieder länger arbeiten muss, hab euch alle lieb!

Hat er ihr die Zehen geleckt, während ich unsere Veranda von Hundescheiße gesäubert habe? War sie auf den Knien und hat um mehr gebettelt, während ich nach Rezepten gesucht habe, die zugleich lecker und nahrhaft sind? Ich spüre, wie es mir bitter im Hals hochsteigt, während ich ihm dabei zusehe, wie er sich in der Aufmerksamkeit der Besucher sonnt, und am liebsten würde ich direkt zu ihm hinübergehen, ihm eine Ohrfeige verpassen und ihm ins Gesicht brüllen: *Erinnerst du dich noch an mich?*

Jetzt posieren die zwei für Fotos, Luis und Isabelle. Der Künstler und die Kuratorin. Ich dachte, Luis und ich wären ein schönes Paar, aber die beiden sehen zusammen einfach nur spektakulär aus. Wie lange läuft ihre Affäre wohl schon? Ich versuche mich daran zu erinnern, seit wann er immer so spät nach Hause kommt, seit wann er mir ausweichend antwortet, wenn ich ihn frage, wo er war, ich kann es nicht genau sagen. Ich war in den Monaten, die ich so intensiv mit Alex gearbeitet habe, abends ja selbst kaum da.

Wird sie jetzt ernten, was ich gesät und all die Jahre über liebevoll gehegt und gepflegt habe, während meine Chance, mich weiterzuentwickeln, kam und ging, ohne dass ich sie genutzt habe?

Plötzlich steht Luis neben mir, ein Glas Sekt in der Hand.

Mir hat er keinen mitgebracht.

»Na, wie findest du's?«, fragt er.

Ich reiße mich zusammen. Ich suche in seinem Gesicht nach Anzeichen dafür, dass er mich betrügt, vielleicht sogar nach einem Anflug eines schlechten Gewissens, aber alles, was ich da sehe, ist das strahlende Grinsen eines Siegers.

Er zieht die Augenbrauen hoch. »Und?«

»Es ist wundervoll. Wirklich, Luis. Ich gratuliere dir.«

»Danke.« Er lächelt. »Aber das alles hätte ich nie geschafft, wenn ich Isabelle nicht hätte.«

Einen Moment lang dachte ich, er würde sagen: *wenn ich dich nicht hätte.*

Ich verziehe meine Lippen zu etwas, das wie ein Lächeln aussehen soll.

»Sie ist echt klasse«, fährt er fort, als würde er mit sich selbst reden, und er schüttelt den Kopf, als könne er gar nicht fassen, wie toll sie ist. »Es sieht so aus, als ob sie es schafft, *The Nest* an das Museum für zeitgenössische Kunst zu verkaufen. Die wollen es in die ständige Sammlung aufnehmen. Es gibt noch nichts Konkretes« – er hebt eine Hand und kreuzt Zeige- und Mittelfinger – »aber es kommt in die Liste der Vorschläge für die nächste Ankaufsrunde.« Er schließt die Augen und wendet das Gesicht zur Zimmerdecke. »Gott, das wäre so genial.« Dann schaut er wieder mich an, offenbar hat er jetzt endlich gemerkt, dass ich auch da bin, denn er sagt: »Hey, du solltest dich mal mit ihr unterhalten, sie wird dir gefallen. Sie ist unglaublich talentiert.« Und ich stehe da und denke: *Werde ich aus diesem Albtraum jemals wieder aufwachen? Wenn ich vor einen Bus springen würde – ob überhaupt jemand merkt, dass ich weg bin?*

Als Luis in dieser Nacht ins Bett kommt, tue ich so, als ob ich schon schlafe. Er legt sich hin und dreht mir den Rücken zu, und nach wenigen Minuten schnarcht er schon. Ich beuge mich zu ihm, den Mund ganz nah an seinem Ohr, und flüstere: »Du schnarchst, wusstest du das?« Er reagiert nicht. Behutsam schlage ich die Decke zurück, schwinge meine Beine aus dem Bett und gehe auf Zehenspitzen hinüber auf seine Seite. Vorsichtig nehme ich sein Handy vom Nachttisch. Ich versuche einen Code – nicht zum ersten Mal, das ist ja wohl klar. Ich habe sie alle ausprobiert. Die Geburtstage der Kinder, unseren Hochzeitstag, den Tag, an dem wir uns kennengelernt haben – auch wenn ich mir ziemlich sicher bin, dass er gar keine Ahnung hat, wann das war. Ich starre das Display ratlos an, als Luis sich bewegt, sich auf den Rücken rollt und einen Arm über die Bettkante streckt.

Ich nehme das Handy und drücke ganz sanft seinen Daumen auf den Home-Button. Gottseidank hat er sich seit

Jahren kein neues iPhone gekauft. *Die Umwelt, Anna!*, sagt er immer, der Mann, der Skulpturen aus Plastik herstellt. *Ach, das ist doch alles recycelt! Siehst du?*

Das Display leuchtet auf.

Fingerabdruck nicht erkannt

Diesmal drücke ich seinen Daumen fester auf den Knopf. Er schlägt die Augen auf. »Was machst du da?«

»Du hattest einen Albtraum«, flüstere ich. »Schlaf weiter.« Er stöhnt und dreht sich um.

Ich bin drin.

Ich vermisse dich.

Es steht alles da, schwarz auf weiß. Und er hat sogar einen Spitznamen für sie. *Belle.*

Ich liebe dich so sehr.

Ich kann das nicht mehr. Ich kann das meinen Kindern nicht antun.

Babe, bitte lass es nicht so enden. Wir kriegen das hin, versprochen.

Ich muss ständig an dich denken.

Und ich kann nicht aufhören zu weinen. Ich sitze am Küchentisch und schluchze so laut, dass ich mir die Hand vor den Mund halten muss, um die Nachbarschaft nicht aufzuwecken.

Ich scrolle hoch. Die erste SMS, die ich finde, ist vom April, also von vor drei Monaten.

Es tut mir so leid, wir hätten das nicht tun dürfen.

Ich vermisse dich so sehr.

Ich vermisse dich auch, Belle.

Liebst du sie?

Hör auf damit.

Er wird mich verlassen. Sie wird ihn dazu bringen, mich zu verlassen, das ist mir sonnenklar, sie ist wie eine Droge für ihn. Alles, woran ich denken kann, sind meine Kinder. Wie werden sie es aufnehmen, wenn wir uns trennen? Und sofort schießt mir der nächste logische Gedanke durch den Kopf.

Für wen werden sie sich entscheiden?

Als die Kinder noch klein waren und ich dauernd arbeiten musste, bauten sie zu Luis ein engeres Verhältnis auf als zu mir. Er kümmerte sich fast die ganze Zeit um sie, damit ich arbeiten konnte. Ich vermisste meine Kinder so sehr, dass es mir körperlich wehtat, aber es schien mir trotzdem die beste Lösung zu sein. Luis widmete sich, so oft es ging, seiner künstlerischen Arbeit, und ich brachte das Geld nach Hause. Ich hatte nichts dagegen, ich war stolz auf ihn. Aber ich kann mich noch gut daran erinnern, wie Mateo im Park vom Fahrrad fiel und mit blutendem Knie aus vollem Halse *Daddyyyyy!!!* rief, dabei stand ich direkt neben ihm. Luis kam sofort an, nahm ihn mit zu einer Bank und setzte ihn sich auf den Schoß, alles vor den Augen der anderen Eltern. Sie bedachten mich mit mitleidigen Blicken, während Luis so tat, als würde er an Mateo eine schwierige Operation vornehmen (Skalpell? Elektrosäge?), und ihm vorsichtig ein Pflaster mit dem Bild einer der Teenage Mutant Ninja Turtles auf die Schramme klebte. (Woher kam das denn auf einmal? Hatte er die immer in der Gesäßtasche dabei?) Er gab ihm einen Kuss und setzte ihn wieder aufs Fahrrad. In dem Moment nahm ich mir vor, viel mehr Zeit mit den Kindern zu verbringen. Und das tat ich auch. Sie brauchten mich, und ich brauchte sie. Ich glaube, sie fanden es erst etwas komisch, dass ich darauf bestand, sie zu trösten, auch wenn sie gar nicht so traurig waren; ihnen die Stirn zu kühlen, auch wenn sie gar nicht so hohes Fieber hatten. Ich las ihnen Geschichten vor, egal ob sie müde waren oder nicht, und kochte Mahlzeiten, bei denen jeder Ernährungsberater vor Neid erblassen würde.

Ich lese mir die Nachrichten noch einmal durch und halte mir die Hand vor den Mund, als ich laut schluchzen muss. Ihre letzte SMS ist von gestern Abend:

Ich liebe dich so sehr, dass ich platzen könnte. Glückwunsch, mein Herz.

Und alles, was ich denken kann, ist: *Dann tu es doch. Platz! Bitte! Mach, dass dein Fleisch aufreißt und sich deine inneren Organe über die Wände verteilen. Wenn deine Liebe zu meinem Mann so groß ist, dass du platzen musst, dann tu's!*

Seine Antwort lautete:

Ohne dich hätte ich das nicht geschafft. Du bist unglaublich. Ich liebe es, wie klug du bist.

Ernsthaft? Und was ist mit mir, was bin ich? Das dumme Frauchen? Bin ich ihm nicht mehr klug genug? Wenn man bedenkt, dass ich mich mein Leben lang über meine Intelligenz definiert habe, ist das schon ein ganz schöner Schlag unter die Gürtellinie, ehrlich. Meine furchtbare Kindheit, meine Karriere und die ganzen Opfer, die ich dafür gebracht habe, der dämliche Alex und die Professur, die ich nicht bekommen habe. Vielleicht bin ich doch nicht so klug, wie ich immer dachte.

Vielleicht ist genau das mein Problem. Vielleicht bin ich gar nicht klug, und alle wissen das, außer mir.

»Komm zurück ins Bett, Anna.«

Mein Herzschlag setzt aus, und ich knalle das Smartphone so fest mit dem Display nach unten auf den Tisch, dass ich mich nicht wundern würde, wenn es kaputt ist. Luis legt mir die Hände auf die Schultern und drückt zu.

Ohne aufzublicken, greife ich nach seiner Hand und halte sie. »Mach ich. Gib mir noch eine Minute.«

Er nimmt ein leeres Glas vom Tisch und stellt es neben die Spüle. Ich lasse das Handy in die Tasche meines Bademantels gleiten.

»Ist es wegen Alex?«, fragt er, beugt sich herunter und wischt meine Tränen mit dem Daumen weg.

Ich nicke halbherzig; ich muss mich sehr zusammenreißen, um ihm nicht hysterisch ins Gesicht zu lachen.

Zurück im Bett, schmiegt er sich an mich, streichelt mein Haar, und mein Herz pocht vor Angst. Vor mir klafft ein gähnender Abgrund. Eine Schlucht voller Einsamkeit. All die Verheißungen, die mein Leben bis vor Kurzem bereithielt, sind dahin. Der Tod von Alex hat mir meine berufliche Zukunft genommen, der Erfolg von Luis hat mir meine Familie genommen. Ich drücke mir das Kissen vors Gesicht, damit er mich nicht schluchzen hört.

VIERZEHN

Am Morgen im Badezimmer starre ich mein Spiegelbild an, ich habe dunkle Ringe unter den Augen. Meine Lider sind geschwollen. Mein Kopf wummert. Meine Stimmung ist verzweifelt.

»Hey, Schatz, hast du mein Handy gesehen?«

Ich drehe mich um. Luis hält sich am Türpfosten fest und lehnt sich ins Bad hinein.

»Ähm, nein?«

»Okay. Alles gut?«

Ich nicke hastig. »Klar doch. Das war übrigens ein toller Abend gestern. Tut mir leid, dass ich ...«

»Nein, ich versteh schon.«

»Es ist wegen seiner Eltern – ich musste seine Sachen zusammensuchen, um sie ihnen zu schicken. Das war es, was mich so beschäftigt hat.«

»Ach, Anna, du hättest etwas sagen sollen.«

»Sei nicht albern. Es war dein großer Abend. Und es war ein ganz wunderbarer Abend. Ich bin so stolz auf dich.«

Er lächelt, nimmt eine Haarsträhne zwischen Daumen und Zeigefinger und schiebt sie sich aus der Stirn. Ich höre mich fragen: *Hast du vor, uns zu verlassen?* Aber da sich sein Gesichtsausdruck nicht verändert, weiß ich, dass das nur in meinem Kopf war.

»Ich mache uns einen Kaffee.«

»Danke. Bin gleich da.«

Kaum ist er weg, greife ich in die Tasche meines Bademantels und hole sein Handy heraus. Ich ziehe mich an, mache das Bett und rufe: »Ich habe dein Handy gefunden.« Er kommt im Laufschritt die Treppe herauf, und ich halte es hoch.

»Es lag auf dem Fußboden.«

Da ich heute einen ruhigen Nachmittag habe, beschließe ich, ihr zu folgen. Ich rede mir ein, dass ich nur wissen will, womit ich es zu tun habe. Was ist so besonders an ihr, dass Luis ihretwegen riskiert, seine Familie zu zerstören? Gestern Abend meinte er, sie könne dafür sorgen, dass seine Werke in wichtige Sammlungen aufgenommen werden, dass der Verkauf von *The Nest* erst der Anfang ist. Aber das ist sicherlich nicht Grund genug, uns zu verlassen. Vielleicht ist sie gut im Bett. Bestimmt macht sie Sachen, von denen jeder Mann träumt, aber um die er seine Frau niemals bitten würde. Vielleicht sollte ich mal mein Repertoire auffrischen. Vielleicht sind wir in die klassische Ehe-Falle getappt, in der Sex nur dazu dient, kurz Druck abzulassen, weil wir zu müde sind, um uns mehr Mühe zu geben.

Ich habe mir von Carla eine dunkelblaue Baseballmütze mit breitem Schirm und einem kleinen weißen Ananas-Logo geliehen. Ich weiß, dass die Galerie um fünf Uhr schließt, also sitze ich im Auto, ziehe mir die Mütze ins Gesicht und trage meine übergroße, verspiegelte Pilotenbrille.

Um zehn nach fünf taucht sie auf, winkt jemandem zu und geht zu Fuß die Straße hinunter. Ich steige aus dem Auto und folge ihr, vorbei am Westside Market und in die Church

Avenue. Sie betritt ein Haus mit leuchtend blauer Fassade, das wie eine Filmkulisse aussieht und einen hübschen Vorgarten hat. Ich staune. Ich hätte gedacht, dass sie eher in einem renovierten Altbau wohnt, einer dieser ehemaligen Fabrikhallen zum Beispiel, die man zu Lofts und übergroßen Wohnungen mit bodentiefen Fenstern umgebaut hat.

Ich hole mir aus dem Laden gegenüber einen Kaffee und stehe eine Weile untätig herum. Ich habe keine Ahnung, ob sie wieder herauskommt, und gerade denke ich: *Was mache ich hier eigentlich? Na schön, sie wohnt also in einem hübschen blauen Haus. Kann ich jetzt wieder nach Hause gehen?*, als sich ihre Haustür öffnet. Sie hat sich glänzende, dunkelgraue Leggings und weiße Laufschuhe mit pinkfarbenen Streifen an der Seite angezogen. Sie geht zügig die Straße hinunter und über eine kleine Fußgängerbrücke, die über den Fluss führt, dann nimmt sie den Weg, von dem ich weiß, dass er in einer Schleife am Flussufer entlang und um den Park herum führt.

Ich bin ganz rot im Gesicht und außer Atem, als ich mich mit meinem Kaffee auf eine Bank setze und ihr zuschaue, wie sie im Kreis rennt. Sie kommt beim Laufen nicht einmal ins Schwitzen, ihr Pferdeschwanz schwingt mit jedem ihrer kräftigen, schwungvollen Schritte im Takt. Jedes Mal, wenn sie an mir vorbeiläuft, bin ich versucht, ein Bein auszustrecken und zuzusehen, wie sie in die Geranien stürzt. Es ist erstaunlich schwer, den Drang zu unterdrücken, also gehe ich schließlich und mache mich auf den Heimweg.

Am nächsten Tag ist wieder Mitarbeiterversammlung. Vorher verbringe ich eine halbe Stunde damit, im Internet zu stöbern, bis ich die Laufschuhe finde. Ich notiere mir die Marke und gehe in der Mittagspause zu Champs, um mir ein Paar zu kaufen, auch wenn ich hundertsechzig Dollar ganz schön teuer finde. Ich kaufe auch ein Paar Sportleggings, vor denen ich ein wenig Angst habe, weil meine Oberschenkel nicht mehr so straff sind, wie sie einmal waren, und so ein T-Shirt mit kleinen Löchern, wie sie es trug.

»Wir sollten mal zusammen laufen gehen«, sage ich Luis an diesem Abend.

Er runzelt die Stirn. »Warum?«

»Das macht Spaß. Sagt man nicht: Paare, die zusammen laufen, bleiben zusammen?«

Er lacht, weil er denkt, ich mache einen Witz. Ich will ihm sagen, dass es mir durchaus ernst ist, aber dann denke ich, dass ich vielleicht erst einmal ein wenig üben sollte.

Und genau das tue ich. Schon weil ich sie noch eine Weile im Auge behalten will, und das geht einfacher, wenn ich ebenfalls laufe. Als ich im Park ankomme, sind eine ganze Menge Jogger da, und die ersten fünf Minuten macht es mir wirklich Spaß. Ich habe das Gefühl, Teil einer eingeschworenen Gemeinschaft zu sein, alle lächeln sich zu, wenn sie einander begegnen. Es ist schön. Ich bin versucht, auf Isabelle zuzugehen und zu sagen: *Hallo! Erinnerst du dich an mich?*, nur um zu sehen, was für ein Gesicht sie macht. Aber dann schlägt sie mir vielleicht vor, dass wir zusammen laufen, und das kommt definitiv nicht infrage. Im direkten Vergleich zu Isabelle sehe ich einfach nur traurig aus – eine Frau mittleren Alters mit schlaffen Brüsten und Speck an der Taille, die verzweifelt versucht, jung zu bleiben. Und genau das bin ich auch. Ich weiß nicht einmal, was ich damit bezwecke, außer sie abzuchecken. Die Konkurrenz einzuschätzen. Das habe ich hiermit getan: Ich habe sie abgecheckt, und sie ist immer noch so schön wie an dem Tag, an dem ich sie zum ersten Mal gesehen habe. Und sie läuft wie eine Gazelle und ich wie eine Ente.

Zu Hause nehme ich die neuen Klamotten und verstecke sie ganz unten im Schrank.

Drei Tage später gönne ich mir einen »Schönheitstag«, wie ich das nenne. Nach der Arbeit habe ich einen Termin beim Friseursalon Marcus Bond, der extrem teuer ist, aber ich denke mir, das ist auch ganz gut so, wenn mich einer wieder hübsch macht, dann der.

Ich will gerade aufbrechen, da taucht Geoff auf. »Anna, kannst du bitte diesen Sachbericht für eine Förderung fertigmachen?« Er reicht mir einen Stapel Papiere.

»Das ist ein Formular«, sage ich.

»Das weiß ich.«

»Aber es ist ja völlig leer. Es ist nichts ausgefüllt.«

»Ja, ich weiß, darum bitte ich dich ja.«

»Das wird Stunden dauern, dafür habe ich jetzt keine Zeit.«

»Was meinst du damit, du hast keine Zeit? Was hast du denn so Dringendes zu tun?«

Ich ziehe meine Jacke an und schnappe mir meine Tasche. »Ich habe einen Friseurtermin, wenn du es genau wissen willst.«

»Ach? Einen Friseurtermin?« Er lächelt. »Also, ich finde dich hübsch, so wie du bist.«

Er hält mir immer noch das Formular hin. Ich tippe mit einem Finger darauf. »Frag Mila«, sage ich. »Die kennt sich mit solchen Sachen bestens aus.«

Zweihundertzwanzig Dollar später gehe ich mit fast schwarz gefärbten Haaren wieder raus. Vorher waren sie braun, aber es schimmerten graue Strähnen durch, die sollten weg. Außerdem ist mein leicht gewelltes Haar geglättet, und ich habe einen streng horizontalen Pony. Es ist eine Art kurzer Bob, und mit »kurz« meine ich: so kurz, wäre er kürzer, würde er oberhalb meines Haaransatzes liegen, und alles, was nicht zum Bob gehört, ist kurzrasiert, also der Großteil meines Hinterkopfs.

»Damit sehen Sie viel jünger aus«, sagt die Friseurin.

Marcus Bond selbst schneidet offenbar nur seinen Stammkundinnen die Haare.

Es ist furchtbar. Ich sehe nicht jünger aus. Ich sehe jetzt aus wie fünfzig, die neue Frisur hat mich zehn Jahre älter gemacht, einfach so, und ich weiß nicht, was ich sagen soll, und mein Kinn zittert beim Bezahlen, aber ich will nicht beim Friseur weinen, denn wer weint den bitteschön beim Friseur? Außer kleinen Kindern vielleicht.

Ich gehe nicht zurück zur Arbeit, sondern direkt nach Hause, und Luis sagt: »Oh, wow, Anna, was ist denn mit dir passiert?«, und zwar in einem Tonfall, als hätte ich einen Unfall gehabt und wäre auf Krücken hereingehumpelt.

»Ich muss es nur waschen«, sage ich. »Du weißt doch, wie das ist. Sie haben zu viel Tönung reingetan. Ich bin gleich wieder da.«

Ich spüle mein Haar am Waschbecken aus, aber es sieht immer noch schlimm aus, richtig beängstigend, also schnappe ich mir meine Nagelschere und fange an, daran herumzuschnippeln, in der Hoffnung, dass ich es in eine Art niedlichen Pixie Cut verwandeln kann.

»Krass, Mom, was ist passiert?«, fragen die Kinder später.

»Nichts. Mögt ihr es leiden?«

»Nein.«

»Na schön. Deckst du bitte den Tisch, Matti?«

Das war mein »Schönheitstag«. Nicht einmal das habe ich hinbekommen.

Ich liebe es, wie klug du bist.

Ich denke an diese Worte, bis ich so aufgewühlt bin, dass ich mir in die Innenseite meiner Wange beiße und Blut schmecke. Ich denke an diese Worte, bis sich mein Brustkorb vor Wut hebt und senkt, mein Puls rast und sich meine Lippen kräuseln und ich schnaufend durch die Nase atme.

Ich denke an diese Worte, und dann mache ich mich ans Werk. Ich würde gerne behaupten, dass das, was ich als Nächstes tue, auf einem spontanen Entschluss beruht, aber das wäre gelogen. Ich habe schon seit Tagen daran gedacht, vielleicht sogar schon seit Alex' Tod. Auf jeden Fall habe ich daran gedacht, als ich die Notizbücher in meiner Schublade wegschloss, statt sie seinen Eltern zu schicken. Seitdem habe ich es mir immer wieder durch den Kopf gehen lassen, um mir vorzustellen, was passieren würde, und die Risiken abzuwägen. Aber ich habe noch nichts aktiv unternommen.

Ich schließe meine Bürotür, schließe aber nicht ab, denn das wäre komisch und würde bloß Fragen aufwerfen. Ich ertappe mich dabei, wie ich positive Affirmationen vor mich hinmurmele. Selbst in meinen eigenen Ohren klinge ich wie eine Verrückte. *Es wird alles gut. Du hast es verdient. Es ist besser so. Denk an die Uni.*

Ich öffne das Dokument auf meinem Computer und lese es noch einmal durch. *Die Pentti-Stone-Vermutung – ein simpler Beweis.*

Es ist kurz, keine zwanzig Seiten, und wunderschön. Elegant und vollkommen in seiner Schlichtheit wie ein Kreis. Dann nehme ich die Maus und markiere Alex' Namen. Ich atme tief ein und aus, mein Finger schwebt über der Entfernen-Taste. Noch kann ich es mir anders überlegen. Noch ist Zeit.

Um ehrlich zu sein, fürchte ich, dass Ihr Beitrag durch die Nennung Ihres Namens mehr Gewicht erhält, als es gerechtfertigt wäre.

Dann denke ich an Luis und ich denke an Isabelle, ich denke an Luis und Isabelle zusammen, wie sie sich küssen, wie sie Sex haben, und eine Welle der Wut durchfährt mich, so heftig, dass sich mein Unterkiefer verkrampft.

Ich liebe es, wie klug du bist.

Ein Tastendruck, und schon ist Alex' Name verschwunden und nur noch meiner übrig.

Ich bin vielleicht nicht die schönste Frau der Welt und habe eine beschissene Frisur, aber wenn mein Mann so sehr auf kluge Frauen steht, bekommt er garantiert demnächst einen Orgasmus vulkanischen Ausmaßes.

Ich rufe die Webseite des *Journal of Applied Number Theory* auf und gehe zum Formular für das Einreichen wissenschaftlicher Artikel.

Wie viele Autoren hat Ihr Artikel?

Eine. Diese Arbeit hat nur eine Autorin. So. Ist doch gar nicht so schwer, oder? Ich tue es. Gleich ist es geschehen. *Hör auf zu denken, Anna.* Ich fülle den Rest des Formulars aus und tippe so schnell, dass ich keine Zeit zum Nachdenken habe. *Name, E-Mail-Adresse, Institution.*

Ich kann es kaum erwarten, dass meine Kollegen mitbekommen, dass eine von ihnen die Pentti-Stone-Vermutung gelöst hat. Ich hoffe nur, dass ich Geoffs Gesicht sehen kann, wenn er das erfährt. Die Zukunft unseres Instituts ist damit gesichert. Jeder wird wissen, wer wir sind. Die besten Studierenden des Landes werden sich hier einschreiben. Und das alles meinetwegen.

Ich frage mich, ob er von jetzt an Mila bitten wird, Protokoll zu führen.

Ich bewege den Cursor-Pfeil zur Schaltfläche, auf der »Einreichen« steht, und halte die Maus so fest umklammert, dass meine Knöchel weiß werden. Jetzt oder nie.

»Anna, Sie sind ja doch da. Hat Ihr Freund Sie gefunden?«

Mein Herz pocht mir im Hals. »June! Mein Gott, haben Sie mich erschreckt!«

Sie lacht. »Entschuldigung, ich war mir nicht sicher, ob Sie hier sind. Ihr Freund hat nach Ihnen gesucht.«

Ich atme ein, mein Herz klopft immer noch wie wild. »Aha, was denn für ein Freund?«

Sie zuckt die Schultern. »Keine Ahnung. Ich habe ihm

gesagt, wo Ihr Büro ist – vielleicht dachte er, Sie sind nicht da. Ihre Tür ist ja sonst nie zu.«

»Ein Student?«

»Nein. Er meinte, er wäre ein Freund von Ihnen. Ein junger Mann mit dunklem lockigem Haar und schönen grünen Augen. Egal, ich schätze, er hat Sie nicht gefunden.«

Dunkles, lockiges Haar. Schöne grüne Augen. »Hieß er Ryan?«

»Tut mir leid, Anna, ich habe ihn nicht gefragt.«

Sie wartet, als ginge sie das irgendetwas an. Was hat Ryan hier zu suchen? Und warum in aller Welt behauptet er, er wäre mit mir befreundet?

»Alles in Ordnung?«

»Ja, danke. Ich bin hier ziemlich beschäftigt, June, also ...«

»Oh, natürlich. Ich wollte nur sehen, ob Sie schon bereit für Ihren Kaffee sind. Ich habe gerade welchen gem...«

»June, ehrlich, ich bin hier gerade mitten in einer Sache! Ich will keinen Kaffee, okay? Sie müssen mir nicht jeden Tag Kaffee und Kekse bringen, verstanden?«

Sie blinzelt, wird rot. »Natürlich. Ich habe es ja nur gut gemeint.« Sie geht, ohne mich noch einmal anzusehen, und schließt die Tür.

Ich vergrabe den Kopf in meinen Händen. Na, wenn das mal kein Zeichen ist. Mitarbeiterinnen anzuschnauzen ist doch gar nicht meine Art. Was zum Teufel tue ich hier? Ich seufze und öffne den Browser wieder, will das Fenster schließen und die ganze Sache abbrechen. Es war von vornherein eine dumme Idee. Ich sollte den Artikel so einreichen, wie wir es von Anfang an vorhatten. Mit Alex und mir als Autoren. Und außerdem Geoff den aktuellen Stand seiner Dissertation zeigen. Er wird sich fragen, warum ich damit so lange gewartet habe, aber ich werde ihm sagen, dass ich der Arbeit noch den letzten Schliff geben wollte, um sicherzugehen, dass sie wirklich fertig ist. Ich bin dann ja trotz allem Co-Autorin des Artikels. Wir werden trotz allem einen hervorragenden Ruf genießen. Ich werde trotz allem gewürdigt werden. Nichts wird sich ändern.

Ich bin so erleichtert! Gleich werde ich zu June gehen und mich bei ihr entschuldigen. Jetzt erst werfe ich einen Blick auf den Bildschirm.

Vielen Dank für Ihre Einsendung. Wir werden uns so bald wie möglich mit Ihnen in Verbindung setzen.

Ich blinzle. Offenbar habe ich doch auf »Einreichen« geklickt. Ein Teil von mir will am liebsten in den Computer greifen und das Dokument aus den Fängen des Internets zurückholen. Doch der andere Teil flüstert mir verstohlen zu: *Jetzt gibt es kein Zurück mehr, Anna. Was willst du tun? Dich bei dieser angesehenen Fachzeitschrift melden und sagen: »Tut mir leid, ich wollte das gar nicht einreichen, es ist nicht wirklich von mir?« Oder endlich einmal mit der Faust auf den Tisch hauen und dir nehmen, was du verdienst?*

Ich schließe meine unterste Schublade auf, hole Alex' Notizbücher heraus und stecke sie in meine Umhängetasche.

Ich wünschte, June hätte mir nichts von diesem mysteriösen »Freund« erzählt. Statt meinen Triumph auszukosten, dass ich den Artikel eingereicht habe, ist mir jetzt flau im Magen. Warum kommt Ryan hierher? Es war wahrscheinlich gar nicht Ryan. Vielleicht hat June sich geirrt, und es war doch ein Student. Oder ein Studienbewerber. Ja, das ergibt Sinn. Nun, wer auch immer es war, er soll später wiederkommen.

Die arme June. Wie sie vorhin geguckt hat, als ich sie angeschnauzt habe ... Ich werde mich sofort bei ihr entschuldigen und dann meine restlichen Aufgaben für heute erledigen. Aber was mache ich mit Alex' Notizbüchern? Ich muss sie loswerden, das versteht sich von selbst. Eigentlich wollte ich sie in einen Müllcontainer werfen, das erschien mir irgendwie passend, aber dann habe ich es mir doch anders überlegt. Ich will kein Risiko eingehen. Stattdessen google ich nach einem Schredder-Service, rufe dort an und vereinbare, dass ich die Bücher später vorbeibringe.

Dann hole ich eine Bürste aus der Tasche, um mich für die Mitarbeiterversammlung schick zu machen. Mit mäßigem Erfolg. Ich sehe immer noch aus wie ein Stachelschwein.

FÜNFZEHN

In der ersten Zeit liege ich ganze Nächte lang wach, starre in die Dunkelheit und wünsche mir, ich hätte es nicht getan. Es hätte so viele andere, bessere Möglichkeiten gegeben. Ich hätte mit den Notizbüchern zu Geoff gehen und ihm von Alex' Erkenntnissen berichten können. Wir hätten sie im Gedenken an ihn veröffentlichen können. Vielleicht hätte seine Familie uns das Preisgeld behalten lassen – die sind reich genug, die brauchen das nicht. Wir hätten ein Stipendium in Alex' Namen einrichten können.

Aber jetzt ist es zu spät. Das sage ich mir, wenn ich mitten in der Nacht aufwache. *Jetzt ist es zu spät*, flüstere ich, mein Herz wummert, Alex' Geist schwebt über meinem Bett.

Jetzt ist es zu spät.

Meine Tage verbringe ich wie eine Schlafwandlerin und warte darauf, dass der Faden des Damoklesschwerts über meinem Kopf reißt. Dass irgendetwas schief geht oder Luis mich verlässt. Ich stelle mir vor, wie jemand bei der Fachzeitschrift meinen Artikel liest, blinzelt und sich daran erinnert, dass er *von dieser Lösung schon einmal gehört* hat. Denn könnte es nicht sein, dass Alex die Zeitschrift bereits kontaktiert hatte, ohne es mir zu sagen? Das würde doch Sinn ergeben, oder? Zumindest hätte Alex das ähnlich gesehen. Habe ich eine Erklärung dafür, wieso *mein* Doktorand einen genialen Artikel einreicht, stirbt und anschließend *genau derselbe* geniale Artikel noch einmal eingereicht wird, nur diesmal mit meinem Namen oben drüber? Habe ich eine Erklärung dafür? Nein, Herr Kriminalkommissar, habe ich nicht. Nicht auf Anhieb.

Aber dann werden aus den Tagen Wochen, und nichts passiert, und ich denke immer öfter, dass vielleicht, ganz vielleicht, doch alles glatt geht. Statt Angst vor dem Anruf zu haben, ärgere ich mich jetzt darüber, wie lange es dauert, den Artikel zu prüfen. Mir ist, als hätte ich eine Schwelle überschritten: Ich bin schon auf der anderen Seite, trommle mit den Fingern auf die Tischplatte und warte darauf, dass alle anderen nachziehen. Dann mache ich mir Sorgen, dass es *zu* lange dauert, obwohl ich ganz genau weiß, dass Monate ins Land gehen können, bis ein mathematischer Beweis nachvollzogen und von Fachkollegen geprüft und bestätigt ist. Andererseits dürfte das gerade hier nicht der Fall sein, denn die Schönheit dieses Beweises liegt ja gerade darin, wie simpel er ist. Es ist jene Art von mathematischem Beweis, bei dem sich die Leute fragen, warum noch niemand darauf gekommen ist, so *einleuchtend* ist er.

Aber untätig bin ich in diesen langen Wochen des Wartens nicht, sondern ich widme mich dem anderen Teil meines Plans: meinen Mann dazu zu bringen, sich wieder in mich zu verlieben. Wie sich herausstellt, gibt es im Internet jede Menge Informationen darüber, wie man das anstellt, und wenn ich eines kann, dann Recherchieren. Im Laufe der nächsten Wochen werde ich nicht unbedingt eine *Andere*, aber eine *Bessere*. Ich werde fürsorglicher, freundlicher, geduldiger. Fröhlicher. Jedes Mal, wenn er den Raum betritt, mache ich ein glückliches Gesicht. Ich frage ihn nach seiner Arbeit, ich freue mich lautstark über seinen Erfolg, ich kraule ihm den Nacken und sage ihm, dass er gut aussieht, ich koche seine Lieblingsgerichte, ich massiere ihm die Schultern, wenn er gestresst wirkt. Wenn die Kinder im Bett sind, stelle ich Kerzen auf der Terrasse auf und lade ihn ein, mit mir bei einem Glas Wein die Sterne zu betrachten; ich kaufe sexy Unterwäsche und schlafe mit ihm, jede Nacht.

Und selbstredend beobachte ich ihn wie ein Falke seine Beute. Ich kann zwar seine SMS nicht mehr lesen, aber ich achte genau auf seine Stimmungen und werfe ab und zu einen Blick in seine E-Mails.

Ich mache mir Notizen über meine Fortschritte. »Das Kleid gefällt mir an dir, das ist schön«, hat er neulich gesagt und mich neckisch angelächelt. Er bringt mir unaufgefordert ein Glas Wein, wenn ich das Abendessen vorbereite. Er redet mit mir. Und er hört zu. Er ist aufmerksamer und entspannter geworden, manchmal flirtet er sogar mit mir. Ich verbuche all diese kleinen Dinge als Erfolge für mich. Endlich darf ich auch mal gewinnen. Ich bin ab sofort keine Teamplayerin mehr, ich bin eine Gewinnerin.

Und dann, heute Vormittag, fünf Wochen nachdem ich den Artikel eingereicht habe, erhalte ich einen Anruf von der Zeitschrift. Man möchte mir gratulieren: Die Lösung wurde geprüft und akzeptiert, und nächsten Monat wird sie veröffentlicht. »Mit der Publikation haben Sie Anrecht auf den Pentti-Stone-Preis der Leo Forrester Foundation«, teilt man mir mit.

Es ist offiziell, ich habe die Pentti-Stone-Vermutung gelöst!

Und plötzlich ist alles anders. Meine Zweifel, meine Ängste – all das ist mit diesem einen Anruf passé. Es ist mir ab sofort egal, ob es Alex' Beweis ist: Genauso gut ist es meiner. Ich lege den Hörer auf, starre auf meine Hände und rufe mir Erinnerung, dass *ich* es war, die damals das letzte Puzzleteil fand. Ich verbanne die Stimmen in meinem Kopf für immer, und nach ein paar Minuten der Stille gehe ich mit einem Grinsen im Gesicht und Schmetterlingen im Bauch in Geoffs Büro. June zieht eine Augenbraue hoch, und ich lege einen Finger an die Lippen und zwinkere ihr zu. Dann gehe ich hinein, schließe die Tür hinter mir und lehne mich dagegen.

»Du wirst nie erraten, was passiert ist«, sage ich. Dann erzähle ich es ihm.

Er glaubt mir zuerst kein Wort, was ich durchaus verstehen kann. Ich, die Verliererin ohne Ehrgeiz, die immer das Protokoll schreibt und nicht zur Professorin taugt, löst plötzlich aus dem Nichts ein bedeutendes mathematisches Problem.

Ich nehme auf dem Stuhl vor seinem Schreibtisch Platz. »Sie veröffentlichen es nächsten Monat. Ich habe gerade den Anruf von der Zeitschrift bekommen. Und kurz darauf eine Mail von der Leo Forrester Foundation. Sie wollen hierherkommen, an die Uni, um den Preis offiziell zu überreichen.«

Er sieht mich von der Seite an und blinzelt. »Ist heute etwa der erste April?«

Ich lächle. »Nee.«

Er nimmt den Hörer ab und ruft bei der Fachzeitschrift an. Er muss sich tatsächlich vergewissern, dass es stimmt und ich ihn nicht anlüge. Nachdem er es überprüft hat, schweigt er eine Weile und starrt mich einfach nur an.

Ich hatte mehr erwartet, seine Reaktion enttäuscht mich. »Freust du dich nicht?«, frage ich ihn. »Für die Universität ist das doch ein Segen.«

»Das ist unglaublich.«

»Ich weiß«, sage ich erleichtert. Ich grinse.

»Aber du hast nie davon erzählt, dass …«

»Ich wollte halt sichergehen. Und dann habe ich die Professur nicht bekommen, na ja, du weißt schon …« Ha! Ich bin jetzt die Gewinnerin, ich darf mir ein paar kleine Seitenhiebe erlauben.

Er lehnt sich in seinem Stuhl zurück und spielt mit einem Stift, wedelt damit in der Luft. Er mustert mich skeptisch. »Hier stimmt was nicht.«

Ich warte, neige den Kopf, aber sein Blick verändert sich nicht. Er ist dunkel und misstrauisch, und plötzlich ist mir alles klar, und mir kommt es vor, als würde das gesamte Konstrukt meines Lebens, meines neuen, erfolgreichen Lebens, mit einem Mal einstürzen. Ich habe es vermasselt. Es ist vorbei. Ich habe etwas völlig Idiotisches getan, ich bin halt dumm. Er weiß es – natürlich weiß er es. Wie konnte ich nur so dämlich sein? Er wird wissen, dass Alex an diesem Beweis gearbeitet hat, auch wenn Alex immer beteuert hat, dass ich die Einzige bin, der er es erzählt hat, und mich hoch und heilig schwören ließ, dass ich es niemandem verraten würde, vor allem nicht Geoff. Er hatte solche Angst, dass jemand seine Arbeit stiehlt, und jetzt bin ausgerechnet ich es, die beweist, dass seine Angst berechtigt war. Ich bin eine Diebin, eine Betrügerin. Ich will etwas sagen, lege mir eine Entschuldigung zurecht, will beteuern, dass alles ein großer Fehler war und ich den Artikel eigentlich in Alex ' Namen einreichen wollte, als Geoff mit einem Mal in Gelächter ausbricht.

»Was denn?«, frage ich und blinzle.

»Soll ich dir sagen, was nicht stimmt? Dass hier kein Sekt auf dem Tisch steht! Wir sollten feiern!« Er ruft June an und bittet sie, alle zusammenzutrommeln und Sekt und Gläser mitzubringen. »Ja, jetzt sofort«, sagt er. »Ja, mir ist bewusst, dass es noch nicht einmal Mittag ist.« Dann steht er auf, kommt zu mir und umarmt mich herzlich.

Plötzlich sind alle da, alle umarmen mich, sogar Mila, und alle stupsen mich an und wollen wissen, warum ich nie etwas gesagt habe und wie ich das überhaupt geschafft habe, und ich lache, weil sie alle durcheinanderreden, und wenn ich gewusst hätte, dass sie so einen Wirbel veranstalten würden, hätte ich daran gedacht, mich zu schminken. Ich bin so glücklich, dass ich platzen könnte, so glücklich wie seit Jahren nicht mehr, und das ist erst der Anfang. Ich sage, dass ich gleich wieder da bin, und gehe mit einem Glas Sekt in der

Hand zurück in mein Büro, schließe die Tür und rufe Luis an.

»Ich habe es geschafft«, sage ich.

»Was denn geschafft?«, fragt er, und ich kann ein Lächeln in seiner Stimme hören.

Ich rede so leise, dass ich beinahe flüstere, als wäre das, was ich sagen will, zu besonders, um es laut zu sagen. »Es ist eine Überraschung«, sage ich. »Aber erinnerst du dich an letztes Jahr, an all die Abende, an denen ich so lange gearbeitet habe, und auch dieses Jahr?«

Natürlich erinnert er sich.

»Nun, ich wollte nichts verraten, aber ich habe an einem unglaublich wichtigen Projekt gearbeitet. Ich habe ein bedeutendes mathematisches Problem gelöst. Ich bekomme einen Preis. Eine halbe Million Dollar, Luis! Und meine Arbeit wird in der renommiertesten Fachzeitschrift der USA veröffentlicht.« *Na, liebst du mich jetzt?*, hätte ich beinahe hinzugefügt.

June kommt herein, in einer Hand ihr eigenes Glas, in der anderen eine Sektflasche. »Na los, kommen Sie. Wir warten alle auf Sie.«

»Ich muss Schluss machen«, sage ich zu Luis.

»Nein, warte! Das ist ja grandios, Anna. Ich bin so stolz auf dich, Baby. Du hättest mir was sagen sollen!«

»Ich konnte es dir nicht sagen, bevor es in trockenen Tüchern war. Ich wollte es nicht beschreien.«

»Also, ich finde dich einfach unglaublich.«

»Danke, Schatz.«

»Lass uns ausgehen und feiern – du, ich und die Kinder«, sagt er schnell. Dann senkt er seine Stimme und flüstert anzüglich: »Oder vielleicht auch nur du und ich, was meinst du?«

Ich lache. »Nein, die Kinder können ruhig mitkommen. Das fände ich schön.«

»Dann reserviere ich einen Tisch im Confit d'Oie.«

»Oh, ja! Mach das! Da wollte ich schon immer mal hin!«

Er lacht.

June hat mein Glas nachgefüllt, und ich sage Luis, dass ich jetzt wirklich auflegen muss.

»Ich liebe dich, mein Schatz. Ich bin so stolz auf dich«, sagt er, und mir geht das Herz auf.

June stößt ihr Glas gegen meines, und als wir zurück in Geoffs Büro gehen, hakt sie mich unter. »Ich gratuliere Ihnen, Anna. Ich verstehe zwar nicht, was das alles bedeutet, aber ich freue mich wirklich für Sie.«

»Oh, danke, June.«

Als wir zurück in Geoffs Büro sind, schiebt er June sofort mit dem Ellbogen zur Seite, legt mir einen Arm um die Schultern und drückt mich. »Lass uns nach der Arbeit einen trinken gehen, du und ich. Was meinst du?«

»Ich kann leider nicht, ich …«

»Ach, komm schon. Klar kannst du.«

»Luis führt mich und die Kinder groß aus, um zu feiern.«

»Ach wie schön. Wohin geht ihr denn?«, fragt June.

Ich schüttele Geoffs Arm von mir ab. »Wir gehen in dieses neue französische Restaurant in der Fulton Road.«

»Oho, schick, schick!«, sagt June.

»Ja, *très chic*«, sagt Geoff und grinst. »Ich dachte eher an die Bar unten an der Straße. June, kommen Sie mit? Wir sind für Madame ja offenbar nicht mehr gut genug.«

Sie verdreht die Augen und sieht mich an. »Nein danke, Geoff.«

»Dann ein andermal. Erst einmal Prost! Auf Anna!«

Am späten Nachmittag verlasse ich das Unigebäude mit dem Gefühl, den Gipfel der Glückseligkeit erreicht zu haben. Noch als ich auf die Straße trete, genieße ich jede Sekunde, denn ich will mich später an alles genau erinnern können. Ich will es jederzeit noch einmal erleben können. Ich will sagen können: *Erinnerst du dich an den Tag, an dem ich den Pentti-Stone-Preis gewonnen habe? Das war im Herbst, die Blätter der Tupelobäume leuchteten rot, und die Luft roch nach feuchtem Laub, weißt du noch?*

Ich kichere in mich hinein und lasse meine Umhängetasche am Riemen hin und her schwingen wie ein Schulkind. Doch als ich mich meinem Auto nähere, den Schlüssel schon in der Hand, friert mir das Grinsen im Gesicht ein, und mein Finger erstarrt auf dem Entriegelungsknopf. Zuerst denke ich, da klebt Vogeldreck an meinem Auto. Als ich näher komme, sehe ich, dass es ein Graffito ist. Wobei, nein, ein Graffito ist es auch nicht.

Auf der Fahrerseite hat jemand in großen, deutlichen Buchstaben das Wort *HURE* in den Lack gekratzt.

Ich stehe da mit offenem Mund, meine Tasche knallt gegen meine Beine, dann gehe ich langsam um den Wagen herum und schaue, ob da noch weitere Wörter stehen, aber es ist nur dieses eine. Ich schaue mir die anderen Autos an der Straße an, gehe ein paar Meter auf und ab, aber die Vandalen haben nur meines zerkratzt.

»Anna?« Ich drehe mich um. June kommt auf mich zu. Sie lächelt. »Wohin wollen Sie? Ach natürlich, Sie gehen ja feiern.«

»Ich dachte, Sie sind längst weg«, sage ich. »Sind Sie nicht vorhin schon gegangen?«

»Ja, aber ich war noch ein wenig einkaufen. Ist alles in Ordnung? Sie sehen ganz durcheinander aus.« Dann wandert ihr Blick von meinem Gesicht zu meinem Wagen, und sie hält sich eine Hand vor den Mund. »Ist das etwa Ihr Auto?«

Ich hatte versucht, mich so hinzustellen, dass sie das Wort nicht sehen kann. Jetzt seufze ich und drehe mich um, um den Schaden zu begutachten. »Ja, das ist meins. Ich kann nicht fassen, dass das passiert ist. Hätte ich bloß auf dem Parkplatz geparkt!«

Sie beugt sich hinunter, um es sich genauer anzuschauen,

und jetzt sehe ich das Wort wieder in Gänze und nicht nur als eine Ansammlung wütender Kratzer. Meine Hochstimmung von vorhin ist wie weggeblasen. Jetzt habe ich eher das Gefühl, dass ich gleich losheule. Ich beiße mir in den Daumen und warte darauf, dass sie so etwas sagt wie: *Hure? Wieso? Was haben Sie angestellt?*

Aber sie steht nur da, und dann sagt sie: »Kids. Das wird in dieser Gegend immer schlimmer.«

»Ach ja?«

Sie seufzt. »Die haben Langeweile. Es sollte wirklich mehr Jugendeinrichtungen geben. Die brauchen wir in diesem Stadtteil ganz dringend. Aber gucken Sie mal, das ist nur ganz oberflächlich. In der Bellaire Avenue gibt es eine gute Karosseriewerkstatt; ich bin sicher, die bekommen das im Nullkommanichts wieder hin.«

»Meinen Sie?«

»Ja, ganz bestimmt.«

Wir starren beide einen Moment lang das Auto an.

»Machen Sie sich keine Sorgen«, sagt sie schließlich. »Sie werden sehen, hinterher ist es so gut wie neu. Gehen Sie zu Ihrem Essen und genießen Sie den Abend. Machen Sie sich nicht verrückt.«

»Sie haben ja recht. Die Sache ist nur, ich wollte mich gleich mit meiner Familie treffen, und *damit* will ich nicht vorfahren!« Ich zeige auf die Tür. »Mein Sohn ist erst zehn.«

Sie verzieht das Gesicht. »Stimmt, das sollten Sie wohl besser nicht.«

Der Himmel färbt sich plötzlich grau, und ein Windstoß treibt mir Sand in die Augen, ich schließe sie und reibe sie mit den Fingern.

»Ich muss es hier stehen lassen. Ich rufe mir ein Uber.« Ich hole mein Handy heraus und tippe darauf herum.

»Soll ich Ihr Auto zur Werkstatt bringen? Sie sollten es hier nicht zu lange stehen lassen. Wahrscheinlich können Sie es morgen schon wieder abholen.«

»Ach, June, würden Sie das tun? Ich will Ihnen nicht zur Last fallen.«

»Kein Problem, ehrlich. Gehen Sie schon, Sie hatten so einen tollen Tag. Lassen Sie sich davon nicht herunterziehen.«

Ich lege ihr eine Hand auf den Arm. »Danke. Das ist so nett von Ihnen.«

»Das ist wirklich kein Problem. Hey, da ist ja schon Ihr Uber.« Sie zeigt auf ein schwarzes Auto, das neben uns angehalten hat. Der Fahrer beugt sich zum Beifahrerfenster und gibt uns ein Zeichen.

Ich signalisiere ihm, dass er warten soll, und gebe ihr meinen Autoschlüssel. »Danke, June. Ich bin Ihnen so dankbar. Wirklich.«

»Hey, gar kein Problem, ganz ehrlich. Ich sage denen, dass sie Sie anrufen sollen, wenn es fertig ist. Wir sehen uns morgen, Anna. Ich wünsche Ihnen viel Spaß!«

Ich klettere auf den Rücksitz des Uber und winke ihr noch einmal zu. June hat natürlich recht, denke ich, während ich mich anschnalle. Es ist nichts, nur ein dummer Streich irgendwelcher Jugendlicher. Dann schließe ich die Augen und besinne mich darauf, dass ich jetzt eine Gewinnerin bin und es einfach nur dumm wäre, mir das von so ein bisschen Vandalismus ruinieren zu lassen.

SECHZEHN

Wenn ich mit meiner Familie ausgehe, bin ich immer ein wenig stolz auf uns. Ich stelle mir dann vor, wie die anderen Gäste uns sehen und denken: *Was für eine tolle Familie. Sieh dir diese Kinder an, so wohlerzogen und so niedlich. Und was für ein hübsches Paar die zwei sind.*

Luis sagt, er habe nur mit Glück noch einen Tisch bekommen; obwohl es mitten in der Woche ist, sei alles ausgebucht gewesen, aber als er denen erzählt habe, seine Frau hätte gerade einen Preis für Mathematik bekommen, für eine Arbeit, die die Welt verändern wird, da hätten sie ein paar Reservierungen hin- und hergeschoben, und dann sei doch noch Platz für uns gewesen.

»Du machst Witze«, sage ich.

Er lächelt sein wunderbares sexy Lächeln, und eine Strähne seines dunklen Haares fällt ihm in die Stirn. Er schiebt sie mit zwei Fingern hinters Ohr. »Na schön, du hast mich ertappt.«

Ich lache.

Dann reicht mir Carla ein kleines Päckchen.

»O Schatz, was ist denn das?«

»Das ist nicht nur von mir, sondern von uns allen.«

Luis beobachtet mich mit einem Funkeln in den Augen.

»Mach auf!«, sagt Matti.

Schnell reiße ich das Geschenkpapier auf und öffne eine kleine lila Schachtel. Darin befindet sich ein Paar herzförmige Ohrstecker aus Silber, die mit kleinen Diamanten besetzt sind. Luis und ich standen neulich vor einem Juweliergeschäft und warteten – ich weiß gar nicht mehr, worauf – und da meinte ich, wie hübsch ich die finde, weil sie herzförmig waren. Das ist alles Teil meiner neuen Strategie. Ich reagiere positiv auf herzförmigen Schmuck, wenn mein Mann in der Nähe ist, denn jeder weiß, dass herzförmiger Schmuck für Liebe steht, und ich will ihn daran erinnern, wie sehr wir uns lieben und was für ein schönes Paar wir sind. Doch das jetzt ist noch viel besser: Wenn du deiner Frau herzförmigen Schmuck kaufst, ist das eine unmissverständliche Botschaft, und ich bin so gerührt, dass er sich an die Ohrstecker erinnert hat, dass meine Augen feucht werden.

Er küsst mich auf den Mund. »Herzlichen Glückwunsch, Schatz. Ich wusste ja immer, dass du unglaublich bist, und ich dachte, du könntest mich nicht mehr überraschen, aber ich habe mich geirrt. Du bist wirklich etwas ganz Besonderes.«

Du bist unglaublich. Ich erinnere mich an diese Worte, die sich auf meiner Netzhaut eingeprägt haben – in einer SMS, die er einer anderen gesendet hat. Wenn ich bis eben gelächelt habe, dann grinse ich jetzt wie ein Honigkuchenpferd.

»Können wir dann endlich was essen?«, fragt Matti, und wir lachen alle. Jeder bekommt sein Lieblingsgericht, und wir beschließen, dass wir von nun an mindestens einmal im Monat alle zusammen hier essen werden, woraufhin Mateo mit den Augen rollt.

Carla erzählt uns von einem Sommercamp, zu dem sie gehen will und in dem man Programmieren lernt, als Matti mitten im Essen innehält, die Gabel in der Luft, und zum Fenster starrt.

»Was ist los, Sweety?«, frage ich.

»Da beobachtet uns einer.«

Ich wende mich um und folge seinem Blick, aber ich sehe bloß einen Typen, der sich das Restaurant ansieht, so wie man es tut, wenn man sich überlegt, ob man da gerne essen möchte.

»Von wem redest du?«, fragt Luis.

»Draußen«, sagt Matti.

Dann wird mir klar, dass sich der junge Mann nicht das Restaurant oder die Speisekarte neben dem Eingang anguckt: Er starrt mich an. Ich habe keine Ahnung, wer er ist, bis mir mit einem Mal klar wird, dass ich diese Augen kenne. Mein Magen dreht sich um. Es ist Ryan. Ryan ohne Bart. Der glattrasierte Ryan. Es ist eindeutig Ryan, nur dass er viel jünger aussieht. Seine Wangen sind rot von der Kälte, und seine Mundwinkel sind nach unten gezogen, als würde er sich über etwas ärgern.

»Einer deiner Fans?«, fragt Luis und wendet sich wieder seinem Essen zu, ohne mich anzuschauen.

Wohl kaum, denke ich. Aber ich lache auf. »Wahrscheinlich.«

»Der sieht aber nicht wie ein Fan aus«, sagt Matti. »Der sieht voll wütend aus.«

Ich finde nicht, dass er wütend aussieht, auf mich wirkt er eher verwirrt. Unter dem Tisch drückt Luis mein Knie, und er sieht mich fragend an. Ich schüttle kurz den Kopf und esse weiter. Ich wünschte, Ryan würde verschwinden, aber er steht weiterhin da, still wie eine Statue. Ich schiebe Stücke der Ente auf meinem Teller herum und versuche, Konversation zu machen. Aber mein Herz schlägt zu schnell, zu heftig, und bei jedem Herzschlag scheint der seidene Stoff meines Kleides zu zittern. Was, wenn Ryan reinkommt und ... tja, was? Mich vor meiner Familie zur Rede stellt? Allen erzählt, dass ich mit ihm im Büro auf dem Fußboden herumgemacht habe?

»Ich gehe hin und finde heraus, was er will«, sagt Luis und wirft seine Serviette auf den Tisch.

Schnell lege ich eine Hand auf seinen Arm. »Ist schon okay«, sage ich und versuche, fröhlich zu klingen, was mir nicht gelingt. »Das ist nur jemand von der Arbeit.« Ich stehe so schnell auf, dass ich mit den Oberschenkeln am Tisch hängen bleibe und beinahe unsere Gläser umkippen. Im Laufschritt gehe ich hinaus an die kalte Luft. Ich habe keine Ahnung, was ich gleich tun oder sagen soll, und mit jedem Schritt wird mir ein bisschen flauer im Magen. Aber Ryan ist nicht mehr da. Ich schaue mich um, doch er ist weg.

»Bei deiner Arbeit gibt es aber komische Typen«, sagt Matti, als ich wieder Platz nehme.

Ich lache, peinlich berührt.

»Jemand von der Arbeit?«, fragt Luis und sieht mich fragend an.

»Ja, habe ich doch gesagt. Ich hatte ihn zuerst gar nicht erkannt. Er arbeitet in der juristischen Fakultät. Er muss mich gesehen und sich überlegt haben, ob er hereinkommen und hallo sagen soll. Wer weiß? Als ich rauskam, war er schon weg.« Ich zwinge mich wieder zu lachen, aber ich spüre, wie mein Mund vor Anstrengung zittert. Alles, woran ich denken kann, ist das in den Lack meines Autos gekratzte Wort *HURE*.

Am nächsten Montag gehe ich mit einer kleinen grünen Topfpflanze bewaffnet als Erstes zu June.

»Für Sie«, sage ich.

Sie strahlt, als sie mir die Pflanze abnimmt, und wird sogar ein wenig rot. »Womit habe ich das denn verdient?«

»Dafür, dass Sie mir mit meinem Auto geholfen haben. Das ist eine Glücksfeder, und im Blumenladen hat man mir versichert, dass die quasi nicht totzukriegen sind. Nicht, dass ich Ihnen nicht zutrauen würde, eine Zimmerpflanze zu pflegen, aber Sie wissen ja, hier drinnen, mit der Neonbeleuchtung und der unzuverlässigen Klimaanlage ...«

»Vielen Dank! Und gern geschehen, Anna. Das war doch nicht nötig.«

»Doch, das war es. Sie waren so nett zu mir.« Wieder spüre ich, wie aus irgendeinem Grund meine Lippen zittern, während ich das sage. Es ist der ganze Stress, das Auto, *HURE*, Ryan. Inzwischen glaube ich nicht mehr, dass es irgendwelche Kids waren, aber das muss ich ihr nicht auf die Nase binden.

Sie beugt sich zu mir vor. »Ist alles in Ordnung?«

»Ja, alles wunderbar. Ich muss nur ...« Ich zeige vage in Richtung Aufzug. »Wie auch immer, wir sehen uns später, okay?« Ich überlasse es ihr, einen Platz für ihre Pflanze zu finden, und marschiere direkt aus dem Gebäude und hinüber zur juristischen Fakultät, die Treppe hinauf und den Flur entlang zum Büro des Studierendenwerks, wo ich Ryan zuletzt gesehen habe. Die Tür steht offen, und ich gehe mit geballten Fäusten, klopfendem Herzen und erhobenem Kinn hinein. Ich sehe ihn sofort, wie er mit dem Rücken zu mir an einem Tisch in der Ecke mit einem Gerät hantiert. Ich bin nervös, zittere sogar ein bisschen, aber tief in mir brodelt es vor Wut. *Was soll der ganze Mist? Warst du das mit meinem Auto? Versuchst du, mich einzuschüchtern? Warum?*

»Was fällt dir eigentlich ein?«, schnauze ich ihn an, aber als der Mann herumfährt, ist es gar nicht Ryan. Er sieht ihm nur von hinten ein bisschen ähnlich.

Er erschrickt. »Wie bitte?«

»Ich – ich suche Ryan«, stottere ich.

»Ryan?«

»Er arbeitet hier.«

»Oh. Tut mir leid. Ich arbeite gar nicht hier. Ich meine, ich arbeite nicht auf dieser Etage. Ich benutze nur den Scanner.«

»Der ist nicht mehr da«, sagt jemand. Ich drehe mich um. Eine ältere Frau mit kurzem brünettem Haar nimmt ihre Brille ab und wischt sie sich mit einem kleinen Tuch sauber. »Ryan, der IT-Mensch, oder?«

»Kann sein, ich meine, er heißt Ryan und er hat vor ein paar Wochen hier gearbeitet.«

Sie nickt. »Der IT-Mensch. Der ist nicht mehr hier. Der hat vor ein paar Wochen gekündigt.«

»Wo ist er denn hin?«

Die Frau zuckt die Schultern. »Da kann ich Ihnen leider nicht helfen.«

Ich nicke und überlege, was ich als Nächstes tun soll. »Wissen Sie, woher ich seine Adresse bekommen kann?«

»Keine Ahnung. Versuchen Sie es beim Personalbüro.«

Zurück an meinem Schreibtisch hole ich das Telefonverzeichnis der Universität aus der unteren Schublade und suche nach der Nummer der Personalabteilung. Ich sage ihnen, dass ich nach einer Kontaktadresse von jemandem namens Ryan suche.

»Den Nachnamen wissen Sie nicht?«

»Leider nein. Er war in der IT-Abteilung. Mehr weiß ich leider nicht.« Ich hätte nachfragen sollen. Die Frau drüben in seinem alten Büro kannte ihn ja offenbar. Aber ich habe letzte Nacht kaum geschlafen und kann nicht klar denken. »Ich könnte seinen Nachnamen in Erfahrung bringen, wenn es sein muss. Aber haben Sie denn mehrere Ryans in der IT-Abteilung, die vor Kurzem aufgehört haben?«

»Was genau war denn sein Job?«

»Weiß ich nicht. IT halt.«

»Schon klar, aber geht es etwas genauer? Support? Netzwerk? Hardware-Anschaffungen?«

»Er hat bei den Juristen gearbeitet, hilft Ihnen das?«

»Nein. Direkt in der juristischen Fakultät arbeitet niemand von der IT. Er wird dort einen bestimmten Auftrag erledigt haben. Sie sind von der Mathematik, stimmt das?«

Ich reibe mir mit einer Hand kräftig die Stirn. »Ja, das ist richtig.«

Kurz ist es still in der Leitung. »Die Sache ist die, Dr. Sanchez, selbst wenn ich die Adresse dieses Mitarbeiters ausfindig machen könnte, dürfte ich sie Ihnen nicht ohne Weiteres geben, zumindest nicht ohne seine ausdrückliche Erlaubnis. Wir haben hier sehr strenge Datenschutzrichtlinien, und ich kann nicht …«

Es klopft an meiner Tür. Es ist June.

»Gut, danke, Sie haben mir sehr geholfen.« Ich lege auf. »Ja? Was gibt's?«

Sie tippt auf ihre Uhr. »Die warten schon auf Sie. 16B. Ihr Kurs?«

»Oh, Mist. Ich bin gleich da.«

Sie sieht mich prüfend an. »Ist wirklich alles okay mit Ihnen?«

»Ja, mir geht's gut, danke. Wobei …«

»Ja?«

»Vielleicht könnten Sie mir bei etwas helfen?«

»Natürlich, was ist es denn?«

»Ich muss jemanden namens Ryan ausfindig machen, der in der IT-Abteilung gearbeitet hat, aber vor Kurzem gekündigt hat.«

Eine Hand am Türgriff, wartet sie offensichtlich auf weitere Informationen. Ich suche die Sachen für mein Seminar zusammen, damit ich sie nicht ansehen muss.

»Das verstehe ich nicht«, sagt sie. »Brauchen Sie jemanden aus der IT-Abteilung, der Ihnen etwas repariert?«

»Nein, ich muss nur diesen Ryan finden.« Ich sehe sie an und kaue an meinem Fingernagel. »Den Nachnamen weiß ich nicht. Ich habe die Personalabteilung angerufen, aber die können mir nicht helfen. Ich dachte, vielleicht …«

»Es tut mir leid, Anna. Ich kenne niemanden namens Ryan, der bei der IT war, falls Sie das wissen wollen.«

»Ich hatte gehofft, *Sie* könnten mal mit der Personalabteilung sprechen. Es kann doch nicht tausende Ryans geben, die in der IT-Abteilung gearbeitet haben und kürzlich etwas an der juristischen Fakultät zu erledigen hatten, oder?«

»Aber Sie meinten doch gerade, Sie hätten dort schon gefragt.«

»Ja, aber wenn Sie sich erkundigen, verraten die Ihnen vielleicht mehr als mir, so von Verwaltungskraft zu Verwaltungskraft, keine Ahnung. Wissen Sie was? Vergessen Sie's, es ist nicht so wichtig. Alles gut. Ich habe nur laut gedacht.«

Ich schlüpfe an ihr vorbei zur Tür hinaus.

»Ich helfe ja gerne, wenn ...«

Ich winke ab. »Nein, ist schon gut. Danke!« Dann bleibe ich stehen, drehe mich um und sage: »Vergessen Sie, dass ich das gesagt habe. Ich wäre Ihnen dankbar, wenn Sie es niemandem gegenüber erwähnen.«

»Was denn erwähnen?«

Ich seufze. »Das mit diesem Ryan. Vergessen Sie es einfach, okay?«

Es gelingt mir nicht, Ryan aufzuspüren, aber ich bin jetzt auf der Hut, und erst nach ein paar Tagen, in denen nichts passiert, entspanne ich mich langsam wieder. Wenn er mit mir hätte reden wollen, hätte er sich ja bei mir melden können. Er weiß, wo ich bin. Ich kann nicht mehr tun als abwarten.

Heute Abend veranstaltet die Universität ein Dinner zu meinen Ehren. Und zwar nicht den üblichen Käseteller mit ein paar Dips, nein, ein richtiges Galadinner mit Tischdecken, Blumen, Kristallgläsern und Silberbesteck. Das alles wird extra für diesen Anlass gemietet und im großen Saal auf langen Tischen aufgebaut. Der Dekan der MINT-Fakultät, der Ende des Semesters in den Ruhestand geht, hält eine sehr herzliche Rede, in der er mir dafür dankt, dass ich das letzte Jahr seiner

Karriere zu einem besonders denkwürdigen gemacht habe, auf das er voller Stolz zurückblicken wird.

Luis sieht toll aus in seinem Smoking. Er diskutiert mit Rohan über Kunst und Mathematik, glaube ich. Ich unterhalte mich währenddessen mit Bernie, einem meiner Postdocs. Er erzählt mir von einem Roboter, der Omeletts zubereiten kann. »Ein Supertyp ist das.«

»Meinen Sie nicht eher: Ein Super*ding*?«, frage ich.

Bernie streicht sich das Haar zurück und bindet es sich mit einem Haargummi, das er um sein Handgelenk hatte, zu einem Pferdeschwanz. »Die Leute vertrauen eher Robotern, die menschliche Züge haben, die einen angucken und nicken zum Beispiel oder mit den Schultern zucken können. Ich stelle mir Roboter immer möglichst menschlich vor. Dann liegen sie mir automatisch mehr am Herzen.«

Dann kommt June auf uns zu. Sie hält ein in Zellophan gewickeltes Blumengesteck in den Händen wie eine Opfergabe und lächelt mich an. »Die sind gerade für Sie gekommen«, sagt sie.

Sie stellt das Gesteck auf den Tisch, und Bernie steht auf und hält eine leere Weinflasche in die Höhe. »Ich hole uns Nachschub.«

»Ich bin sicher, die Kellner erledigen das«, sage ich, aber er ist schon weg, und June setzt sich auf seinen Platz.

Ich ziehe das Blumengesteck näher heran und löse das Zellophan.

Lila Prärieenziane und Margeriten, in einen weißen Würfel gesteckt.

Luis dreht sich um und blickt mir über die Schulter, als ich die Karte aufschlage. »Von wem sind die denn?«, fragt er.

Ich rolle mit den Augen. »Na, was glaubst du? Von meiner Mutter.«

Herzlichen Glückwunsch, Anna. Ich bin sehr stolz auf dich.

»Das ist aber nett«, sagt June.

Ich hebe eine Augenbraue. »Nicht wirklich. Sie hätte ja kommen können. Eingeladen habe ich sie. Sie könnte sich wirklich ab und zu mal die Mühe machen, uns zu besuchen.« Ich mache mit dem Kinn eine Bewegung in Richtung des Gestecks. »Sie schickt immer die gleichen Blumen, wenn in der Familie jemand Geburtstag hat. Falls sie sich daran erinnert.«

June schenkt sich aus einem Krug Wasser ein. »Dann wohnt sie wohl nicht in der Nähe?«

»Ganz recht. Ich bekomme sie so gut wie nie zu Gesicht. Sie kommt nicht einmal ihre Enkelkinder besuchen.«

»Also so was!«

Ich zucke mit den Schultern. »Sie ist kein besonders fürsorglicher Mensch, zumindest nicht in dieser Hinsicht. Und auf ihre alten Tage wird sie immer mehr zu einer Einsiedlerin.« Ich fächle mir mit der Karte Luft zu. »Aber das ist nicht weiter schlimm, wir standen uns nie sehr nahe. Ich weiß, das klingt jetzt seltsam, aber meine Mutter konnte mich nie besonders gut leiden.«

June schnauft, ich nehme an, dass sie schockiert ist. »Das kann ich mir nicht vorstellen.«

»Ach bitte. Sie kennen sie doch gar nicht.« Ich spüre, dass June mir nicht glaubt. Vielleicht denkt sie, dass ich übertreibe oder dass ich mich einfach nur ärgere, weil meine Mutter nicht gekommen ist.

Ich rücke mit dem Stuhl näher an Sie heran. »Die Sache ist die: Meine Eltern waren beide Wissenschaftler. Physiker, um genau zu sein. Sie hatten nichts anderes im Kopf als die Wissenschaft. Und sie hatten große Pläne für mich, denn sie glaubten – auch wenn das reichlich unwissenschaftlich ist –, dass ihr beider Talent in mich einfließen würde. Dass ich *ihr bestes Werk* sein würde. Vor allem meine Mutter. Ich glaube, mein Vater hat sich ihr bloß gefügt, weil es einfacher für ihn war. Sie stellte sich vor, dass aus mir eine zweite Marie Curie oder Rosalind Franklin werden würde. Sie war geradezu besessen davon, aus mir die perfekte Wissenschaftlerin zu machen. Als ich elf war, sagte sie mir, ich dürfe niemals Kinder bekommen. Das ist kein Witz, June. Sie sagte: ›Die lenken einen nur von der Aufgabe ab.‹ Sie sprach immer von ihrer *Aufgabe*, als würde sie sich für einen guten Zweck engagieren oder so. ›Kinder sind nur zu einem nütze‹, hat sie immer gesagt, ›nämlich das Weiterleben der Sippe zu gewährleisten.‹ Stellen Sie sich das mal vor: Das hat meine Mutter zu ihrem einzigen Kind gesagt.«

June schaut mich mit offenem Mund an. »Ach Anna. Das ist ja furchtbar!«

Ich schüttele den Kopf. »So würde ich nie mit meinen eigenen Kindern umgehen. Ich drücke und herze sie jeden Tag, um den Einfluss meiner Mutter auszugleichen.«

June nimmt die Karte in die Hand. »Sie *sind* ihr bestes Werk, Anna.« Sie zeigt auf die Worte. »Und sie ist stolz auf Sie.«

»Oh, ganz sicher.« Ich nehme ihr die Karte weg und werfe sie auf den Tisch. »Stellen Sie sich vor, Sie warten Ihr ganzes Leben lang darauf, dass man Ihnen diesen einen Krümel hinwirft.« Aber ich spüre, wie die Tränen kommen, und kneife mich in die Nase. Ich würde June am liebsten erzählen, wie meine Mutter mich schon als Kind mit der Pentti-Stone-Vermutung und ihren anderen verrückten Ideen gequält hat, aber ich lasse es lieber. »Man hätte meinen sollen, dass sie wenigstens zu diesem Anlass gekommen wäre«, sage ich.

June schweigt einen Moment. »Was sagt denn Luis dazu?«

Ich schaue über meine Schulter, um sicherzugehen, dass er uns nicht zuhört, und beuge mich näher zu ihr. »Der ist richtig wütend auf sie. Sie ist nicht einmal zu unserer Hochzeit gekommen, ist das zu fassen? Er meint, ich sollte den Kontakt komplett abbrechen. Nicht, dass da viel abzubrechen wäre.« Ich lache.

»Das tut mir so leid, Anna. Das ist …«

Wir werden von Mila unterbrochen. »Mit dir hat ja wirklich niemand mehr gerechnet, Anna.« Sie redet ein wenig undeutlich. Dann packt sie mich am Arm, um mich wegzuzerren. Ich stehe auf, das Glas in der Hand. June lacht und winkt mir hinterher.

»Ich wollte dir nur gratulieren«, sagt Mila.

»Danke. Das ist nett.« Wir stoßen an, ihre Gesten sind ein wenig zu ausladend.

»Ich wünschte, du hättest etwas gesagt. Ich hätte dir gerne geholfen!«

»Ich wollte nur warten, bis ich mir sicher bin«, sage ich.

Sie wedelt anklagend mit dem Zeigefinger. »Mit dir hat ja niemand mehr gerechnet.«

»Ja, das meintest du schon«, bestätige ich, und sie lacht und gratuliert mir erneut. In letzter Zeit haben mir viele Leute gratuliert, aber in Milas Augen ist etwas, das nicht zu ihrem Lächeln passt. Eine Schrecksekunde lang denke ich, dass sie etwas ahnt, und mein Herz schlägt mir bis zum Hals. Ich versuche, mir vorzustellen, wie Alex und Mila zusammenhockten, sich einander anvertrauten, plauderten und Pläne schmiedeten, und komme zu dem Schluss: Nein, das kommt einfach nicht hin. Ich bin mir sicher, dass Alex Mila nicht besonders mochte. Dann ermahne ich mich, endlich aufzuhören, alles, was man mir sagt, zu hinterfragen, sonst werde ich wirklich verrückt.

Mila hebt ihr Glas Sekt in meine Richtung und sagt: »Du hast es geheim gehalten, damit ich nicht versuche, es aus dir herauszukitzeln. Du glaubst, dann hätte ich es dir geklaut.« Sie beugt sich wieder vor. »Du hast völlig recht. Das hätte ich. Gut gemacht!«

Dann erscheint Geoff zwischen uns und legt uns beiden

seine Arme um die Schultern. »Ich habe Mila gesagt, sie soll etwas über dich für die Website schreiben. Das soll ein großes Ding werden. Mit Splash Page, Fotos, Zitaten und allem Drum und Dran. Hat sie dir das erzählt?«

»Noch nicht.«

»Ja, ja«, sagt sie lahm. »Wann würde es dir passen?« Man sieht ihr an, wie sie es hasst, dass Geoff sie um etwas gebeten hat, das in ihren Augen unglaublich banal und weit unter ihrer Würde ist. Am liebsten würde ich laut loslachen, denn gerade wird mir klar, dass sie soeben einen gehörigen Teil ihres Glanzes eingebüßt hat. Geoff hat sich verrechnet, indem er auf sie gesetzt hat und nicht auf mich, mit der ja offenbar niemand mehr gerechnet hat. Ich wette, von nun an wird er Mila bitten, bei unseren Sitzungen Protokoll zu führen.

Wäre ich ein gehässiger Mensch, würde ich sagen, dies ist einer der schönsten Momente des Abends.

Ich soll eine Rede halten, obwohl schon so viele gehalten wurden. Ich ergreife die Gelegenheit und danke meinen Kolleginnen und Kollegen, der Universität und meinen Studierenden. Dann danke ich Luis. Ich schaue ihn direkt an, als ich sage, dass das Wichtigste in meinem Leben nicht die Mathematik ist, sondern meine Familie. Dass ich das alles für meinen Mann und vor allem für meine Kinder getan habe, damit sie eines Tages auf ihre alte Mutter stolz sein können, was alle zum Lachen bringt. Dabei ist es die reine Wahrheit.

SIEBZEHN

Es hat sich herumgesprochen, dass ich die Pentti-Stone-Vermutung gelöst habe, und ich stehe in einem vollen Hörsaal und blicke in lauter Gesichter, die ich bestimmt noch nie gesehen habe. Ich weiß nicht, ob sie bisher nicht aufgetaucht sind oder gar nicht hierhergehören. Melanie hat es trotzdem geschafft, ihren üblichen Platz in der ersten Reihe zu ergattern, und als sich unsere Blicke begegnen, nimmt sie ihren Kaugummi aus dem Mund und klebt ihn vor sich auf ein Stück Papier. Zum allerersten Mal. Vielleicht ist es einer der vielen Vorteile, wenn man einen solchen Preis gewinnt, dass die Leute einen endlich respektieren.

Irgendwo zwischen der Funktionentheorie und der Riemannschen Fläche werfen die meisten der Zaungäste das Handtuch, und als der Kurs vorbei ist, sind die Sitzreihen im Hörsaal wie immer halbleer. Ich muss mich sehr zusammenreißen, um nicht beleidigt zu sein, dass meine Ausführungen wohl nicht ganz so spannend waren, wie sie geglaubt hatten.

Als ich nach dem Seminar in mein Büro zurückkehre, begegne ich June auf dem Flur.

»Geoff hat gesagt, Sie bräuchten jemanden, der Ihnen unter die Arme greift.«

»Ja, ich bin ein bisschen überwältigt von allem, was ich seit dem Preis um die Ohren habe.«

»Sehen Sie, von jetzt an soll ich Ihnen bei Ihren Verwaltungsarbeiten assistieren.« Sie deutet einen militärischen Gruß an.

Ich lache. »Das ist schön. Da bin ich froh. Ich habe sogar schon einen ganzen Haufen Dinge, die Sie erledigen könnten. Ich muss nur erst ein wenig Ordnung in das Chaos bringen. Hätten Sie heute Nachmittag Zeit, das mit mir durchzugehen?«

»Selbstverständlich.« Sie scheint sich darüber zu freuen. »Sagen Sie einfach, wann.«

»Okay!«

»Hätten Sie außerdem Lust, nach der Arbeit noch etwas trinken zu gehen? Vielleicht sogar einen Happen zu essen?«

Ich lege den Kopf schief und schaue sie verwirrt an. Wir haben noch nie außerhalb der Arbeit etwas unternommen.

Als ich nicht sofort Ja sage, bedenkt sie mich mit einem knappen, entschuldigenden Lächeln. »Aber ich verstehe vollkommen, wenn Sie nach Hause müssen, Sie haben ja sicher viel zu tun. Es war nur so ein Gedanke, eine spontane Idee ...«

Ich zögere immer noch. Gestern Abend hat Luis mir mitgeteilt, dass aus dem Verkauf von *The Nest* an eine angesehene Institution nun doch nichts wird. Offenbar hat Isabelle den Mund zu voll genommen. Einerseits finde ich, ich sollte in dieser Situation für meinen Mann da sein. Andererseits denke ich: *Scheiß drauf!* »Wissen Sie was? Ich habe gar nicht so viel zu tun. Wir können gerne etwas essen gehen. Ich werde Luis anrufen und ihm Bescheid sagen.«

»Hat der denn nichts dagegen?«

»Nein. In der Gefriertruhe liegt Unmengen vorgekochtes Essen, das müssen sie nur auftauen. Die kriegen das schon hin.«

Sie schlägt die Tapasbar in der Jefferson Avenue vor. Die sei ganz in der Nähe, und das Essen sei hervorragend.

»Perfekt«, sage ich, und plötzlich freue ich mich auf den Abend. Mit einer guten Bekannten ausgehen, das habe ich schon lange nicht mehr gemacht. Ich habe ganz vergessen, wie schön das ist.

Wie aufs Stichwort taucht Mila neben uns auf. »Bist du so weit?«, fragt sie fröhlich. Dann wendet sie sich June zu. »Ich interviewe Anna für die Website.« June und ich verabreden uns für später, und ich gehe mit Mila in mein Büro.

Ich habe ein neues Büro, viermal so groß wie mein altes, mit schönen Fenstern, durch die man auf den gepflegten Rasen schaut. Mila macht ein paar Bemerkungen darüber, wie sehr ihr das Büro gefällt, und setzt sich auf die Kante eines Sessels. Ich lasse mich ganz entspannt in den anderen Sessel sinken. »Okay, schieß los«, sage ich. Ich mache mir keine Sorgen wegen unseres Gesprächs. Ich habe noch mehrere Interviews vor mir, sogar eines mit der *New York Times* für deren Reihe *Profiles in Science*. Das ist um einiges bedeutender als meine Plauderei mit Mila.

»Prima«, sagt sie, holt ihr iPhone heraus und legt es auf den Tisch. »Ich zeichne das Gespräch auf, oder stört dich das?«

»Natürlich nicht.«

»Okay, gut. Ich würde gerne etwas über deinen Prozess erfahren. Wie lange hast du an dem Beweis gearbeitet?«

Und schon ist mein Selbstbewusstsein dahin. Ich fühle mich völlig unvorbereitet, und jetzt will ich mehr Zeit. Ich war ganz schön eingebildet, dass ich annahm, ich dürfte einfach nur erzählen, wie fabelhaft ich bin.

»Ein Jahr?«, sage ich schließlich.

Ihre Augenbrauen schießen in die Höhe. »Wow, länger nicht?«

»Na gut, ich wollte sagen, wahrscheinlich eher drei Jahre?«

Sie legt den Kopf schief. »Was denn nun? Ein Jahr oder drei?«

»Ähem. Drei, glaube ich.« Ich hätte auch *mein ganzes Leben* sagen können, und im Grunde wäre das gar nicht gelogen. Dass ich es nicht tue, liegt wohl daran, dass ich so ungern über meine Kindheit spreche, als die Pentti-Stone-Vermutung für mich ein regelrechtes Folterinstrument war.

»Okay.« Sie macht sich Notizen. Als Nächstes will sie wissen, warum ich meine Arbeit daran so lange geheim gehalten habe.

Ich zögere.

»Hattest du Angst, als Frau nicht ernst genommen zu werden?«, fragt sie.

»Ja.« Ich nicke langsam. »Das ist eine gute Beobachtung«

Dann fragt sie: »Hast du irgendwelche begleitenden Dokumente, die wir auf die Website hochladen können, als Ergänzung zu deinem Artikel? Etwas, das nicht in der Zeitschrift steht, das du Forrester vorenthalten hast?«

Ich schiebe das Kinn vor. »Dokumente?«

»Du weißt schon, Notizbücher, Lösungswege, Kritzeleien, irgendwas, das du noch herumliegen hast und das gutes Bildmaterial für das Projekt abgeben würde. Anschauungsmaterial ist großartig für so einen Artikel. Macht nichts, wenn es unleserlich ist. Je unleserlicher, desto besser!«

Ich reibe mir mit einem Finger über die Stirn. »Schön, lass mich mal eben nachdenken. Hm, also ... Im Grunde habe ich da nicht viel.«

Sie gluckst. »Aber du musst doch Notizen haben. Du hast doch kein Preprint publiziert, oder?«

»Ein Preprint? Nein.« Es ist schon ungewöhnlich, direkt einen fertigen Beweis zu publizieren, so wie ich es getan habe. Normalerweise hat man zunächst ein sogenanntes Preprint, eine erste Fassung, zu der man Feedback von Kollegen einholt. Ich habe kein Preprint, das brauchte ich nicht.

»Ich ... Ich habe eine ganze Menge aussortiert, als ich mein neues Büro bezogen habe. Du weißt ja, wie das ist. Kann sein, dass ich auch meine Notizen weggeworfen habe.«

Sie wartet darauf, dass ich weiterrede, und sieht mich verwirrt an. »Aber zumindest deine Lösungswege hast du doch bei der Forrester Foundation eingereicht.«

Als sie das sagt, geht in meinem Gehirn eine Alarmsirene an. »Was meinst du?«

Sie beugt sich zu mir vor. »Das gehört zu den Bedingungen. Das weißt du doch, oder? Die Forrester Foundation vergibt den Preis nur, wenn man Kopien *aller* Notizen einreicht. Wenn man zeigen kann, wie man auf die Lösung gekommen ist.«

»Ach so, klar.« Ich blinzle und atme erleichtert auf. Einen Moment lang dachte ich, sie meinte ... Ich weiß gar nicht, was ich dachte. Ich weiß nur, dass ich das alles erledigt habe. Als ich den Artikel eingereicht habe, war ja der Lösungsweg dabei. »Es steht alles in dem publizierten Artikel.«

»Das meine ich nicht. Ohne Belege, ohne Scans von deinen Notizbüchern, Aufzeichnungen und so weiter bekommst du den Preis nicht. Das gehört zu den Bedingungen, das weißt du doch, oder?«

Ich wünschte, sie würde endlich aufhören, mich das immer wieder zu fragen. Ich lache auf. »Natürlich weiß ich das!« Ich hebe die Hand. »Schon gut. Ich suche alle relevanten Notizen, die ich habe, zusammen und bringe sie dir.«

Jetzt fällt es mit siedend heiß ein. Da kam eine E-Mail, kurz nachdem die Stiftung bestätigt hatte, dass meine Lösung akzeptiert worden sei, und darin stand irgendwas von wegen Dokumentation. Ich habe sie ignoriert, ich weiß nicht, warum. Ich dachte, das ginge nur um deren Unterlagen oder so.

Ich warte, bis Mila weg ist, dann rufe ich die Website der Stiftung auf und lese mir das Kleingedruckte durch. Und da steht es. *Die Vorarbeiten, die zur Herleitung geführt haben, müssen mit eingereicht werden.* Dann folgt ein Absatz, in dem beschrieben wird, was als Dokumentation akzeptiert wird.

Ich lehne mich zurück und drücke mir den Ballen einer Hand zwischen die Augen. Ich meine, mich vage daran zu erinnern, dass ich davon wusste, aber ich dachte nicht, dass es *verpflichtend* ist. Haben Alex und ich jemals darüber gesprochen? Natürlich war eine Voraussetzung, dass ein Artikel über die Lösung in einer renommierten Fachzeitschrift publiziert wird, und das habe ich getan. Ich dachte, das reicht. Wen interessiert es, wie ich darauf gekommen bin?

Es war dumm von mir, die Notizbücher schreddern zu lassen. Ich hätte sie erst abschreiben sollen, damit ich alle Vorarbeiten in meiner Handschrift habe. Ich hätte sie mit Kaffeeringen und mit Rotweinflecken verzieren können, dann hätte es so ausgesehen, als hätte ich immer bis spät in die Nacht daran gearbeitet.

Leider habe ich damals nicht daran gedacht, dazu war ich einfach noch zu aufgewühlt. Egal. Es wird schon alles gutgehen. Natürlich wird es das. Sonst hätten sie ja nicht öffentlich bestätigt, dass ich die Pentti-Stone-Vermutung gelöst habe. Bestimmt ist diese sogenannte Bedingung im Grunde nur eine freundliche Bitte. Immerhin habe ich die Vermutung doch bewiesen, oder etwa nicht? Die ganze Welt weiß, dass ich sie bewiesen habe, da können sie mir den Preis doch kaum verweigern! Und wenn sie mich danach fragen, dann sage ich einfach ... irgendwas halt. Mir wird schon etwas einfallen. Alles wird gut.

Es ist nicht weit bis zur Tapasbar, und June und ich beschließen, zu Fuß zu gehen. Wir sind fast da, als das Wetter abrupt umschlägt. Wir müssen unsere Mantelkrägen hochschlagen und gegen den eisigen Wind anblinzeln. Ich nehme ihre Hand, damit sie schneller geht, und wir stolpern beide lachend in das Restaurant, die Wangen rot, die Mäntel glitzernd von schmelzenden Eiskristallen.

Es ist noch früh genug, dass wir einen guten Tisch am Fenster bekommen. Wir lassen uns auf die harte Holzbank fallen, reiben unsere Hände aneinander und bestellen sofort Margaritas aus Limettensaft und trockenem Orange Curaçao. Sie werden in Marmeladengläsern gebracht, während wir noch die Speisekarte studieren. Das Gespräch kommt ins Rollen, und es kommt mir vor, als wären wir alte Freundinnen, so vertraut gehen wir miteinander um. Ich habe sie schon früher nach ihrem Privatleben gefragt, aber bisher war sie immer sehr zurückhaltend. »Ich habe keinen Partner, jedenfalls nicht mehr«, sagt sie. »Trevor. So hieß er. Wir waren jahrelang zusammen, bis ich vor anderthalb Jahren herausfand, dass er hinter meinem Rücken mit meiner besten Freundin schläft. Deshalb bin ich weggezogen und hier gelandet. Ein neuer Anfang und so weiter. Und hier sind die Mieten günstig.«

»Tut mir leid, June. Das ist ja echt Mist.«

»Na ja, ich bin einigermaßen darüber hinweg. Erzähl mir von deiner Mutter.« Sie stützt die Ellbogen auf den Tisch, ihre Hände sind gefaltet.

Ich lege den Kopf schief. »Von meiner Mutter?« Ich reibe mir die Augen, wickle den Schal ab, den ich immer noch um den Hals habe, und falte ihn neben mir auf der Bank zusammen. »Okay, ich erzähle dir von ihr.« Ich verschränke meine Arme auf dem Tisch. »Am besten kann ich meine Mutter erklären, wenn ich dir von meiner Freundin Hope erzähle.« Ich nehme einen Schluck von meiner Margarita. »Ich bin in Youngstown aufgewachsen, und als ich in der Mittelschule war, kam mitten im Schuljahr Hope in unsere Klasse. Eines Morgens war sie einfach da, und als ich sie an ihrem Pult sitzen sah, wollte ich sie sofort zur Freundin haben. Sie sah total nett und freundlich aus, hatte lockiges rotblondes Haar und abgeplatzten rosa Nagellack. Unsere Lehrerin, Mrs Johnson, fragte, wer von uns sich freiwillig um unsere neue Mitschülerin kümmern würde, sie herumführen und so weiter. Ich hob sofort die Hand. Das ließ ich mir nicht entgehen. ›Ich mach das gerne, Mrs Johnson‹, sagte ich. Vor Hope hatte ich noch nie eine richtige Freundin gehabt. Ihre Eltern waren Hippies, die Kleidung aus Fairtrade-Baumwolle herstellten und auf Märkten und in einigen örtlichen Geschäften verkauften. Ich war so gerne bei ihr zu Hause, dass ich bald ständig dort war. Es war warm und gemütlich, und sogar die Möbel waren einladend, mit hellen, fröhlichen Farben und mit weichen Polstern, in denen man richtig versinken konnte. Meinen Eltern war es egal, ob unser Zuhause gemütlich oder einladend war. Dafür waren sie zu beschäftigt, und wahrscheinlich dachten sie so oder so, dass das unter ihrer Würde wäre. Sie arbeiteten quasi rund um die Uhr. Selbst wenn sie nicht arbeiteten, arbeiteten sie. Entsprechend spartanisch war unser Haus eingerichtet. Manchmal, wenn sie fort waren, holte ich den Staubsauger unter der Treppe hervor und saugte das Wohnzimmer, bis in den letzten Winkel hinein. Ich presste Zitronen aus, mischte den Saft mit Wasser, tauchte die Fingerspitzen hinein und schnippte Tropfen davon auf den Teppich, damit unser Haus wenigstens ein bisschen roch wie das von Hope – leider ohne Erfolg. Einmal nähte ich sogar Sofakissen aus einem Stück Stoff, das Hopes Mutter mir geschenkt hatte, rote Kissen mit großen blauen und grünen Blumen. Meinen Eltern fiel das überhaupt nicht auf. Als ich sie darauf hinwies, dass wir neue Kissen hätten, schauten sie sich leicht verwirrt um und murmelten so etwas wie: ›Sehr schön‹. Bei Hope zu Hause saßen wir auf Sitzsäcken in ihrem Zimmer und hörten Michael Jackson. Einmal zeigte sie mir, wo ihre Eltern ihr Marihuana versteckten. ›Riech mal‹, sagte sie. Ich fand, es roch wie faulige Pilze, was wohl gar nicht so weit von der Wahrheit entfernt war. Wir redeten davon, was wir später einmal machen würden, wenn wir erwachsen wären, so ähnlich wie Luis und ich Jahre später auf dem College. Aber da war immer noch meine Mutter. Als ihr endlich auffiel, dass ich dauernd bei Hope herumhing, hatte sie natürlich etwas dagegen. Manchmal glaube ich, dass es ihr einfach gegen den Strich ging, wenn ich glücklich war. Ich sollte lieber lernen oder so. ›Es ist okay, dass du rebellierst‹, hat sie einmal gesagt. ›Das tun die meisten Mädchen in deinem Alter.‹ Und ich weiß noch, dass ich dachte: *Ich bin dreizehn Jahre alt. Ich habe keine Ahnung, wovon du redest, Mutter.*«

»Und was passierte dann?«, fragt June.

»Es war kurz vor den Sommerferien. Hope feierte bei sich zu Hause ihren vierzehnten Geburtstag. Es war ein Samstagnachmittag, und meine Mutter hatte mir verboten hinzugehen, aber Hope half mir, durch das Fenster meines Zimmers zu klettern. Ich war höchstens eine Stunde da, bis meine Mutter kam, um mich zu holen.« Ich vergrabe mein Gesicht in den Händen und stöhne. »Du hättest sie sehen sollen. Das war der peinlichste Tag meines Lebens. Hopes Mutter versuchte, sie zu überreden, zu bleiben – es waren noch andere Eltern da, die ihre eigene kleine Party machten –, und bot ihr ein Glas von irgendetwas an, das sie aus einem großen Krug eingeschenkt hatte, in dem Obststückchen schwammen. Aber meine Mutter stand nur da, das Gesicht bleich vor Wut, und presste die Lippen zusammen. Sie sah mich, marschierte zu mir herüber und riss mich fort. Das war's. Ich bekam für den Rest des Jahres Hausarrest.«

June zuckt erschrocken zurück. »Den Rest des *Jahres*?«

Ich nicke. »Sie hatte ein Projekt für mich gefunden. Ein Matheprojekt.«

»Aha?«

»Die Pentti-Stone-Vermutung.« Ich nehme einen Schluck von meinem Getränk. »Sie wollte mich bestrafen, weil ich ihr nicht gehorcht hatte. Wobei sie garantiert behauptet hätte, es gehe ihr vor allem um meine Bildung. Aber nach der Party sagte meine Mutter zu mir, ich sei bei meinen Freundschaften zu besitzergreifend, und das sei ungesund. Was überhaupt nicht stimmte, June. Ich bin überzeugt davon, dass ich ein ganz normales Kind war, aber sie bestand darauf, dass ich eine Ablenkung von meinen Ablenkungen bräuchte. Als Nächstes verkündete sie, wir würden die Pentti-Stone-Vermutung lösen. Ich sage ›wir‹, weil sie das tatsächlich mit mir zusammen machen wollte. Sie dachte, das würde ... tja. Spaß machen, denke ich mal. Das war ihre Vorstellung einer guten Mutter-Tochter-Beziehung. Nur, dass ich die ganze Arbeit machen musste. Ihr einziger Beitrag bestand darin, zu kontrollieren, ob ich Fortschritte machte. Sie kam in mein Zimmer und nahm meine Notizen in die Hand, sah sie sich an und stellte mir die eine oder andere Frage. Manchmal dachte ich, ich sei auf dem richtigen Weg, und fragte sie: ›Ist das so richtig? Kann das funktionieren?‹ Aber sie schüttelte nur den Kopf und sagte: ›Nein. So bestimmt nicht.‹ Dann nahm sie meinen Stift, machte einen diagonalen Strich über die Seite, gab mir den Block zurück und sagte: ›Versuch es noch einmal.‹ Und ich weinte mich in den Schlaf. Es fühlte sich alles so hoffnungslos an. Ich würde es nie schaffen. Ich war den ganzen Sommer über eingesperrt. Jeden Tag. Ich vermisste Hope so sehr, dass ich ständig von ihr träumte. Ich stellte mir vor, dass sie Pläne schmiedete, mich zu befreien, dass wir zusammen von zu Hause weglaufen würden! Selbst als nach dem Sommer die Schule wieder losging, musste ich jedes Wochenende in meinem Zimmer bleiben und versuchen, diese mathematische Vermutung zu beweisen. Erst dann würde ich mich wieder mit Freunden treffen dürfen. Bis dahin durfte ich weder ins Kino gehen noch nach der Schule mit anderen Kindern abhängen oder an den See fahren. Nicht, dass ich bis dahin viel davon gemacht hätte.« Ich stochere mit der Gabel in einer Sardelle. »Ich war dreizehn Jahre alt. Erwachsene Männer und Frauen versuchten seit Jahren, dieses Problem zu lösen. Mein Vater tat einfach so, als wäre nichts. Er war meiner Mutter sowieso in jeder Hinsicht unterlegen. Das hatte er sich so angewöhnt, daran konnte er nichts ändern, nicht einmal für das Wohl seiner Tochter.« Ich spüre, wie mir die Tränen kommen. Ich nehme eine Serviette und drücke sie mir gegen die Augen. »Ich weiß nicht, warum mich das immer noch so aufwühlt«, sage ich. »Es ist schon so lange her.« Im Restaurant fühlt es sich plötzlich unangenehm warm an. Ich knülle meine Papierserviette zu einer Kugel zusammen. »Bei all dem ist es wohl kein Wunder, dass ich die Pentti-Stone-Vermutung hasse. Damals wie jetzt. Du kannst dir also vorstellen, wie mir zumute war, als Alex zu mir kam und ...«

Ich halte inne und lasse die Worte in der Luft hängen. Ich hätte gerne, dass sie davonschweben, aber sie sind immer noch da, zwischen uns. Mir fällt nichts ein, was ich sagen könnte, und ich sehe June flehend an und mache den Mund auf und zu wie ein Fisch.

»Als Alex zu dir kam und ... was?«, fragt June. Sie will mir nur auf die Sprünge helfen, sie runzelt nicht die Stirn oder sieht mich skeptisch an, und in ihrem Tonfall liegt weder Misstrauen noch irgendetwas anderes, das darauf hindeutet, dass ihr aufgefallen wäre, dass ich mich gerade verplappert habe.

Der Knoten in meinem Inneren löst sich, und ich schüttle den Kopf. »Nichts«, antworte ich schließlich. »Schon gut. Ich weiß nicht mehr, was ich sagen wollte. Hey, bestellen wir noch eine Margarita?«

»Klar, warum nicht?« Sie gibt der Kellnerin ein Zeichen, während ich auf meine Hände starre und meinem Herz befehle, langsamer zu pochen. Ich kann nicht glauben, dass ich fast gesagt hätte: *Als Alex zu mir kam und verkündete, dass er den Beweis gefunden hätte.*

June tätschelt meinen Arm. »Und jetzt hast du es geschafft, du hast die Lösung entdeckt.«

Ich lächle. Wir sitzen eine Weile schweigend da und starren in unsere Gläser.

»Was ist denn aus Hope geworden?«, fragt sie.

Ich zucke die Schultern. »Die Party war ja kurz vor den Ferien, und danach habe ich sie nur noch ein paarmal in der Schule gesehen, dann ist sie mit ihren Eltern weggezogen, und das war's. Hinterher hatten wir keinen Kontakt mehr. Ich weiß nicht, wo sie jetzt ist. Um ehrlich zu sein, denke ich nicht gerne an damals zurück. Das ist alles lange her.« Ich fahre mit dem Finger an meinem Glas entlang und male eine Spur in das Kondenswasser. »Meine Mutter sagte damals, als sie noch mit mir redete, ich sei ein viel zu anhängliches Kind. Ich würde mich an sie klammern, sagte sie; dann traf ich Hope und klammerte mich an Hope, bis sie wegzog. Und vielleicht hatte sie recht, denn jetzt klammere ich mich an Luis und natürlich auch an meine Kinder, aber vor allem an Luis. Luis ist der einzige echte Freund, den ich nach Hope hatte, die einzige wirklich enge Freundschaft. Ich habe meine Mutter seit Jahren nicht gesehen, weil sie sich weigert, uns zu besuchen. Ich hatte dir erzählt, dass sie nicht einmal zu unserer Hochzeit gekommen ist, oder?«

June nickt und beißt in einen kleinen Champignon.

»Das sagt im Grunde schon alles über sie.« Klinge ich undeutlich, fange ich schon an zu lallen? »Kurz vor unserer Hochzeit hat sie mich angerufen. Sie meinte, ich solle ihn nicht heiraten. Irgendetwas stimme nicht mit ihm. ›Was meinst du damit?‹, wollte ich wissen. Aber ich wusste genau, was sie meinte. Sie hatte gemerkt, dass ich glücklich war, und deshalb wollte sie mir wieder einmal alles verderben.« Ich schnaube. »Ich meine: Ernsthaft? Ich bin kurz davor, die Liebe meines Lebens zu heiraten, und sie sagt mir, dass irgendetwas mit ihm nicht stimmt?« Um *irgendetwas* herum male ich Anführungszeichen in die Luft. »Ich habe sie nur ausgelacht und gesagt: ›Ich weiß schon, was mit ihm nicht stimmt, Mutter: Er liebt mich.‹ Im Ernst, diese Frau schreckt vor nichts zurück, um mir jedes noch so kleine Glück zu vermiesen. Als wäre das in ihrer DNA verankert. Ich sagte zu ihr: ›Ehrlich, Mutter, es reicht. Ich bin eine erwachsene Frau, ich kann tun und lassen, was ich will. Spar dir deine Ratschläge.‹ Sie ist nicht zur Hochzeit gekommen. Und dann ist sie weggezogen.«

»Wohin?«

»In eine Kleinstadt in Kalifornien, Clearlake. Ich habe ihr gemailt, ob wir sie nicht mal besuchen sollten, mit den Kindern bei ihr Urlaub machen – die meisten Großeltern würden sich darüber freuen, oder? Aber bei meiner Mutter – Fehlanzeige.«

»Hast du denn noch herausgefunden, was sie meinte? Wegen Luis?«, fragt June.

Ich schaue sie ernst an. »Ach, bitte. Das war nur eines dieser Spielchen, die sie immer spielte. Mit Luis stimmt alles. Er liebt mich, und das konnte sie nicht ertragen, weil sie krank im Kopf ist. Er ist der einzige Mensch in meinem Leben, der mich wirklich liebt. Manchmal, wenn ich melancholisch bin, denke ich, dass ich im Leben so wenigen Menschen begegnen werde, die mich wirklich gernhaben, dass ich diesen einen unbedingt festhalten muss, koste es, was es wolle.«

ACHTZEHN

Wir reden über Beziehungen, und ich würde gerne mehr über Trevor erfahren, aber June verrät nicht viel. Vielleicht ist sie immer noch nicht über ihn hinweg und will deshalb nicht darüber reden.

Ich hebe meinen fettigen Zeigefinger. »Okay, letzte Frage. Wie würdest du ihn mit einem einzigen Wort beschreiben?«

Sie denkt einen Moment nach, dann lächelt sie. »Lustig«, sagt sie. »Er war wirklich lustig. Er hat mich ständig zum Lachen gebracht.«

Ich will nachhaken, aber sie würgt mich mit einer Handbewegung ab, bevor ich etwas sagen kann.

»Und Luis, in einem Wort?«

Ich pule gerade einen Shrimp. »Untreu«, sage ich und beiße hinein. Sie schnappt nach Luft, und ich schaue abrupt auf. Irgendwie ist mir dieses Wort herausgerutscht, ohne dass ich vorher gemerkt hatte, dass es überhaupt da war. Ich ringe mir ein Lachen ab, aber sie sieht mich ernst an, hat den Kopf schief gelegt, die Augenbrauen zusammengezogen. Ich will etwas sagen, aber ich kann nicht, und mir schießen Tränen in die Augen.

»Luis geht fremd?« Sie schaut mich mit einer Mischung aus Verständnis und Unglauben an. Kein Wunder, nachdem ich eben zwanzig Minuten lang davon geschwärmt habe, was für ein toller Ehemann und Vater er ist.

Diese Worte zu hören, ohne dass etwas beschönigt wird, ist, als würde mir jemand mein sorgfältig gebautes Kartenhaus einreißen. Ich bereue sofort, was ich gesagt habe, aber es ist zu spät.

»Es ist schon okay, June, er hatte eine Affäre, aber das ist vorbei.«

»Ach, Anna! Wie hast du es herausgefunden?«

Ich erzähle ihr von meinem ersten Verdacht, dann davon, wie ich ihn mit Isabelle sah, und schließlich von den SMS. Vor allem von den SMS.

»Woher weißt du denn, dass es vorbei ist?«

»Ich weiß es einfach.«

»Hast du sein Handy noch einmal überprüft?«

Ich schüttle den Kopf. »Es liegt nicht immer auf dem Nachttisch, und um ehrlich zu sein, bin ich schon froh, dass ich einmal damit durchgekommen bin, ich will mein Glück nicht strapazieren.«

»Und woher weißt du es dann?«

Ich erzähle ihr, wie es war und wie süß er war. Ich zeige ihr meine silbernen Ohrringe, die ich zufällig gerade trage. »Er wusste noch, wie sehr ich die mochte«, sage ich. »Und sie sind herzförmig. Du weißt, was das bedeutet, oder? Dass wir wieder verliebt sind, wie früher, das bedeutet es. Nicht, dass das jemals aufgehört hätte, aber jetzt ist es wieder so wie früher. In gewisser Weise.« Ich lächle sie an, aber meine Worte klingen hohl, und ich frage mich, ob ich sie jemals wirklich geglaubt habe. »Und seine Ausstellung ist vorbei, also hat er keinen Grund mehr, in die Galerie zu gehen.«

»Na ja«, sagt sie und starrt konzentriert auf ihren Teller.

»Was soll das heißen?«

Sie zuckt die Schultern. »Nichts, tut mir leid, das war dumm von mir.«

»Komm schon, raus mit der Sprache.«

»Also ...« Sie seufzt und legt ihre Gabel auf den Teller. »Hör dir nur mal selbst zu, Anna. Warum sollte Luis aufhören, sich mit Isabelle zu treffen, nur weil du dich so sehr bemühst, die perfekte Ehefrau zu sein? Er kann doch genauso gut auf zwei Hochzeiten tanzen.«

Offenbar fällt ihr auf, wie schockiert ich bin, und sie hebt beschwichtigend die Hände. »Hör zu, ich sage das nur, weil ich das auch schon erlebt habe und mich genauso verhalten habe wie du. Ich war die perfekte Freundin, und er hat mich trotzdem für die andere verlassen. Natürlich ist es gut möglich, dass die Affäre vorbei ist, aber wissen kannst du das nicht. Du musst die Situation selbst kontrollieren, Anna. Du musst aktiv werden. Wenn er mit ... wie hieß sie noch gleich?«

»Isabelle.«

»Wenn er mit Isabelle Schluss macht, dann, weil du es so willst.«

Ich lache. »Ich finde, ich bin ganz schön aktiv. Glaub mir, ich habe meinen Verführungsregler auf elf gedreht. Was soll ich denn sonst tun?«

»Konfrontiere ihn! Stell ihm ein Ultimatum! Bring ihn dazu, dass er die Verantwortung für sein Tun übernimmt!«

Ich bin so ein Weichei. Natürlich hat sie recht. Und trotzdem ... »Was, wenn er sich für sie entscheidet?«, frage ich leise.

»Das wird er nicht.« Dann denkt sie kurz nach und zuckt die Schultern. »Und wenn doch, dann wäre er früher oder später ohnehin gegangen. Aber das wird er nicht«, sagt sie noch einmal. »Hast du in seiner Kulturtasche nach Kondomen geschaut?«

»Was? Nein! Seiner Kulturtasche? Ich weiß gar nicht, ob er überhaupt eine hat.«

»Da hatte Trevor seine immer. Alternativ könntest du

natürlich auch sie zur Rede stellen. Hast du daran schon einmal gedacht?«

»Wie denn? Soll ich zu ihr auf die Arbeit gehen und vor allen Leuten eine Szene machen?«

»Natürlich nicht.« Sie hält kurz inne. »Weißt du, was hilfreich wäre? Wenn du beobachtest, wie die beiden miteinander umgehen. Daran kannst du bestimmt eine Menge ablesen. Zum Beispiel wenn sie krampfhaft versuchen, nicht miteinander zu kommunizieren. Verstehst du, was ich meine?«

»Keine Ahnung, wie ich das anstellen soll«, sage ich niedergeschlagen.

»Weißt du, Anna, es geht mich wirklich nichts an. Hör besser nicht auf mich. Mir ist es ja auch nicht gelungen, meinen Freund zu halten, was weiß ich schon? Du hast bestimmt recht, er hat längst mit ihr Schluss gemacht.«

Das Erste, was mir in den Sinn kommt, als ich am nächsten Tag mit dickem Kopf und schwerer Zunge aufwache, ist: Hätte ich June bloß nichts von Luis und Isabelle erzählt. Sofort pocht mein Herz.

Aber als sich der Nebel in meinem Gehirn lichtet, muss ich zugeben, dass sie recht hat. Dass ich den Pentti-Stone-Preis gewonnen habe, hat mich ganz schön selbstgefällig werden lassen. Ich bin durch mein Leben gegangen, als hätte ich alles im Griff. Wann habe ich jemals alles im Griff gehabt?

Erst zwei Tage später bin ich endlich einmal allein im Haus. Es ist Samstagmorgen, und Luis ist mit den Kindern zur Eisbahn gegangen. Ich habe behauptet, dass ich Kopfschmerzen habe. Kaum sind sie weg, durchstöbere ich seine Sachen. Das ist mittlerweile fast schon ein Ritual: Ich durchsuche seine Taschen, seine Schuhe, seine Schubladen, die Unterseiten seiner Schubladen, seine E-Mails. Und seine Handyrechnungen, vor allem die Handyrechnungen. Nichts.

Ich suche in seiner Kulturtasche nach Kondomen (Fehlanzeige), und dann stehe ich da und denke: Dass ich nichts gefunden habe, bedeutet nicht, dass er nicht mehr mit Isabelle zusammen ist. Es bedeutet nur, dass ich nichts gefunden habe.

Ich weiß nicht einmal, wonach ich suche, und jetzt bekomme ich tatsächlich Kopfschmerzen. Ich presse mir die Finger an die Schläfen und schaue zum Garten und zum Schuppen hinaus. Ich sollte in sein Atelier gehen und mich dort umschauen. Das ist es. Wenn es überhaupt etwas zu finden gibt, dann dort.

Dann schaue ich noch einmal hinaus. *Der Schuppen!*

Der Schuppen ist Luis' Reich. Ich gehe da fast nie hinein, warum auch? Da bastelt er an seinen Fahrrädern herum, da habe ich nichts zu suchen. Schon deshalb ist es der perfekte Ort, um irgendetwas vor mir zu verstecken.

Ich schließe die Tür auf. Es riecht nach Kettenfett. Ein rotes Fahrrad steht umgedreht in der Mitte des Raums, die Werkzeuge liegen sorgfältig aufgereiht auf der Werkbank, es sieht aus, als stünde irgendeine komplizierte Operation an. Manchmal glaube ich, dass mit seinen Fahrrädern eigentlich alles in Ordnung ist, aber Männer sind wie Kinder – sie brauchen ein Spielzeug, etwas, an dem sie herumbasteln können. Deshalb geht Luis in seinen Schuppen, nimmt ein Fahrrad auseinander, baut es wieder zusammen und nimmt es wieder auseinander.

Es dauert nicht lange, bis ich merke, dass ich hier meine Zeit vergeudet habe. Ich habe unter jede einzelne Farbdose geschaut, jeden einzelnen öligen Lappen ausgeschüttelt und jede einzelne Schublade durchstöbert, und das einzig halbwegs Belastende, das ich dabei gefunden habe, ist eine halbleere Packung Marlboro hinter dem antiken Holzwerkzeugkasten, den ich ihm vor Jahren geschenkt habe.

Als ich gerade aufgeben will, sehe ich in der Ecke seine

Tasche, so eine, wie Fahrradkuriere sie benutzen. Die man sich diagonal über den Oberkörper schnallt.

Ich öffne die Tasche und finde eine Packung Mundpflege-Streifen, was mich aufmerken lässt: Wofür braucht er die? Zum Küssen? Vorne gibt es noch eine kleine Extratasche, und darin steckt, sorgfältig in der Mitte gefaltet, ein Kassenbon von Mol Creations. Ich lächle. Das muss der Kaufbeleg für die Ohrstecker sein, die Luis mir gekauft hat, als wir gefeiert haben, dass ich die Pentti-Stone-Vermutung gelöst hatte.

Weit gefehlt.

Es ist zwar das richtige Juweliergeschäft, aber das Datum stimmt nicht. Dieser Kassenbon von Mol Creations ist schon drei Monate alt, und Luis hat mir die Ohrstecker erst vorletzte Woche geschenkt. Hat er mir vielleicht noch etwas anderes gekauft? Vielleicht für meinen Geburtstag? Doch der ist erst in vier Monaten, und unser Hochzeitstag ist noch einen Monat später. Es sieht Luis gar nicht ähnlich, seine Geschenke so weit im Voraus zu planen.

Ich beiße so fest auf meine Zähne, dass sie mir noch abbrechen werden, wenn ich meinen Kiefer nicht bald wieder lockere. Ich halte den Kassenbon in der Faust und zerdrücke ihn langsam. Denn das Schlimmste ist: Er ist gar nicht für ein Paar herzförmige Ohrstecker, sondern für eine Halskette aus vierzehnkarätigem Gold. Und die hat fünfhundertzehn Dollar gekostet, das ist dreimal so viel wie meine Ohrringe.

Wie sieht sie wohl aus, diese Halskette aus vierzehnkarätigem Gold? Ist sie hübsch? Ist sie sexy? Ist da zwischen zwei ineinander verschlungenen Herzen ihr Name eingraviert? Luis ist mit dem Auto unterwegs, also nehme ich ein Uber zu dem Juweliergeschäft. Ich sitze auf dem Rücksitz und starre aus dem Fenster, meine Fingernägel graben sich in die Handflächen. Der Fahrer plaudert über das Wetter und wer weiß, worüber sonst noch, und schaut hin und wieder zu mir in den Rückspiegel. Ich achte gar nicht auf ihn. Ich fürchte, sobald ich den Mund aufmache, würde ich anfangen herumzubrüllen. *Ja, es ist kalt draußen, na und?!* Stattdessen schließe ich die Augen und zwinge mich, durch die Nase zu atmen. Ich kann unmöglich in den Laden gehen, wenn diese unkontrollierte Wut in mir brodelt. Am Ende mache ich noch etwas kaputt – gerade in einem Juweliergeschäft macht sich das nicht so gut, fürchte ich.

Als ich das Geschäft betrete, habe ich mich wieder unter Kontrolle. Ich zeige einer hübschen blonden Frau mit aufwendiger Frisur und viel Make-up den Kassenbon. Sie lächelt mich an, aber ihre Augen lächeln nicht mit. Wenn sie jemals noch ein Remake von *Die Frauen von Stepford* drehen, wäre sie perfekt.

»Die hier hat mein Mann für mich gekauft«, sage ich.

»Oh, wie nett«, sagt sie, und ich nicke. Wirklich supernett.

»Ich wollte mich erkundigen, ob man die Größe ändern lassen kann.« Ein verzweifelter, viel zu offensichtlicher Versuch, etwas herauszufinden. Ich habe keine Ahnung, wie lang die Kette ist. Vielleicht ist es eines von diesen Dingern, die einem bis zum Bauchnabel hängen?

»Ach ja? Dann wollen wir mal schauen. Haben Sie das gute Stück dabei?«

»Nein, ich wollte nur erst einmal wissen, ob das überhaupt geht. Sie haben doch bestimmt noch eine da?« Ich lache ohne Anlass und wedle mit dem zerknitterten Kassenzettel herum. Sie zieht die Augenbrauen hoch und schaut zur Tür, als wolle sie abschätzen, wie schnell ich mit einer Handvoll wertvollem Schmuck aus dem Laden rennen kann. Das läuft hier alles gerade total schief. Wenn ich mich nicht bald zusammenreiße, lässt sie mich verhaften.

»Darf ich?«

Ich nicke, und sie nimmt mir mit den Fingerspitzen den Kassenbon ab und streicht ihn auf dem Glastisch glatt. »Das ist nicht weiter schwierig. Hier ist vermerkt, welches Modell es ist, sehen Sie?«

Ich blinzle, dann sehe ich es. *LILII* steht da, direkt über ihrem langen roten Fingernagel. »Das ist das Modell der Halskette.«

»Oh, ich dachte, das wäre …« Ich weiß gar nicht, was ich dachte. Ein Inventarcode oder so was.

»Leider habe ich davon kein Exemplar mehr vorrätig«, sagt sie.

Ich beiße mir auf einen Fingernagel. »Haben Sie denn ein Bild davon? Dann könnte ich Ihnen zeigen, was genau ich geändert haben möchte.«

»Sicher.« Sie holt einen Katalog unter der Theke hervor, schlägt ihn auf und dreht ihn so, dass ich hineinsehen kann.

»Da haben wir's. Die Diamanten sollten oberhalb des Schlüsselbeins liegen. Ist das bei Ihnen nicht der Fall?« Sie neigt den Kopf und schaut auf meinen Hals, der ganz normal ist und bestimmt nicht so dick, dass sich die Kette nicht darumlegen ließe.

Aber ich höre ihr gar nicht mehr zu. Ich ziehe den Katalog näher heran. Da ist ein ganzseitiges Foto von der Kette, und das Wort, das mir dafür sofort in den Sinn kommt, ist *exquisit*. Natürlich, für die Künstlerin und Kuratorin ist nur das Beste gut genug. Es ist eine Goldkette, so fein wie ein hauchdünner Faden, mit zwei schmalen Baguette-Diamanten an einer Seite, direkt über dem Schlüsselbein. Mir wird schlecht. Meine silbernen herzförmigen Ohrstecker kommen mir plötzlich ziemlich banal vor, die Art von Geschenk, die man seiner Frau schenkt, um ihr zu zeigen, dass man an sie gedacht hat, ohne allzu viel investieren zu müssen. Ein Geschenk, von dem vor allem der Schenkende profitieren will, vielleicht eine Stufe über einer KitchenAid.

Ich schnappe mir den Kassenbon von der Glastheke und verlasse das Geschäft.

NEUNZEHN

Seit zwei Tagen kann ich an nichts anderes als an diese vermaledeite Goldkette mehr denken. Am selben Nachmittag habe ich noch einmal alles gründlich durchsucht, für den Fall, dass vielleicht irgendwo eine hübsche Geschenkschachtel versteckt ist, auf der mein Name steht. Dass ich keine gefunden habe, versteht sich von selbst. Ich war fast versucht, ihn mit meiner Entdeckung zu konfrontieren, aber dann dachte ich, das mit dem Geschenk ist ja länger her, was, wenn er es ihr damals im Eifer des Gefechts gekauft hat, und es inzwischen mit den beiden aus und vorbei ist? Luis war in letzter Zeit so aufmerksam. Wir verstehen uns doch jetzt wieder richtig gut, oder etwa nicht? Und was, wenn die Kette doch ein Geschenk für mich ist? Was soll er davon halten, wenn ich herumgeschnüffelt und alte Kassenbons überprüft habe? *Du bist manchmal so eifersüchtig, Anna. Warum kannst du mir nicht einfach vertrauen?*

Nein. Ich beschließe, so tun, als wäre alles in Ordnung, bis ich herausgefunden habe, was hier wirklich gespielt wird.

Am Sonntagvormittag schlendern Luis und ich über den Flohmarkt und halten trotz Handschuhen Händchen. Ich habe eine Schwäche für solche Märkte im Freien, vor allem im Winter. Ich liebe die eisige Luft auf meinen Wangen, die Verkäufer mit ihren fingerlosen Handschuhen, den weißen Himmel und die baldige Aussicht auf Schnee. Mir ist warm in meinem Dufflecoat, um den Hals habe ich den blau-weißen Wollschal, den Carla vor ein paar Wochen für mich gestrickt hat. Das ist ihr neues Hobby, und ich liebe die zu kleinen Mützen und seltsam geformten Schals, die unsere ganze Familie jetzt trägt.

Luis bleibt stehen, um sich eine Wanduhr aus Bakelit anzuschauen, und ich sehe mich um, woher der Duft gerösteter Maronen kommt.

Ich stupse Luis an. »Willst du auch welche?«

Er schaut auf. »Gerne.«

Der Verkäufer röstet die Maronen auf einer heißen Platte und verkauft sie in Papiertütchen. Ich krame nach dem passenden Kleingeld, als eine Stimme hinter uns »Luis?« ruft.

Wir drehen uns beide um.

Isabelle.

»Hallo«, sagt sie und lächelt meinen Mann an. Sie sieht umwerfend aus mit ihrem strahlenden Lächeln, ihr blondes Haar schaut unter einer eleganten schwarzen Pelzmütze hervor. Sie sieht aus, als sei sie geradewegs einem Disney-Film entstiegen.

Ich bin nicht jähzornig. Ich bin ein positiver Mensch. Ich bin ruhig und verlässlich. Das sagen alle über mich. Aber als ich mit ansehen muss, wie mein Mann sie mit einem aufgesetzten »Hey, wie geht's?« auf die Wange küsst, packt mich die Wut. Natürlich geben sie sich ganz harmlos und züchtig – schließlich bin ich ja dabei. Aber meine Lippen beben, als ich mit zusammengebissenen Zähnen »Hallo«, sage, denn kann diese Begegnung wirklich Zufall sein? Sie stehen viel zu nah beieinander, allein das macht mich rasend. Ich stelle mir vor, wie ich sie mit beiden Händen wegstoße und die Handflächen hart gegen ihren langen schwarzen Ledermantel schlage. Ich stelle mir vor, wie sie rückwärts stolpert und mit ihrem hübschen Kopf auf dem Asphalt aufschlägt. Ich stelle mir vor, wie ihr Mund vor Überraschung ein perfektes »O« formt und wie sie ihre blauen Augen vor Schreck weit aufreißt, bis sich ihre Lider schließen wie bei einer dieser alten Puppen. Dann stelle ich mir das Blut vor. Zuerst ist es nur ein kleines Rinnsal, das so spärlich aus ihrem Hinterkopf auf den Asphalt sickert, dass wir es gar nicht bemerken, doch dann wird es zu einer Lache, und wir müssen zur Seite treten, damit wir uns nicht die Schuhe schmutzig machen. Ich stelle mir vor, wie sich alle einig sind, dass sie aus Versehen gestürzt ist. Dass die Absätze ihrer Lederstiefel zu hoch waren, zu dünn, zu unstabil. Dummes Ding, sie konnte einfach nicht ihr Gleichgewicht halten.

Ich seufze. So verlockend es auch ist, ich schubse sie nicht. Denn ich bin ein positiver Mensch. Und ich bin so gut darin, mich zusammenzureißen, dass ich mich sogar zu einem Lächeln durchringe. Es kostet mich einige Mühe, aber nach ein paar Versuchen gelingt es mir. Dann merke ich, dass sie beide darauf warten, dass ich etwas sage.

»Hallo«, wiederhole ich und tue so fröhlich, wie ich nur kann. Sie erkundigt sich nach der Familie, und wir erzählen, dass es uns gut geht, dass es der Familie gut geht, danke der Nachfrage.

»Anna hat gerade für ihre Forschungsarbeit einen Preis gewonnen«, sagt Luis.

»Glückwunsch«, sagt sie zu mir.

»Danke«, antworte ich und ruiniere den Moment sofort wieder, indem ich süffisant lächele und triumphierend eine Augenbraue hebe.

Luis hat einen Arm um meine Schultern gelegt, zu einer Art einarmiger Umarmung.

»Das freut mich aber für dich«, sagt sie, und ich weiß nicht, ob sie den Preis meint oder Luis.

Ich denke daran, was June gesagt hat, dass ich beobachten soll, wie die beiden miteinander umgehen. Jetzt ist genau der richtige Moment dafür. Ich achte auf Anzeichen, dass sie immer noch Kontakt haben, dass sie immer noch hinter meinem Rücken vögeln, aber ich kann keine entdecken. Ich suche in Luis' Gesicht nach verräterischen Zeichen: dass er unwillkürlich die Lippen schürzt, dass seine Nasenlöcher beben ... und tatsächlich: Als sie »Schön, dich zu sehen« sagt, wird er knallrot. Er reibt sich mit der Hand über das Kinn, und ich beiße mir in die Innenseite meiner Wange, bis ich Blut schmecke.

Sie versuchen, ganz entspannt und lässig zu wirken, plaudern über Kunst: Hast du die Ausstellung von Soundso gesehen, woran arbeitest du im Moment ...

Ich frage mich, was ich tun würde, wenn sie mich immer noch betrügen. Ich weiß es nicht. Ich würde ihn eigenhändig wegzerren, mit der Familie nach Martha's Vineyard ziehen und zur Sicherheit einen Burggraben um unser Haus ziehen. Ich würde sie vor aller Welt bloßstellen. Eigentlich habe ich etwas dagegen, wenn man bei Ehebruch der Frau den Schwarzen Peter zuschiebt, aber jetzt, wo es um mich geht, denke ich: Scheiß drauf. Am liebsten würde ich sie vor aller Augen beschimpfen und anspucken.

Doch dann passiert etwas, mit dem ich am allerwenigsten gerechnet hätte. Ein gut aussehender, muskulöser Mann mit ausgeprägtem Unterkiefer gesellt sich zu uns. Er legt einen Arm um Isabelles Taille und schüttelt Luis die Hand.

»Hey, Kumpel, lange her. Wie geht's dir?«

»Alles gut, Patrick. Das ist meine Frau, Anna.«

Ich schaffe es gerade noch, meinen dümmlichen Gesichtsausruck abzuschütteln, und sage: »Hallo.« Mein Blick schnellt von Luis über Isabelle zu Patrick. Luis scheint Patrick ganz gut zu kennen. Er fragt ihn nach seinem Tauchausflug im letzten Sommer und erkundigt sich, wie die zwei mit ihren Urlaubsplänen vorankommen.

Von einem Moment auf den anderen hat sich für mich alles verändert. Meine sämtlichen Gewissheiten sind dahin. Vielleicht war es gar nicht Isabelle. Vielleicht habe ich alles in den falschen Hals bekommen, und er hat eine andere Frau gevögelt, eine, die Belle heißt. Kann es sein, dass ich mich so sehr getäuscht habe? Gehe ich bei jeder Frau automatisch davon aus, dass es zwischen ihr und meinem Mann funkt? Habe ich so wenig Selbstbewusstsein?

»Hey, wollt ihr zwei nicht mal zum Abendessen zu uns kommen?«, platze ich mitten in die Unterhaltung hinein. Ich spüre plötzlich den Drang, sie alle einen Abend lang aus der Nähe zu beobachten: Luis und Isabelle, Patrick und Isabelle, Luis und Patrick. Ich will wissen, was los ist.

Alle finden die Idee toll – »Klar, warum nicht.« – »Hört sich gut an.« – »Wann denn?« – und zücken ihre Handys, aber einen Termin zu finden, ist schwieriger als gedacht, weil ja alle ach so vielbeschäftigt sind.

»Sorry, bei mir klappt das erst nach Weihnachten«, sagt Patrick und erzählt, dass er zu einer Konferenz nach Colorado muss und dann noch irgendwo anders hin. Wir stöhnen alle darüber, wie viel wir um die Ohren haben, und dann sagt Patrick zu Isabelle: »Aber du kannst gerne alleine hingehen.« Und wir lachen, denn wir kletten ja nicht aneinander wie manche anderen Paare, oder? Finden wir das nicht alle ganz furchtbar, wenn jemand sagt, er kann nicht kommen, nur weil sein Partner keine Zeit hat?

»Klasse! Dann komm doch Freitagabend. Das wird lustig«, sage ich und strahle sie an. Vielleicht ein wenig zu sehr. Aber sie lächelt versonnen und tippt den Termin in ihren Kalender. Wir verabschieden uns wie alte Freundinnen, sie küsst mich, einmal auf jede Wange. Der hochgeschlagene Kragen ihres Mantels klafft auf, als sie sich vorbeugt, und ich sehe etwas glitzern, genau zwischen ihrem Schlüsselbein und der Vertiefung an ihrem Hals.

Zwei schmale Baguette-Diamanten an einem hauchdünnen Goldfaden.

ZWANZIG

Danach will ich nur noch weg von Luis, ich habe das Gefühl, sonst klappe ich zusammen, allerdings kann ich natürlich schlecht den Flohmarkt verlassen. Also stöbere ich achtlos in einem Haufen alter Tabakdosen herum. Allein die Anstrengung, so zu tun, als wäre nichts, lässt mir die Brust schmerzen.

Doch er kommt mir hinterher, stellt sich neben mich und nimmt eine Dose in die Hand. Ich kann nicht richtig gucken, alles ist verschwommen. »Ich wusste gar nicht, dass Isabelle einen Freund hat«, sage ich. Das ist die einzige halbwegs gute Nachricht in diesem ganzen vermaledeiten Szenario.

Er macht »Mmm?« und hakt mich unter, aber ich löse mich von ihm, greife nach irgendetwas auf dem Tisch vor uns. Ich will ihn noch mehr fragen, zum Beispiel, ob sie zusammen wohnen und ob sie verlobt sind, da meint er mit einem Mal: »Warum hast du das getan?«

Kurz bin ich verwirrt. »Du meinst, sie zu uns einzuladen?«

»Ja.«

»Ah. Ich weiß nicht. Es ist mir einfach rausgerutscht.«

»Okay«, sagt er.

»Warum? Hast du etwas dagegen?«

»Nein, ich habe nichts dagegen. Ich hätte es nur lieber, wenn du so etwas vorher mit mir absprichst, das ist alles.«

»Verstehe.« Dann füge ich hinzu, was ich in so einem Fall aus purer Gewohnheit immer sage, obwohl es gar keinen Sinn ergibt: »Tut mir leid«.

»Schon okay. Alles gut. Ich meine ja nur.«

Wieder zu Hause ich zu ihm, ich hätte Kopfschmerzen, und liege den ganzen Nachmittag über auf dem Bett, einen Arm über die Augen gelegt, und denke an die Kette um ihren dünnen weißen Hals.

Irgendwann stehe ich auf, setze mich an meinen Schminktisch und vergrabe das Gesicht in den Händen. So sitze ich immer noch, als Carla ins Schlafzimmer kommt. Ich bemerkte sie erst, als sie mir eine Hand auf die Schulter legt und sagt: »Ich hab dich lieb, Mommy.« Ich hebe den Kopf, reibe mir die Augen und drehe mich zu ihr um.

»Das ist aber nett, danke. Ich hab dich auch lieb, meine Kleine.« So habe ich sie seit Jahren nicht mehr genannt. Ich ziehe ein Kleenex aus der Schachtel und schnäuze mich. »Heuschnupfen. Und das im Winter. Antihistaminika wären gut.« Sie schlingt die Arme um mich und legt ihren Kopf auf meine Schulter. »Hey, mir geht's gut, Süße. Wenn nur meine Nase nicht ständig laufen würde! Wer darf eigentlich heute Abend den Film aussuchen?«

Als sie weg ist, mache ich mir große Vorwürfe, dass sie mich in diesem Zustand gesehen hatte. Ich wasche mir das Gesicht, starre mein Spiegelbild an und versuche, mich so zu sehen, wie Isabelle mich wahrscheinlich sieht: Alt. Langweilig. Gewöhnlich. Unwürdig. Aber ich habe Kinder. *Seine* Kinder. Und ich werde alle tun, um meine Familie zu beschützen. Ich setze mich aufrecht hin und beschließe, mich zusammenzureißen; aus irgendeinem Grund muss ich jetzt an meine Mutter denken.

Wahrscheinlich, weil sie so einen Gefühlsausbruch einfach nur *schwach* finden würde. Ich rede mir gut zu, hebe das Kinn und drücke die Schultern nach hinten. *Hör auf, so ein erbärmliches Bild abzugeben!*

Mit Isabelle werde ich schon noch fertig, sage ich mir vor dem Spiegel, so nah, dass das Glas beschlägt. *Mit Isabelle werde ich schon noch fertig*. Dann wische ich es mit der Hand frei und gehe nach unten, zu meiner Familie.

Am nächsten Tag auf der Arbeit gehe ich den Flur entlang, einen Styroporbecher mit Kaffee in der Hand. Ich trage meine Sonnenbrille, damit niemand meine roten und müden Augen sieht.

»Du siehst furchtbar aus, geht es dir gut?«, fragt June. Ich schüttle kurz den Kopf. Melanie kommt auf mich zu, mit einer anderen jungen Frau, die ich nicht kenne. Als sie auf meiner Höhe sind, bläst Melanie eine kleine Kaugummiblase und drückt sie mit der Zunge kaputt. »Sie sehen aber nicht sehr glücklich aus, Mrs Sanchez.«

»Ich wäre glücklicher, wenn Sie Ihren Test pünktlich abgeben würden, Melanie«, sage ich zu ihr. »Noch einen Aufschub kann ich Ihnen nicht geben, verstanden? Wenn Sie nicht abliefern, muss ich Sie durchfallen lassen.« Sie schnaubt und geht an mir vorbei. Ich will sie aufhalten und lege ihr eine Hand auf die Schulter.

Sie zuckt zurück. »Was soll der Scheiß? Regen Sie sich ab, Mrs Sanchez!«

»Hey!«, schnauze ich sie wütend an und halte ihr meinen Zeigefinger ins Gesicht. »So reden Sie gefälligst nicht mit mir! Ist das klar? Ich bin keine Ihrer Freundinnen! Ich sagte: Ist das klar?«

Ihre Mundwinkel sinken nach unten. »Ja, tut mir leid.«

Ich drehe mich um, gehe um die Ecke und flüchte in mein

Büro. Ich stelle meine Tasche auf dem Schreibtisch ab und meinen Becher daneben. Etwas Kaffee spritzt durch die Öffnung im Deckel, und ich krame ein zerknülltes Taschentuch aus meiner Tasche und wische mir die Finger ab. Dann lasse ich es zu Boden fallen, ohne darauf zu achten, wo es landet.

Ich sinke in den Schreibtischstuhl. Meine Augen brennen von den Tränen, die ich zurückhalte, seit ich das Haus verlassen habe.

»Was ist los?«, fragt June.

Ich habe sie gar nicht hereinkommen hören. Ich presse mir die Finger auf die Augen. »Ich habe solche Angst«, jammere ich.

»Wovor?«

»Ich glaube, er verlässt mich.«

»Wie bitte?« Sie schließt die Tür und nimmt mir gegenüber Platz. »Was ist denn passiert?«

Ich berichte von dem Kassenbon, den ich in Luis' Tasche gefunden habe, und von meinem Besuch bei dem Juwelier. Dann erzähle ich ihr von der Begegnung mit Isabelle auf dem Flohmarkt. Und von Patrick. Wie eine Filmszene beschreibe ich ihr ganz genau, was passiert ist, samt dem Schock am Ende. Es geht mir nicht darum, dass ich das alles noch einmal durchmachen möchte, ich will nur, dass June alle Details kennt, damit wir das alles genau analysieren und einen Ausweg finden können. Eine Lösung. Ein Happy End.

»Bis dahin dachte ich, die Halskette wäre vielleicht doch für mich.«

Sie stützt ihr Kinn auf die Hände. »Was für einen Eindruck hat Luis während eures Geplauders auf dich gemacht?«

Ich brauche einen Moment, um das richtige Wort zu finden. »Nervös, würde ich sagen. Ihm war unwohl. Er war sauer, dass ich sie eingeladen hatte. Er meinte, ich hätte das erst mit ihm besprechen sollen.«

»Ach, das ist aber spannend.«

»Findest du?« Ich öffne den Deckel meines Styroporbechers. »Inwiefern? Habe ich was verpasst?«

»Denk doch mal nach. Du hast selbst gesagt, dass eure Beziehung in letzter Zeit wieder richtig schön war, oder?«

Ich nehme einen Schluck Kaffee. »Und?«

»Vielleicht hat er ihr den Laufpass gegeben, aber sie hängt immer noch an ihm. Und dann lädst du sie ausgerechnet zu euch zum Essen ein!«

Sie sieht mich von der Seite an, und ich muss lachen. »Ups.«

Dann geht die Tür auf, und Geoff erscheint. Er sieht erst mich an, dann June und verschränkt die Arme vor der Brust. »Das klingt aber gemütlich hier. Störe ich?« Er deutet auf June. »Wer sind Sie noch mal? Ach ja, *meine* Assistentin!«

»Tut mir leid, Geoff«, sage ich. »Du darfst sie gleich wiederhaben.«

Er wirft mir einen Blick zu. »Was ist denn los?«

»Nichts, warum?«

»Du siehst aus, als würdest du dich über irgendetwas ärgern.«

Ich schüttle den Kopf. »Ich bin nur müde. Lass uns noch einen Moment allein, okay?«

»Na klar. Nehmt euch so viel Zeit, wie ihr braucht.«

»Danke«, sagen June und ich unisono.

»Was willst du jetzt tun?«, fragt sie, nachdem er gegangen ist.

»Ich weiß es nicht.« Mein Kaffee wird langsam kalt, ich nehme einen größeren Schluck. »Was meinst du, was ich tun soll?«

Sie antwortet nicht sofort, sondern denkt einen Moment nach. »Schau erstmal, wie das Abendessen läuft. Die Einladung steht noch, oder?«

»Eigentlich wollte ich ihr absagen.«

»Auf keinen Fall! Das ist vielleicht die einzige Gelegenheit, die du kriegen wirst, um die Situation besser zu beurteilen.« Sie steht auf und klopft mir auf die Schulter. »Danach bist du auf jeden Fall schlauer. Und wenn es wirklich so schlimm ist und sie immer noch zusammen sind …«

»Was dann?«

Sie zuckt die Schultern. »Dir wird schon etwas einfallen.«

Später, auf dem Rückweg vom Seminarraum, sehe ich Geoff am Ende des Flurs. Er lehnt an der hellgrünen Wand und unterhält sich mit einem Studenten. Als er mich sieht, winkt er. »Anna! Komm mal her.« Als ich ihn erreiche, berührt er mich am Unterarm und wendet sich noch einmal dem Studenten zu.

»Wir reden später weiter, Ivan.« Dann legt er einen Arm um meine Schultern und führt mich weg. »Ich will dir nur kurz etwas zeigen – für den Forrester-Vortrag. Es dauert nur eine Minute.«

Aus irgendeinem Grund stehen wir plötzlich vor dem Lagerraum, in dem Metallregale mit Schreibwaren und Reinigungsmitteln stehen. An einer Wand sind Archivkartons aufgestapelt. Er wirft einen Blick in beide Richtungen, bevor er einen Schlüsselbund aus seiner Tasche zieht und die Tür aufschließt.

»Was machst du da?«, frage ich.

»Abwarten«, sagt er zu meinen Brüsten. Er zieht mich hinein und schließt die Tür hinter uns.

»Was machst du …?«

Er drückt mich gegen eines der Metallregale, eine Sprühflasche fällt zu Boden.

O Gott!

»Nein, bitte nicht, Geoff.« Ich drücke meine Handflächen gegen seine Brust, um ihn wegzudrücken, und gebe ein kurzes, verlegenes Lachen von mir. »Das möchte ich nicht.«

Er presst sich fester an mich. »Komm schon, Anna«, knurrt er. »Sag mal, was hast du eigentlich plötzlich mit June?« Er reibt seinen Schritt an mir. »Ihr zwei seid dauernd zusammen und tuschelt miteinander wie zwei Schulmädchen. Heute Morgen wart ihr beide in deinem Büro, die Tür war zu, und du hast geweint. Ich hab's doch gesehen. Was heckt ihr beiden aus?«

Eine Welle der Panik überrollt mich. Ich bin zu weit von der Tür entfernt, um schnell aus dem Raum zu kommen, aber Geoff ist ohnehin zu schwer und drückt mich zu heftig an sich, als dass ich ihn abschütteln könnte. Die Regale hinter mir wackeln, und irgendetwas schneidet mir in den Rücken. »Lass das, Geoff! Was tust du denn da?« Ich drücke fester, will schreien, aber er legt mir seine Hand aufs Gesicht, sodass seine Finger über meinen Augen liegen und die Handfläche über meinem Mund. Beim Geschmack seiner Haut wird mir schlecht.

Er leckt mir über den Hals. »Was sagt dein Mann dazu? Weiß er das? Von dir und June?«

»Hör auf!« Meine Worte klingen dumpf. Ich kann nicht atmen. Meine Finger suchen hinter mir verzweifelt nach etwas, mit dem ich mich gegen ihn wehren kann, finden aber nichts. Ich klemme mein Knie zwischen seine Oberschenkel, und er lacht leise auf, als würde ich das absichtlich tun, als würde ich das hier genießen. Er bewegt die Hand und umfasst jetzt mein Kinn, seine Finger sind wie ein Schraubstock.

Ich atme verzweifelt ein.

»Lass mich los!« Ich schreie, so laut ich kann, meine Stimme schrill vor Angst. Mein Mund ist verzerrt von seinem Griff. Als er seinen Mund dicht an meinen führt, kriege ich sein Handgelenk zu fassen. Sein Atem ist heiß und riecht nach abgestandenem Alkohol.

»Komm schon«, stöhnt er mir ins Gesicht. »Du willst es doch, das weiß ich. Tu nicht so! Du wolltest es schon, als du mich zum ersten Mal gesehen hast.« Er schiebt seine freie Hand unter meinen Rock, und seine Finger gleiten meinen Oberschenkel hinauf. »Wie fühlt sich das an? Ist das gut?«

Sein Mund liegt auf meinem, warm und feucht, ich schnappe nach Luft. Ich stoße einen Schrei aus, drehe den Kopf weg, packe seine Hand und beiße zu.

Er zuckt weg. »Hey! Was soll die Scheiße?« Er starrt auf seinen Finger, wo meine Zähne einen sichelförmigen rötlichen Abdruck hinterlassen haben.

Er massiert sich die Hand und guckt, als verstünde er die Welt nicht mehr. »Was zum Teufel ist los mit dir? Das hat echt wehgetan!«

Ich wische mir mit dem Ärmel den Rotz vom Gesicht. Vor Wut und Demütigung zittere ich am ganzen Körper. »Du bist ja verrückt! Das werde ich melden!«

Er wirft den Kopf zurück, dann schaut er mich mit einer Mischung aus Wut, Hohn und Überraschung an. »Du bist eine Schlampe, weißt du das? Du machst die Männer heiß, und dann lässt du sie stehen. Dabei bist du ständig hinter mir her, wie eine läufige Hündin. Und was war in Chicago, hm? Damals hast du auch schon dieses Spielchen gespielt, und ich war so dumm und habe mitgespielt. Aber auch danach hast du mich immer wieder hingehalten, bis heute, oder etwa nicht? Willst du immer so weitermachen? Dann solltest du dich in Acht nehmen, Anna. Frauen wie dich erwartet nämlich nie ein Happy End.«

Glaubt er wirklich, dass ich jemals mit ihm schlafen wollte? Ich richte meinen Rock, mein ganzer Körper vibriert vor Wut, während er seine Kleidung zurechtrückt. Er öffnet die Tür, Licht fällt vom Flur herein. Studierende laufen vorbei, drehen sich zu mir um, lachen höhnisch.

»Damit wirst du nicht durchkommen«, presse ich zwischen den Zähnen hervor.

»Meinst du? Was willst du denn tun, Anna? Mich anzeigen? Was glaubst du eigentlich, wer du bist? Willst du denen auch gleich von Chicago erzählen? Oder soll ich das tun? Da waren bestimmt eine ganze Menge Leute, die gesehen haben, wie du besoffen an mir rumgemacht hast, als könntest du nicht genug von mir kriegen. Die haben alle mitbekommen, wie wir an dem Abend zusammen aufs Zimmer gegangen sind. Du hast dich ziemlich eindeutig verhalten. Aber hey, tu, was du nicht lassen kannst.« Er schnaubt verächtlich. »Und übrigens ...« Er stützt sich mit einer Hand auf den Türgriff. »Mila meint, du würdest ihr ausweichen. Du würdest dich weigern, darüber zu reden, wie du auf die Lösung gekommen bist. Was hat das zu bedeuten?« Er streckt das Kinn vor und wartet auf eine Antwort, aber die gebe ich ihm nicht. Ich wische mir mit zitternden Fingern über die Wangen, und schließlich schüttelt er angewidert den Kopf und tritt auf den Flur hinaus. Doch dann dreht er sich noch einmal um. »Ach ja, eines noch: Weißt du eigentlich, warum du die Professur nicht bekommen hast?«

Mein Atem rasselt, meine Brust hebt und senkt sich mit jedem Atemzug. Mit zitternden Fingern fahre ich mir durchs Haar.

»Weil ich deine Bewerbung dem Vorstand gar nicht vorgelegt habe. Ich habe dich nicht einmal nominiert.« Er grinst.

Ich suche in seinem Gesicht nach Anzeichen dafür, dass er lügt, dass das ein Witz ist. Ich muss an all die zusätzliche Arbeit denken, die ich geleistet habe, an die vielen Gespräche, die ich mit ihm darüber geführt habe, wie ich meine Bewerbung aufbauen sollte. An all die Vorschläge, die ich ausgearbeitet, geschrieben und eingereicht habe: Finanzierungsvorschläge, Vorschläge zur Sanierung von Anlagen, Vorschläge, wie man mehr junge Frauen für ein Mathematikstudium interessieren kann. Alles, um zu zeigen, was für eine tolle Teamplayerin ich bin.

Er beantwortet meine Frage, bevor ich sie stellen kann. »Ich wollte meine Zeit nicht unnötig vergeuden. Ich wusste, dass du den Job nicht kriegst, also habe ich deine Bewerbung gar nicht erst eingereicht.«

»Du bist so ein Arschloch«, sage ich mit leiser, zittriger Stimme.

Er zuckt die Schultern. »Kann sein. Und vielleicht habe ich mich ja auch geirrt. Als du die Pentti-Stone-Vermutung geknackt hast, hast du uns auf jeden Fall alle überrascht. Aber vielleicht hatte ich ja recht. Vielleicht verheimlichst du uns etwas. Vielleicht bist du eine Betrügerin. Tja …« Er klopft zweimal mit der Handfläche gegen die Tür. »Das werden wir schon herausfinden, so oder so. Meinst du nicht?«

EINUNDZWANZIG

Ich habe mir Hände und Gesicht gewaschen und den Mund ausgespült. Ein Minzbonbon gelutscht, gegen die Übelkeit. Ich starre auf mein Spiegelbild. Habe ich mir das wirklich selbst zuzuschreiben? War ich so geblendet davon, wie aufmerksam er war, dass ich nicht gemerkt habe, was los war? *Du machst die Männer heiß, und dann lässt du sie stehen. Dabei bist du ständig hinter mir her, wie eine läufige Hündin.* Und ein Teil von mir glaubt, dass das stimmt. Dass es meine Schuld ist. Dass ich die falschen Signale ausgesendet habe. Selbst im Angesicht eines solchen Übergriffs kann ich nicht anders: Irgendwo in mir drin bin ich überzeugt davon, dass es an mir liegt. Am Ende bin immer ich schuld. Ich gebe mir sogar die Schuld für die Fehltritte der anderen.

Mir ist völlig klar, dass ich nichts gegen ihn unternehmen werde. Überhaupt nichts. So sehr ich auch damit prahle, was für eine tolle Familie ich habe und was ich alles für sie tun würde, ich bin und bleibe ein Feigling. Ich würde es nicht ertragen, wenn Luis von Chicago erfährt, und ich habe keinen Zweifel daran, dass Geoff es ihm erzählen würde. Und das würde Luis endgültig in Isabelles Arme treiben.

Ich fahre mir mit der Hand über die Augen, Geoffs letzte Worte klingen mir noch in den Ohren: *Vielleicht verheimlichst du uns etwas. Vielleicht bist du eine Betrügerin.* Einen Moment lang denke ich, dass er es weiß, dass er es die ganze Zeit gewusst hat. Aber ich zwinge mich, kontrolliert zu atmen, und sage mir: Wenn er es wüsste, hätte er schon längst etwas gesagt. Oder etwa nicht?

Nein, er weiß es nicht, niemand weiß es. Das bläue ich mir ein, als ich mir auf der Personaltoilette die Wimperntusche von den Wangen wische. Darum werde ich mich später kümmern. Es ist für alle besser, wenn ich bis nach dem Forrester-Vortrag warte. Dann hat mein Wort automatisch mehr Gewicht. Mir fallen so viele Begründungen ein, mit denen ich meine eigene Feigheit rechtfertige, dass die Worte keine Bedeutung mehr haben. *Ich bin okay, das wird schon. Alles wird gut. Ich kann damit umgehen. Nur nichts überstürzen. Er wird mir das nicht antun.*

Für den Rest der Woche gehe ich ihm aus dem Weg, tue so, als hätte ich zu viel zu tun, bleibe Besprechungen fern. Wenn wir uns zufällig begegnen, wirft er mir einen verächtlichen Blick zu, und ich tue so, als würde ich es nicht bemerken. Nach ein paar Tagen bin ich bereits überzeugt, dass das alles gar nicht so schlimm ist; dass ich bald vergessen werde, dass es überhaupt passiert ist. Bald wird wieder alles ganz normal sein. Allerdings geht Mila mir die ganze Zeit auf die Nerven, wie ein winziger Hund, der einem unermüdlich in die Waden beißt. »Hast du daran gedacht, deine Notizen mitzubringen, Anna? Ich warte mit der Veröffentlichung unseres Interviews noch ab, bis ich das Material habe. Ich kann es kaum erwarten, da hineinzuschauen! Ich würde zu gerne wissen, wie du das gemacht hast, wie dein Gehirn funktioniert! Ach so, immer noch nicht? Wie schade. Aber du weißt doch, wo die Notizen stecken, oder? Ich meine, du musst doch *irgendetwas* haben, oder? Deine Berechnungen sind doch nicht einfach so aus dem Nichts aufgetaucht, oder? Dann würdest du ganz schön Ärger bekommen. Haha!«

Ist es ein Zufall, dass sie so auf meine Notizen fixiert ist? Hat Geoff ihr erzählt, dass er mich für eine Betrügerin hält? Diese Paranoia, die mich ständig umtreibt, halte ich nicht mehr aus. Egal, in welche Richtung ich mich wende, immer hat es jemand auf mich abgesehen.

»Mila, bitte. Können wir das nicht später machen? Ich muss mich auf den Vortrag für die Forrester Foundation vorbereiten.«

»Okay, ich verstehe schon, du bist genauso eine Perfektionistin wie ich. Aber es wäre super, wenn ich deine Notizbücher vor deinem Vortrag bekommen könnte. Schließlich sind *wir* deine Uni. Wenn wir diese Informationen haben, bevor du sie öffentlich präsentierst, wäre das doch ein echter Coup.« Sie schmunzelt darüber, wie clever sie ist.

»Natürlich. Ich schau mal.«

Sie nickt kurz, als würde sie mir nicht wirklich glauben. »Wie wär's mit Freitag?«

Mir fällt nichts ein, was ich darauf erwidern kann, also sage ich ihr, Freitag sei gut. Bis dahin wird mir schon etwas einfallen. Ich bin ganz erschöpft, als ich an all die Ausreden denke, die ich mir noch werde ausdenken müssen, bis sie mich endlich irgendwann in Ruhe lässt.

»Dann ist ja alles klar«, lüge ich.

Beim Mittagessen besprechen June und ich die Situation mit Isabelle. »Ich finde das eine sehr gute Idee, sie zum Abendessen einzuladen. Sie soll ruhig sehen, wie glücklich ihr seid, du und Luis.«

Es ist Freitag, und ich verlasse einen Seminarraum und bin gerade dabei, den Studierenden auszuweichen, die auf den Flur strömen, als ich mein Handy wieder einschalte. Da ist ein entgangener Anruf von Isabelle, und einen Moment lang bin ich überzeugt, dass sie mir absagen wird, dass sie kalte Füße bekommen hat, und ich bin schon sauer, weil ich die ganze Woche damit zugebracht habe, das Menü vorzubereiten: gebackene Austern und Käsebällchen als Vorspeise. Hirsch im Teigmantel, dazu Kartoffelgratin und braune Champignons in Sahnesoße mit Rosmarin. Schoko-Brownies, die ich gestern bis Mitternacht gebacken habe und die ich mit Mascarponecreme servieren werde – die Erwachsenen bekommen noch einen Schuss Grand Marnier darüber. Gestern habe ich früher Feierabend gemacht, um alles einzukaufen und trotzdem noch Zeit zu haben, für alle zu kochen.

Ich rufe sie zurück, das Handy zwischen Kinn und Schulter eingeklemmt, mit einer Hand halte ich meine Tasche auf, mit der anderen schiebe ich einen Stapel Papiere hinein.

»Die Einladung zum Abendessen heute Abend steht doch noch, oder?«, fragt sie. Sie klingt so unschuldig, so begeistert.

Ein Gong erklingt, und noch mehr Studierende strömen aus verschiedenen Richtungen auf den Flur, aus einem Raum heraus, in einen anderen hinein. *Sorry, Mrs Sanchez*, höre ich, als mich jemand anrempelt.

Ich stelle mir die Goldkette vor und spüre, wie sich mein Puls beschleunigt. Ich beschließe, zerstreut zu klingen, um sie zu verunsichern. Ich kann nicht anders. »Abendessen ... Heute Abend ...«

»Du hast es doch nicht vergessen?«

»Ach ja. Äh, natürlich. Ich weiß schon.«

Es entsteht eine Pause.

»Also, Anna, falls du doch andere Pläne hast, ist es völlig okay, wenn ...«

Mir wird klar, dass ich die verwirrte Professorin vielleicht ein bisschen zu überzeugend gespielt habe, wobei ein Teil von mir (ich bestehe wirklich aus vielen Teilen!) denkt: *Ja, bitte. Ich bin so müde. Lass uns das ein andermal machen, dann kann ich einfach nach Hause gehen, alles im Gefrierschrank verstauen, mich im Bett zusammenrollen und Luis sagen, dass ich krank bin und dass er sich bitte um die Kinder kümmern und die Spülmaschine ausräumen soll.*

Aber ich reiße mich zusammen.

»Nein, nein, alles gut! Hier ist nur eine Menge los, und mein Kopf ist wie ein Sieb. Ich freue mich schon sehr.« Ich nenne ihr die Adresse, und sie sagt, Luis hätte ihr die schon gegeben, und ob sie etwas mitbringen soll.

»Gar nichts, nur dich«, sage ich.

»Schön, dann bringe ich eine Flasche Wein mit. Wir sehen uns heute Abend.«

Der Vorteil ist: Als Mila in meinem Büro auftaucht, auf ihre Armbanduhr tippt und mir sagt, sie hätte auf mich gewartet und ob ich meine Notizen dabeihätte, kann ich ihr glaubhaft versichern, dass ich losmüsse und dass es mir leidtue und ich es völlig vergessen habe.

»Mein Kopf ist wie ein Sieb, sorry.«

Auf dem Heimweg halte ich beim Blumenladen und kaufe mir einen Strauß in Zellophan verpackte weiße Lilien, das hebt meine Stimmung. Ich bin jetzt schon so müde, dass ich kaum mehr die Kraft habe, beim Gehen die Füße zu heben. Das wird ein langer Abend werden.

ZWEIUNDZWANZIG

Nachdem ich die Blumen in eine Vase gestellt habe, überprüfe ich im Wohnzimmer jedes noch so kleine Detail, wie eine Forensikerin an einem Tatort. Ich will, dass alles perfekt wirkt. Ich will, dass alles *glücklich* wirkt. Das hier ist das glückliche Haus einer glücklichen Familie, sage ich mir immer wieder, während ich die Kissen aufschüttele und einen Rotweinfleck vom gläsernen Couchtisch wische. In der Küche glänzen alle Oberflächen, und trotzdem wische ich noch einmal mit einem Tuch darüber. Manchmal, wenn ich anderswo zu Besuch bin, sehe ich als Erstes den Schmutz in den Ecken der Fensterrahmen oder Spritzer von Tomatensoße an den Kacheln hinter dem Herd, und ich muss sehr an mich halten, um mir nicht direkt einen Schwamm zu schnappen und die Wohnung zu putzen.

Die Käsebällchen habe ich schon fertig, die muss ich nur noch aufwärmen. Das Hirschfilet im Teigmantel gart auf einem Rost im Ofen, und ich habe die Kartoffeln und die Pilze soweit, dass ich sie auf das Rost darunter stellen kann, als es an der Tür klingelt. Isabelle soll erst in vierzig Minuten kommen, die kann es nicht sein, aber das ist auch gut so, denn ich bin noch längst nicht fertig. Ich habe mir zwar schon die Haare gemacht, aber ich muss mich noch schminken. Ich habe ein Make-up-Set gekauft. Mit so etwas kenne ich mich gar nicht aus, normalerweise benutze ich höchstens Mascara und Lippenstift. Aber ich habe mir ein paar YouTube-Videos angeschaut, in denen jemand erklärt hat, wie man sich die Wangenknochen höher und die Augen breiter schminkt, wie man das Kinn markanter und das Gesicht generell hübscher macht.

Ich trockne mir die Hände am Geschirrtuch. Einen verrückten Moment lang denke ich: Was, wenn es Geoff ist? Vielleicht ist er hergekommen, zu mir nach Hause, um ... Nein. Ich werde noch wahnsinnig. Natürlich ist es nicht Geoff. Als Carla die Treppe hinunterstürmt, strecke ich einen Arm aus, um sie aufzuhalten, während ich durch die Lamellen der Jalousien spähe.

Es ist Isabelle, und ich bin auf seltsame Weise enttäuscht. Fast wäre es mir lieber gewesen, wenn es Geoff oder sogar Ryan gewesen wäre; jeder außer Isabelle, denn ich bin noch überhaupt nicht bereit für sie.

»Hallo!«

Sie steht da, in der einen Hand eine Flasche Wein und in der anderen eine weiße Schachtel mit einer hübschen rosa Schleife.

»Ich weiß, ich bin zu früh«, sagt sie und beißt sich leicht auf die Unterlippe. In ihrem weißen Mantel und dem hellblauen Wollkleid sieht sie umwerfend aus – sogar die Schneekristalle in ihrem dicken blonden Haar sehen so zauberhaft aus, als wäre sie soeben vom Set der *Eiskönigin* herübergeschwebt. Jetzt bin ich noch nervöser. Ich wünschte, Luis wäre schon zu Hause, aber er musste ja ausgerechnet heute seinem Vater dabei helfen, einen Baum zu beschneiden, der seiner Fernsehantenne im Weg war. Als ich ihn darauf hinwies, dass es für heute Abend noch jede Menge vorzubereiten gibt, meinte er, es müsse leider heute sein. Schönen Dank. Er wird noch eine ganze Weile brauchen, vielleicht kommt er sogar erst in einer Stunde. Und ich habe schon eine halbe Flasche Wein getrunken. Gut möglich, dass das ein Fehler war.

»Ich habe mich ein wenig mit der Entfernung verschätzt. Ist das okay? Wenn du willst, kann ich im Auto warten und später wiederkommen. Das hatte ich eigentlich vor, aber dann dachte ich, der Wein sollte wohl besser in den Kühlschrank, also bin ich jetzt doch hier. Das ist übrigens Pekannuss-Karamell-Käsekuchen. Und falls du dich fragst: Den habe ich nicht selbstgemacht.«

Ich nehme ihr die Schachtel ab. »Schon klar«, sage ich, denn auf der Kuchenschachtel klebt gut sichtbar ein Aufkleber von Mario's Patisserie. Ich wünschte, sie hätte mir gesagt, dass sie Nachtisch mitbringt, dann hätte ich mir die Brownies gespart, aber dann ermahne ich mich, dass es eine nette Geste ist, und wenn ich jetzt schon über alles nachgrübele, wird es ein sehr langer Abend werden. Schluss damit!

»Hallo«, sagt Carla.

»Schatz, das ist eine Freundin von mir, Isabelle.«

Carla legt ihren Kopf schief, als wolle sie sagen: *Freundin? Sei nicht albern! Du hast doch gar keine Freundinnen.*

»Sie ist auch eine Freundin von Daddy«, sage ich. *Eine sehr gute Freundin von Daddy.*

»Schön, dich kennenzulernen, Carla. Du siehst genauso aus wie deine Mutter. Wie alt bist du?«

»Vierzehn«, sagt Carla, zieht ihre Ärmel über die Hände und steht verlegen da, einen Fuß über dem anderen.

»Vierzehn ist ein tolles Alter, oder, Anna?«

Und ich denke: *Ist das so? Ich fand das damals überhaupt nicht.*

»Na klar. Komm doch rein, Isabelle. Ich habe gerade erst mit Kochen angefangen, aber du kannst dich gerne hinsetzen und mir erzählen, was du so getrieben hast, seit, na ja, seit du geboren wurdest.« Ich lache. Carla starrt mich von der Seite an; offenbar überlegt sie, warum ich so seltsam bin. Isabelle ist zu höflich dafür. Ich nehme ihr den Mantel ab und schaue sofort auf ihren Hals, ob sie die Goldkette trägt, aber ihr Kleid hat einen Kragen, wenn, dann versteckt sich die Kette darunter. Ich überlege, ob ich so etwas sagen soll wie: *Oh, Moment, du hast da ein Blatt, ich nehme das eben weg*, damit ich an ihrem Kragen zupfen kann, aber ich verkneife es mir.

Ich fasse mir an die Haare, während ich sie in die Küche führe. Sie sieht so frisch und gepflegt aus, während ich mit meiner langweiligen Frisur und dem hageren, ungeschminkten Gesicht wie eine Drogendealerin aussehe. Wenn Luis endlich nach Hause käme, könnte ich mich nach oben schleichen und mir ein Kilo Schminke ins Gesicht schmieren. »Ich sollte mich lieber weiter ums Essen kümmern!« Ich lache ohne ersichtlichen Grund. »Kann ich dir etwas zu trinken anbieten, Isabelle?«

»Gerne.« Sie hält mir den Chardonnay hin. »Wie wäre es hiermit?«

Ich frage mich, ob ihr vorhin aufgefallen ist, wie gierig ich die Flasche angeschaut habe. Ich hole uns Gläser. Die eleganten langstieligen Weingläser in Luis' Atelier fallen mir ein, und meine Hand zuckt, ich verschütte etwas von dem Wein auf den Tisch. Ich nehme ein Küchentuch, wische es weg und lache wieder, diesmal klinge ich wie eine Verrückte. Das wird wirklich ein sehr langer Abend. Ich schaue nach dem Hirsch, um mich zu beruhigen, und dann frage ich: »Wo wohnst du eigentlich, Isabelle?«

Sie isst eine Olive und spuckt den Stein in ihre Handfläche.

Ich stelle einen kleinen Teller vor sie hin.

»Ohio City«, sagt sie.

»Oh, das ist nett dort. Da gehe ich manchmal joggen.«

Ich weiß nicht, was mit mir los ist. Offenbar verrate ich jetzt einfach so meine Geheimnisse.

Natürlich sagt sie daraufhin: »Ach, wie lustig! Ich auch! Wir sollten mal zusammen joggen gehen!«

»Also, so ein Zufall!«, sage ich und lege mir eine Hand auf die Hüfte. Ich lächle, zumindest verziehe ich den Mund – es ist nicht einfach, zu lächeln, wenn dein ganzes Gesicht so angespannt ist, dass es sich anfühlt, als würde demnächst die Totenstarre einsetzen. Ich bin nur froh, dass die Kinder sich nicht blicken lassen. Die würden jetzt bestimmt rufen: *Was soll denn das, Mom? Warum lügst du?*

Dann bellt Roxy und kündigt an, dass Luis nach Hause kommt, und mir fällt ein Stein vom Herzen.

»Meine Güte, ist das kalt draußen.« Er krault Roxy und reibt dann die Hände aneinander. Plötzlich fühle ich mich wie in einem Theaterstück, in dem meine Küche nur eine Kulisse ist, und wir sind alle extrem schlechte Schauspieler, die ziemlich hölzern ihren Text aufsagen.

»Hier drinnen ist es schön warm«, flöte ich, »komm rein.«

Wir lachen alle, die zwei begrüßen sich freundlich, und ich schaue argwöhnisch zu, wie sie sich ein Küsschen auf die Wange geben. Dann kommt er zu mir herüber und küsst mich auf den Mund. Sehr schön. Dann stürmen Carla und Mateo ins Zimmer, um ihren Vater zu begrüßen, und plötzlich ist die ganze Atmosphäre behaglich und festlich. Luis öffnet noch eine Flasche Wein. Die Kinder setzen sich an den Küchentisch, sichtlich fasziniert von diesem neuen Gast, dieser Freundin ihrer Eltern.

Isabelle stellt ihnen eine Menge Fragen, aber keine davon lautet *Wie gefällt dir die Schule?* oder *Was willst du später mal werden?*, womit sie bei den Kindern direkt einen Stein im Brett hat. Dann sagt Luis: »Warum setzen wir uns nicht an den Esstisch?«, und ich denke: *Vielleicht, weil ich hier noch am Kochen bin?*, aber alle anderen scheinen das für eine gute

Idee zu halten und verschwinden, während ich in einer fleckigen Schürze in der Küche stehe und über einem Drei-Gänge-Gourmetmenü schwitze, das ich gleich meinem Mann und seinem Flittchen auftischen werde. Erst jetzt fällt mir auf, dass ich das vielleicht alles nicht ganz richtig durchdacht habe.

Ich trinke den Rest meines Weins auf ex.

»Der ist aber hübsch«, sage ich und zeige über die gebackenen Austern und Käsebällchen hinweg auf einen silbernen Ring an ihrem Zeigefinger, obwohl er gar nicht hübsch ist, nicht wirklich, aber ich hoffe, er ist von Patrick. Ich will, dass sie es sagt.

»Ja, oder?« Sie zieht ihn ab, um ihn mir zu zeigen.

»Der ist wirklich interessant«, sage ich und reiche ihn ihr zurück. »Ein bisschen wie ein missglückter Bagel.«

»Also, das finde ich jetzt nicht«, sagt sie, aber mir fällt auf, dass sie die Lippen schürzt, als sie ihn sich wieder auf den Finger steckt.

»Der ist von einem ganz spannenden Metallkünstler«, wirft Luis ein. »Einem Franzosen.«

»Oh, là, là!«, sage ich scherzhaft und lache, aber die beiden lachen nicht, und ich frage mich: *Woher weiß er das überhaupt? Hat er ihr den auch geschenkt?*

»Du und Patrick, seid ihr eigentlich verheiratet, Isabelle?« Einen Ehering trägt sie nicht.

»Noch nicht, aber wir wollen bald heiraten«, sagt sie verlegen.

»Ach ja?«, fragt Luis.

»Das ist ja wunderbar«, sage ich. Beinahe klatsche ich in die Hände, ich kann mich gerade noch bremsen. »Schade, dass Patrick heute Abend keine Zeit hatte.«

»Er ist dauernd unterwegs, das ist der Nachteil an seinem Job. Für mich, meine ich, nicht für ihn. Er vermittelt Sportler.«

Die ganze Zeit über starre ich Luis an, suche nach verräterischen Hinweisen und finde keine.

»Wie interessant!«, sage ich. »Und wie habt ihr euch kennengelernt?«

Sie erzählt irgendetwas von wegen Freunden von Freunden, und dann kräht Mateo dazwischen: »Mom und Dad haben sich in der Schule kennengelernt.«

»An der Uni, Schatz«, sage ich.

»Und Mom hat sich in Dad verliebt« – beim Wort *verliebt* rollt er theatralisch mit den Augen –, »aber Dad war mit einer anderen zusammen, und dann ist die gestorben, weil sie eine Erdnuss gegessen hat, damit Mom mit Dad zusammen sein konnte!«

Er lächelt, als wäre das ein Märchen mit Happy End. Niemand sagt etwas, nur Isabelle keucht kurz. Luis starrt mich anklagend an. Ich hätte Matti diese Geschichte nicht erzählen dürfen.

Ich lache. »Was für eine Fantasie du hast, Matti! Ganz so war es ja nun nicht, Schatz.« Ich drehe mich zu Isabelle. »Das war furchtbar. Wie hieß sie nochmal, Luis?«

»Monica.«

»Ach ja.« Ich wende mich wieder Isabelle zu. »Monica hatte eine Erdnussallergie, und sie war normalerweise sehr vorsichtig, was sie aß, nicht wahr, Luis?«

»Ja, sehr.«

»Und warum ist sie dann gestorben?«, hakt Carla nach.

Ich würde so gerne das Thema wechseln, aber ich kenne meine Kinder, die lassen nicht locker. Da ist es besser, die Dinge beim Namen zu nennen. Augen zu und durch.

»Sie hat nach dem Abendessen immer Kuchen und Süßigkeiten mit aufs Zimmer genommen – das haben wir alle gemacht –, aber dieses eine Mal hat sie sich vertan.« Ich seufze.

»Hatte sie denn keinen EpiPen?«, fragt Carla. »Bei mir in der Schule sind zwei Mädchen mit Erdnussallergie, die müssen immer ihren EpiPen um den Hals tragen. Für den Notfall gibt es sogar einen im Krankenzimmer.«

»Das will ich hoffen!«, sage ich.

»Sie hatte einen EpiPen«, antwortet Luis, der während des gesamten Gesprächs kaum etwas gesagt hat, »aber den hatte sie an diesem Tag wohl verlegt.«

Jetzt ist es an mir, ihm einen vorwurfsvollen Blick zuzuwerfen. Das mag ja stimmen, aber ich finde es nicht richtig, es vor den Kindern auszubreiten. Von solchen Geschichten kriegt man Albträume.

Er fängt meinen Blick auf und lächelt. »Und dann habe ich eure Mutter geheiratet, und ihr zwei Monster seid auf die Welt gekommen. Was für ein Glück!« Er steht auf und fängt an, die Teller abzuräumen. »Na schön, und wen gibt es jetzt zum Nachtisch?«

Matti schreit: »Mich!«, und Luis tut so, als würde er ihn in Stücke schneiden, auf Teller laden und uns servieren. Das ist seit Jahren ein Standard-Witz bei uns, nachdem sich Matti einmal verhört hat, als Luis wissen wollte, *was* es zum Nachtisch gibt. Natürlich brüllt Carla: »Nein, mich! Mich gibt's zum Nachtisch!« Isabelle lacht so sehr, dass sie sich den Bauch hält. Ich weiß nicht, ob sie das wirklich so lustig findet oder ob sie nur der Kinder wegen so tut. Dann fragt Luis noch einmal: »Wen gibt es zum Nachtisch?«, und die Kinder schreien: »Isabelle!« Aber Luis sagt: »Was ist denn mit Mommy?« Danke, das ist nett, denn *Mommy* darf normalerweise nie mitspielen. *Mommy* gibt es nie zum Nachtisch. Kann sein, dass er es einmal versucht hat und ich mich gewehrt habe. Ich lache, breite die Arme aus, um mich in Stücke schneiden zu lassen, aber die Kinder sind hartnäckig. »Neeeeein!!! Isabelle soll es zum Nachtisch geben!« Ich merke, dass Luis das gar nicht passt. Er wirft ihr einen Blick zu, wahrscheinlich in der Hoffnung, dass sie etwas sagt wie: *Nein, nicht mich, zerstückelt lieber eure Mommy.* Aber das tut sie nicht, und die Kinder sind so aufgedreht, dass sie nicht lockerlassen, also gibt er schließlich nach, zerteilt Isabelle und serviert sie auf einem Teller. Und ich muss zugeben, sie ist ein Naturtalent. Sie scheint sich komplett wohlzufühlen, wie mein Mann sie anfasst und meine Kinder ihr die Gliedmaßen vom Rumpf reißen.

»Ich hole mal den Käsekuchen«, sage ich.

DREIUNDZWANZIG

Zum ersten Mal begegnet bin ich Luis in der Unibibliothek. Ich suchte in den Regalen nach irgendeinem Buch, und plötzlich stand er neben mir. Er roch nach etwas Warmem und Süßem, wie der Duft, wenn man an einer Bäckerei vorübergeht.

»Entschuldigung«, flüsterte er und griff über mich hinweg.

Für mich war es Liebe auf den ersten Blick. Dann erfuhr ich, dass er mit einem Mädchen aus meinem Wohnheim zusammen war. Monica. Ich habe ihren Namen nicht vergessen, ich habe vorhin nur so getan, als ob. Er hat mir einmal gesagt, dass sie seine erste große Liebe war. Da habe ich nur mit den Augen gerollt – Kunststück: Alle Jungs waren in Monica verliebt. Im Grunde bewies das nur, wie wenig Fantasie er hatte. Sie war das Musterbeispiel für das »hübsche Mädchen von nebenan«. Perfekte weiße Zähne, üppiges blondes Haar, das sie mit Haarklammern bändigte. *Haarklammern.* Ich fand nicht, dass sie und Luis irgendetwas gemeinsam hatten, außer dass sie gerne zeichnete, daran erinnere ich mich noch. Ich glaube aber nicht, dass sie das besonders gut konnte. Sie zeichnete Porträts von einigen ihrer Kommilitoninnen, und die sahen alle gleich aus, mit länglichen herzförmigen Gesichtern und großen Mandelaugen, wie eine Kreuzung aus Barbie und Bambi. Barmbies.

Wir hatten wenig miteinander zu tun, wir begegneten uns höchstens mal auf dem Flur, auf dem Weg vom oder zum Bad, sie in niedlichen Tierpantoffeln, wie sie den Gürtel ihres himmelblauen Bademantels zuband, ich in Polyesterpyjama und Flipflops. Irgendwie sind Luis und ich uns nähergekommen. Ich sage »irgendwie«, als wäre das zufällig passiert; in Wirklichkeit habe ich ihm immer wieder aufgelauert, und ich bin so oft mit ihm zusammengestoßen, bis er mich wiedererkannte und *Hi!* sagte. Ich weiß noch, wie ich damals auf sein Lächeln reagierte. Ich bekam buchstäblich weiche Knie. Wir hingen immer öfter zusammen ab, meistens in der Bibliothek. Ich war viel fleißiger als er, und wir hatten keine Kurse zusammen, aber wir kamen trotzdem immer zur selben Zeit in die Bibliothek und saßen zusammen an dem großen Tisch im Untergeschoss, ich paukte Physik, er las Bücher über Philosophie. Wenn er den Kopf hob und mich dabei erwischte, wie ich ihn beobachtete, wurde ich rot und er lächelte sein umwerfendes sexy Lächeln. Das passierte natürlich nur, wenn Monica gerade Vorlesung hatte. Viel später, als wir längst ein Paar waren, habe ich ihn einmal gefragt, ob er damals eigentlich mitbekommen hatte, wie sehr ich in ihn verliebt war. Er lächelte nur, immer noch mit demselben umwerfenden Lächeln, und sagte kein Wort.

Eines Abends gab es eine Party, und ich wusste, dass Monica und Luis hingehen wollten. An dem Tag sah ich zufällig, wie sie sich etwas Süßes aus der Cafeteria holte. Sie nahm es mit in ihr Zimmer, wie sie das öfter machte – ich weiß das, weil ich sie oft dabei beobachtet hatte. Das letzte Mal, als ich sie sah, war ich im Bad. Ich machte mich gerade für die Party frisch und wusch mir das Gesicht, da kam Monica herein. Sie nahm kaum Notiz von mir und ging mit ihrer rosa Plastikkulturtasche und ihren flauschigen Hausschuhen in eine der Duschkabinen.

Ich war auf der Party, Monica nicht. Luis war allein und sah richtig hilflos und verloren aus. Ich kümmerte mich den ganzen Abend um ihn, brachte ihm Sangria, in die ich reichlich Rum geschüttet hatte – tja, so war das bei uns verrückten College-Kids –, und später versuchte ich, ihn zu küssen.

Er drückte mich sanft weg und lallte mir mit finsterem Blick ins Gesicht: »Tut mir leid, Anna. Ich liebe nun mal Monica.«

Ich kicherte, gab ihm einen spielerischen Klaps auf die Brust und sagte, ich hätte ihn sowieso nicht küssen wollen. Er tat so, als würde er mir glauben, aber mir machte das mehr zu schaffen, als ich es erwartet hatte.

Als ich in mein Wohnheim zurückkehrte, stand ein Krankenwagen davor, und auf dem Flur herrschte Chaos. Monica hatte den falschen Kuchen gegessen und ihren EpiPen nicht gefunden. Später kam man zu dem Schluss, dass sie ihn verloren haben musste und es erst bemerkt hatte, als es zu spät war.

Luis war am Boden zerstört, aber ich war für ihn da. Ich tröstete ihn, redete mit ihm bis spät in die Nacht, jede Nacht. Ich schloss ihn in die Arme und ließ ihn nicht mehr los.

Ich war in Luis verliebt, aber er war mit Monica zusammen. Dann aß Monica eine Erdnuss, und er war mein.

Ich beobachte die anderen von der Küchentür aus, vor allem *sie*. Von hier aus kann ich ihr perfektes Profil sehen. Sie lacht und kitzelt meine Kinder, und ich denke an Monica. Sie sah ein bisschen aus wie Isabelle: das blonde Haar, das breite Lächeln, die blauen Augen. Mein Mann steht auf einen bestimmten Typ Frau, und ironischerweise entspreche ich diesem Typ überhaupt nicht. Ich ertappe mich dabei, wie ich mir vorstelle, dass ich eine fremde Familie beobachte. Dass Luis mit jemand anderem verheiratet ist, jemandem wie Monica oder Isabelle. Dass dies ein ganz normales Dinner am

Freitagabend ist. Sie sehen wunderschön aus, die vier. Die perfekte Familie. Plötzlich wird es mir zu viel, und ich muss wegschauen.

»Ich weiß sowieso nicht, warum wir über diese alten Geschichten reden«, sage ich, als ich zurückkomme, obwohl gerade niemand mehr über irgendwelche alten Geschichten redet, sie lachen nur und haben Spaß. Ich stelle den Käsekuchen ein wenig abrupter auf den Tisch, als ich es vorhatte, und alle halten inne. Luis sieht zu mir auf und runzelt die Stirn. »Ich bin so froh, dass wir uns endlich einmal kennenlernen«, sage ich zu Isabelle und versuche, mich wieder in meine eigene Familie einzufügen. Bei Luis scheint die Botschaft angekommen zu sein, denn er beruhigt die Kinder und schneidet den Käsekuchen an, während sich Isabelle mit beiden Händen durch ihr wunderschönes Haar fährt, das bei all dem Spaß, den sie gerade hatten, völlig durcheinandergeraten ist. Sie schließt die Augen, schüttelt langsam den Kopf und lässt ihr Haar wieder in die perfekte Position fallen. Sie sieht aus wie in einem Zeitlupen-Werbespot für Shampoo.

Später, als die Kinder auf ihre Zimmer gegangen sind und Luis in der Küche die Spülmaschine einräumt, sagt Isabelle: »Du hast eine wunderbare Familie, Anna. Du hast so ein Glück.«

»Danke.« Ich würde ihr am liebsten sagen, dass es nicht nur Glück ist, sondern auch viel harte Arbeit. Dass eine Familie wie eine Festung ist, die man ständig verteidigen muss. Das man sich nie entspannen kann, weil immer jemand kommt, der nach einer Lücke sucht, um sich dazwischenzudrängen. Jemand Hübsches, jemand, der so tut, als wäre er nett. Jemand wie sie.

Luis kommt zurück und bietet uns Kaffee an. Ich schaue ihn wütend an, ärgere mich darüber, dass er unser Gespräch gerade in dem Moment unterbrochen hat, als sie sagte, was für eine wunderbare Familie wir sind. Ich möchte keinen Kaffee und schenke mir stattdessen noch ein Glas Wein ein.

»Hey, Schatz, meinst du nicht, du hast langsam genug?«

Ich sehe ihn mit zusammengekniffenen Augen an. Ich würde ihn am liebsten fragen, was ihm einfällt, mich so bloßzustellen, aber ich tue es nicht. Ich lächle nur. »Mir geht's gut.«

»Du meintest doch, du würdest dich auf deine große Rede vorbereiten wollen. Du meintest, ich soll …«

»Schon gut, danke, Luis.« Ich wende mich an Isabelle. »Nächste Woche halte ich einen Vortrag, in dem ich meinen Beweis für die Pentti-Stone-Vermutung vorstelle. Das wird von der Leo Forrester Foundation organisiert, das sind die, die den Preis verleihen, den ich gewonnen habe. Das ist eine ziemlich große Sache. Sogar eine sehr große. Diese Vermutung zu beweisen, ist noch keinem gelungen. Keinem. Außer mir, ich bin die Erste. Die Einzige.« Ich lalle, und allmählich wird mir klar, wie kindisch ich klinge und dass ich jetzt besser den Mund halten sollte, aber ich kann nicht.

»Ja, ich weiß«, sagt sie. »Das ist echt beeindruckend. Darauf kannst du wirklich stolz sein.«

»Bin ich auch. Danke. Und Luis ist auch stolz. Stimmt's, Luis?« Und Luis sagt: »Was?«, und ich sage: »Stolz auf mich?«, und er sagt: »Warum?«, und ich lache, boxe ihm spielerisch gegen den Arm und sage: »Vergiss es!«, und wende mich wieder Isabelle zu.

Sie faltet ihre Serviette ordentlich zusammen, streicht sie glatt und faltet sie noch einmal, und wenn ich sie nicht so sehr hassen würde, könnte sie damit bei mir punkten. »Ich muss jetzt los«, sagt sie.

Wir stehen alle auf und verabschieden uns, ich bin etwas wacklig auf den Beinen. Luis hilft Isabelle in ihren Mantel. Es ist komisch, aber er scheint fast erleichtert zu sein, dass sie geht, und sie wirkt jetzt ein wenig distanziert. Auf jeden Fall nicht besonders freundlich. Sie verhalten sich überhaupt nicht wie

Verliebte, sondern wie Arbeitskollegen, und ich weiß jetzt gar nicht mehr, was ich denken soll. Sollte ich mich geirrt haben? Ich ärgere mich, dass ich sie, als er in der Küche war, nicht gefragt habe, ob in der Galerie eine Frau namens Belle arbeitet. Vielleicht habe ich mich auf die falsche Frau eingeschossen. Aber als sie sich umdreht, um ihren Arm in den Ärmel ihres Mantels zu stecken, erhasche ich einen Blick auf ihren Hals, und ich weiß Bescheid. Es gibt keine andere Belle. Sie tun nur so distanziert. Und ich bin so dumm, dass sie beinahe damit durchkommen.

»Die ist aber hübsch«, sage ich, greife in ihren Kragen und berühre die zarte Goldkette, wobei ich mir große Mühe gebe, Isabelle nicht mit dem Fingernagel am Hals zu kratzen. Die Kette sitzt unterhalb des Halsausschnitts ihres Wollkleids. Ich wette, deshalb hat sie dieses Kleid gewählt, damit sie sie heimlich tragen kann. Ein Geheimnis zwischen ihr und meinem Mann. Und ich bin die Dumme.

Sie schaut nach unten. »Die? Ja, oder?«

»War das ein Geschenk?«, frage ich, und mein Herz pocht wie verrückt.

Sie hat die Frechheit, Luis anzuschauen, als sie antwortet: »Ja, das war ein Geschenk.« Und dann fügt sie hinzu: »Von Patrick.«

Ich muss mich abwenden und gehe in die Küche. Es kostet mich einige Überwindung, mir keine Gabel zu nehmen und ihr in ihren hübschen Hals zu rammen.

Luis steckt den Kopf durch die Küchentür und sagt, dass er Isabelle noch kurz zum Auto bringt. Ich nicke, ich kann nicht mehr sprechen, und huste ein wenig, damit er nichts merkt.

»Ich räume hier drinnen noch auf«, presse ich schließlich hervor und räuspere mich. »Tschüs, Isabelle«, rufe ich.

Sie steckt ihren Kopf ebenfalls durch die Tür. »Danke für den schönen Abend, Anna.«

»Gern geschehen!«, sage ich und füge leise hinzu: *»Von wegen«*, auch wenn das kindisch ist. Dann warte ich, bis sie draußen sind, und renne die Treppe hoch, um sie zu beobachten.

Ursprünglich sollte dieses Zimmer das Gästezimmer sein, aber inzwischen nutzen wir es als Stauraum, hauptsächlich für Sachen der Kinder. Es steht immer noch ein Bett darin, doch darauf stapelt sich alles Mögliche: Sachen vom Sport, die sie nicht mehr brauchen, wie Hockeyschläger und Carlas Tutus, in Krepppapier gewickelt und in seidengefütterten Koffern verpackt. Ich quetsche mich an den Lautsprechern von Luis' alter Stereoanlage vorbei, stolpere über Kisten mit DVDs und über Gitarrenkoffer und stoße mir den Zeh an einer Hantel. Als ich mich zum Fenster durchgekämpft habe, schiebe ich mit einem Finger sachte den Vorhang zur Seite.

Offenbar hat es geregnet – der gelbe Schein der Straßenlaterne spiegelt sich in Pfützen auf dem Asphalt. Sie hat ihren silbern glänzenden Lexus auf der anderen Straßenseite geparkt. Es piept, und die Blinker leuchten auf. Luis öffnet die Tür auf der Fahrerseite, sie unterhalten sich einen Moment lang, dann dreht er sich um und schaut zum Haus. Als er sich ihr wieder zuwendet, nimmt sie sein Gesicht in ihre Hände – sie trägt weiße Handschuhe, die mit zu ihrem Mantel passenden Fell gefüttert sind – und küsst ihn mit geschlossenen Augen. Es ist ein langer Kuss, ihr Mund ist fest auf seinen gepresst. Der Kuss wirkt kraftvoll, leidenschaftlich und vertraut, als hätten sie das schon so oft getan, dass sie den Mund des anderen in- und auswendig kennen. Ich spüre, wie mir ein Schluchzen die Kehle hochsteigt. Er ergreift ihre Handgelenke und nimmt ihre Hände von seinem Gesicht. Dann wendet Isabelle den Kopf und sieht mich direkt an, als wüsste sie, dass ich da bin und sie vom Schatten aus beobachte.

Und sie lächelt.

Ich zucke zurück, und der Vorhang flattert. Sie kann mich nicht gesehen haben, es ist dunkel und ich habe nur durch einen kleinen Schlitz geschaut, aber sie weiß, dass ich hier bin. Sie muss geahnt haben, dass ich sie beobachten würde. Denn dieser Kuss war für mich.

Ich gehe ins Bett und tue so, als würde ich sofort einschlafen, damit ich dem Verräter nicht noch einmal ins Gesicht sehen muss. Kurz darauf schlüpft er unter die Decke, und nach wenigen Minuten schnarcht er. Ich stütze mich auf meinen Ellbogen und beobachte ihn. Ich stelle mir vor, wie ich irgendetwas kaputtschmeiße, wie ich seine Sachen nehme und hinaus in den Regen werfe und ihn vor die Tür setze. Wie kann sie es wagen, unserer Familie so etwas anzutun? (Jawohl, es ist ihre Schuld, das sage ich jetzt einfach so, und damit ist dieses Thema für mich erledigt.)

»Erinnerst du dich?«, flüstere ich leise in seinen Nacken. Er liegt mit dem Rücken zu mir, und ich drücke mich an ihn und halte ihn fest. Ich atme seinen Geruch ein, schwitzig und süßlich. »Weißt du noch, wie wir einmal eine ganze Woche in deiner Wohnung verbracht haben? Wie wir uns nur von braunem Reis ernährt haben, weil es nichts anderes gab und wir nicht rausgehen wollten? Alte, längst abgelaufene Packungen, die wir ganz hinten im Küchenschrank gefunden hatten. Du hast dich darüber lustig gemacht, meintest, der Vormieter hätte sie dagelassen, weißt du noch? Aber das war uns egal. Wir sind erst wieder vor die Tür gegangen, als uns der braune Reis ausgegangen ist. Du wolltest mich nicht gehen lassen. ›Ich liebe dich mehr als alles auf der Welt‹, hast du gesagt. Erinnerst du dich, Luis? Weißt du noch, wie besessen wir voneinander waren? Das war das Wort, das du immer benutzt hast: besessen. ›Du bist ja richtig besessen von mir‹, hast du gesagt, und ich habe gelacht. ›Bin ich das?‹ – ›Ja, das bist du‹, hast du gesagt. ›Du bist besessen von mir. Sag mir, dass du besessen von mir bist.‹ – ›Das bin ich‹, habe ich dann geflüstert, ›ich bin besessen von dir.‹ Und du hast gesagt: ›Ich würde alles tun, damit du für immer bei mir bleibst.‹ Und ich lachte, denn das war eine seltsame Vorstellung – dass irgendetwas für immer dauert. Aber es gefiel mir. Und was ist jetzt? Willst du noch, dass ich für immer bei dir bleibe, Luis? Wir könnten von hier verschwinden, alle vier. Wir könnten nach Martha's Vineyard ziehen und in einem idyllischen kleinen Landhaus wohnen. Du könntest dich neu in mich verlieben. Ich würde bei dir bleiben, für immer. So wie du es damals wolltest.«

Er antwortet nicht. Ich würde ihm gerne in den Nacken beißen. Meine Zähne in sein Fleisch schlagen und ihn schmecken. Ich bin so betrunken, dass nicht viel fehlt, und ich tue es wirklich.

VIERUNDZWANZIG

Am Montag komme ich müde und mit schlechter Laune zur Arbeit. Ich habe das ganze Wochenende an meiner Präsentation gearbeitet, damit ich nicht mit Luis reden musste. Dankenswerterweise hat er dafür gesorgt, dass mir die Kinder aus dem Weg gingen, weil er dachte, ich wäre wegen des Vortrags gestresst.

Im Büro habe ich mich kaum hingesetzt, als Geoff in meiner Tür steht.

»Hast du einen Moment Zeit, Anna?«

Irgendetwas an seinem Auftreten gefällt mir nicht. Er wirkt übermäßig entspannt und grinst auf eine Art und Weise, die einfach nur unangenehm ist. »Kommst du mit in mein Büro? Jetzt gleich?«

Ich folge ihm, weil ich davon ausgehe, dass ich ohnehin keine Wahl habe, aber dann frage ich mich, ob das nicht nur ein Trick ist, um mich in sein Büro zu locken und wieder übergriffig zu werden. Als er mich auffordert, ihm gegenüber Platz zu nehmen, hole ich mein Handy hervor und halte es hoch.

»Was dagegen, wenn ich das hier aufzeichne?«, frage ich.

Er zuckt die Schultern. »Tu dir keinen Zwang an.«

Ich hatte erwartet, dass er mich auslacht. Dass er sagt, dass ich es nicht anders gewollt habe und dass Frauen wie ich immer bekommen, was sie verdienen, aber ich nehme an, er hält sich im Zaum, weil ich unser Gespräch aufzeichne. Er tippt auf die Kante eines Papierstapels auf seinem Schreibtisch, und ich befürchte schon, dass wir hier den ganzen Tag hocken werden, da sagt er: »Ich habe gerade einen Anruf von Janette aus der Personalabteilung bekommen. Es hat eine Beschwerde gegeben. Eine formelle Beschwerde wegen sexueller Belästigung.«

Ich schaue auf. Er wirft mir einen gequälten Blick zu. O Gott! Dann bin ich also nicht die Einzige? Natürlich bin ich nicht die Einzige. Wie kann es sein, dass ich daran noch nicht früher gedacht habe? Er hat also auch noch andere Frauen belästigt – aber wen? Mila? Das kann ich mir nicht vorstellen, höchstens, dass sie eine Affäre mit ihm hat. Ich muss daran denken, was ich damals zu Ryan auf der Party gesagt habe: *Er vögelt eine der Juniorprofessorinnen, und deshalb hat er dafür gesorgt, dass sie eine ordentliche Professur bekommt.* Wenn das alles nicht so furchtbar deprimierend wäre, würde ich jetzt lachen. Ich bin so erleichtert, dass ich einen langen Atemzug ausstoße. Ich lächle vor mich hin, denn jetzt ist mir klar, warum er mich hergebeten hat. Er will wissen, ob ich unser kleines, schmutziges Geheimnis für mich behalten werde.

»Wer ist es? Wer hat die Beschwerde eingereicht?«

»Das ist vertraulich, fürchte ich.«

»Ist es schlimm?«

Er wirft einen Blick auf das oberste Blatt, das vor ihm liegt. »Ziemlich schlimm sogar. Sexuelle Handlungen ohne gegenseitiges Einverständnis, Nötigung, so was in der Art.«

Das ist schlecht für das Ansehen unserer Universität, und das zu einem Zeitpunkt, wo wir gerade erst wieder auf die Beine gekommen sind.

»Und was willst du jetzt von mir?«, frage ich.

Er sieht mich prüfend an. »Ich möchte, dass du dir die Vorwürfe anhörst, damit du später Stellung nehmen kannst.«

»Stellung nehmen? Um der Anklage noch mehr Material gegen dich zu liefern?«

Er wird knallrot, bewegt den Mund, als würde er auf etwas herumkauen, und dann schnappt er sich mein Handy vom Schreibtisch.

»Hey!« Ich stürze mich auf ihn, aber es ist zu spät. Er hat die Aufzeichnung schon gelöscht.

»Sieh dich vor, was du sagst«, zischt er. Er wirft mir mein Handy zu. Es landet in meinem Schoß. »Die Beschwerde richtet sich gegen *dich*, Anna.«

Mein Kopf ist leer. Ich warte ab, aber er sagt nichts weiter. »Gegen mich?«

»Ja.«

»Was? Wer?«

Er legt den Kopf schief. »Du weißt, dass ich dir das nicht sagen darf.«

Ich lache, ein kurzer, bellender Laut. »Warte mal kurz. Einer meiner Studenten beschuldigt *mich* der sexuellen Nötigung? Soll das ein Witz sein?«

»Ich habe nicht behauptet, dass es einer *deiner* Studenten ist. Also, du weißt, wie das jetzt läuft, oder? Wir werden eine Untersuchung durchführen ...«

Ich springe auf. »Was zum Teufel ist hier los? Das ist doch Blödsinn, Geoff. Du kannst doch nicht ernsthaft glauben ...«

»Was ich glaube oder nicht, spielt keine Rolle.«

»Aber das ist Schwachsinn, ich habe noch nie einen Studenten angefasst! Ich bin mir meiner Verantwortung bewusst. Ich kenne unsere Uni-Richtlinien. Ich würde nie ...«

»Anna, bitte. Ich habe dich gesehen, weißt du nicht mehr?«

Ich sehe ihn fragend an und schüttle verwirrt den Kopf.

»Die Verabschiedung? Du bist mit dem Kerl abgehauen.« Er beugt sich über seinen Schreibtisch. »Ich habe dich *gesehen*.«

Ich spüre, wie ich rot werde, während ich mir den Moment in Erinnerung rufe, als Geoff an die Tür klopfte, hinter der ich halbnackt auf dem Fußboden lag. Ich erinnere mich, wie er auf eine Reaktion wartete, die nicht kam. Wie die Minuten vergingen, bis er es aufgab. Aber er wusste genau, dass ich da in diesem Raum war und dass ich nicht allein war. Ich fange an, unkontrolliert zu zittern, und klopfe mit dem Fuß gegen mein Stuhlbein, als ob mir das helfen würde. Die Gedanken rasen in meinem Kopf hin und her, ich kann mir auf das alles keinen Reim machen. »Der ist kein Student, der ist ein Angestellter. Er repariert Computer oder so. Oder er hat Computer repariert, er ist gar nicht mehr hier. Außerdem ist er ein Stalker.«

»Ich darf das eigentlich gar nicht mit dir besprechen.« Er nimmt die Brille ab und legt sie auf den Schreibtisch. »Er war Student, Anna. Jura im fünften Semester. Es stimmt, er hatte einen Teilzeitjob in der IT-Abteilung, aber das ist für die Beschuldigungen irrelevant.«

Mir ist schwindelig. »Er war Student? Hier bei uns?«

»Ja. Hat er dir das nicht gesagt?«

Ich schüttle sofort den Kopf, und er setzt sich seine Brille wieder auf. »Vielleicht kannst du das zu deiner Verteidigung anbringen.«

»Aber der war doch Senior-Student oder so, der ist bestimmt Mitte dreißig. Verstoße ich damit trotzdem gegen die Richtlinien?«

»Er ist sechsundzwanzig.«

Ich vergrabe meinen Kopf in den Händen. »O mein Gott.«

»Ich soll dir den entsprechenden Passus vorlesen. Also ...«

»Es ist überhaupt nichts passiert, Geoff.«

Er lacht laut auf. »Er behauptet das Gegenteil.«

»Aber du glaubst dem doch nicht, oder, Geoff? Der Typ ist krank. Er tut das nur, um mir eins auszuwischen. Und er ist weg, er ist doch gar nicht mehr hier.«

»Ganz genau. Und er hat angegeben, dass du der Grund dafür bist, dass er gegangen ist.«

»So ein Schwachsinn.«

Er lehnt sich zurück, nimmt sein Blatt Papier in die Hand und beginnt, vorzulesen. »Also. ›Im Namen der Locke Weidman University versichern wir Ihnen, dass wir eine faire Untersuchung durchführen werden. Es liegt nicht in unserem Interesse, eine der zwei Parteien zu bevorzugen. Ihnen wird der gleiche Respekt entgegengebracht wie der Person, die die Beschwerde eingereicht hat. Es wird eine Anhörung geben, bei der Sie Gelegenheit haben, Beweise und Zeugen zu präsentieren. Vergeltungsmaßnahmen werden nicht geduldet …‹«

Das Blut, das mir in den Ohren rauscht, übertönt kurz seine Stimme. Schwarze Punkte tanzen vor meinen Augen, und ich beuge mich vor, bis mein Kopf meine Knie berührt.

»›… ein Kontaktverbot in Kraft.‹ Das bedeutet, dass du weder direkt noch indirekt Kontakt zu ihm aufnehmen darfst. Normalerweise müsste ich dich bitten, dich von bestimmten Bereichen der Universität fernzuhalten, aber ich glaube, das gilt in diesem Fall nicht.«

Ich höre nicht mehr zu. Ich stehe auf. »Ich muss weg«, sage ich.

»Okay. Ich verstehe. Wir können später weiterreden. Willst du noch einen Tipp?«

»Nein.«

»Nimm dir einen Anwalt, Anna. Es sieht nicht gut aus für dich. Und der Zeitpunkt ist auch denkbar ungünstig, direkt vor dem Forrester-Vortrag.«

Ich kehre in mein Büro zurück und sitze da, den Kopf auf die Hände gestützt. Ich kann einfach nicht glauben, dass Ryan mir das antut. Ich verstehe nicht, warum er mich so sehr hasst. Was habe ich ihm denn getan? Ich *kenne* ihn ja nicht einmal.

Ich muss ihn finden. Ich muss mit ihm reden. Ich kann das nicht zulassen. Ob ich den Preis überhaupt bekomme, wenn ich für schuldig befunden werde wegen ... wie hieß das nochmal? Sexuelle Handlungen ohne Einverständnis? Das ist doch lächerlich. Er kann überhaupt nichts beweisen. Mein Ruf ist tadellos. Zum Glück habe ich ihn gezwungen, das Foto zu löschen. Wenigstens das. Damit steht Aussage gegen Aussage, abgesehen von Geoff, der allen auf die Nase binden wird, was er weiß. *Ich habe dich gesehen, weißt du nicht mehr?*

Eine neue E-Mail taucht auf meinem Bildschirm auf. Sie ist von Jack Dawson von der Forrester Foundation, und ich klicke sie sofort an.

Anna, wir freuen uns schon sehr auf morgen. Nur eines noch: Könnten Sie mir die Scans Ihrer Notizbücher mailen? Wie Sie wissen, bewerten wir bei der Stiftung nicht nur den Beweis an sich, sondern auch den kreativen Prozess, der zur Lösung geführt hat. Soweit ich weiß, hat mein Kollege Sie schon letzte Woche darum gebeten. Falls möglich, wäre ich Ihnen sehr dankbar, wenn Sie mir die Scans noch vor morgen schicken können.
Ich freue mich sehr darauf.

Ich kann nicht mehr. Ich kann einfach nicht mehr. Mein Gehirn ist wie ausgeschaltet. Ich erinnere mich vage an eine E-Mail, in der es darum ging, dass ich denen meine Notizen schicke, aber die habe ich ignoriert. Ist es denn meine Schuld, wenn diese Leute keine eleganten mathematischen Beweise nachvollziehen können, wenn man ihnen nicht jedes kleine Detail des Lösungswegs vor die Nase setzt?

Ich habe für so etwas einfach keine Zeit. Mein Mauszeiger schwebt über »Antworten«, aber was soll ich denen denn schreiben? *Ich melde mich bei Ihnen?*

Ich bewege den Mauszeiger und klicke auf »Löschen«.

FÜNFUNDZWANZIG

Es ist mir eine Ehre, hier stehen zu dürfen und der Forrester Foundation ganz offiziell meinen Beweis der Pentti-Stone-Vermutung vorzustellen.

Das ist der erste Satz meines Vortrags, und ich sage ihn mir im Kopf immer wieder auf, wie ein Mantra, um mich zu konzentrieren. Den Trick hat mir June vorhin verraten.

»Wenn du den ersten Satz auswendig kannst, kommt der Rest von allein«, hat sie gesagt.

Es ist mir eine Ehre ... Ich stehe auf der Bühne in der großen Aula. Wir nutzen diesen Raum nur für Konferenzen, Podiumsdiskussionen oder öffentliche Vorträge, wie den, den ich gleich halten werde. Die geneigte Bestuhlung ist in zwei Ränge aufgeteilt, dazwischen verläuft eine Balustrade. Der beige Stoff, mit dem die Wände bespannt sind, und die Polster der bequemen grauen Sitze verleihen dem Raum eine sehr gute Akustik. Dank eines finanziellen Zuschusses, den ich vor zwei Jahren an Land gezogen habe, ist hier kürzlich renoviert worden, und es riecht immer noch wie neu.

Ich bin ein bisschen nervös, aber auf eine gute Art. Ehrlich gesagt, war es ein Geschenk des Himmels, dass June mir bei der

Vorbereitung geholfen hat. So konnte ich die Sache mit Ryan erst einmal verdrängen. Ich habe es ihr nicht erzählt. Das werde ich schon noch tun, aber nicht heute. Im Moment konzentriere ich mich auf den Vortrag und mache die Atemübungen, die sie mir vorhin gezeigt hat. Ich habe meinen Laptop und eine Flasche Mineralwasser dabei – ebenfalls auf Junes Anraten, für den Fall, dass ich husten muss. »Du kannst auch einen Schluck Wasser nehmen, falls du den Faden verlierst, das hilft dir, dich wieder zu konzentrieren. Dann merkt das keiner.« Außerdem empfahl sie mir, mein Handy griffbereit zu haben – natürlich auf lautlos –, falls ich in meine Notizen schauen muss.

»Wieso bist du so eine Expertin für Vorträge?«, fragte ich sie.

»Ich habe mal einen Kurs zum Sprechen vor Publikum besucht, aber anwenden konnte ich mein Wissen noch nie. Schön, dass es nun doch noch zu etwas nütze ist.«

Das ist es definitiv. Ich fühle mich ruhig, gut vorbereitet und souverän. Sie haben mir ein Mikrofon angesteckt und alles getestet, auch die Leinwand, auf die meine Präsentation projiziert wird. Ich blicke in ein Meer von Gesichtern, Hunderte, und alle schauen mich erwartungsvoll an. Von meinem Rednerpult aus sieht es aus, als sei jeder einzelne Platz besetzt, sogar die ganz hinten im oberen Rang. Ein ganz intensiver, ehrlicher Stolz überkommt mich, wie ein Ballon in meiner Brust, der sich langsam ausdehnt, und trotzdem – oder vielleicht gerade deswegen – wünschte ich, Luis wäre hier.

Am Bühnenrand zu meiner Linken fummelt ein Techniker an einer Kamera auf einem Stativ herum. Er zeigt mir mit dem Daumen nach oben, das Signal, dass es losgehen kann. Hoch über mir taucht meine erste Folie auf der Leinwand auf. Darauf steht der Titel meines Vortrags: *Die Pentti-Stone-Vermutung oder Liebe unter Primzahlen.*

Der Dekan der MINT-Fakultät stellt mich als jemanden vor, die keiner Vorstellung bedarf, was das Publikum mit freundlichem Lachen quittiert. Dann wird es still, und ich fange an.

Ich klicke auf meinen Laptop und rufe die nächste Folie auf. *Was hat es mit der zufälligen Zuneigung der Primzahlen zueinander auf sich?*

Ich spreche über *Primzahlzwillinge*, Paare aus Primzahlen, deren Abstand 2 beträgt. Über *einsame* Zahlen und darüber, dass alle Primzahlen einsame Zahlen sind, soweit wir wissen. Ich spreche über *vollkommene* Zahlen, über *gesellige* Zahlen und über *befreundete Zahlenpaare*. Ich spreche über *Primzahlencousins* und über *gute* und über *glückliche* und über *fröhliche* Primzahlen, und ich schließe das Kapitel mit den *verliebten* Zahlen, die man auch *Partnerzahlen* nennt.

»Wer auch immer behauptet hat, Mathematik wäre nicht sexy, der hat sich offensichtlich nie mit der Zahlentheorie befasst.«

Das Publikum lacht. Die Einführung hat gut funktioniert, das merke ich. Die Leute sind ruhig, sie machen sich Notizen, und die, die ich sehen kann, als ich kurz das Licht der Scheinwerfer mit einer Hand abschirme, lächeln. Dann entdecke ich Geoff und Mila in der ersten Reihe. Sie tuscheln miteinander, und das bringt mich völlig aus dem Konzept. Ich wünschte, ich hätte sie nicht gesehen. Ich nehme einen Schluck Wasser und klicke mit der Maus. Die nächste Folie leitet zum eigentlichen Thema meines Vortrags über: *Was ist die Pentti-Stone-Vermutung?*

Als auf dem Rednerpult vor mir mein Handy summt, schaue ich hin, ohne nachzudenken. Es ist eine SMS mit Vorschaubild. Ich will gerade wieder wegschauen, als ich das Wort sehe, das da steht. *HURE*. Als ich mit dem Daumen über das Display streiche, schnürt sich mir die Brust zu.

Im Raum ist es still. Alle warten, dass ich weiterrede, aber ich kann keinen Muskel bewegen und meinen Blick nicht von dem Foto abwenden, das jetzt das Display meines Handys füllt.

Zuerst habe ich gar nicht erkannt, was das ist. Besser gesagt, *wer* das ist. Denn das bin ich selbst. Ich liege auf dem Rücken auf einem dunkelgrauen Teppichboden, einen Arm über die Augen gelegt. Ich bin nackt, auch wenn man nur bis zur Taille sehen kann, aber meine Brüste sind entblößt, groß und unanständig füllen sie den Bildschirm aus. Ein Raunen geht durch das Publikum, und ich schaue endlich auf. Für einen Moment hatte ich komplett vergessen, warum ich hier stehe. Wieder summt mein Handy.

Viel Spaß mit deiner nächsten Folie. Ich werde ihn garantiert haben!

Ich klappe den Laptop zu, drehe mich um und schaue nach oben. Dort ist immer noch die letzte PowerPoint-Folie zu sehen: *Was ist die Pentti-Stone-Vermutung?* Trotzdem gerate ich in Panik, hebe den Laptop hoch und ziehe das Kabel heraus.

Die Leinwand über mir wird blau, in der Mitte erscheint eine Fehlermeldung.

Kein Signal.

Neben der Bühne raschelt es, und der Techniker kommt zu mir.

»Was ist denn los?«, flüstert er.

Ich kann kaum atmen. Ich suche in den Gesichtern nach Ryan, aber alles sieht verzerrt aus, als würde ich durch Glasbausteine schauen. Ich höre Gemurmel.

»Geben Sie mal her, ich mach das schon«, flüstert der Techniker. Er nimmt das Kabel und will es wieder in den Laptop stecken.

»Nein!« Ich reiße ihm den Laptop weg. »Lassen Sie das«, zische ich. Ich komme mir vor wie in einem Albtraum, wie in einer Szene aus einem Horrorfilm. Mich würde nicht überraschen, wenn mir als Nächstes jemand Schweineblut über den Kopf gießt.

Der Dekan in der ersten Reihe sieht aus, als hätte er gerade einen Schlaganfall.

Der Techniker schaut sich verwirrt um. »Ich kriege das schon hin«, sagt er leise.

»Ich will das aber nicht«, antworte ich ebenso leise. Er blickt hoch auf die Leinwand. Mittlerweile bin ich am Hyperventilieren. »Ich mache ohne den Rechner weiter. Lassen Sie mich in Ruhe. Bitte.«

Er schleicht von der Bühne. Hinten fragt ihn jemand etwas, und er macht eine Geste, als wolle er sagen: Da kann ich auch nichts machen. Ich wende mich wieder dem Publikum zu. Mein Blick fällt auf Mila: Sie wartet ab, wie alle anderen auch, und lächelt kaum merklich.

»Als Alex das erste Mal auf die Verbindung zwischen …« Ich breche abrupt ab. Habe ich gerade »Alex« gesagt? Das Foto verwirrt mich, ich kann mich nicht mehr konzentrieren. Das Wort aus der SMS pulsiert in meinem Kopf. *Hure.* Der Dekan sieht verwirrt aus. Wie alle anderen auch.

Ich schließe die Augen und denke an meine Kinder. *Stell dir vor, sie wären hier im Publikum.*

»Wissen Sie was?« Erstaunlicherweise funktioniert dieser Trick. »Ich brauche keine PowerPoint-Folien. Ich brauche auch keinen Spickzettel. Denn diese Lösung benötigt keinen Vortrag. Diese Lösung ist eine Offenbarung. Sie ist eine Geschichte. Und die werde ich Ihnen jetzt erzählen.«

Ich atme tief durch. Ich habe sie wieder, meine Zuhörer. Das spüre ich. Mir ist, als wäre ich auf einem Drahtseil gelaufen und aus dem Gleichgewicht gekommen, aber hinuntergefallen bin ich nicht. Adrenalin pumpt durch meine Adern. Bis zur anderen Seite sind es jetzt nur noch ein paar Schritte.

»Ich möchte diesen, äh, zweiten Teil meines Vortrags Alex Brooks widmen. Alex war ein talentierter Student der Locke Weidman University und hat viele inspiriert, mich eingeschlossen.« Ich trete weg vom Rednerpult und gehe auf der Bühne hin und her. »Ich würde gerne behaupten, dass mir die Lösung als Heureka-Moment gekommen ist, aber es war kein Geistesblitz, ganz im Gegenteil. Nein, im Grunde hat sich dieser Beweis über Jahrzehnte an mich herangeschlichen. Mein Interesse für Primzahlen begann mit meiner Mutter, die selbst eine angesehene Wissenschaftlerin war …«

Es dauert eine Weile, ein Gedanke jagt den nächsten, aber dann komme ich doch noch zum springenden Punkt, und als die Zuhörer am Ende klatschen, klingt es für mich, als wären sie auf meiner Seite.

Ich überstehe die offizielle Preisverleihung, den Umtrunk im Büro des Dekans, die Fragen und die Komplimente. Alle ignorieren höflich meinen Moment der Panik. Auf dem Weg nach draußen erwische ich noch den Techniker, der, wie ich erfahre, Steve heißt, und bitte ihn um Entschuldigung. »Ich möchte nicht, dass Ihr Chef denkt, es wäre Ihre Schuld gewesen«, sage ich. »Ich rufe ihn morgen an und erkläre es ihm.«

»Danke, das wäre prima«, sagt er.

Dann sitze ich in meinem Auto, und mir ist schlecht, als ich daran denke, wie ich die SMS bekam. Ich fühle mich verraten, und das, obwohl ich Ryan gar nicht kenne. Er hatte versprochen, dass er das Foto löscht. Er hat sogar vor meinen Augen so getan, als täte er es.

Mein Magen ist ein einziger fester Knoten, als ich mein Handy hervorhole und mir die SMS noch einmal anschaue. Als Absender steht da nur *Anonym*.

Ich lege das Handy weg, klappe den Laptop auf und rufe die PowerPoint-Präsentation auf. Ich klicke mich durch die Folien und dann noch einmal. Da ist nirgendwo ein Foto von mir, weder nackt noch sonst wie. Ich lehne mich im Sitz zurück und fange an zu weinen. Ich war mir so sicher, dass es Ryan gelungen war, das Foto in die Präsentation einzufügen. Ich weiß, das ergibt keinen Sinn – es ist mein Laptop, und ich bin heute Morgen noch mehrmals die gesamte Präsentation durchgegangen. Aber andererseits ist er doch so was wie ein IT-Profi, oder nicht? Wer weiß schon, was so jemand alles anstellen kann. Und was sollte die SMS sonst bedeuten? *Viel Spaß mit deiner nächsten Folie. Ich werde ihn garantiert haben!* Wollte er mich einfach nur aus dem Konzept bringen? Wahrscheinlich, und das ist ihm ja auch gelungen.

Ich weiß nicht einmal, was Ryan von mir will, nur, dass er mir wehtun will. Aber warum? Weil ich ihm einen Korb gegeben habe? Hat er sich von mir gedemütigt gefühlt? Ich setze mich auf. Ich frage mich, ob er von dem Preis weiß. Dann kommt mir ein Gedanke: Will er etwas davon haben? Vielleicht hat er auf unserer Website darüber gelesen. Ging es bei seiner kleinen Demonstration vorhin einfach nur darum? Sollte das ein Vorgeschmack darauf sein, wozu er fähig ist?

Ist er letztlich bloß hinter meinem Preisgeld her?

SECHSUNDZWANZIG

June und ich sind verabredet, nach Feierabend ins Kino zu gehen. Ich hatte heute Abend vorgeschlagen, weil ich fand, das wäre nett, um mich nach dem Forrester-Vortrag zu entspannen. In diesem Moment macht mich allein das Wort »entspannen« rasend, aber ich reiße mich zusammen. Ich schreibe ihr eine SMS und sage ihr, dass wir uns draußen treffen. Außerdem will ich nicht nach Hause. Ich weiß nicht, wie ich reagieren würde, wenn Luis mich fragt, wie es gelaufen ist. Der Moment, als ich die SMS bekam und dachte, das Foto würde gleich über mir auf die Leinwand projiziert, sodass die klügsten Köpfe des Landes es zu sehen bekämen, hat sich in mein Gehirn eingebrannt. Am liebsten würde ich immer noch im Boden versinken vor Scham.

Auf dem Weg zum Kino fragt mich June ungefähr fünfzig Mal, ob es mir gut geht, und jedes Mal sage ich, na klar.

»Bist du wegen deiner Mutter so aufgewühlt?«

»Wegen meiner Mutter?«

»Weil sie nicht zu deinem Vortrag gekommen ist. Ich nehme doch an, dass sie nicht da war, oder?«

Ich schnaube. »Das hätte mich auch sehr überrascht.« Dann sage ich, dass ich jetzt nicht darüber reden will, und gehe weiter. Sie klopft mir auf die Schulter und nickt verständnisvoll, und ich bin heilfroh, dass wir es dabei belassen.

Der Film handelt von einem Mann, der seinen Sohn sucht, aber eigentlich geht es darum, wie ein kleines Ereignis reicht, um eine noch so stabile Beziehung zu verändern. Wie sich etwas, von dem du dachtest, es werde für immer bestehen bleiben, einfach so auflöst, von einem Moment auf den anderen. Und dann wird dir klar, dass es nie so robust und kräftig war, wie du dachtest, und wie dumm es von dir war, anzunehmen, es wäre in Stein gemeißelt.

In dem Film gibt es nichts, dass mich direkt an Isabelle erinnern würde, und trotzdem denke ich nicht mehr daran, wie ich mich vorhin geschämt habe, und auch nicht mehr an Geoff – ich kann nur noch an Isabelle denken, daran, wie sie mich anlächelte, als sie meinen Mann küsste. Das ist der Moment, der mir immer wieder im Kopf herumspukt. Das Bild hat sich in meine Netzhaut eingebrannt: Isabelle, die mit beiden Händen sein Gesicht umfasst und ihre Lippen auf seine presst. Ich habe das Gefühl, dass die Zeit stehen geblieben ist. Ich kann nur noch an sie denken und der Handlung des Films nicht mehr folgen. June reicht mir den Eimer mit dem Popcorn, aber ich schiebe ihn zurück.

»Ach, June, mir geht es gar nicht gut. Ich glaube, ich gehe lieber nach Hause. Tut mir leid.« Ich sitze auf dem Saum meiner Lederjacke und rutsche hin und her, um sie zu lösen.

»Oh, meine Liebe, natürlich! Lass uns gehen, frische Luft wird dir guttun.« Sie fängt an, ihre Sachen zusammenzusuchen, aber ich lege meine Hand auf ihren Arm.

»Nein, bleib ruhig noch und schau dir den Film an.«

»Kein Problem, ich finde den ohnehin nicht so toll.«

Hinter uns schnalzt jemand ungeduldig mit der Zunge, und wir huschen halb gebeugt durch die Dunkelheit davon.

Wir landen in der Wonder Bar, wo wir einen Fensterplatz ergattern, eine gepolsterte Bank in einer Ecke direkt an der Scheibe. Ich bestelle sofort einen Bourbon Lemon Tonic und lasse mich in die Kunstfellkissen sinken.

Ich brauche nur zwei Schlucke, dann erzähle ich ihr alles, was während meines Vortrags passiert ist. Sie hört mit offenem Mund zu, ihre Augen werden immer größer, und am Ende hält sie sich die Hände vors Gesicht und stöhnt.

»Anna, das ist ja furchtbar!«

»Glaub mir, es hätte noch viel schlimmer kommen können.«

»Aber woher kommt das Foto? Wer hat es gemacht?«

Die Worte purzeln nur so aus mir heraus. Mir wird jetzt erst klar, wie viel sich in mir aufgestaut hat, das sich jetzt Bahn bricht wie der Inhalt einer geschüttelten Sprudelflasche.

»Ich habe Mist gebaut«, sage ich und fletsche die Zähne, wie ein Emoji, das versucht, lustig zu sein. »Zu dem Zeitpunkt wusste ich schon, dass Luis eine Affäre hat. Außerdem hatte ich gerade erfahren, dass Mila statt mir befördert worden war. Ich will das damit gar nicht entschuldigen ... oder vielleicht doch.« Ich wedle mit einer Hand. »Auf jeden Fall ging es mir beschissen, und da war dieser nette Mann, der mich zum Lachen brachte und der sich für mich interessierte. Irgendwie sind wir in einem leeren Büro gelandet ... Ehrlich gesagt, wusste ich nicht einmal, was er vorhatte, aber als er anfing, mich zu küssen ... da habe ich halt mitgemacht. Möge der Gott der perfekten Ehefrauen vom Himmel herabsteigen und mich übers Knie legen oder was auch immer, aber ich musste ständig daran denken, was Luis mir angetan hatte, und ehrlich gesagt war ich auf Rache aus. Ich stellte mir vor, wie ich ihm das irgendwann einmal unter die Nase reiben würde: *Rate mal, Luis.*« Ich lache. »Tja, und jetzt bin ich die Angeschmierte. Und bestimmt wird Luis es irgendwann herausfinden. Eines Tages wird Ryan zuschlagen.« Ich presse mir die Finger gegen die Augen. »Ich glaube, er will Geld.«

»Geld? Du meinst, er erpresst dich?«

Ich nicke. »Ich hätte längst versuchen sollen, ihn zur Rede zu stellen. Ich dachte, vielleicht verschwindet er ja einfach.«

»Du hättest ja nicht wissen können, dass er so etwas tun würde, Anna.«

Ich sehe sie an. »Natürlich hätte ich das. Erinnerst du dich an den Tag, als dieses Wort in mein Auto gekratzt war? Ich bin mir ziemlich sicher, dass er das war.«

»Aber das ist doch Wochen her! Und waren das nicht einfach irgendwelche Kinder?« Sie sieht mich zweifelnd an.

»Hilfst du mir, ihn zu finden, June? Ich weiß nicht, was er noch alles vorhat, aber er macht mir Angst. Er hat mich schon einmal gestalkt …«

»Gestalkt?«

»Ja. An dem Tag, an dem ich von dem Preis erfahren habe, sind wir essen gegangen, um zu feiern …«

»Im Confit d'Oie?«

»Ja! Moment mal, woher weißt du das?«

»Das hast du mir selbst erzählt.«

»Habe ich das?«

»Als wir in Geoffs Büro auf dich angestoßen haben.«

Ich erschaudere, als ich seinen Namen höre. Was Geoff getan hat, habe ich June noch gar nicht erzählt, wahrscheinlich weil ich es am liebsten aus dem Gedächtnis verbannen würde. So tun, als wäre es nie passiert. Aber ich glaube nicht, dass June das zulassen würde, wenn sie es erfährt. Sie würde es melden, selbst wenn sie dadurch ihren Job verlieren würde.

Ich zucke die Schultern. »Jedenfalls stand er auf einmal draußen vor dem Restaurant. Da gab es so große Fenster, die vom Boden bis zur Decke reichen. Es war furchtbar. Er stand einfach nur da und beobachtete mich und ging gar nicht wieder weg. Alle konnten ihn sehen. Richtig unheimlich war das. Als ich ihn danach an der Uni zur Rede stellen wollte, erfuhr ich, dass er gar nicht mehr da arbeitet.«

»Es tut mir so leid, Anna. Das ist ja furchtbar.«

»Ja, oder? Und dann dieses ... Foto ... Was, wenn er es an andere Leute schickt?«

Sie schüttelt den Kopf und deutet mit dem Kinn in Richtung meiner Tasche. »Zeig doch mal.«

»Auf keinen Fall. Und ich will auch nicht mehr darüber reden.« Ich trinke mein Glas leer.

June macht dem Kellner ein Zeichen, dass er uns noch eine Runde bringen soll.

»Na schön. Dann berichte mal von dem Abendessen mit Isabelle«, sagt sie. »Was ist passiert?«

Und so springe ich von einem schlimmen Erlebnis zum nächsten. Ich beschreibe den ganzen Abend, angefangen damit, wie Isabelle so früh kam, dass ich noch nicht einmal geschminkt war und nachher beim Abendessen aussah, als wäre ich hundert Jahre alt, während sie wirkte, als käme sie geradewegs von einem Fotoshooting.

June runzelt die Stirn. »Wie viel zu früh war sie denn da?«

»Mehr als eine halbe Stunde.«

Sie nickt. »Das macht Sinn.«

»Wie meinst du das?«

»Sie ist garantiert extra so früh gekommen, damit du noch nicht fertig bist und sie umso fabelhafter aussieht. Damit Luis den direkten Vergleich hatte, sozusagen.«

Ich denke einen Moment lang darüber nach. »Ernsthaft?«

Sie tippt sich seitlich an ihre Nase. »Alter Trick, meine Liebe.«

»Wow, das ist ja fies.«

»In der Tat. Und dann?«

Ich erzähle ihr, dass ich den Kassenbon für die Halskette gefunden habe und dass ich gesehen habe, wie sie sie an dem Tag auf dem Flohmarkt trug und dann noch einmal bei mir zu Hause.

»Vielleicht ist es schon länger her, dass er sie ihr geschenkt hat«, meint June. »Als sie noch … du weißt schon …«

»Hinter meinem Rücken vögelten? Aber wenn es zwischen den beiden vorbei ist, warum trägt sie die Kette dann noch?«

»Bist du sicher, dass es genau diese Kette ist?«

»Ich habe im Juweliergeschäft nachgefragt.«

»Ah. Fünfhundert Dollar hast du gesagt?«

»Fünfhundertzehn.«

»Hm. So ein teures Geschenk? Das ist ein ziemlicher Liebesbeweis.«

»Na, vielen Dank, June, das habe ich gerade noch gebraucht!« Ich schiebe sofort einen Lacher hinterher, damit es nicht so klingt, als wäre ich sauer auf sie. »Egal, vergiss die Kette. Die ist im Moment die geringste meiner Sorgen.« Ich erzähle ihr von dem Kern des Ganzen: dem Kuss. Alles andere konnte ich noch irgendwie abtun, sogar dass sie zu früh gekommen ist, aber den Kuss nicht.

Ich merke sofort, dass es ein Fehler war, es laut auszusprechen. Solange es bloß in meinem Kopf verankert war, zusammengeschnürt zu einem kleinen Päckchen, war es nur eine Erinnerung, ein Traum vielleicht. Bis dahin hatte ich noch eine Chance, jetzt nicht mehr. Jetzt ist es heraus – wie einen Springteufel aus der Kiste habe ich Luis und Isabelle freigelassen. Jetzt existiert ihr Kuss nicht mehr nur in meinen Gedanken, sondern auch in denen von June. Ab sofort gehört Isabelle ganz offiziell zu Luis. Die außergewöhnliche, schöne, unglaublich talentierte (so seine Worte) Isabelle. Und ich? Ich bin ein altes, durchgedrehtes Häufchen Elend.

Als wir die Bar verlassen, fühlt es sich an, als wären Stunden vergangen. Ich mache mir Vorwürfe, dass ich June mein Herz ausgeschüttet habe, und ärgere mich ein wenig über sie, dass sie mich nicht daran gehindert hat. Ich schließe den Reißverschluss meiner Jacke und wickle mir meinen schwarzen Schal um den Hals.

June will mir ein Uber rufen. Wahrscheinlich denkt sie, ich sei zu betrunken, um das selbst zu tun, was mich schon wieder aufregt. Ich umarme sie ganz fest und sage ihr, ich gehe lieber zu Fuß, so weit ist es nicht, und die kalte Luft wird mir guttun. Sie steigt in ihr Auto und winkt mir zum Abschied. Ich ziehe mir meine schwarze Mütze über die Ohren und schlüpfe in meine Handschuhe.

Ich brauche einen Moment, um mich zu orientieren, und rufe auf meinem Handy Google Maps auf, damit ich mich nicht verlaufe. Ich gehe los, biege rechts in die West Huron Street ein und dann links in die Detroit Avenue. Ich bin ganz froh, dass immer noch so viele Leute unterwegs sind, dann falle ich nicht so sehr auf, denke ich mir. Nach etwa einer Meile biege ich in die West 38th ein, dann in die Franklin Street, und dann stehe ich vor ihrer Tür.

Drinnen brennt Licht. Ich warte eine Weile im Schatten und starre auf das Fenster, hinter dem sie auf und ab geht. Sie hat das Handy am Ohr, und ich frage mich, ob sie gerade mit Luis telefoniert. Sie lacht, legt ihren hübschen Kopf in den Nacken und legt sich die Fingerspitzen an den Hals.

Plötzlich dreht sie sich um und sieht mich direkt an, und mein Herz macht einen Satz. Sie weiß, dass ich hier bin. Ich könnte wieder gehen. Ich sollte wieder gehen. Noch ist Zeit.

Aber das tue ich nicht.

Sie sagt etwas ins Telefon und lässt es langsam sinken. Dabei schaut sie mich unentwegt an. Sie verlässt das Zimmer, und dann öffnet sich die Haustür. Ein Dreieck aus Licht fällt auf die Veranda.

»Was willst du denn hier?«, fragt sie. Die sonst immer so nette, unschuldige Isabelle klingt auf einmal so schroff, dass mir einen Moment lang die Worte fehlen.

»Ich will, dass du die Finger von meinem Mann lässt.«

SIEBENUNDZWANZIG

Das Kissen an meiner Wange fühlt sich feucht an, und nicht nur das: Auch das Laken um meine Brust herum ist so kalt und nass, als hätte ich sämtliches Wasser aus meinem Körper in die Bettwäsche geschwitzt. Ich lege eine Hand auf meine Stirn. Mein Haar klebt mir am Schädel. Ich bin so dehydriert, wenn ich jetzt versuchen würde zu schlucken, würde es mir die Kehle aufreißen. Ich presse mir die Handflächen gegen die Augen. Mein Kopf schmerzt, als hätte ich Nadeln im Gehirn, die mir von hinten in die Augäpfel stechen. Es ist kaum zu ertragen.

So einen schlimmen Kater habe ich lange nicht gehabt.

Als ich die Augen öffne und ins Tageslicht blinzle, ist es, als hätte mir jemand Salz in die Augen gerieben. Ich strecke den Arm aus und stelle fest, dass Luis nicht da ist; es fühlt sich an wie zehn oder elf Uhr vormittags, als wäre der Tag schon halb vorbei. Ich versuche mich daran zu erinnern, was ich angestellt habe, dass es mir so schlecht geht, aber ich kann mich nur teilweise an gestern Abend erinnern. Fetzen der Erinnerung tauchen vor meinem inneren Auge auf.

Ich renne die Straße entlang und werde vom Regen überrascht.

Ich sitze klatschnass an einer Bushaltestelle, dabei warte ich gar nicht auf den Bus. Ich habe die Arme um den Oberkörper geschlungen. Meine Hände sind kalt, und ich weiß nicht, wo meine Handschuhe sind.

Ich sitze in einer Bar, weil ich noch nicht nach Hause gehen will. Es ist dunkel, an den Wänden hängen schummrige, wie Muscheln geformte Lampen und hinter der Bar geätzte Spiegel, und ein Mann im schwarzen Anzug spielt Jazz auf dem Klavier. Bin ich plötzlich in den Dreißigern?

Ich trinke einen Whisky-Cocktail mit rauchiger Note, und er schmeckt mir so gut, dass ich noch einen nehme und noch einen und noch einen. Der Barkeeper sagt, er ruft mir ein Taxi, ich muss jetzt gehen. Er reicht mir eine Papierserviette, und ich putze mir damit die Nase. Ich will nicht nach Hause, weil ich wütend auf Luis bin. Ich bin so wütend auf Luis, dass ich ihn am liebsten verprügeln würde.

Mein Kopf tut so weh, dass ich gar nicht denken kann. Ich strampele das Laken fort und presse mir die Finger gegen die Schläfen. In der Küche klappert Metall gegen Metall. Luis muss da unten sein. Ich versuche mich daran zu erinnern, warum ich so wütend auf ihn war, und als es mir wieder einfällt, fühlt es sich an, als hätte mir jemand in die Brust geboxt. Keuchend richte ich mich auf, die Augen weit aufgerissen, mein Herz pocht hinter meinen Ohren.

Isabelle ist schwanger.

Jetzt erinnere ich mich wieder. Ich war bei ihr, nachdem June und ich uns verabschiedet hatten. Ich bin den ganzen Weg zu Fuß gegangen. Isabelle sah überrascht aus, mich zu sehen, aber dann verwandelte sich ihr Gesichtsausdruck, und sie schaute mich triumphierend an.

Ich zitterte, meine Zähne klapperten. »Komm rein«, sagte sie. Im Haus war es warm. Sie ging barfuß auf dem Teppich, und ich weiß noch, dass ich dachte: *Das ist aber ein schöner Teppich, golden und rot und samtig, genau die Art von Teppich, die sich wunderbar weich unter den Zehen anfühlt. So einen muss ich uns für das Wohnzimmer besorgen.* Dann sagte ich noch einmal, dass sie die Finger von Luis lassen soll, aber das klang überhaupt nicht bedrohlich, sondern einfach nur dumm und albern. Diese Worte sind schon so oft gesagt worden, dass sie keine Bedeutung mehr haben. Wann hat jemals eine Nebenbuhlerin die Finger von einem Ehemann gelassen, nur weil die herumzeternde Ehefrau ihr das befohlen hat?

Stattdessen tat sie das, was ich an ihrer Stelle vielleicht auch getan hätte.

Sie lachte mich aus. »Er hat etwas Besseres verdient als dich«, sagte sie. Dann glitt sie zurück in ihre angestammte Rolle und fügte hinzu: »Du verstehst ihn doch gar nicht.«

Ich konnte nicht an mich halten und lachte laut auf.

Ich weiß nicht genau, was danach passierte. Ich weiß, dass ich brüllte, bis meine Stimme heiser war. Ich weiß, dass ich weinte und bettelte und flehte. Glaube ich zumindest; ja doch, ich bin mir ziemlich sicher, dass ich sie anflehte. Irgendwann ging sie aus dem Zimmer, und ich hob die Glasvase mit den weißen Margeriten vom Beistelltisch und ließ sie zu Boden fallen. Die Blumen verstreuten sich zu meinen Füßen, und das Wasser sickerte in den hübschen Teppich, aber die Vase blieb heil.

Ab da lässt meine Erinnerung wieder nach, wie Fotos, die in der Mitte zu brennen anfangen. Die Brandlöcher werden größer, lassen die Bilder zu verkokelten, missgestalteten Ringen verschrumpeln, bis nichts mehr übrig ist.

Ich schließe die Augen und presse mir die Finger an die Nasenwurzel. Ich versuche krampfhaft, mich zu konzentrieren, mich zu erinnern, und langsam zeichnet sich eine Erinnerung ab. Ich sehe, wie Isabelle die Blumen zurück in die Vase stellt, höre ihre Stimme direkt neben meinem Ohr, viel zu laut.

Er liebt mich, sagt sie. *Er betet mich an. Wenn er mit dir zusammen ist, sehnt er sich nach mir, ist dir das eigentlich klar? Er kann dich nicht ausstehen. Er sagt immer, dass du langweilig und öde bist, dass ihr gar nichts gemein habt. Ich kann ihm das Leben geben, das er verdient, das Leben, das er schon lange hätte haben sollen. Du hast keine Ahnung, was in ihm steckt. Er vergeudet nur seine Zeit mit dir. Er liebt mich, und ich bekomme ein Kind von ihm.*

Dann legte sie eine Hand auf ihren Bauch und hörte auf zu sprechen, atmete tief ein.

Alles wurde still. Als gäbe es keine Luft mehr im Raum.

»Was hast du gesagt?« Meine Stimme war so leise, dass ich sie selbst kaum hören konnte.

Ich starrte sie an, meine Augen vor Schreck geweitet, mein Mund vor Schmerz verzerrt. Mein Blick flehte sie an: *Nein, bitte nicht. Sag, dass das nicht wahr ist.*

»Ich bin schwanger. Wir sind glücklich. Ist dir gar nicht aufgefallen, wie glücklich er in letzter Zeit ist? Hast du wirklich nicht gemerkt, wie *scheißglücklich* er ist?« Dann nestelte sie an der Halskette an ihrem Hals und grinste.

Ich stürzte mich auf sie und riss sie ihr ab, und dann grinste sie nicht mehr.

Im Bad trinke ich kaltes Wasser direkt aus dem Hahn, literweise. Dann wische ich mir mit dem Handrücken über das Kinn, stütze mich mit beiden Händen auf dem Waschtisch ab und starre mich im Spiegel an. Meine Augen sind blutunterlaufen, die Haut darunter ist wundgerieben und dünn wie Papier. Ich schaue hinunter auf meine Hände und kann nicht nachvollziehen, warum sie so aussehen. Woher kommen die lila Striemen auf meinen Handballen? Ich schließe sie zu Fäusten und zucke vor Schmerzen zusammen. Mein Herz pocht in meiner Brust. Ich bin furchtbar traurig, fast so, als wäre irgendjemand gestorben.

Ich stelle die Dusche so heiß wie möglich und halte mein Gesicht in den Strahl, das Wasser fühlt sich auf meiner Haut an wie Nadelstiche. Ich stehe eine ganze Weile da, ich weine, dann wieder nicht, ich erinnere mich, dann wieder nicht.

Ich sehe mich selbst rennen, ich stoße mit Leuten zusammen, an denen ich vorbeilaufen will. Es ist spät, es ist dunkel, es regnet. Ich bin außer Atem, und dann sitze ich atemlos an der Bushaltestelle und schlinge die Arme um mich. Ich stehe in meinen nassen Klamotten in meiner Küche im Dunkeln. Ich schaue in den Garten und sehe, dass in Luis' Schuppen Licht brennt, und ich frage mich, was er so spät dort treibt. Aber er kann es gar nicht sein, denn eben habe ich ins Schlafzimmer geschaut und Luis angestarrt, der ganz friedlich schlief. Ich erinnere mich, dass ich am ganzen Körper zitterte, es wollte gar nicht mehr aufhören. Ich zog mich aus und ließ meine Kleidung auf dem Boden liegen. Ich schlüpfte unter die Bettdecke und presste mich gegen seinen Rücken, jeder Quadratzentimeter unseres Körpers Haut an Haut. Ich konnte seinen Herzschlag spüren und fragte mich, ob er war wie meiner. Ob unsere Herzen im Takt schlugen. Dann hatte ich das Gefühl, ich würde in einen tiefschwarzen Abgrund fallen, und plötzlich träumte ich, und in meinem Traum hatte er seine Lippen dicht an meiner Wange, direkt neben meinem Ohr, und ich konnte seinen Atem spüren, als ob mich eine Feder streichelte. Und er flüsterte: *Ich würde alles tun, damit du bei mir bleibst.* Und ich wünschte mir so sehr, dass es kein Traum wäre, dabei wusste ich genau, dass es einer war.

Als ich die Dusche abstelle, fällt mir noch etwas ein, eine vage Erinnerung daran, wie Isabelle das Zimmer verließ und ich mich fragte, ob sie Luis anrufen wollte. Wie ich mir vorstellte, was sie ihm dann sagen würde: *Sie weiß es. Übrigens ist sie nachweislich verrückt, sie ist durchgedreht, du ahnst nicht, was sie mir angetan hat. Du solltest schleunigst herkommen und deiner Frau einen Maulkorb verpassen, Luis.*

Ich ging hinterher nicht direkt nach Hause, so viel weiß ich. Ich zog von Bar zu Bar, oder vielleicht blieb ich auch in einer. Und ich ging ewig lang zu Fuß. Daran erinnere ich mich genau.

Als ich die Küche betrete, ist mir ganz flau in der Brust. Ich bin in keiner Weise bereit für das, was gleich passieren wird, und ich kann bereits spüren, wie sich in meinen Augen die Tränen sammeln.

»Na so was, guten Morgen!«, sagt Luis und gluckst, und das Erste, das mir in den Sinn kommt, ist nicht: *Seltsam, warum ist er gar nicht sauer?*, sondern: *Warum ist mir nicht aufgefallen, wie* scheißglücklich *er in letzter Zeit ist?*

Wobei, das ist mir schon aufgefallen. Ich dachte nur, es läge an mir.

Er steht da, eine Hand an der Spüle, die andere auf die Hüfte gestützt, mustert mich und versucht, nicht zu lachen. Was amüsiert ihn bloß so sehr? »Das muss aber eine ganz schöne Sause gewesen sein, Schatz! Was genau habt ihr zwei denn letzte Nacht getrieben?«

Er weiß es also wirklich nicht. Sie hat ihn nicht angerufen. Und er ist nicht losgefahren, um sie vor seiner verrückten alten Ehefrau zu beschützen.

Ich ziehe einen Stuhl heran, setze mich und reibe mir mit beiden Händen über das Gesicht. »Tut mir leid, dass ich so spät nach Hause gekommen bin, ich hoffe, du hast dir nicht allzu viele Sorgen gemacht.«

Er schnappt sich die Kaffeekanne, füllt einen Becher und reicht ihn mir. »Hier, bitte. Du siehst nicht wirklich gut aus, wenn ich das sagen darf.«

Ich versuche zu lächeln und nehme einen Schluck von dem heißen Kaffee.

»Du hättest ja auch mal anrufen können, meinst du nicht? Hast du meine SMS nicht bekommen?«

SMS? Ich versuche mich zu erinnern, wann ich das letzte Mal auf mein Handy geschaut habe, aber es fällt mir nicht ein. »Tut mir leid. Ich habe nicht aufs Handy geguckt.«

Er hebt eine Hand. »Alles gut. Nachdem ich mit June gesprochen hatte, musste ich mir ja keine Sorgen mehr machen.«

O Gott! Stimmt, June hat mich angerufen. Ich bin nur rangegangen, weil sie es war. Ich war in einer Bar, und sie meinte, Luis wäre in der Leitung, um sich zu erkundigen, wo ich sei. Ich bat sie, ihm zu sagen, wir wären immer noch zusammen unterwegs, sich irgendeine Geschichte auszudenken, zu behaupten, ich wäre gerade auf der Toilette.

»Klingt so, als hättet ihr zwei eine Menge Spaß gehabt. Sie versprach, dich später in ein Taxi zu setzen, und dann bin ich ins Bett gegangen. Du bist doch wohlbehalten nach Hause gekommen, oder? Na ja, offensichtlich.«

»Ja, klar.«

»Ich habe es den Kindern nicht erzählt, nur damit du es weißt.«

Ich setze mich auf. »Was jetzt?«

»Dass ihre Mutter auf der Piste war und bis spät in die Nacht gefeiert hat. Ich will nicht, dass sie auf dumme Gedanken kommen.« Luis wendet sich der Spüle zu, erst jetzt fallen mir die Werkzeuge auf der Küchenbank auf.

»Hast du etwa den Wasserhahn repariert?«

»Ja, irgendwie war mir heute Morgen danach.« Er räumt seine Werkzeuge zusammen und sagt, ohne sich umzudrehen: »War noch jemand dabei?«

»Wieso?« Ein Tropfen Kaffee kullert an meinem Kinn herunter, und ich greife nach der Küchenrolle.

»Nur weil ihr so spät noch unterwegs wart. Ich dachte, vielleicht wart ihr nach deiner großen Rede mit dem ganzen Team feiern. Du, Mila und die Jungs. Wie ist es denn eigentlich gelaufen?«

Ich schließe die Augen. Tja, meine große Rede. Ich stütze meine Stirn auf die Hände. »Ganz okay«, sage ich und erschaudere bei der Erinnerung an meinen Vortrag. Ob ich ihm jetzt von Ryan erzähle? Es wäre das Klügste, es ihm zu sagen, bevor er es auf andere Weise herausfindet. Bevor Ryan mich erpresst oder sein Foto ins Internet hochlädt. Vielleicht hat er es ja dem netten Journalisten von der *New York Times* gemailt, der gerade einen Artikel über mich schreibt: *Und was treibt Dr. Sanchez, Gewinnerin des Forrester-Preises für den Beweis der Pentti-Stone-Vermutung, in ihrer Freizeit? Fotos finden Sie auf Seite 12.* Ich kann nicht fassen, dass ich nicht einmal einen Preis gewinnen kann, ohne es zu vermasseln.

Ich verschränke die Arme auf dem Tisch und lasse mit einem Stöhnen meinen Kopf darauf sinken.

»Was ist passiert?«, fragt er. Einen Moment lang denke ich, er meint die Sache mit Isabelle. Unter schweren Augenlidern sehe ich zu ihm auf. Er steht mir jetzt gegenüber und lehnt sich mit dem Rücken gegen das Waschbecken. Er schenkt sich Kaffee ein. Aber er meint meinen Vortrag. Ja, natürlich. Ich kann es ihm nicht erzählen. Das geht einfach nicht. Er würde wissen wollen, wieso in meiner PowerPoint-Präsentation beinahe ein Nacktfoto von mir gelandet wäre. Besser gesagt, er würde wissen wollen, wieso es überhaupt existiert.

»Es war okay.«

»Bist du sicher? Du klingst nicht so begeistert.«

»Es hätte schlimmer sein können.«

»Dann wart gestern Abend nur du und June unterwegs?«

»Ja, nur ich und June.« Ich schiebe meinen Stuhl zurück. »Ich muss zur Arbeit.«

»Kannst du dir nicht den Tag freinehmen? Ich kann mir nicht vorstellen, dass du heute in der Uni viel zustande bringst!« Er hält eine Hand hoch und zeigt mir drei Finger.

»Wie viele Finger sind das? Na los! Können Sie überhaupt noch zählen, Frau Mathedozentin?«

»Du bist so witzig, Luis, du hättest Comedian werden sollen.«

»Das sagst du doch nur so.«

Roxy kläfft zu meinen Füßen. »Warst du schon mit ihr draußen?«, frage ich reflexartig.

»Noch nicht. Mache ich aber gleich. Fahr ruhig zur Arbeit, Schatz.«

Ich nehme meine Lederjacke von dem Haken neben der Tür. Sie ist noch leicht feucht von gestern Abend, und ich überlege kurz, ob ich mir eine andere Jacke aus dem Schrank holen soll, aber ich lasse es sein. Ich ziehe die Lederjacke an und nehme meine Umhängetasche von dem Stuhl, auf dem ich sie gestern Nacht habe liegen lassen. Ich gehe zu Luis; ich will, dass er mich küsst, dass ich seine Lippen noch einmal auf meinen spüren darf, bevor er es herausfindet und alles den Bach hinuntergeht.

»Ich liebe dich«, sage ich.

Ich habe bereits eine Hand in der Jackentasche, mein Finger bleibt in einem Loch im Futter stecken. Mit der Fingerspitze stoße ich gegen etwas und ziehe es im selben Moment heraus, als Luis mein Gesicht mit beiden Händen packt und mich auf dem Mund küsst. Ich nehme die Hand ein Stück aus der Tasche und schaue aus dem Augenwinkel, was ich da gefunden habe. Eine goldene Kette, dünn wie ein Seidenfaden, an der links von der Mitte zwei schmale Brillanten angebracht sind.

ACHTUNDZWANZIG

Der junge Mann, der mich bei Starbucks bedient, schaut mich amüsiert an. »Harte Nacht gehabt?«

Ich lächle reumütig, antworte aber nicht. Ich bezahle meinen Kaffee, nehme den Becher und gehe hinaus.

Ich bin spät dran. Zum Glück habe ich heute Vormittag kein Seminar, aber ich habe zwei Besprechungen verpasst.

Als ich den Flur hinuntergehe, habe ich das Gefühl, alle starren mich an und halten sich die Hand vor den Mund, um nicht loszukichern. Quatsch, niemand tut das. Warum auch? Ich leide wahrscheinlich unter Verfolgungswahn. Aber dann kommt eine Gruppe von sechs oder sieben meiner Studierenden aus dem fünften Semester auf mich zu, und ich bin überzeugt, dass sie mich mit kaum verhohlener Geringschätzung anstarren. Einer von ihnen stößt mich im Vorbeigehen mit der Schulter an.

Mir ist nicht gut. Ich gehe in mein Büro und schließe die Tür. Ich hole die Halskette aus der Tasche und lasse sie durch meine Finger gleiten. Ich kann immer noch spüren, wie mein Herz klopfte, als mir vorhin klar wurde, was ich da in der Hand hatte, als ich Luis zum Abschied geküsst habe. Da habe ich die

Kette sofort zurück in die Jackentasche gesteckt und mit der anderen Hand seinen Hals berührt. Allein der Gedanke, dass er sie gesehen haben könnte, jagt mir einen Schauer über den Rücken.

Ich habe keine Ahnung, wie die Goldkette dorthin gelangt ist, aber sie passt hundertprozentig in die roten Striemen auf der Innenseite meiner linken Hand. Als hätte ich sie gepackt und kräftig daran gezogen, so kräftig, dass ich mir fast die Haut aufgerissen hätte.

»Ich dachte, du könntest vielleicht das hier gebrauchen.«

Ich hebe ruckartig den Kopf, öffne blitzschnell meine Schublade, lasse die Halskette hineinfallen und schließe sie wieder. June blinzelt mich überrascht an.

»Sorry, du hast mich erschreckt«, sage ich und lache. Sie hat mir die üblichen Kekse und einen Becher Kaffee gebracht. Ich schaue auf meinen Pappbecher aus dem Coffeeshop.

Sie folgt meinem Blick. »Ich finde, du siehst aus, als könntest du mehr als einen brauchen.« Sie lächelt, platziert Becher und Teller auf meinem Schreibtisch und setzt sich auf ihren üblichen Stuhl. »Alles in Ordnung?«

Ich reibe meine Stirn. »Mir ging es schon mal besser.«

»Das wundert mich nicht. Du warst gestern Abend ziemlich gut dabei.«

»Wie meinst du das?«

Sie lacht. »Du hast dir ganz schön einen hinter die Binde gekippt, das meine ich damit.«

»Okay, ich schätze, das kommt hin.« Ich presse mir die Finger gegen die Augen. »Danke, dass du mich bei Luis gedeckt hast.«

Sie winkt ab. »Schon okay. Dafür hat man doch gute Freundinnen! Was hast du denn in Wirklichkeit getan?«

»Nichts, was soll ich denn getan haben?«

Es muss schroffer geklungen haben, als ich es beabsichtigt

hatte, denn sie zuckt leicht zurück. »Na ja, keine Ahnung. Ich dachte, du hättest vielleicht ...« Sie schüttelt den Kopf.

»Ich hätte vielleicht ... was?«

»Schon gut. Ich dachte, du wärst vielleicht noch mit irgendeinem Typen zusammen gewesen, das ist alles. Du hast mir gesagt, dass du in einer Bar bist, aber du wusstest nicht genau, wo. Du hast gesagt, du hast etwas Schlimmes getan und willst noch nicht nach Hause.« Sie lacht wieder, aber ich zucke zusammen, und mein Herz setzt ein, zwei Schläge aus.

»Ach Gott, nein. Wie du schon sagtest, ich habe einen über den Durst getrunken, June, das ist alles. Und jetzt zahle ich die Zeche dafür.« Ich lache. Ich könnte ihr sagen: *Ich war bei Isabelle, und wir haben uns gestritten.* Aber ich bringe es nicht über die Lippen, und mir wird flau im Magen – das altbekannte Gefühl, dass mir von irgendwoher Unheil droht. Ich nehme einen Schluck Kaffee, versuche zu lachen, muss aber schließlich husten, Kaffee spritzt auf meinen Monitor.

»Aber wenn es kein Typ war, was war es dann? Was hast du denn getan, das so schlimm war?« Sie lächelt, hat die Arme vor der Brust verschränkt.

»Nichts«, sage ich ein wenig zu schnell und wische mit dem Ärmel über den Monitor. Ich will lachen, aber es kommt nur ein merkwürdiges Gackern aus meinem Mund. »Ich wollte nur eine Weile allein sein! Ich hatte einen ziemlich anstrengenden Tag. Ich war wütend wegen Ryan, das weißt du ja. Ich kann Luis auf keinen Fall von Ryan erzählen. Am Ende habe ich ... Na schön, ich habe zu viel getrunken. Ich war blau. Zufrieden?«

Sie beugt sich zu mir vor. »Okay, okay. Wir müssen nicht darüber reden, wenn du nicht willst. Ich sollte jetzt ohnehin gehen, wir haben ja beide zu tun.« Sie steht auf.

»Danke noch mal, June. Das meine ich ernst. Du hast was gut bei mir.«

Ich beaufsichtige die erste von zwei Mathematik-Abschlussklausuren für die Erstsemester. Ich gehe im Hörsaal den Gang zwischen den Sitzbänken hinauf und verteile die Aufgabenblätter, dann setze ich mich vorne an den Tisch und versuche zwei Stunden lang, an nichts zu denken.

Als es vorbei ist, sammle ich die Klausuren ein und nehme sie mit in mein Büro. June kommt herein und fragt, ob ich mit ihr etwas essen gehen will. Ich zeige auf den Stapel mit den Klausuren und murmele etwas von Mittagessen am Schreibtisch. »Aber trotzdem vielen Dank, June«, sage ich, denn im Moment kann ich es mir nicht leisten, irgendwen vor den Kopf zu stoßen, schon gar nicht June. Zu essen mitgebracht habe ich mir natürlich auch nichts, ich werde mir später aus der Mensa ein Sandwich holen.

Die folgenden zwei Stunden korrigiere ich die Klausuren. Das ist nicht allzu schwierig, aber zeitaufwändig, also genau das, was ich jetzt brauche. Ich bin ganz darin versunken, da klingelt mein Telefon und lässt mich aufschrecken.

Und ich weiß es sofort. Ich weiß es einfach, mein ganzer Körper weiß, dass das der Anruf ist, vor dem ich mich den ganzen Tag gefürchtet habe, und ehrlich gesagt, bin ich inzwischen fast ein wenig erleichtert.

»Luis?« Ich versuche, normal zu klingen, aber kann mich nicht mehr daran erinnern, wie man normal klingt, entsprechend gezwungen höre ich mich an und viel zu fröhlich.

Am anderen Ende der Leitung ist es still, und ich will gerade fragen, ob er da ist, als ich höre, wie er röchelnd Luft holt – so klingt es, wenn man sich gerade die Seele aus dem Leib geweint hat und es endlich vorbei ist.

»Was ist denn los?«, frage ich. Eigentlich will ich sagen: *Es tut mir leid, es tut mir so leid.* Wobei – es tut mir gar nicht leid.

Ich weiß gerade nicht mehr, was ich sagen will, doch er kommt mir zuvor.

»Sie ist tot. Isabelle ist tot.«

Mein Herz pocht mir in der Kehle. Ich setze mich auf. »Bist du sicher?« Dann wird mir klar, wie dämlich diese Frage ist, und ich füge hinzu: »Sie war doch erst Freitagabend bei uns, wieso ist sie *tot*?«

»Die Polizei hat mich angerufen. Sie haben sie heute Morgen gefunden. In ihrem Haus.«

»Das kann ja wohl nicht wahr sein. Haben sie gesagt, was passiert ist?«

»Noch nicht. Nur, dass sie sie heute Morgen tot in ihrem Haus gefunden haben.«

»Das verstehe ich nicht!« Jetzt bin ich auf den Beinen. Ich schreie fast. »Wie kann sie tot sein?«

»Ich weiß es nicht!«

»Wann haben sie angerufen?«

»Vor einer Stunde.«

Vor einer Stunde. Er hat eine Stunde lang gewartet, bevor er es mir erzählt hat. In meinem Ohr höre ich es piepen, ein weiterer Anruf ist in der Leitung. Ich ignoriere ihn.

Er seufzt, und zwischen uns herrscht kurz Stille. Ich warte.

»Die Polizei kommt vorbei, sie wollen mir ein paar Fragen stellen. Haben sie gesagt.«

»Was denn für Fragen?«

»Ich weiß es nicht! Mein Gott, Anna! Hörst du mir eigentlich zu? Wahrscheinlich reden die mit allen, die sie kannten. Ihren Kollegen. Anderen Künstlern, die mit ihr zusammengearbeitet haben. Ihren Freunden!«

Ihren Liebhabern? »O Gott, das ist ja furchtbar.«

Ich setze mich wieder hin. Weiß die Polizei überhaupt, dass sie ein Verhältnis hatten? Dann fällt mir ein, dass Luis vielleicht gar nicht wusste, dass sie schwanger war. Ich versuche mich daran zu erinnern, was Isabelle gestern Abend zu mir gesagt hat. *Ich bekomme ein Kind von ihm* … Aber hat sie erwähnt, ob sie es Luis schon erzählt hat? Vielleicht wusste er noch gar nichts davon. Und in dem Fall braucht die Polizei das alles ja gar nicht unbedingt zu erfahren.

»Ich verstehe das nicht.« Ich muss mich beruhigen, aber es gelingt mir nicht, kontrolliert zu atmen. Meine Gedanken jagen hin und her, und ich kann nicht klar denken. Ist das eine Panikattacke? Fangen so Panikattacken an?

»Schatz, ich muss dir etwas sagen …«

Der Piepton ist wieder da, laut, unerbittlich. *Leg auf, hau ab, wer auch immer du bist.*

»Nein, musst du nicht«, unterbreche ich Luis. »Wir können später reden.«

»Anna, warte. Ich …«

»Bitte, Luis!« Ich will das nicht, warum versteht er das nicht? »Ich muss jetzt los, ich muss zu meinem Seminar.«

Dann sagt er etwas, so leise, dass ich es kaum verstehen kann, aber es klingt wie: »Ich habe Angst.«

Ich möchte am liebsten sagen: Sag denen einfach die Wahrheit, und alles wird gut. Aber das wäre gelogen. Überhaupt nichts wird gut. Und ich will nicht, dass er ihnen die Wahrheit sagt, denn dann können sie sich zusammenreimen, was geschehen ist. Und dann wissen es alle, und ich werde die Gewissheit haben, dass mein Mann mich nicht mehr liebte. Dass er sie statt meiner liebte und dass sie von ihm schwanger war. Und jetzt ist sie tot.

Das ist wirklich schlimm. Ich bin wie betäubt. Aber ich werde mich zusammenreißen müssen. Bald werden die Leute ankommen und mich fragen: *Kanntest du sie?* Ich muss mir überlegen, was ich dann sage, muss mir etwas zurechtlegen für ihre Eltern, ihren Freund, ihre Kollegen, Worte, die Trauer ausdrücken. Aber alles, woran ich denken kann, ist: *Ob sie eine DNA-Analyse an dem ungeborenen Kind durchführen? Und wo sind eigentlich meine Handschuhe hin?*

Ich muss nachdenken. Ich kann mir jetzt keinen Fehler mehr erlauben.

»Bist du noch dran?«, fragt er.

Am liebsten würde ich ins Telefon brüllen: *Das ist alles deine Schuld! Warum musstest du das tun, Luis? Warum wolltest du mich verlassen? Wir hätten das doch alles klären können. Du hättest mit mir reden müssen.*

»Ich muss auflegen, Schatz«, sage ich stattdessen. »Ich liebe dich.«

»Anna, hör zu ...«

Sag mir, dass du mich auch liebst. Sag es mir, Luis, sag: »Ich liebe dich auch, ich liebe dich mehr denn je.« Denn was auch immer ich getan habe, Schatz, ich habe es für dich getan. Das ist die Wahrheit und nichts als die Wahrheit.

June kommt herein, ohne zu klopfen, und sie will gerade etwas sagen, als sie mein Gesicht sieht.

»Das wird schon«, sage ich ins Telefon. »Ich muss auflegen.« Und ich beende das Gespräch.

Sie kommt zu mir und setzt sich. »Ist alles in Ordnung? Was ist denn passiert?«

»Ich ... Ich habe gerade ziemlich schlechte Nachrichten bekommen.« Ich rede nicht weiter, und sie hakt glücklicherweise nicht nach.

»Kann ich irgendetwas für dich tun?«

Ich schüttle den Kopf und kaue an einem Fingernagel. »Nein, ich glaube nicht. Wolltest du mit mir über irgendetwas reden?«

»Ich wollte nur sagen, dass gerade jemand von der Kriminalpolizei angerufen hat. Er meinte, er konnte dich nicht erreichen.«

»Von der Kriminalpolizei?«

»Ja, ein Detective Jones. Er wird in einer Viertelstunde hier sein und will mit dir sprechen.«

»Worüber?«

»Das weiß ich nicht, das hat er nicht gesagt.«

»Aber das geht nicht! In einer Viertelstunde habe ich Seminar!«

Sie schaut auf ihre Uhr. »Das ist schon okay. Ich sage Rohan Bescheid, dass er für dich einspringt.« Sie steht auf, aber ich packe sie am Arm, und sie zuckt zusammen.

»June, warte bitte einen Moment. Ich muss mit dir reden. Es dauert auch nicht lange.«

Sie setzt sich wieder hin, diesmal ganz an die Stuhlkante. Ich rücke mit meinen Schreibtischstuhl so dicht an sie heran, dass sich beinahe unsere Knie berühren.

»Was gibt es denn?«

»Du hast doch Luis gesagt, ich wäre mit dir zusammen gewesen, so gegen ...«

Ich schaue auf und versuche nachzudenken. Ich kaue immer noch an meinem Fingernagel.

»Gegen elf?«, fragt sie.

»Ja, genau, und danach auch noch.«

»Okay ... Und was ist damit?«

»Ich hatte gehofft ... Kannst du das nochmal sagen, falls es zur Sprache kommt? Dass wir zusammen waren? So wie du es Luis gesagt hast?«

Der Fingernagel ist abgebrochen, mein Finger blutet.

»Was, dass wir zusammen waren?«, wiederholt sie.

»Ja, bitte. Würdest du das tun? Vielleicht bis eins? Oder halb zwei?«

»Das verstehe ich nicht.«

»Ich meine, Luis hast du das doch auch schon gesagt, oder? Ich bitte dich also nur darum, dass du dir nicht selbst widersprichst, das ist alles. Falls es zur Sprache kommt. Es ist halt so, dass ich zu viel getrunken habe ... Meine Güte, ich habe mich ganz schön volllaufen lassen!« Ich lache und reibe mir die Stirn. »Ich fürchte halt, dass das keinen guten Eindruck macht, June.

Vor allem nach der Präsentation. Daher bitte ich dich um diesen kleinen Gefallen. Wenn es nicht zu viel verlangt ist.«

Sie denkt nach und schaut mir dabei die ganze Zeit in die Augen. »Du möchtest, dass ich behaupte, dass wir zusammen waren.«

Ehrlich gesagt hatte ich gedacht, das wäre mittlerweile offensichtlich. »Genau.«

»In einer Bar, wo wir zusammen etwas getrunken haben.«

»Das haben wir ja auch.«

»Bis halb zwei.«

»Ja, bitte.« Ich warte, die Finger in meinem Mund. »Falls jemand fragt.«

»Wer soll denn fragen?«

»Weiß ich nicht. Wahrscheinlich niemand.« Ich lache, nur den Bruchteil einer Sekunde lang. »Es wäre mir so peinlich, wenn ich das erklären müsste. Wenn ich versuchen müsste, genau nachzuvollziehen, wann ich wo war. Verstehst du?«

Sie denkt darüber nach, dann nickt sie langsam. »Okay.« Und ich bin so erleichtert, dass ich sie fast umarme. Ich stehe auf und stelle meinen Stuhl an seinen Platz zurück. Sie steht ebenfalls auf, langsam und unsicher, als ob sie noch Fragen hat.

»Dann sage ich Rohan Bescheid, damit er deinen Kurs übernimmt«, sagt sie, eine Hand an der Tür.

»Oh ja, danke«, antworte ich, und ich klinge, als hätte ich ganz vergessen, dass sie noch da ist.

NEUNUNDZWANZIG

Ich sitze da und warte auf den Kriminalpolizisten, unfähig, mich zu konzentrieren, und mit jeder Minute, die vergeht, krampft sich mein Magen mehr zusammen. Ich öffne die Schublade und nehme die Halskette heraus, die ich vorhin dort habe hineinfallen lassen, und deponiere sie in der untersten Schublade zwischen den Seiten des Personalverzeichnisses. Sollte ich dem Kripobeamten sagen, dass ich schon von Isabelles Tod gehört habe, bevor er selbst davon anfängt? Ja, wahrscheinlich schon. Außer er ist wegen etwas anderem hier, aber das halte ich für ziemlich unwahrscheinlich.

Als er schließlich eine Viertelstunde später als angekündigt mein Büro betritt, bin ich das reinste Nervenbündel.

»Detective Jones.« Er lächelt und streckt mir seine Hand entgegen. Einen total verrückten Moment lang frage ich mich, ob sie den Leuten so die Fingerabdrücke abnehmen, ob sie eine Art dünne Folie über den Fingern haben, wie einen unsichtbaren Handschuh, und nachdem sie einem die Hand geschüttelt haben, stecken sie die Folie heimlich in einen Beweismittelbeutel, den sie in ihrer Tasche versteckt haben.

Ein absolut dämlicher, paranoider Gedanke.

Aber Vorsicht ist besser als Nachsicht. Ich hebe die Hände. »Lieber nicht, ich habe gerade eine Orange gepellt.« Ich nehme ein Taschentuch und wische mir die Finger ab.

Einen Augenblick lang weiß Detective Jones nicht, was er mit seiner Hand anstellen soll. Er schaut sie an, und dann steckt er sie in seine Jackentasche. Er wirft einen Blick auf meinen Schreibtisch und dann auf den fast vollen Papierkorb. Ob er sich wundert, was mit der Orangenschale geschehen ist, verrät er nicht.

»Bitte, setzen Sie sich, Detective.«

»Danke.« Er zupft an der Bügelfalte seiner dunkelblauen Hose, während er Platz nimmt. Er ist ein großer Mann mit rundem Gesicht und einem netten Lächeln, und ich sage mir, wenn er lächelt, kann es so schlimm nicht sein. Außerdem ist er alleine. Das ist doch sicher auch ein gutes Zeichen, oder?

Er schaut sich um und ist sichtlich beeindruckt. »Sie haben es aber nett hier.«

»Danke.«

»Ich hatte Reagenzgläser und Bunsenbrenner erwartet.«

»Die finden Sie wohl eher bei den Chemikern. Das hier ist das Institut für Mathematik. Ich wüsste nicht einmal, wie man einen Bunsenbrenner bedient.«

»Sehen Sie, ich auch nicht.«

Er zieht ein Notizbuch heraus, befeuchtet seinen Zeigefinger mit der Zungenspitze und klappt es auf.

Ich weise mit dem Kinn darauf. »Ich hätte gedacht, dass die Polizei inzwischen komplett auf digitale Technik umgestiegen ist.« Und auf unsichtbare Folien auf den Händen, um Fingerabdrücke zu erfassen.

»Ach, das hier?« Er hält das Notizbuch hoch. »Ich vertraue ausschließlich meinem guten alten Moleskine. Nicht, dass ich eine Wahl hätte – ich kann mir nicht vorstellen, dass meine Dienststelle uns in nächster Zeit mit iPads ausstatten wird, falls

Sie das meinen.« Er blättert hin und her, findet die richtige Stelle und schaut auf.

»Mrs Sanchez, kennen Sie eine Isabelle Wilcox?«

Ich sitze ganz still da. Mein erster Impuls ist, mich zu entschuldigen – das ist immer mein erster Impuls –, zu sagen, dass es mir leidtut und dass ich es *nie* wieder tun werde. Plötzlich weiß ich nicht mehr, was ich mit meinen Händen tun soll. Ich fühle mich wie eine Laienschauspielerin auf einer Bühne, die vergessen hat, wohin sie gehen muss. Ich lasse einen Arm über der Stuhllehne hängen und beschließe dann, dass das viel zu lässig ist, also spreize ich die Finger, bringe die Fingerspitzen aneinander und stütze mein Kinn darauf. Ich bin mir sicher, dass ich diese Pose noch nie im Leben eingenommen habe.

»Mein Mann hat mich gerade angerufen«, sage ich und lasse mein Kinn auf meinen Zeigefingern wippen. »Ich war erschüttert, zu hören, dass sie tot ist.«

»Waren Sie eng miteinander befreundet?«

»Nein. Es war eher eine flüchtige Bekanntschaft. Sie hat die Ausstellung meines Mannes in der Perry Cube Gallery kuratiert. Nicht, dass sie da viel zu tun hatte – er ist ja nur ein einzelner Künstler mit einem begrenzten Oeuvre, insofern bin ich mir nicht sicher, was es da zu kuratieren gab. Aber man könnte sagen, dass die zwei einander näherkamen, also, dass sie sich anfreundeten, meine ich. Wie ist sie gestorben?«

Er schaut mich eine ganze Weile stumm an, und mir wird flau. »Sie ist eine Treppe hinuntergefallen«, sagt er und beobachtet mich dabei. »Ist mit dem Kopf aufgeschlagen. Man hat sie zu spät gefunden.«

Ich muss mich anstrengen, um normal zu atmen. Es kommt mir vor, als wäre die gesamte Luft aus dem Raum gesaugt worden.

»War es ein Unfall?« Meine Frage ist so dämlich, dass ich beinahe loslache. Das ist die Angst. Ich reibe mit beiden

Händen über mein Gesicht, damit sie aufhört. Ich stehe auf und öffne das Fenster einen Spalt.

Er ignoriert meine Frage. »Wann haben Sie sie das letzte Mal gesehen?«

Ich schaue zur Decke und tippe mit den Fingern gegen mein Kinn.

Innerlich kann ich kaum atmen. Ich würde ihm gerne Dutzende Fragen stellen, bevor ich seine Frage beantworte. *Hat mich jemand gesehen? Sind Sie deshalb hier?*

»Mal sehen ... Letzten Freitag war Isabelle zum Abendessen bei uns, das war das letzte Mal, dass ich sie gesehen habe.«

Es ist schon merkwürdig, welche Macht Worte haben. Eben gerade hatte ich die Wahl. Ich hätte die Wahrheit sagen können oder zumindest eine leicht abgewandelte Variante der Wahrheit. Ich hätte ihm sagen können, dass ich gestern Abend bei ihr war und wir uns heftig gestritten haben, dass ich fast ihre Vase zertrümmert hätte und ihr die blöde Goldkette von ihrem hübschen Hals gerissen habe und dass es mir leidtut, aber es tut mir nicht leid. Dann hätte ich June hinterher einfach gesagt, dass sie alles vergessen soll, was ich ihr vorhin eingebläut habe. *Sag die Wahrheit!*, hätte ich gesagt. *Das habe ich auch gerade getan. Es ist wirklich befreiend!*

Aber ich bin in Panik geraten und habe gelogen. Und als er mich jetzt fragt, ob ich jemals bei ihr zu Hause war, sage ich: »Nein. Ich weiß nicht einmal, wo sie wohnt.«

»Was ist mit Ihrer Hand?«

Ich setze mich auf und betrachte meine Handfläche. Die roten Striemen gehen ganz bis zum Rand, um meinen kleinen Finger herum. »Gartenarbeit. Unkraut jäten.«

Er schüttelt den Kopf. »Hassen Sie das nicht auch?«

»Und wie!«

Er schaut in seine Notizen. »Letzten Freitagabend, haben Sie gesagt?«

»Ja.«

»Wie hat sie auf Sie gewirkt?«

Ich denke einen Augenblick lang nach. »Sie schien ganz normal, freundlich.«

»Hatten Sie den Eindruck, dass sie irgendetwas bedrückte?«

»Nein, nicht dass ich wüsste.«

»Sie wirkte nicht deprimiert?«

»Deprimiert? Nein, ganz und gar nicht.«

»Ihnen ist also nichts Ungewöhnliches an ihr aufgefallen?«

»Ich verstehe die Frage nicht.«

»Sie schien nicht zerstreut? Hat sich nicht seltsam verhalten? War nicht nervös?«

»Nein, nein und nein. Sie war völlig entspannt.«

»Was ist mit Ihrem Mann? Sie haben gesagt, dass Ihr Mann und Ms. Wilcox befreundet waren?«

»Ich habe gesagt, dass sie zusammenarbeiten.«

»Sie haben gesagt, dass die zwei einander näherkamen.«

»Na ja, ich meinte, dass sie sich angefreundet haben. Dass sie gut zusammengearbeitet haben. Er war auch mit ihrem Verlobten befreundet. Der heißt Patrick. Sie haben sich mit ›Hi, Kumpel!‹ begrüßt. Er war also nicht nur mit *ihr* befreundet, will ich damit sagen.«

Er hat sich Notizen gemacht, jetzt sieht er zu mir auf.

Es ist die Art und Weise, wie ich ›ihr‹ gesagt habe. Ich konnte nicht anders, aber wenn man wollte, konnte man aus dieser einen Silbe sicherlich so etwas wie Verachtung heraushören. Als mir das Wort über die Lippen kam, wusste ich direkt, dass ich es vermasselt hatte. Meine Wangen fühlen sich ganz warm an, und ich frage mich, ob ich rot geworden bin. Ich stehe wieder auf und öffne das Fenster noch ein Stück weiter.

»Haben Sie schon mit meinem Mann gesprochen?«, frage ich.

»Meine Kollegin ist gerade bei ihm. Können Sie mir sonst

noch etwas über sie erzählen? Über ihre Beziehung zu Patrick Fowler?«

Ich schüttle den Kopf. »Nein. Ich habe ihn nur einmal kurz kennengelernt. Mein Gott!« Ich ordne die Stifte im Stifthalter. »Das ist alles so furchtbar, ich kann es gar nicht glauben.«

»Was ist mit Ihrem Mann?«

»Ich dachte, darüber hätten wir gerade gesprochen.«

Er überprüft seine Notizen. »Noch nicht. Was für eine Beziehung hatte er zu ihr?«

»Eine ganz normale. Sie hatten beruflich miteinander zu tun.« Aber mir wird flau im Magen. Die Polizei wird bald wissen, was los war, wenn sie es nicht jetzt schon weiß. Es existieren ja durchaus Beweise für ihre Affäre. Zum Beispiel die ganzen SMS. *Ich muss ständig an dich denken.* Wahrscheinlich gibt es inzwischen noch viel mehr. Was da wohl drinsteht?

Ich bin schwanger. Bist du glücklich?

Und wie! Ich kann nicht glauben, dass Anna das gar nicht auffällt.

Das liegt daran, dass sie langweilig und öde ist. Ihr beide habt so gar nichts gemein.

Du hast recht. Ich sehne mich nach dir. Du bist die Einzige, die mich versteht.

Alle werden es erfahren. Das Internet wird voll sein mit dicken, fetten Schlagzeilen wie: *Hübsche Kuratorin hatte Affäre mit aufstrebendem Installationskünstler.* (*Weitere Informationen finden Sie auf jeder einzelnen Seite des WWW.*)

Alle werden erfahren, dass er mir untreu war. Sie werden fragen: *Wer hat sie wohl umgebracht? Die Ehefrau? Wahr-*

scheinlich die Ehefrau, es ist immer die Ehefrau. Nein, der Ehemann. Der Ehemann hat sie ermordet.

Nein, es war die Ehefrau. Weil seine Geliebte schwanger von ihm war.

Ich schmecke Blut und merke, dass ich mir gerade auf die Unterlippe beiße. Ich nehme sie zwischen zwei Finger. Klopfe auf die empfindliche Stelle.

»Alles okay mit Ihnen, Mrs Sanchez?«

Ich sage nicht: »*Doktor* Sanchez, wenn es Ihnen nichts ausmacht.« Ich sage: »Ja, danke. Es ist halt so ein Schock. Die arme Isabelle. Es stimmt, sie und mein Mann waren befreundet, aber das war sie wohl mit vielen ihrer Künstler. So ist das halt in der Kunstwelt, wissen Sie? Mir würde im Traum nicht einfallen, meinen Mann zu bitten, meine Kollegen zu bekochen, die sehe ich schon so oft genug, um ehrlich zu sein.« Ich gluckse. »Tut mir leid, sonst fällt mir wirklich nichts dazu ein.«

»Schön, dann möchte ich Sie auch nicht länger von der Arbeit abhalten«, sagt er, klappt sein Notizbuch zu und steckt es zurück in die Innentasche seines Jacketts.

An der Tür wendet er sich mir noch einmal zu und lächelt. »Erinnern Sie sich gar nicht an mich?«

»Entschuldigung?«

»Wir haben uns schon einmal unterhalten, allerdings nicht in diesem Büro.« Er blickt sich im Raum um. »Nachdem Ihr Student gestorben war.«

Ich hebe langsam den Kopf. »Stimmt. Jetzt weiß ich es wieder. Ich dachte schon, Sie kämen mir bekannt vor«, lüge ich.

»Alex, oder?«

»Ja, genau.« Ich denke kaum noch an Alex. Es scheint alles so lange her, viel länger als die sechs Wochen, die er nun tot ist. Ich versuche nachzuspüren, wie es mir geht, jetzt, wo ich seinen Namen höre, aber da ist nichts. Ich fühle buchstäblich nichts.

»Das ist auch ein merkwürdiger Fall«, sagt er.

Mein Kiefer spannt sich an. »Ach ja?«

»Ja, wirklich. Es kommt nicht jeden Tag vor, dass man im Fall von jemandem ermittelt, der aus dem Fenster in den Tod gesprungen ist. Alex *Brooks.*«

»Das ist richtig.«

»Sie standen ihm ziemlich nahe. Das muss ja auch ein ganz schöner Schock gewesen sein.«

»Natürlich war es das. Wir alle hier im mathematischen Institut, ich eingeschlossen, standen ihm nahe, wenn man so will. Ich bin mir ziemlich sicher, dass wir damals ausführlich mit der Polizei gesprochen haben. Mit Ihnen, meine ich, Sie waren das ja. Jetzt weiß ich wieder.«

»Nur so aus Neugierde: Hatten Sie und Alex Brooks jemals irgendwelche Meinungsverschiedenheiten? Oder Schwierigkeiten bei der Zusammenarbeit?«

Mit einem Mal habe ich solche Kopfschmerzen, dass meine Augäpfel zittern. Es fällt mir schwer, mich zu konzentrieren. Schließlich bringe ich hervor: »Warum in aller Welt fragen Sie mich das jetzt noch?«

»Tut mir leid, ich hätte das klarstellen sollen. Der Rechtsmediziner hat noch nicht entschieden, ob sein Tod ein Unfall war oder Suizid. Das dauert noch. Da ich mich neulich hier mit Ihnen unterhalten hatte und Sie und Alex Brooks eng zusammengearbeitet haben, wollte ich die Gelegenheit nutzen, um mich nach seinem Geisteszustand zu erkundigen. Ich weiß, dass eine Doktorarbeit für junge Menschen sehr aufreibend sein kann.«

Ich schüttle den Kopf. »Oh. Tut mir leid, ich dachte ... Vergessen Sie's. Ich war mit den Gedanken woanders. Haben Sie ›Suizid‹ gesagt?«

»Das wäre zumindest eine Möglichkeit.«

»Verstehe.« Ich denke einen Moment lang darüber nach, was er gerade gesagt hat. Ich reibe mir mit den Händen über die Arme, als ob mir kalt ist. »Um Ihre Frage zu beantworten: Ja und nein. Ich war seine Doktormutter ...«

»Deshalb habe ich ja gefragt.«

»Ja.« Ich hebe eine Hand. Sie zittert. Ich verschränke die Arme. »Jetzt im Nachhinein sehe ich vieles klarer. Er tat sich ziemlich schwer. Er war spät dran mit seiner Dissertation – wobei das die Regel ist, um ehrlich zu sein. Ich möchte nur einmal einen Doktoranden erleben, der seine Arbeit pünktlich einreicht!« Ich lache auf, fange mich aber gleich wieder. »Tut mir leid. Was ich eigentlich sagen wollte: Ich habe ihn quasi gar nicht mehr zu Gesicht bekommen, er kam kaum noch in die Uni, hat lieber allein zu Hause gearbeitet. Aber ich habe mir Sorgen gemacht, ob er vielleicht Drogen nimmt, Amphetamine oder so, irgendwelche Aufputschmittel? Ich weiß nicht, ob das hilft.«

»Danke. Das tut es.«

»Und ich wünschte, ich hätte schon früher etwas über seinen Drogenkonsum gesagt. Dass ich mich gefragt habe, ob er Drogen nimmt, meine ich, ich weiß es ja nicht genau. Es war nur so ein Eindruck, den ich hatte. Ich glaube, ich habe es damals sogar erwähnt.«

Detective Jones sieht mich einen Moment lang an, dann nickt er abrupt, bedankt sich, und schließlich verlässt er mein Büro.

Ich atme lange aus, während ich mit klopfendem Herzen dasitze, die Reste meiner Fingernägel zwischen den Zähnen. Was für einen Unsinn habe ich da gerade erzählt? *Ich habe ihn gar nicht mehr zu Gesicht bekommen, aber ich habe mir Sorgen gemacht, ob er vielleicht Drogen nimmt.* Woher hätte ich das wissen sollen, wenn ich ihn nicht mehr zu Gesicht bekam? Ob Detective Jones mitbekommen hat, dass ich mir widersprochen habe? Natürlich hat er das. Es ist sein Job, zu merken, wann jemand lügt. *Ich habe ihn gar nicht mehr zu Gesicht bekommen* – habe ich das auch gesagt, als sie das erste Mal hier waren, um sich nach Alex zu erkundigen? Keine Ahnung. Ich kann mich nicht mehr erinnern.

Ich rufe Luis an. »Waren sie schon da?«

»Ja, eine Kripobeamtin. Sie ist schon wieder weg.«

Ich atme tief aus. »Mit mir hat auch jemand von der Kripo gesprochen, gerade eben.«

»Was hat er gesagt?«

»Dasselbe wie bei dir, nehme ich an. Er hat mich gefragt, was für einen Eindruck sie auf mich machte, als ich sie das letzte Mal gesehen habe. Und das war letzten Freitag. Das habe ich ihm auch gesagt.« Ich warte, ob er mir widerspricht, tut er aber nicht. »Er meinte, sie sei die Treppe hinuntergefallen.«

Er bleibt still.

Einen Moment lang schweigen wir. »Alles okay mit dir?«, frage ich.

»Ja.«

»Okay. Gut. Es wird alles gut. Alles wird gut.«

»Ich weiß nicht, was das heißen soll, Anna.«

»Ich weiß. Vertrau mir einfach, okay? Alles wird gut.«

DREISSIG

Luis kommt nach Hause und steht in der Küche, die Schultern gebeugt, das Gesicht von Traurigkeit verzerrt. Ich nehme ihn in den Arm. Ich drücke ihn, streichle sein Haar, und wir stehen eine Weile so da, bis er sich von mir löst und schwerfällig am Küchentisch Platz nimmt. Ich setze mich ihm gegenüber und nehme seine Hand.

Ich erzähle Luis von Detective Jones, Luis berichtet mir von dessen Kollegin. Unsere beiden Verhöre – waren es überhaupt welche? – waren sich verblüffend ähnlich. *Wann haben Sie sie das letzte Mal gesehen? Wie hat sie auf Sie gewirkt? War sie deprimiert? Zerstreut? Hatte sie Angst?*

Ich lasse seine Hand los. »Hat sie dich das gefragt? Ob sie Angst hatte?«

Er nickt und fährt mit der Fingerspitze über eine Stelle auf dem Tisch.

»Mich hat er das nicht gefragt. Ich dachte, ihr Sturz war ein Unfall. Was hast du gesagt?«

Er zuckt die Schultern. »Dass mit ihr alles prima war.«

Alles prima.

»Sie kam dir am Freitag nicht irgendwie komisch vor, als du

sie zu ihrem Auto gebracht hast?«, frage ich. Ich kann nicht anders. Seine Formulierung ist schuld. *Prima.*

Er zuckt zurück, aber sein Kiefer ist angespannt. »Was meinst du?«

»Keine Ahnung, ich frage ja nur.«

Er antwortet nicht. Er kratzt an der gleichen Stelle, aber jetzt mit mehr Nachdruck.

»Sag mir, was los ist, Luis.«

Er schweigt und sieht mir nicht in die Augen. Dann steht er auf, holt ein Messer aus der Besteckschublade und kehrt zu seinem Stuhl zurück. Mit dem Messer kratzt er wieder an dieser Stelle auf der Tischplatte herum.

»Was machst du da?«

»Da ist ein bisschen Wachs oder so was. Oder Kaugummi. Ich mache es weg.«

Er werkelt herum wie besessen. Ich lege meine Hand auf seine. »Hör auf.«

Er hebt den Kopf und sieht mich an, und sein Gesicht ist von Kummer gezeichnet. Ich drücke seine Hand. Ich schaue auf die Uhr hinter mir. »Reiß dich zusammen, Luis. Die Kinder werden jeden Moment nach Hause kommen.«

Wie aufs Stichwort stürmen Matti und Carla von draußen in die Küche. Ihre Schuhe hinterlassen Matschspuren auf dem sauberen Boden, aber das ist mir egal. Ich umarme sie beide, ganz fest. »Mom, du erdrückst mich!«, jammern sie.

»Das ist mir egal«, sage ich ihnen. Ich würde sie am liebsten für immer im Arm halten. Luis sitzt einfach nur da und kratzt an seiner Stelle auf dem Tisch, aber den Kindern scheint das gar nicht aufzufallen. Ich schneide ein wenig Obst für sie und erkundige mich danach, wie ihr Tag war. Ausnahmsweise bin ich dankbar für ihre banalen Antworten. *Gut. Nett. Okay.* Matti holt sich eine Schokomilch aus dem Kühlschrank und trinkt sie direkt aus der Packung. Carla geht nach oben, um irgendetwas für ihr Schulprojekt zu programmieren. Matti nimmt seinen

Kakao mit ins Wohnzimmer und murmelt, dass er Xbox spielen geht. Normalerweise wäre das zu dieser Tageszeit tabu – hoffe ich zumindest, denn normalerweise bin ich um diese Uhrzeit noch auf der Arbeit –, aber heute nicht. Ich bin so überwältigt davon, wie lieb ich die zwei habe, dass mir die Tränen kommen. Ich würde immer für meine Familie kämpfen. Durch meine Adern fließt das glühende Verlangen, all das zu sein, was meine Mutter nicht war. Der Wunsch, dass es meinen Kindern gut geht und dass sie glücklich sind. Meine Kinder werden nie mit dem Gefühl aufwachsen, ungeliebt oder unerwünscht zu sein oder ihren Eltern nicht zu genügen. Und um das zu erreichen, ist mir jedes Mittel recht.

Meine Tagträume werden durch den plötzlichen sonoren Ton einer Nachrichtensendung unterbrochen: *Die Mordkommission ermittelt, nachdem eine Frau tot in ihrem Haus aufgefunden wurde …*

Luis und ich starren einander an, dann rennen wir ins Wohnzimmer. Einen Moment lang bin ich verwirrt, dann wird mir klar, dass Mateo beim Fernseher gerade auf seine Xbox umgeschaltet hat. Ich schnappe mir die Fernbedienung.

»Hey!«

»Nur für eine Sekunde, Matti.« Ich zappe durch die Kanäle, bis ich den richtigen gefunden habe.

… heute Morgen. Die Frau wurde kurz nach 9:30 Uhr von einer Reinigungskraft gefunden.

Luis steht neben mir und starrt regungslos auf den Bildschirm.

Der Rechtsmediziner hat die Todesursache noch nicht bestätigt. Momentan ist nicht klar, ob die Polizei den Tod als verdächtig einstuft. Die Ermittler haben keine weiteren Informationen bekanntgegeben.

Mein Handy klingelt, und ich suche nach meiner Umhängetasche. Sie hängt über der Lehne des Stuhls in der Küche.

June ist dran. »Hi.«

»Ich habe gerade die Nachrichten gesehen …«

»Ich weiß. Es ist furchtbar. Wir haben es auch gerade gesehen.«

»… und ich fühle mich nicht wohl dabei, zu lügen, wenn es darum geht, ob wir gestern Nacht zusammen waren.«

Ich verlasse die Küche und gehe in den Garten. Ein Windstoß lässt mich frösteln. Ich setze mich auf einen trockenen Fleck auf der obersten Treppenstufe. »Es ist ja nicht wirklich gelogen, June.«

»Na ja, im Grunde schon. Wir waren später ja nicht mehr zusammen. Ich will keine große Sache daraus machen …«

»Aber vorhin warst du doch noch einverstanden.«

»Ich weiß nicht, Anna. Ich fühle mich einfach nicht wohl dabei. Falls du nichts getan hast …«

Ich kann nicht mehr sprechen. Ich sitze da und schüttle mechanisch den Kopf, wie ein kaputtes Spielzeug. »Ich habe nichts getan«, presse ich schließlich hervor. »Hat die Polizei dich kontaktiert?«

»Natürlich nicht.«

»Okay, dann ist das ja alles kein Problem.«

»Aber es wird zum Problem werden, Anna.«

»Warum sagst du das?«

»Die Polizei wird wissen wollen, wo du letzte Nacht warst. Sie werden dich nach einem Alibi fragen, und du …«

»Warum sollten sie das tun?«

»Ach, komm schon. Weil dein Mann eine Affäre mit ihr hatte! Falls sie ermordet wurde …«

»Wow, nicht so fix. Niemand hat behauptet, dass sie ermordet wurde. Sie gehen von einem Unfall aus, okay? Das weiß ich genau, ich habe ja vorhin mit der Polizei gesprochen.«

Sie schweigt einen Moment. »Hör zu, ich fühle mich einfach nicht wohl damit, das ist alles. Wo auch immer du letzte Nacht warst …«

»Ich habe dir doch gesagt, dass ich mich betrunken habe. Ich war in einer Bar. In mehreren Bars.«

»Dann bist du doch fein raus. Sag ihnen einfach, wo du warst. Und ich brauche nicht für dich zu lügen.«

Ich reibe mir die Stirn. Ich muss nachdenken. Ich bin todmüde, und mein Gehirn funktioniert nicht mehr richtig. Luis kommt zur Tür und beobachtet mich.

»Darf ich vorbeikommen?«, frage ich. »Ich muss mit dir reden.«

»Was, jetzt?«

»Ja, bitte. Bitte, June.«

Es regnet wieder, und ich habe meinen Regenschirm zu Hause vergessen. Als ich bei June ankomme, tropft mir das Wasser den Hals hinunter, in den Kragen meiner Jacke.

Ich ziehe sie aus und lege sie über eine Stuhllehne, während June auf dem Sofa Platz für mich macht, indem sie einen Stapel Zeitschriften auf einen Tisch am Fenster verfrachtet. Sie verschwindet und kommt mit zwei Bechern zurück, die mit etwas Warmem, Karamellfarbenem gefüllt sind.

Ich nehme meinen Becher in beide Hände. »Danke, das duftet köstlich. Was ist das?«

»Das ist Chai-Tee mit Zimt. Und einem Spritzer Whisky.«

»Danke. Das ist genau, wonach mir jetzt ist.« Ich nehme einen Schluck von dem heißen Getränk. Es ist unglaublich lecker. »Gibst du mir das Rezept?«

»Klar. Ich gucke nachher mal, wo ich das habe, dann gebe ich es dir.«

»Danke. Das wäre toll.«

»Anna, was ist los? Du bist doch nicht gekommen, um mich nach Rezepten zu fragen.«

Ich lehne mich gegen die Sofakissen. »Du weißt doch, warum ich hier bin.«

»Was ist denn nun gestern Nacht passiert?«, fragt sie.

Ich sehe sie an, schaue ihr direkt in die Augen. »Ich habe etwas Schlimmes getan.«

»O Gott. Was denn?«

»Nicht, was du jetzt denkst«, sage ich schnell. Ich erzähle ihr, wie ich vor Isabelles Tür stand. Wie wir uns gestritten haben. Was sie mir alles Furchtbares an den Kopf geworfen hat.

»Sie hat gesagt, dass sie schwanger ist.«

Junes Augen werden groß. »Von Luis?«

»Ja. Das hat sie jedenfalls behauptet.«

»Was ist dann passiert?«

Ich überlege, ob ich ihr von der Halskette erzählen soll, wie ich ihr die vom Hals gerissen habe und wie sie Striemen auf meiner Hand hinterlassen hat, aber ich lasse es. Das spare ich mir für ein andermal auf. Es wäre bloß ein weiterer Grund für June, um mir *nicht* zu helfen.

»Wir haben uns gestritten. Sie hat gesagt, dass sie ihn liebt und ... Ach, egal. Als ich weggegangen bin, war sie putzmunter, das ist die reine Wahrheit. Ich bin einfach gegangen. Sie hat noch hinter mir hergelacht. Umgebracht habe ich sie definitiv nicht. Außerdem ist sie die Treppe runtergefallen, hat der Kripobeamte gesagt.«

»Die Treppe?«

»Das hat er gesagt.«

Sie schüttelt den Kopf, als wäre sie sauer auf mich, als würde ich die Situation nicht ernst genug nehmen.

»Aber weißt du, June, wenn die Polizei das herausfindet, würde es wahrscheinlich an die Presse durchsickern, meinst du nicht?«

»Warum sollte es das?«

»Weil sie ... Weil ich den Preis für die Pentti-Stone-Vermutung gewonnen habe, weil es eine reißerische Geschichte ist ... Das Übliche halt.«

Sie denkt einen Moment lang nach. »Und du hast ihr wirklich nichts getan?«

»Nein, June, ich schwöre dir, es ging ihr wunderbar, als ich weggegangen bin. Zumindest ging es ihr besser als mir.«

Sie nimmt sich Zeit, noch einmal darüber nachzudenken, und ich sitze da, und das Herz pocht mir im Hals. Schließlich sagt sie: »Okay, dann werde ich sagen, dass wir die ganze Zeit zusammen waren. Und dass wir später noch bei mir waren, falls jemand fragt.«

»O Gott, ich danke dir. Danke. June, du hast keine Ahnung, was mir das bedeutet.«

Sie schüttelt den Kopf. »Wann bist du denn nach Hause gekommen?«

»Gute Frage, um ehrlich zu sein, bin ich mir nicht sicher.« Ich lache verlegen. Inzwischen schäme ich mich für alles, was ich getan habe, für mein Verhalten und dafür, wie ich die Kontrolle verloren habe. »So gegen eins, glaube ich. Vielleicht auch später.«

»Du hattest ganz schön einen im Tee.«

Ich lehne mich zurück und seufze. »Ich weiß.«

»Hast du Hunger?«, fragt sie.

Ich lächle. »Warum?«

»Ich habe tonnenweise leckere Sachen in der Küche. Ich mache dir etwas zurecht.«

Ich lache. »Ehrlich gesagt, habe ich ganz schön zugenommen, seit wir uns kennen.« Ich folge ihr in die Küche.

Ihre Küche ist ganz anders als meine. Ich habe noch nie eine so unordentliche Küche gesehen. Gläser mit etwas, das wie Mehl und Zucker aussieht, stehen wahllos offen auf der Arbeitsplatte herum, die ansonsten von Krümeln übersät ist. Irgendwie wünschte ich, ich wäre nicht hergekommen. »Aber nichts, das zu sehr satt macht, bitte. Ich muss noch das Abendessen für die Kinder machen.«

Sie öffnet den Deckel einer Tupperdose und reicht ihn mir. »Hier, schau mal.«

Ich beuge mich vor, um einen Blick darauf zu werfen. »Riecht lecker, sieht furchtbar aus. Was ist das?«

»Salzkaramell-Erdnuss-Toffee. Ich habe mir gedacht, das könnte man gut zu Cocktails servieren. Ach, eigentlich weiß ich gar nicht, was ich mir dabei gedacht habe. Jedenfalls habe ich es vermasselt. Ich habe Honig statt Zucker genommen, und da ist es ganz hart und komisch geworden.«

»Das klingt wirklich verlockend.«

»Ich weiß.«

»Warum hast du das gemacht?«

»Es war halt ein Experiment. Jedenfalls soll man das mit trockenen Martinis oder so servieren.«

»Und deine Martinis, wie sind die so?«

»Leider viel zu lecker.«

»Kann ich einen Martini auch ohne das Salzkaramell-Erdnuss-Zeug haben?«

»Auf keinen Fall. Das ist ein Restposten. Beides oder nichts.« Sie zwinkert mir zu.

»Ach, ist auch egal«, sage ich, mein Kopf pocht wieder. »Ich weiß ohnehin nicht, ob ich jemals wieder etwas trinken kann.«

»Aber natürlich kannst du, es ist ja bloß einer. Danach geht es dir sofort besser, das schwöre ich dir.« Ich seufze. »Wenn du meinst.«

Sie löffelt etwas von der krümelig-klebrigen Masse auf einen Teller und reicht ihn mir. »Nimm das schon mal mit, ich bringe gleich Zitrone und Oliven.«

Wir sind wieder im Wohnzimmer, da fragt sie unvermittelt: »Hast du eine Pistole?«

»Ich? Nein! Warum fragst du das?«

»Meinst du nicht, wenn Isabelle eine Pistole gehabt hätte, würde sie jetzt noch leben?«

»Aber das ist doch lächerlich.«

»Nein, ist es nicht. Falls sie ermordet wurde …«

»Wir wissen doch gar nicht, ob sie ermordet wurde, June.«

»Aber falls doch … Also, als Frau, die alleine lebt, sollte man sich gegen Eindringlinge wehren können. Glaub mir, in dieser Stadt denke ich an nichts anderes.«

»Das ist doch Quatsch. Hast du denn eine Pistole?«

»Klar. Ich käme mir dumm vor, wenn ich keine hätte.«

»Echt? Wo?«

»Im Schlafzimmer. Nur eine kleine, eine .38er, aber im Zweifelsfall wird sie ihren Zweck erfüllen. Du solltest dir auch eine besorgen, ganz ehrlich.«

Ich denke an Isabelle mit Pistole in der Hand, und plötzlich bin ich überzeugt, dass sie auf mich geschossen hätte, wenn sie eine gehabt hätte. »Ich sollte gehen«, sage ich. »Sehen wir uns morgen?«

»Garantiert.« Sie nimmt mein leeres Martiniglas und meinen Teller und bringt beides in die Küche. Als sie zurückkommt, habe ich schon meine Jacke an.

»Und mach dir keine Sorgen«, sagt sie und umarmt mich an der Tür. »Dein Geheimnis – oder besser gesagt, *alle* deine Geheimnisse – sind bei mir gut aufgehoben.«

EINUNDDREISSIG

Angesichts der Tatsache, dass Isabelle tot ist, verzeihe ich Luis seinen Fehltritt. Was nützt es, wütend auf einen Geist zu sein? So sehe ich das jedenfalls. Es ist vorbei – dieser Gedanke geht mir immer wieder durch den Kopf. *Es ist vorbei.* Für die Polizei war es ja ohnehin nur ein Unfall. Das war jedenfalls mein Eindruck beim Gespräch mit Detective Jones.

Gott, man stelle sich das nur mal vor. Du dachtest, du wärst so etwas Besonders, dass du es dir erlauben kannst, eine andere Familie zu zerstören, einen Vater von seinen Kindern zu trennen, alles im Namen der *Liebe*, und dann brichst du dir – zack! – das Genick. Finito.

Darin liegt schon eine gewisse Poesie, finde ich.

Doch als wir zusammen im Bett liegen und ich mich an Luis schmiege, möchte ich ihm trotz allem ins Ohr flüstern: *Tu das nie wieder! Nie wieder!* Ich höre ihn seufzen. Vielleicht weint er sogar, ich bin mir nicht sicher. Ich lege meinen Arm um seinen Oberkörper und streichle ihn, tröste ihn, so wie ich es damals, vor Jahren, getan habe, nachdem Monica gestorben war.

Ist ja gut. Das wird schon.

»Ich liebe dich so sehr«, sage ich ganz leise. »Lass uns wegziehen, du, ich und die Kinder. Lass uns fortgehen von hier. Wir könnten nach Martha's Vineyard ziehen«, flüstere ich ihm zu. »Ich habe mich schon schlau gemacht. Da gibt es eine ganz tolle Kunstszene, und es gibt einen Fechtverein und eine Theatergruppe, und warte nur, bis du die Häuser in Oak Bluffs siehst und das Flying Horses Carousel, das älteste Karussell der Welt«, sage ich, obwohl ich mir nicht ganz sicher bin, ob es wirklich das älteste der Welt ist. Aber das ist ja auch egal. Luis schläft und schnarcht leise in meinen Armen.

Am nächsten Morgen wache ich mit einem neuen Gefühl der Entschlossenheit auf. Ich beobachte Luis eine Weile beim Schlafen und lege meine Hand an seine Wange. Er rührt sich nicht. Langsam schiebe ich die Decke weg und schwinge meine Beine aus dem Bett, alles in Zeitlupe, um ihn nicht zu stören.

Ich wecke die Kinder, mache Frühstück, packe ihre Lunchpakete, kontrolliere die Hausaufgaben, unterschreibe einen Zettel, dass Carla am nächsten Samstagvormittag ins Theater gehen und sich das Stück *Die 39 Stufen* ansehen darf, wobei ich sofort wieder an Isabelle und die Treppe denken muss.

»Ist mit Dad alles okay?«, fragen beide.

»Er ist nur erkältet. Der wird schon wieder.« Ich streiche ihnen über die Haare. »Habt einen schönen Tag in der Schule. Ich hab euch lieb. Los jetzt, sonst verpasst ihr noch den Bus.« Ich füttere Roxy, räume die Spülmaschine ein, wische die Oberflächen ab und stecke eine Ladung Wäsche in die Maschine. Ich finde sogar ein Papiertaschentuch in einer Tasche von Carlas Jeans, *bevor* ich die Maschine einschalte. Ein echter Glückstag. So sollte jeder Tag sein. Dann wäre ich immer glücklich. Ich bin vor allem glücklich, wenn die anderen glücklich sind. Für diese Rolle wurde ich geboren: Ehefrau, Mutter, Hausfrau.

Als Luis in die Küche kommt, schlinge ich ihm die Arme um den Hals.

»Ich dachte, du wolltest ausschlafen. Wie geht's dir?«

»Ganz gut.« Er fährt sich mit der Hand durchs Haar.

»Bist du sicher?«

»Ja, natürlich.«

Ich lehne mich an seine Schulter.

»Danke«, flüstert er.

»Wofür?«, sage ich. Aber was ich eigentlich sagen will, ist: *Gern geschehen. Ich liebe dich. Ich würde alles tun für dich. Für uns. Was auch immer es ist.*

Ich habe unser Schiff durch dunkle, unsichere Gewässer gesteuert, hinein ins Licht. Ich weiß, es klingt verrückt, aber so fühle ich mich. Als ob die Sonne in unser Leben zurückgekehrt ist, die Schatten fortgejagt und alles Düstere, Beängstigende ausgemerzt hat.

Der Tag könnte nicht schöner sein. Die Luft ist klar, die Sonne strahlt. Im Büro hat June mir einen Karamell-Cupcake auf den Schreibtisch gestellt, daneben liegt ein kleiner Zettel, auf den sie *Guten Appetit* gekritzelt hat. Ich lasse meine Umhängetasche auf den Boden fallen, nehme den Cupcake und esse ihn auf. Danach lecke ich mir die Lippen und stippe noch die letzten Krümel auf. Er ist unglaublich lecker.

Zwanzig Minuten später klopft sie an meine Tür.

»Das war das Leckerste, was ich je in meinem Leben gegessen habe«, sage ich und zeige auf die Überreste des gelben Papierförmchens. »Ach, hallo übrigens.«

Sie lacht. »Das freut mich. Gehört alles zum Service.«

Sie setzt sich mir gegenüber, ihren Notizblock griffbereit. Ich habe so viel im Kopf, das sie für mich erledigen kann, jede Menge Arbeit, die ich in den letzten Wochen habe liegen lassen, wie ich zu meiner Schande gestehen muss. Berichte verschicken, Bewerbungen zusammenstellen, Stundenpläne aktualisieren und an die Studierenden verschicken.

»Du darfst bitte nie mehr für jemand anderen arbeiten, hörst du? Ich könnte es nicht ertragen, wenn ich auf deine göttlichen selbstgebackenen Leckereien verzichten müsste.«

»Nun, das kann ich nicht versprechen. Vielleicht bekomme ich ja mal ein besseres Angebot.«

»Versuch es gar nicht erst. Stell dir einfach vor, das hier wäre kein Job, sondern eine Geiselnahme. Sobald ich Wind davon bekomme, dass du vorhast, uns zu verlassen, jage ich den ganzen Laden in die Luft.«

»Du hast ja gute Laune«, sagt sie, als sie fertig gegackert hat.

»Stimmt!«

June steht auf und tippt mit ihrem Stift auf ihren Notizblock. »Ich verschwinde und erledige das, okay?«

»Danke, June. Du bist die Beste, ganz ehrlich.« Ich schaue auf die Uhr. »Außerdem muss ich heute Nachmittag früher gehen, ich muss Mateo vom Fußball abholen, weil Luis einen Zahnarzttermin hat. Nur dass du Bescheid weißt.«

Ich unterrichte meine Seminare, sitze in Meetings, mache meinen Job. In der Mittagspause esse ich am Schreibtisch einen griechischen Bauernsalat und stöbere dabei im Internet nach Deko für Weihnachten. Wir haben schon seit Jahren dieselbe Weihnachtsbeleuchtung, daher habe ich beschlossen, dass es Zeit für etwas Neues ist. Ich will so viele Lampen besorgen, dass unser Haus alle anderen in der Nachbarschaft überstrahlt. Die Kinder werden ganz aus dem Häuschen sein.

Und weil es so ein toller Tag ist, vergeht der Nachmittag, ohne dass mir Geoff auch nur einmal über den Weg läuft. Das ist Rekord, denke ich. Und es zeigt einmal mehr, dass die Sterne günstig für mich stehen.

Doch dann klopft es an der Tür, und mit meiner guten Laune ist es vorbei.

Denn es ist Geoff.

Mein Magen macht einen Salto rückwärts. Die Beschwerde. Ryan. Ich habe da gar nichts weiter unternommen.

»Was gibt's?«

Er wirkt irgendwie seltsam. Wie er so betont entspannt dasteht, ein wenig zu entspannt.

»Hast du einen Moment Zeit?« Er kommt herein, ohne eine Antwort abzuwarten.

Ich habe Angst davor, was jetzt kommt. Es geht bestimmt um die Beschwerde. Vielleicht sogar schon um Disziplinarmaßnahmen.

Dann taucht plötzlich Mila auf. »Hallo, Anna, Geoff. Komme ich zu spät?«

»Was ist denn los?«, frage ich, aber ich bekomme keine Antwort.

Mila schließt die Tür hinter sich, und sie setzen sich in die Sessel gegenüber von meinem Schreibtisch. Geoff schlägt die Beine übereinander und umfasst seinen Knöchel. Ich vermute, er glaubt, dass das besonders lässig aussieht, aber er ist dermaßen aus der Form, dass es eher wirkt, als tue er sich weh. Mila tippt derweil auf ihrem iPad herum.

Keiner sagt etwas.

»Habe ich eine Besprechung verpasst?«

»Nein, nein«, sagt Geoff. »Tut mir leid, wenn ich störe. Es wird nicht lange dauern. Komm und setz dich.« Es ist wirklich erstaunlich, wie höflich er sein kann. Als hätte er niemals versucht, mich zu vergewaltigen; als wäre er ein ganz normaler Mensch und kein übergriffiger Widerling. Als hätte er sich gar nichts vorzuwerfen, weil *ich* an allem schuld war.

Mein Handy summt. Ich schalte es aus, ohne hinzusehen, wer es ist, und lasse es in der untersten Schublade verschwinden.

Da sie die beiden Sessel besetzen, muss ich meinen Bürostuhl zu ihnen hinüberschieben. Darauf sitze ich höher als sie. Es ist mir unangenehm, dass sie so entspannt sind, während ich auf der Kante der Sitzfläche hocke, die Hände im Schoß, und darauf warte, dass mein Schicksal besiegelt wird. »Was ist denn nun los?«, frage ich noch einmal. Ich will es unbedingt hinter mich bringen, auch wenn ich Angst habe und gar nicht genau weiß, was *es* eigentlich ist. *Bitte gib, dass es nicht um die Beschwerde wegen sexueller Belästigung geht. Nicht hier vor Mila.*

»Also, die Situation ist folgende.« Geoff nimmt sein Bein herunter, beugt sich vor und platziert seine Unterarme auf den Knien. »Jack Dawson von der Forrester Foundation hat sich heute Morgen gemeldet. Man hat dort Bedenken.«

»Wie bitte?«

»Bevor sie dir das Preisgeld überweisen, möchten sie, dass du noch weitere Informationen einreichst. Die Informationen, die du eigentlich …«

»Das verstehe ich nicht.«

Geoff und Mila werfen sich einen Blick zu.

»Das Problem ist, Anna, dass du zwar einen Artikel über die Lösung geschrieben hast, aber sie meinen, du hättest nicht darüber geschrieben, *wie* du auf diese Lösung gekommen bist. Offenbar haben sie bei dir angefragt, und du warst nicht gerade sehr entgegenkommend.«

»Ich hatte noch keine Zeit.«

Er hebt eine Hand. »Mag sein, aber wie du weißt« – er dreht sich zu Mila um, während er das sagt, und ich weiß nicht, ob er jetzt mit ihr oder mit mir spricht – »haben wir und die Forrester Foundation dich mehrfach um diese Materialien gebeten, ohne Erfolg. Das Institut befindet sich in einem Dilemma. Wir haben ja sozusagen deine Arbeit finanziert, die Universität und insbesondere das Institut. Wenn die Forrester Foundation nicht zufrieden ist, wirft das ein ziemlich schlechtes Licht auf uns.«

»Wieso sind die denn nicht zufrieden? Der Beweis ist doch da. Wen interessiert, wie ich darauf gekommen bin? Ich habe einfach keine Zeit für so was! Ist das nicht völlig egal? Es ist mein Beweis! Er ist perfekt, so wie er ist!«

»Denen ist das nicht egal, Anna.«

»Warum?«

»So sind nun einmal deren Richtlinien! Dort steht das schwarz auf weiß, und das weißt du genau.«

»Aber warum steht das überhaupt in deren Richtlinien?«

»Kannst du dir das nicht denken? Offiziell, weil sie die Experimente, die Vision, die Inspiration, den kreativen Prozess für genauso wertvoll halten wie den Beweis an sich. Ich vermute jedoch, dass sie sich vor allem absichern wollen. Sie wollen nicht Gefahr laufen, in ein paar Jahren verklagt zu werden, weil jemand behauptet, er hätte die Arbeit geleistet, die am Ende zu dem ...«

»Jemand? Wer denn?«

»Ein Student, ein Kollege, der dir irgendwelche Überlegungen oder Gedankengänge mitgeteilt hat.«

Mila hebt höflich eine Hand, nur ein Stückchen, aber Geoff entgeht es nicht. »Ja, Mila?«

»Ich glaube, bei einem der ersten Innovationspreise, die die Forrester Foundation verliehen hat, gab es direkt Plagiatsvorwürfe. Wenn der Stiftung Präliminarien, Entwürfe und Notizen vorliegen, kann sie verhindern, dass sich so eine Situation wiederholt.« Es ist das erste Mal, dass sie etwas sagt.

Dann geht die Tür auf, und June steht da und schaut von mir zu Geoff zu Mila.

»June, bitte. Wir sind gerade sehr beschäftigt.«

»Anna, es ist ...«

»Wer auch immer es ist, er soll eine Nachricht hinterlassen.«

»Ich fürchte, es ist wichtig ...«

»Schreib es auf, ich kümmere mich später darum. Okay?«

Ich versuche, meine Angst zu verbergen, aber ihrem Gesichtsausdruck nach zu urteilen, gelingt mir das nicht besonders gut. Sie geht wieder weg und macht die Tür hinter sich zu.

Ich wende mich wieder an die beiden. »Wo waren wir?«, frage ich. »Ach ja. Plagiat. Ihr wollt also behaupten ...«

»Niemand will irgendetwas behaupten, Anna. Nur, dass man manchmal versehentlich jemand anderes Arbeit ...«

»Wann hast du das letzte Mal in der Mathematik ein Plagiat gesehen, Geoff? Versehentlich oder nicht?« Ich schlage die Beine übereinander und hebe mein Kinn.

»Na ja«, sagt er und schnaubt, »ich habe jetzt keine genauen Fälle parat ...«

»Izanami Hindle«, wirft Mila ein.

Geoff schnippt mit den Fingern. »Stimmt! Aus Princeton, oder?«

»Stanford. Und Jeremiah Pell, der mit diesem Deutschen, Fred Holze, zur Poincaré-Vermutung geforscht hat.«

»Genau«, sagt Geoff und dreht sich zu mir um. »Schau mal, wir verstehen ja, wie so etwas passieren kann ... Der ganze Druck ...«

Ich neige meinen Kopf zu ihm, mein Blick ist so naiv und rein wie der einer Taube auf einer Hochzeit. »Druck?«

Er wendet sich an Mila. »Stimmt doch, oder, Mila?«

Mila macht ein nachdenkliches Gesicht. Offenbar versucht sie demonstrativ, darüber nachzudenken, was Geoff eben gesagt hat.

»Das trifft auf mich ja wohl nicht zu«, sage ich fröhlich. »Druck kenne ich gar nicht. Gütiger Himmel, ich habe ja nicht einmal die Professur bekommen!« Ich lache, aber es klingt seltsam hoch und gestört. Wie der verrückte Papagei in dem YouTube-Video, das Matti mir letztes Jahr ständig gezeigt hat. »Ich stehe nie unter Druck«, sage ich, und es gelingt mir, wieder normal zu klingen. »Außer ihr meint die Protokolle zu den Sitzungen, die ich immer machen muss. Das ist natürlich ein gewisser Druck, aber mit dem kann ich umgehen. Ich komme mit Druck ganz gut zurecht.«

Geoff wartet einen Moment und flötet dann in einem aufgesetzten, süßlichen Ton: »Aber genau da liegt das Problem, verstehst du das nicht? Anna?«

»Nein, Geoff, das tue ich nicht. Was ist denn das Problem?«

Er springt auf und brüllt: »Dass du so etwas noch nie gemacht hast!«

Dann beugt sich die stets hilfsbereite Mila vor und sagt: »Du hast ja nicht einmal einen Zuschuss für deine Forschung beantragt, Anna.«

»Genau!«, sagt Geoff und dreht sich zu ihr um. »Das ist doch nicht normal, oder?«

Ich lehne mich zurück und starre die zwei an. »Ihr glaubt also, ich habe das alles *gestohlen.*« Ich spüre, wie meine Wangen glühen.

Beide lachen auf. »Nein! Das würden wir nie behaupten.« Geoff setzt sich wieder hin. »Wir geben nur wieder, was die Forrester Foundation gesagt hat, und das ...«

»Ja, ist ja gut. Du hast dich klar genug ausgedrückt. Mehrmals.« Ich stehe auf und gehe zur Tür. »Ich bringe dir morgen früh meine Notizbücher.«

Sie erheben sich ebenfalls. Ich halte die Tür auf, und sie verschwinden. Kaum sind sie draußen, tuscheln sie miteinander. Ich knalle die Tür zu. Ich kann nicht anders.

Ich setze mich an meinen Schreibtisch und räume auf. Ich sprühe den Computerbildschirm ein und wische ihn sauber, sortiere Büroklammern nach Farben und säubere mit einem Taschentuch die Zwischenräume zwischen den Tasten der Tastatur. Ich sollte wirklich nach Hause gehen. Ich öffne die Schublade und hole mein Handy heraus. Mein Blick fällt auf das Personalverzeichnis. Ich kann kaum glauben, wie dämlich ich war, hier die Halskette zu verstecken. Wer weiß, ob Geoff und Mila auf der Suche nach Hinweisen darauf, dass mein

Beweis ein Plagiat ist, nicht meine Sachen durchwühlen? Die würden sich garantiert fragen, was die Kette dort zu suchen hat. Auch wenn sie keine Ahnung hätten, was sie bedeutet – das beste Versteck der Welt ist das nicht gerade.

Ob die mir den Preis wirklich aberkennen können? Denn darum geht es doch, oder? Ich soll meinen eigenen Beweis beweisen – wie absurd ist das denn, bitteschön? Ich stecke die Halskette in die Tasche, schalte mein Handy wieder ein, und es piepst. Dann piepst es noch einmal. Ich habe sieben verpasste Anrufe, alle vom Fußballverein.

Matti.

ZWEIUNDDREISSIG

Ich stürme aus dem Büro, im Laufen schlüpfe ich in die Jacke und hänge mir meine Tasche um. Ich rufe Luis an, aber er nimmt nicht ab. Das Handy zwischen Kinn und Schulter geklemmt, spreche ich ihm auf die Mailbox: »Ist Matti bei dir? Kannst du mich bitte zurückrufen? Ich hätte eigentlich ...« Das Handy fällt mir herunter und klappert auf dem Boden. Als ich es aufhebe, rutscht mir die Umhängetasche von der Schulter, und der Inhalt ergießt sich über den Fußboden. Ich klaube so schnell es geht meine Sachen zusammen, dann renne ich zu meinem Auto.

In einem Höllentempo fahre ich zum Sportplatz an der Bainbridge Road. Ich muss die ganze Zeit an mein armes Kind denken, meinen Kleinen, meinen Matti, der bestimmt schon völlig verzweifelt ist. Ich male mir aus, wie er auf der Bank sitzt und vor Panik zittert und keucht. Er hat Asthma, und bei Stress bekommt er schnell einen Anfall. Habe ich ihm heute Morgen sein Spray eingepackt? Ich kann mich nicht erinnern. Er muss fix und fertig sein, und allein der Gedanke daran macht mir Bauchschmerzen. Unterwegs überfahre ich mindestens eine rote Ampel, und beinahe kommt mir eine Katze unter die

Räder. Ich rufe immer wieder bei Luis an, lande aber jedes Mal auf der Mailbox.

Beim Sportplatz angekommen, halte ich im Parkverbot und laufe direkt zum Vereinshaus. Es ist verschlossen.

Ich schaue mich um. Ich bin so spät dran, dass niemand mehr da ist, keiner, der hinter den Kindern herräumt, keine Eltern, die sich unterhalten, einfach niemand. Ich raufe mir die Haare und rufe zum x-ten Mal Luis an.

»Ernsthaft, Luis, kannst du mich bitte zurückrufen? Ich mache mir langsam wirklich Sorgen.«

Ob er mit irgendwelchen anderen Eltern mitgefahren ist, die ihn nach Hause gebracht haben? Aber das sähe ihm gar nicht ähnlich, davor hat er nämlich auch Angst. Wenn Luis oder ich sagen, dass wir ihn abholen kommen, dann wartet er. Er steigt nicht zu anderen Leuten ins Auto, egal wie gut er sie kennt.

Mit pochendem Herzen rufe ich unsere Festnetznummer an.

Carla geht ran.

»Schatz, ist Matti zu Hause?« Ich halte eine Hand über meine Augen und bete leise.

»Klar«, sagt sie leichthin, und die Erleichterung, die sich in mir ausbreitet, lässt meinen ganzen Körper zittern, als ob meine Knochen aus Gummi wären.

»Ach, Gott sei Dank. Hat Dad ihn nach Hause gebracht? Kann ich mit ihm sprechen?«

»Dad ist nicht da.« Ich kann hören, wie sie in einen Apfel beißt. »Wann kommst du nach Hause?«

»Und wie ist Matti nach Hause gekommen?«

»Deine Freundin hat ihn hergebracht.«

»Welche Freundin?«

»June, glaube ich, heißt die so?«

»June?«

Mir ist ganz schwindelig vor Erleichterung, und schwarze

Punkte tanzen vor meinen Augen. Ich setze mich auf die Bank und presse mir den Handballen zwischen die Augen.

»Willst du mit ihr sprechen?«

Ich setze mich auf. »Ist sie noch da?«

»Sie ist oben bei Matti. Er war ganz schön aufgeregt, Mom.«

»Ich weiß, Schatz. Wie geht es ihm jetzt?«

»Sie liest ihm etwas vor«, sagt sie.

»Was denn?«

»Keine Ahnung. Warte mal.« Ich höre, wie sie die Treppe hochläuft und ruft: »Was lest ihr da? Mom will das wissen.«

Ich bin jetzt wieder beim Auto und setze mich auf den Fahrersitz, das Handy am Ohr, während ich spüre, wie sich mein Atem normalisiert.

»*Wo die wilden Kerle wohnen*«, sagt sie schließlich.

»Natürlich. Ach, wie schön.« *Wo die wilden Kerle wohnen* ist eines seiner Lieblingsbücher, und sein Exemplar gehörte Luis, als der klein war, auch wenn das Matti nicht viel bedeutet. Trotzdem ist das Buch die perfekte Wahl, wenn er aufgeregt ist. »Dann geht es ihm also gut?«

»Er hat Schluckauf, aber sonst ist alles gut. Ich glaube, er mag June.«

Ich kann einfach nicht glauben, was ich da höre. Matti geht nie mit Fremden mit, niemals! Ich weiß gar nicht, ob ich später mit ihm schimpfen oder ihn umarmen soll. Und dass er auch jetzt nicht ausflippt, sondern sich offenbar ganz ruhig etwas vorlesen lässt, ist wirklich erstaunlich. »Gib mir bitte mal June.«

»Okay, Moment.«

Einige Sekunden später ist June am Apparat. »Hi, hier ist alles in Ordnung, hast du meine Nachrichten bekommen?«

»Nachrichten? Nein, ich meine, kann sein, ich habe noch nicht nachgeschaut, sondern die ganze Zeit versucht, Luis zu erreichen.«

»Ich habe dir mehrere Sprachnachrichten hinterlassen, um dir zu sagen, was los ist – bleib mal dran.« Abseits vom Telefon sagt sie: »Ja, Matti? Ja, natürlich.« Dann ist sie wieder dran. »Er will, dass wir weiterlesen. Wir waren bis dahin gekommen, wo Max den Monstern begegnet. Jetzt wird es spannend.«

»Er kennt das Buch doch in- und auswendig.«

»Aber ich nicht«, sagt sie, und ich muss lachen.

Ich bin so erleichtert, dass mir Tränen über die Wangen kullern und ich einen Moment lang nicht sprechen kann. Ich wische sie mit meinem Ärmel ab. »Du bist die Beste, June, ganz ehrlich. Ich bin in fünf Minuten zu Hause. Wartest du auf mich?«

»Klar doch. Bis gleich.«

Ich gehe leise die Treppe hinauf zu Mattis Kinderzimmer. Durch die offene Tür sehe ich ihn auf der Bettkante sitzen, Seite an Seite mit June, den Kopf auf ihre Schulter gelegt. Er hat ein fast leeres Glas Milch auf dem Schoß und nuckelt an einem Plastikspielzeug, während sie ihm vorliest. Als er zu mir aufschaut, sehen seine Augen müde und verheult aus.

»Hey, Sweety.« Ich knie mich vor ihm hin. »Tut mir leid, dass ich zu spät gekommen bin.«

»Du hast – *hicks* – mich nicht abgeholt.«

»Tut mir leid, Matti. Wirklich.«

»Du hast mich vergessen.«

»Nein! Ich habe dich nicht vergessen! Ich musste länger arbeiten, das ist alles. Geht es dir gut, mein Kleiner?«

Er nickt und atmet zitternd ein.

»Gut.« Ich wende mich June zu und forme mit den Lippen: *Danke*. Sie lächelt. »Matti«, sage ich, »June und ich gehen mal eben runter, um uns zu unterhalten, und ich mache dir einen schönen warmen Kakao, okay?«

June steht auf, und er hält sich an ihrem Arm fest, und einen Moment lang stelle ich mir vor, dass er sie einfach nicht loslässt. Sie gibt ihm das Buch und bedankt sich bei ihm für seine Gesellschaft.

»Kann June nicht hierbleiben?«, fragt er mich.

»June muss bald nach Hause gehen, okay? Sag schön danke.«

»Danke«, sagt er zu June, und ich umarme ihn, drücke ihn ganz fest und küsse ihn auf den Kopf, bis er sich losreißt.

Unten sitzt June schon am Küchentisch. Während ich Matti seinen Kakao mache, erzählt sie mir, die Leute vom Fußballverein hätten versucht, mich auf meinem Handy anzurufen, aber da ich nicht rangegangen sei, hätten sie in der Uni angerufen und June erreicht. Während meiner Besprechung hatte sie mir Bescheid sagen wollen, aber ich war angespannt gewesen und hatte sie angeschnauzt, sie solle verschwinden. Sie dachte, sie tue mir einen Gefallen.

»Hör zu, June, ich bin dir sehr dankbar. Ganz ehrlich. Aber wenn du das nächste Mal meine Kinder abholst, solltest du mir das vorher mitteilen. Ich hatte fast einen Herzinfarkt.«

»Ich habe dir zwei Sprachnachrichten und eine SMS geschickt«, sagt sie entschuldigend.

Ich lege den Kopf schief und schaue sie an. »Eines Tages …« sage ich, dann breche ich ab.

»Eines Tages – was?«

Eines Tages wirst du selbst Kinder haben, und dann wirst du an diese Situation zurückdenken und nachvollziehen können, welche Angst du mir eingejagt hast.

»Eines Tages wird mir etwas einfallen, wie ich mich bei dir bedanken kann«, sage ich stattdessen.

Ich bringe Matti den heißen Kakao hoch, und als ich zurückkomme, will June wissen, worum es bei der Besprechung vorhin ging.

»Ihr kamt mir alle extrem nervös vor«, sagt sie.

Ich will ihr nicht sagen, was los war. Nicht, weil ich ihr

nicht vertraue – ich habe einfach keine Lust auf noch mehr Fragen über die ganze Sache.

»Erzähle ich dir gleich«, sage ich und weiß, dass ich das bestimmt nicht tun werde, »aber sag mal, erinnerst du dich an Ryan?«

»Wie könnte ich den vergessen? Der war doch der Grund dafür, dass du neulich allein durch die Bars gezogen bist.«

Stimmt ja. Ich hatte mein angebliches Saufgelage auf die Situation mit Ryan geschoben. Vielleicht sollte ich mir langsam Notizen machen.

»Nun ja ...« Ich stütze meinen Kopf in die Hände. »Er hat Beschwerde gegen mich eingereicht.«

»Was denn für eine Beschwerde?«

»Sexuelle Belästigung.«

Sie stößt ein lautes Gackern aus. Dann wird ihr klar, dass ich es durchaus ernst meine, und sie macht große Augen. Ich erzähle ihr davon, wie ich mit Geoff zu der Ruhestandsfeier ging, wo er mich mit Ryan verschwinden sah. Dass ich fürchte, Geoff könnte gegen mich aussagen. Beinahe füge ich hinzu, dass es mich nicht wundern würde, so sehr hasst er mich.

»Ich kann das gar nicht glauben«, sagt sie.

»Ja, oder? Vor allem, wenn man bedenkt, dass er mir dann mitten in meinem Vortrag das Foto aufs Handy geschickt hat. Der Widerling.«

»Aber das ist doch gut für dich, oder? Du kannst es demjenigen zeigen, der den Fall untersucht. Das beweist doch, was für ein Typ Ryan ist.«

Daran hatte ich noch gar nicht gedacht. »Stimmt. Es kam von einer unterdrückten Telefonnummer, aber er wird kaum bestreiten können, dass er das Foto gemacht hat, oder? Wobei, vielleicht doch. Vielleicht behauptet er dann, dass das Foto nicht von ihm ist. An dem Tag, als ich durch sein Telefon scrollte, war es auf jeden Fall nicht da.«

»Wahrscheinlich hatte er es sich schon auf ein anderes Gerät geschickt«, sagt sie.

Ich setze mich ruckartig auf. »Lakewood Park.«

»Was?«

»O Gott, June! Mir fallen gerade die anderen Fotos auf seinem Handy wieder ein. Da waren diverse Bilder von ihm mit Hund, einem Retriever.«

Ich schließe die Augen. Ich kann den Park sehen und den Hund, den Sonnenuntergang.

Ich öffne sie wieder. »Jetzt weiß ich, wie ich ihn finden kann. Ich weiß, wo er immer mit seinem Hund Gassi geht.«

Ausgerechnet jetzt kommt Luis nach Hause. Ich stelle ihn June vor, und die Kinder kommen die Treppe heruntergerannt, um ihren Vater zu begrüßen. June sagt, sie müsse jetzt los, und zieht ihren Mantel an. Derweil durchwühlt Carla meine Umhängetasche nach meinem Portemonnaie, weil sie Geld für neue Strumpfhosen für ihren Tanzkurs morgen braucht.

Bevor ich nachdenken kann, packe ich sie am Arm. »Halt!«

Das kam eine Spur zu laut heraus, und alle – Carla, Matti, June und Luis – halten in ihrer Bewegung inne und sehen mich an.

»Sorry!«, sage ich und lache. Ich nehme Carla die Tasche weg und taste so diskret wie möglich nach der Halskette. Ich finde sie am Boden der Tasche, verstecke sie in meiner Handfläche und gebe Carla die Tasche zurück. »Bitte sehr, Sweety.«

Ich halte die Halskette in der geschlossenen Hand, und Luis schaut sie an, und einen verrückten Moment lang denke ich, er hat es bemerkt. Ich umarme June zum Abschied und schiebe dabei den Riemen ihrer Handtasche von ihrer Schulter, sodass sie zu Boden fällt.

»Tut mir leid! Ich weiß wirklich nicht, was heute mit mir los ist!«

Es ist eine dieser Handtaschen mit Dutzenden Fächern, und ich knie mich hin und stecke hastig alles, was herausgefallen ist, wieder hinein. Dabei gelingt es mir, die Halskette in ein kleines mit einem Druckknopf verschlossenes Seitenfach zu stecken. Ich reiche ihr die Handtasche zurück.

»Bitte sehr, tut mir leid.«

»Schon okay. War ein anstrengender Tag!«, sagt sie und zwinkert mir zu.

Ich umarme sie noch einmal und beobachte Luis, der mich ganz seltsam anschaut und den Kopf schief legt. Ich lächle und sage meinem Herzen, es soll aufhören, so heftig zu klopfen.

DREIUNDDREISSIG

Ich sitze auf einer Bank in der Nähe der Holzplattformen, die ich auf den Fotos auf Ryans Handy gesehen habe, und schaue mir den Sonnenuntergang an. Es ist ungefähr die Uhrzeit, zu der er diese Fotos gemacht haben muss. Ich erinnere mich genau an den blau-rosa Himmel.

Es kann natürlich sein, dass er heute gar nicht herkommt, aber das ist schon okay, dann komme ich halt morgen wieder und übermorgen, so lange, bis ich ihn erwische. Aber Hunde mögen Routine, sie sind gerne zur selben Zeit am selben Ort, daher denke ich, es dürfte nicht allzu lange dauern. Zumindest, falls er überhaupt noch herkommt.

Zwei Hunde kommen den Weg heruntergerannt und jagen Tennisbällen hinterher, die ihr Herrchen geworfen hat. Ich schaue zu, wie ein Pudel in den Beeten neben einem Spielplatz mit den Vorderpfoten ein Loch gräbt und dabei Klumpen feuchter Erde auf die Schaukeln wirft. Es fängt an zu regnen, große, dicke Tropfen, und ich denke, dass es heute nichts mehr wird. Ich will gerade aufgeben, als ich einen Retriever mit einem roten Tuch um den Hals sehe. Mein Herz pocht mir bis zum Hals, noch bevor ich Ryan erkenne, der ein paar Schritte hinter ihm steht und so *normal* aussieht, dass ich vor Wut mit den Zähnen knirsche. Ich beobachte ihn einen Moment lang. Er schaut auf sein Handy und wischt mit dem Daumen über das Display.

Dann schaut er in den Himmel und blinzelt, und noch bevor ich Gelegenheit habe, zu ihm hinüberzugehen, pfeift er nach seinem Hund, und sie gehen in Richtung Parkeingang. Ich folge ihnen auf Sichtweite.

Eine Viertelstunde später überquert Ryan den Riverside Drive und betritt die Auffahrt zu einem eleganten Einfamilienhaus. Er schließt die Tür auf, lässt den Hund vorauslaufen und verschwindet im Haus.

Sehr gut, denke ich. Das ist viel besser, als ihn im Park zu konfrontieren. Bei ihm zu Hause kann er nicht vor mir davonlaufen. Ob er allein da wohnt? Bestimmt nicht, so ein großes Haus. Ist er verheiratet? Hat er Kinder? Ich bin mir ziemlich sicher, dass er gesagt hat, er sei Single – gut möglich, dass das gelogen war. Ich hoffe sogar, dass er verheiratet ist. Ich würde seiner Frau liebend gern mitteilen, was für ein widerlicher Kerl ihr Mann ist.

Mit rasendem Puls, die Hände zu Fäusten geballt, steige ich die Stufen der Veranda empor und klingle. Fast sofort wird die Tür geöffnet, und sehr zu meiner Überraschung steht eine ältere Frau vor mir. Sie lächelt höflich und zieht ihre hellblaue Strickjacke fester um sich.

»Was wünschen Sie bitte?«

»Ich wollte zu meinem Bekannten«, überwinde ich mich zu sagen. »Ryan. Ist er da?«

Ich erwarte schon fast, dass sie so etwas sagt wie: *Hier gibt es keinen Ryan, bitte lassen Sie uns in Frieden.* Aber nein! Sie mustert mich knapp und öffnet die Tür ein Stück weiter.

»Ja, der ist da. Kommen Sie doch herein.«

Sie geht voraus ins große Wohnzimmer, das in der Mitte durch Doppeltüren geteilt ist, die fast die gesamte Breite einnehmen. Das Interieur des Hauses ist wunderschön, mit gewölbten Türöffnungen und auffälligen Holzintarsien um die Türen herum. Durch ein großes Fenster schaut man in den Garten, wo der Hund gerade an einem schmiedeeisernen Gartentisch schnüffelt.

Nichts hier ist so, wie ich es mir vorgestellt hätte. »Möchten Sie sich setzen?«, fragt sie.

»Ach nein, das ist nicht nötig. Ich habe so lange im Auto gesessen, ich muss mir ein wenig die Beine vertreten.«

»Sicher. Hatten Sie es denn sehr weit?«

»Nein, nicht wirklich«, sage ich und merke sofort, dass ich mir damit selbst widerspreche. Ich rede nicht weiter, und wenig später lächelt sie und sagt: »Warten Sie kurz, ich hole Ryan.«

Ich sehe mich um. Mein Blick fällt auf ein gerahmtes Poster von einer Matisse-Ausstellung in der Tate Gallery im Jahr 1953. An der Wand steht ein Sideboard, darauf gerahmte Fotos und großblättrige Topfpflanzen. Ich betrachte die Bilder. Auf einigen ist Ryan zu sehen, und sie lassen vermuten, dass die Frau, die mich hereingelassen hat, seine Mutter ist.

Der ach so erwachsene Ryan wohnt noch zu Hause!

Das erklärt einiges, wie ich finde. Ein Gruppenfoto, das teilweise von einer Monstera verdeckt wird, sticht mir ins Auge, und ein Gefühl wie Wut oder Angst macht sich in mir breit. Ich nehme es in die Hand, um es mir genauer anzusehen, um sicherzugehen, dass ich mich nicht verguckt habe. Blut pulsiert in meinen Ohren, als ich das Bild betrachte. Es sind vielleicht zwanzig Leute darauf zu sehen, die sich um Ryans Mutter versammelt haben, die in der Mitte sitzt. Die meisten Leute stehen, ein paar kleinere Kinder sitzen im Schneidersitz auf dem Boden. Ryan steht neben seiner Mutter, seine Hand ruht locker auf ihrer Stuhllehne. Ich schaue noch genauer hin, aber es stimmt, ich habe mich nicht geirrt: In der Reihe dahinter, links, das ist ganz eindeutig …

»Da sind wir schon«, sagt sie hinter mir. Ich habe immer

noch das Foto in der Hand, als ich mich umdrehe. Ryan steht neben ihr und starrt mich verwundert an. Sein Blick fällt auf das Foto in meiner Hand, und ich sehe, wie er puterrot wird, erst der Hals, dann die Wangen.

»Was ist das?«, frage ich ihn und halte ihm das Foto hin. Mein Mund zittert.

Seine Mutter runzelt die Stirn und schaut uns nacheinander an. »Das war an meinem Geburtstag, wenn Sie es unbedingt wissen müssen«, antwortet sie. Sie legt den Kopf leicht schief und klopft mit einer Hand auf ihr Brustbein. »Wie war noch gleich Ihr Name?«

»Anna. Ryan, kann ich dich kurz sprechen?« Ich spüre, wie sich meine Nasenflügel aufblähen.

»Ist alles in Ordnung?«, fragt seine Mutter.

Mein Blick bleibt auf sein Gesicht geheftet, und ohne ihr zu antworten, sagt er: »Ja, klar, komm mit.«

Ich stelle das Foto zurück auf das Sideboard und folge ihm in den hinteren Teil des Hauses.

Ryan wohnt im Keller und hat ein riesiges Zimmer, das locker in einzelne Sektionen eingeteilt ist.

»Wie hast du mich gefunden?«, fragt er. Ich schließe die Tür hinter mir, und plötzlich wirkt er ganz nervös.

Gut so. Ich denke an den Tag, als ich ihn auf der Party kennengelernt habe. Ich sehe genau vor mir, wie er auf Geoff am anderen Ende des Raums zeigt. *Ist er dein Freund? Dein Mann?*

»Willst du mir vielleicht mal sagen, was hier los ist, Ryan?«

Er lässt sich auf einen Sitzsack sinken, bietet mir aber keinen Platz an – nicht, dass ich mich hätte setzen wollen. Ich stehe da, die Fäuste in die Hüften gestemmt, und zittere vor Zorn.

»Woher kennst du Geoff?«

Er schaut hinunter auf seine Hände. »Er ist mein Onkel.«

»O mein Gott!« Jetzt muss ich mich doch setzen. Ich ziehe

den Stuhl vor seinem Schreibtisch hervor. »Dein Onkel?« Ich habe Kopfschmerzen. Es wummert in meinem Hinterkopf. »Warum hast du bei der Feier damals dann so getan, als würdest du ihn nicht kennen?«

»Weil er mich darum gebeten hat.«

»Aber warum?«

»Er wollte, dass ich ein Foto von dir mache.«

»Ein Foto von mir? Was soll das heißen, Ryan? Kannst du bitte mal etwas deutlicher werden?«

Er sieht mich an, seine Wangen glühen, so peinlich ist ihm das. »Er wollte ein nacktes Selfie von dir.«

Ich könnte ihm jetzt sagen, dass erstens nicht das Selfie nackt ist, sondern ich, und dass es zweitens technisch gesehen gar kein Selfie ist, wenn er das Foto macht, aber ich verkneife es mir. Ich stütze meinen Kopf auf die Hände und höre Ryan zu, der mir erklärt, dass das Ganze eine Falle war. Er sollte sich an mich heranmachen, sobald Geoff mich allein ließ, und mich in das leere Büro locken, um Nacktfotos von mir zu machen.

»Ich war ganz erstaunt, dass du mitgemacht hast«, sagt er und sieht mich unter seinen schweren Augenlidern hervor an, aber seine Lippen umspielt eine Spur männlicher Stolz, und ich bin ganz kurz davor, ihm ins Gesicht zu schlagen.

Ich atme tief ein und aus. »Das war ich auch«, sage ich. Aber eine Welle der Scham durchfährt mich, als ich mich daran erinnere, wie eifersüchtig ich an jenem Tag war. Wie ich vermutete, dass sich Geoff seinen Charme fortan für Mila aufsparen würde, und wie verletzt ich war, dass er mich zu der Party mitnahm und mich sofort allein ließ, als hätte er jemanden entdeckt, mit dem er interessantere Gespräche führen konnte. Am Ende war es Geoffs Schuld, dass ich mich von Ryan anflirten ließ. Ich wollte, dass er es *sieht.*

Siehst du? Ich hab's immer noch drauf. Du hast kein Interesse mehr an mir? Dann schau mal her: Er ist jünger als du und viel, viel attraktiver.

»Und das war alles? Er wollte ein Nacktfoto von mir?«

Er nickt. »Er meinte, du hättest ihn einmal in Chicago erst verführt und dann abgewiesen. Er wollte dich zurückgewinnen. Ich weiß nicht genau, was er mit dem Foto machen wollte, das hat er mir nicht gesagt.«

Dafür weiß ich es umso besser. Er hat auf den richtigen Zeitpunkt gewartet. Dass es während des Vortrags auf meinem Handy auftauchte, war nur ein Vorgeschmack auf das, was noch kommen sollte. Er wollte mich gelegentlich damit verunsichern, mich mit Angst und Scham auf Trab halten. Wahrscheinlich hätte er abgewartet, bis ich den Preis offiziell erhalten hätte, um es dann, wenn mich eine Veröffentlichung des Fotos am meisten gedemütigt hätte, in ein öffentliches Forum im Internet hochgeladen.

Und das alles nur, weil ich in jener einen Nacht beinahe Sex mit ihm hatte, aber in letzter Minute zur Vernunft kam.

»Und wer hat mein Auto zerkratzt? Warst du das auch?«

»Das war Geoff. Das hat er mir erzählt.«

»Wirklich? Wow.« Ich muss lachen, ein bitteres Lachen. »Ich hoffe, du weißt, dass das, was du getan hast, illegal ist. Das ist eine Straftat. Du könntest in den Knast kommen. Ich muss bloß zur Polizei gehen und dich anzeigen. Du hast mir das Foto geschickt, ich bin mir sicher, die Polizei kann es zu deinem Handy zurückverfolgen.« Wobei ich mir da leider gar nicht so sicher bin.

»Ich habe es dir nicht geschickt«, sagt er schnell. »Das war er.«

»Geoff?«

»Ja. Er hatte mir an dem Abend sein Handy gegeben.«

»*Sein* Handy?«

»Ja, damit habe ich das Foto gemacht.«

Deshalb war es auch nicht da, als ich Ryan am nächsten Tag zur Rede stellte und durch sein Handy scrollte. Es war dort nie gewesen.

Mir wird schlecht. Ich sitze da, meine Fingernägel graben sich in meine Handflächen. Es ist schon erstaunlich, wie man jahrelang eine bestimmte Vorstellung von jemandem haben kann. Du weißt vielleicht nicht ganz genau, was derjenige von dir hält, aber du hast eine ganz bestimmte Vorstellung davon, was für eine Art von Beziehung ihr habt. Und dann wachst du eines Tages auf und stellst fest, dass es ganz anders ist. Bis Geoff mich neulich in der Abstellkammer bedrängt hat, dachte ich immer, dass er mich im Grunde mag – beruflich, und ja, vielleicht auch auf einer Ebene, auf der man ein wenig miteinander flirtet, auch wenn beide wissen, dass es nirgendwo hinführt. Unter Kollegen, die sich so gut verstehen, ist das ganz normal, dachte ich immer.

Jetzt stellt sich heraus, dass er mich wirklich und wahrhaftig *hasst*.

»Hat er dich auch zum Restaurant geschickt? An dem Tag, als du davor gestanden und mich beobachtet hast?«

»Nein! Ich bin da ganz zufällig vorbeigekommen, und als ich dich mit deinen Kindern und deinem Mann sah, hatte ich ein schlechtes Gewissen. Ich wollte reingehen und dir sagen, was wirklich los ist.«

Ich bin so erstaunt, dass ich lachen muss. »Du hast Beschwerde wegen sexueller Belästigung gegen mich eingereicht, Ryan. So schlecht kann dein Gewissen also nicht sein.«

Er schaut mich überrascht an. »Ich habe keine Beschwerde eingereicht. Warum sollte ich so was tun?«

»Aus demselben Grund, aus dem du alles andere getan hast: weil er dich darum gebeten hat.«

»Nein, nein. Darum hat er mich nicht gebeten, und das hätte ich auch dann nicht getan. Er weiß, dass ich mit der Sache nichts mehr zu tun haben will.«

Ich denke einen Moment lang darüber nach. Plötzlich frage ich mich, ob Geoff sich das mit der Beschwerde einfach nur ausgedacht hat, und je mehr ich darüber nachdenke, desto sicherer bin ich mir, dass es so ist. Garantiert laufen solche Beschwerden über die Personalabteilung und nicht über einen Kollegen aus dem Lehrkörper, selbst wenn er das Institut leitet. O Gott! Ich bin so eine Idiotin. Ich will schon mein Handy hervorholen und dort anrufen, aber dann wird mir klar, dass es für heute zu spät ist. Ich muss daran denken, wie er mich wochenlang gequält hat. Das zerkratzte Auto, die SMS mitten in meinem Vortrag. *HURE*. Geoff meint, ich sei eine Hure, und zwar nicht, *weil* ich Sex mit ihm hatte, sondern weil ich *keinen* Sex mit ihm hatte. Ich hebe meine Tasche vom Boden auf.

»Was willst du jetzt tun?«, fragt Ryan, und mit Genugtuung nehme ich einen Hauch Panik in seiner Stimme wahr.

»Das muss ich mir erst überlegen.«

Auf halbem Weg zur Tür mache ich noch einmal kehrt und baue mich vor ihm auf. »Kein Wort zu Geoff, verstanden? Wenn du ihm verrätst, dass ich alles weiß oder dass wir überhaupt miteinander gesprochen haben, dann zeige ich dich an, das schwöre ich. Hast du mich verstanden?« Meine Mundpartie ist so angespannt, dass ich kaum sprechen kann.

Da ertönt von hinter der Tür eine Stimme: »Alles in Ordnung da drinnen?«

Ich beuge mich zu ihm hinunter und zeige mit dem Finger in sein Gesicht, so nah, dass ich ihm ins Auge stechen könnte. »Ich kann mir nicht vorstellen, dass du willst, dass deine Mutter erfährt, in was für eine schmutzige Erpressung du verwickelt bist. Also stell mich besser nicht auf die Probe, Ryan.«

Ich sitze im Auto und weine, weil ich so dumm war und weil ich mich gedemütigt fühle. Ich denke an meine Mutter, denn ich denke immer an meine Mutter, wenn mich die Gewissheit überkommt, dass ich tief im Inneren ein schlechter Mensch bin und alles, was mir widerfährt, verdient habe. Ich denke an den Tag, als Geoff den obersten Knopf meiner Bluse öffnete und ich mich deswegen *geschmeichelt* fühlte. Ich dachte, das sei *sexy*. Was hatte ich denn erwartet? Ich stelle mir einen Freibrief für alles Mögliche aus, warte ab, was passiert, und dann wundere ich mich, dass nichts Gutes dabei herauskommt. Es ist genau, wie Geoff gesagt hat. *Frauen wie dich erwartet nie ein Happy End.*

VIERUNDDREISSIG

Als ich nach Hause komme, stellt mich Luis sofort zur Rede und schnauzt mich an: »Wo warst du? Was war mit Matti? Ich hatte ein Dutzend Anrufe auf der Mailbox, vom Fußballverein, von dir … Was zum Teufel? Wo warst du? Hast du ihn vergessen? Hattest du dein Handy aus?« Er wedelt mit seinem Handy in meine Richtung und wirft es auf den Küchentisch.

»Es tut mir leid!«, sage ich zum x-ten Mal. Ich nehme mir eine Flasche Rotwein aus dem Schrank und schaue mir im Schein der Lampe das Etikett an. Ich nehme ein Saftglas vom Regal und stelle es auf den Tisch.

»Du trinkst zu viel.«

»Ach, sei still.«

»Ehrlich gesagt, Anna, du siehst richtig erschöpft aus.«

»Bin ich auch.« Ich reibe mir über die Augen. Sie fühlen sich wund und geschwollen an.

Er zieht einen Stuhl vom Tisch ab und lässt sich darauf plumpsen.

»Wo sind die Kinder?«, frage ich.

»Auf ihren Zimmern.« Er wischt sich mit einer Hand über das Gesicht. »Die Polizei war heute Nachmittag bei mir.«

Ich knalle das Glas auf den Tisch. »Was?«

»Sie haben mich ausgefragt. Über dich.«

»Über *mich?*«

Nach einer kurzen Pause sagt er: »Ich muss dir etwas sagen.« Er nimmt meine Hand, hält sie fest, und ich sehe, wie Traurigkeit langsam sein Gesicht verzerrt. »Schatz, es tut mir so leid. Es tut mir so sehr leid.«

Ich bin so schnell auf den Beinen, dass ich beinahe meinen Stuhl umwerfe. »Sag es nicht«, stoße ich hervor. *Sag es nicht, Luis, wenn du es sagst, ist es real. Bitte, Luis. Sag nichts, das alles zerstört, was wir haben. Tu mir das nicht an. Ich bin es doch. Weißt du noch, wie du meintest, du würdest alles tun, um mich für immer zu behalten? Weißt du das noch? Du liebst mich so sehr, und ich bin immer noch hier, Schatz. Du und ich gegen die ganze Welt.*

Aber ich bin zu langsam. Er sagt es. »Ich hatte eine Affäre.«

Und damit ist es raus. Das Geständnis, so jämmerlich und selbstsüchtig wie alle Geständnisse. Ich nehme mir noch eine Flasche Wein, die erste habe ich schon geleert. Als ich mich wieder hinsetze, zittere ich so, dass das Glas überschwappt. Luis tut so, als würde er es nicht bemerken. Ich glaube, er ist sogar dankbar für die Ablenkung, und er erzählt mir, dass es vor Monaten angefangen hat, ungefähr im April. Am liebsten würde ich ihm sagen: Das weiß ich schon, du kannst jetzt aufhören. Erspar mir die schmierigen Details. Die kenne ich alle. Seit einiger Zeit denke ich an nichts anderes. Und womit hat sie die hübsche Halskette verdient? War das wegen des Babys? Hast du dich gefreut? Natürlich, alle lieben Babys!

Aber das tue ich nicht. Ich höre mir nur seine Seite der Geschichte an, bei der alle scharfen Kanten geglättet und die Ecken abgerundet sind. Natürlich war das alles eigentlich gar nicht so schlimm.

Er habe mit Isabelle an der Ausstellung gearbeitet, sagt er, sie hätten geplant, welche Stücke sie zeigen wollten; eines Abends hätten sie bis in den späten Abend gearbeitet, etwas getrunken, und eins führte zum anderen.

»Na, das ist ja mal originell«, frotzele ich.

»Ich will mich gar nicht herausreden«, sagt er und fährt fort, sich herauszureden, »aber sie war so … Sie hat meine Arbeit geliebt, Anna … Sie hat zu mir aufgeschaut. Ich weiß, das klingt dumm, aber es hat sich so gut angefühlt! So begehrt zu werden.«

Ich muss mich sehr zusammenreißen, um ihm nicht mein Glas ins Gesicht zu schlagen und herunterzubeten, was man in so einer Situation normalerweise sagen würde: *Ich liebe deine Arbeit genauso. Ich schaue auch zu dir auf. Ich will dich gar nicht anders haben. Was stimmt denn nicht mit mir, warum reiche ich dir nicht?*

Ich starre in meinen Wein und stelle ihm stattdessen die Frage, die mir schon die ganze Zeit auf der Seele brennt: »Wolltest du uns verlassen?«

Er hört auf zu reden und starrt mich an, sein Gesicht knallrot.

»O mein Gott!« Ich springe auf. »Du wolltest uns verlassen?«

»Nein! Okay, na gut. Ich war in Versuchung, ja – es gab diesen einen Moment, als ich dachte, ich könnte ein anderes Leben führen. Eines, in dem ich nicht ständig nach deiner Pfeife tanzen muss.«

Ich blinzle und hebe eine Hand, die Handfläche zu ihm gerichtet. Bis jetzt ist es mir gelungen, mich zusammenzureißen, aber auch ich habe meine Grenzen. »Nach meiner Pfeife tanzen?«, frage ich und blinzle immer noch.

»Anna, nun komm schon.«

»Dann ist also alles *meine* Schuld?«

»So habe ich das doch gar nicht …«

»Tut mir leid, aber da komme ich nicht mehr mit. Willst du

damit sagen, dass *ich* dich dazu getrieben habe, fremdzugehen? Wodurch denn? Dass ich dich gebeten habe, ab und zu mit dem Hund Gassi zu gehen? Ist es das?«

»Ich …«

»Ist es das?«, brülle ich. Ich zittere vor Wut. Hinter mir stehen zwei Becher, die auf dem Abtropfgestell trocknen. Ich drehe mich um, schnappe mir einen und werfe ihn nach Luis. Roxy bellt zu meinen Füßen und dreht sich schwanzwedelnd im Kreis.

Carla kommt die Treppe hinuntergepoltert. »Was ist denn hier los?«

Ich richte mich auf und fahre mir mit der Hand über das Haar. »Nichts, Sweety. Dad und ich reden nur.«

»Alles in Ordnung, Carla«, sagt Luis. »Geh wieder nach oben. Mom hat ein wenig überreagiert. Geh wieder hoch, Carla!«

Als sie weg ist, wende ich mich ihm wieder zu. »*Mom hat ein wenig überreagiert*? Wenn du glaubst, dass das überreagiert war, dann warte mal ab.« Ich öffne einen der Hängeschränke und hole einen Stapel Teller heraus, vier, fünf Stück.

»Anna, nicht«, jammert er.

»Überreagiert, was?«, frage ich und lasse sie zu Boden fallen. »Ich habe noch nicht einmal angefangen, überzureagieren.«

Carla taucht wieder auf, dieses Mal mit Matti im Schlepptau. »Was ist denn los? Dad?«

»Carla, kannst du bitte darauf verzichten, deinen Vater um irgendetwas zu bitten? Nicht, dass er glaubt, er müsse nach deiner Pfeife tanzen. Außerdem wäre es toll, wenn du zu ihm aufschauen könntest. Und sag ihm, wie sehr du seine Kunst liebst, sonst …«

Luis greift mein Handgelenk und dreht es herum. »Halt die Klappe«, zischt er. »Mach das nicht hier. Lass uns nach draußen gehen.«

Er lässt mich wieder los, und ich schüttele meine Schultern aus. Er geht zu den Kindern und legt seine Arme um sie. »Es tut mir leid, meine Kleinen. Wir haben uns gestritten. Jetzt ist alles wieder gut.«

Aber ich atme so heftig durch die Nase, dass meine Nasenlöcher zittern. Ich glaube kaum, dass mir irgendjemand abnimmt, dass alles wieder gut ist. Die Kinder starren mich über seine Schultern hinweg an. Er spricht leise mit ihnen, und nach einer Weile nimmt Matti Roxy auf den Arm, und die drei gehen die Treppe wieder hoch.

Völlig entkräftet setze ich mich wieder hin. Ich sitze immer noch da, als Luis zurückkommt.

»Ich wollte es beenden«, sagt er, »ganz ehrlich.«

»Ach ja?«

Er nimmt sich ebenfalls ein Saftglas, füllt es mit Wein und leert es in einem Zug. »Deshalb wollte ich nicht, dass sie an dem Abend zu uns zum Essen kommt.« Er wischt sich mit dem Handrücken den Mund ab.

Ich hebe mein Kinn und starre ihn an. *Lügner. Ich habe euch gesehen. Du hast sie geküsst. So küsst keiner, der schlussmachen will. Und was ist mit dem Baby?*

Dann verstehe ich plötzlich, warum er mir das jetzt alles erzählt. »Weiß die Polizei davon?«

Er nickt. Mir fällt auf, wie eingefallen sein Gesicht und wie zerknittert seine Kleidung ist. Wie traurig und dünn er aussieht. Als wäre das Leben aus ihm herausgesaugt worden.

»Ja.«

Meine Augen glänzen. »Was hast du denen gesagt?«

Er sieht mich an, zieht die Augenbrauen zusammen, neigt leicht den Kopf und schaut so unschuldig drein wie ein Hundewelpe. »Die haben mich vor allem über dich ausgefragt.«

FÜNFUNDDREISSIG

Ich konnte letzte Nacht überhaupt nicht schlafen. In meinem Gehirn knackte es wieder wie verrückt, als würde ein Löwenbändiger mit Peitsche seiner Wut freien Lauf lassen. Luis neben mir sah so friedlich aus wie ein Lamm. Aber so ist Luis nun mal. Immer. Er könnte sogar während eines Erdbebens schlafen, sagt er immer ganz stolz. Außer ich wecke ihn.

Zwischen den Knack-Geräuschen musste ich noch einmal an unser Gespräch denken.

»Die haben mich vor allem über dich ausgefragt.«

»Was wollten sie denn wissen?«

»Wo du neulich Nacht warst.«

»Wieso denn jetzt ich?«

»Weil sie wissen, dass ich und Isabelle etwas hatten«, sagte er schließlich. Und es ist genau, wie ich dachte: Die vielen SMS und E-Mails sprechen eine deutliche Sprache.

»Was haben sie dich noch über mich gefragt?«

»Wo du warst und wann du nach Hause gekommen bist.«

»Und was hast du gesagt?«

»Ach Schatz, was sollte ich denn sagen? Die Wahrheit natürlich! Aber das ist schon in Ordnung, du warst schließlich mit June zusammen. Sie werden dich also gar nicht verdächtigen.«

»Wieso verdächtigen? Was soll ich denn getan haben?«

»Keine Ahnung, die haben mir nichts erzählt, sondern nur Fragen gestellt.«

Ich nickte und fühlte mich einfach nur elend.

»Aber du warst doch mit June zusammen, also ist doch alles gut, oder?«

»Ja, alles ist gut«, sagte ich. *Nein, nichts ist gut. Gar nichts ist gut.*

Auf dem Weg zur Arbeit lasse ich mir von der Personalabteilung bestätigen, dass es keine Beschwerde gegen mich gibt und auch nie eine gegeben hat, das ist doch schon mal was. Es ist also genau wie ich dachte, Geoff hat das erfunden. Er liegt bestimmt nachts wach und denkt sich neue Methoden aus, mich zu quälen und die Daumenschrauben immer noch ein bisschen fester anzuziehen, nur damit er mich leiden sehen kann.

Die Tür zu seinem Büro steht einen Spalt offen, und ich kann sehen, wie er auf seinen Computer starrt. Er tippt langsam, schaut auf die Tastatur, dann auf den Bildschirm und dann wieder auf die Tastatur. Er tippt die nächsten paar Buchstaben, dann schiebt er sich die Brille hoch und tippt wieder ein wenig. Ich stehe da, meine Augen brennen. Ich könnte jetzt hineingehen und ihm sagen, dass ich alles weiß. Dass es mit seiner Karriere vorbei ist und er in einer rattenverseuchten Gefängniszelle sterben wird, wo man den Unterschied zwischen Reis und Maden nur daran erkennen kann, ob sie sich bewegen oder nicht.

Ach nein, Moment, das ist ja mein Schicksal.

»Was machst du denn da?«

Ich fahre herum. »June! Hi, ich habe nur gerade an etwas gedacht.«

Sie schaut in Richtung Büro. »An Geoff?«

»Kann man so sagen.«

»Jedem Tierchen sein Pläsierchen, schätze ich.« Dann neigt sie ihren Kopf zu mir. »Was war gestern Abend? Hast du ihn aufgespürt?«

Ich ergreife ihren Arm, bugsiere sie in mein Büro und schließe die Tür hinter uns.

Wir setzen uns, und ich erzähle ihr alles. Ich muss bei der Sache im Abstellraum anfangen, damit es Sinn ergibt, nein, sogar noch früher, bei Chicago. Der Konferenz, die Geoff und ich gemeinsam besucht haben.

»Weißt du, ich will mich gar nicht herausreden, wirklich nicht, aber am nächsten Tag hat Geoff immer wieder Witze darüber gemacht, wie betrunken ich war, wie viel ich getrunken hatte. Aber daran konnte ich mich überhaupt nicht erinnern. Vielleicht war ich müde. Vielleicht habe ich deshalb den Alkohol nicht vertragen. Aber das ist keine Entschuldigung.«

Sie wischt sich tatsächlich eine Träne von der Wange. »Ich kann das gar nicht glauben. Wobei, doch, eigentlich schon. Er ist so ein Fiesling. Er versucht ständig, mich zu überreden, mit ihm etwas trinken zu gehen, aber auf eine ganz anzügliche Art und Weise, da läuft es einem kalt den Rücken runter. Und ich hasse es, wie nah er sich immer neben mich stellt, wenn ich in seinem Büro bin.«

»Was? Das hast du noch nie erzählt!«

Sie zuckt die Schultern. »Was gibt es da schon groß zu erzählen? So ist er nun einmal.« Wir schweigen beide einen Moment lang. »Und was willst du jetzt tun?«

»Ich weiß es nicht. Was meinst du?«

»Du könntest zur Polizei gehen und die beiden anzeigen.«

»Ich glaube nicht, dass das viel bringt. Da steht Ryans Wort gegen meines. Er wird behaupten, ich hätte gewusst, dass er das Foto macht.«

»Aber du darfst ihn damit nicht durchkommen lassen!«

»Ich überlege ja die ganze Zeit, June. Aber mir fällt nichts ein. Strafrechtlich drankriegen könnte man ihn nur, wenn er so etwas noch einmal tut. Und dann müssen wir es ihm immer noch beweisen.«

»Wie meinst du das?«

»Nehmen wir an, Geoff und ich befinden uns in einer kompromittierenden Position« – dabei male ich Anführungszeichen in die Luft – »und er macht ein Foto, ohne dass ich es mitbekomme. Wie kann ich dann beweisen, dass ich nichts davon wusste? Dass ich nicht freiwillig mitgemacht habe? Ich kenne mich mit den Feinheiten des Gesetzes nicht aus, aber das kann man bestimmt herausfinden.«

»Du hast doch gesagt, Ryan hat Geoffs Handy benutzt, richtig?«

Ich nicke.

»Dann muss er den Code kennen, um es zu entsperren.«

»Stimmt.«

»Frag ihn danach. Dann kannst du das Foto löschen.«

»Er hat es bestimmt schon in der Cloud gespeichert, wahrscheinlich auch auf einem Computer.« Wir schweigen beide einen Moment lang. »Wir sollten uns langsam mal an die Arbeit machen«, sage ich, »aber danke, dass du mir zugehört hast. Das bedeutet mir sehr viel.«

Sie beugt sich vor und zischt: »Er hat dich reingelegt.«

»Ich weiß! Ich habe nur …«

»Du kannst es nicht dabei bewenden lassen, Anna.«

»Das weiß ich!« Es ist, als hätten wir nicht eben gerade ausführlich darüber gesprochen. »Aber was soll ich denn tun?«

»Weiß ich nicht! Aber er darf damit einfach nicht durchkommen! Was ist, wenn er erst einmal Dekan ist? Was, wenn er das dann auch mit anderen Frauen macht?«

Ich starre sie an. »Was meinst du damit: wenn er erst einmal Dekan ist?«

»Er hat heute Nachmittag sein Vorstellungsgespräch beim Gremium. Und seine Chancen stehen nicht schlecht, vor allem, weil du den Preis bekommst. Mag sein, dass es deine Arbeit ist, aber du bist in seinem Institut angestellt. Er wird die Lorbeeren dafür einheimsen, Anna. Du wirst sehen.«

»Er bewirbt sich als Dekan der MINT-Fakultät?«

»Wusstest du das nicht?«

»Nein.«

Sie zuckt die Schultern. »Er bekommt den Posten, ganz sicher, Anna.«

»Das darf doch wohl nicht wahr sein.«

»Ist es aber.« Nach einem Moment sagt sie: »Ich könnte sein Handy besorgen. Wir könnten dem Gremium erzählen, was er getan hat.«

»Um wie viel Uhr ist das Vorstellungsgespräch?«

»Um zwei.«

Ich denke darüber nach. Ich weiß, wie diese Gespräche ablaufen. Sie finden im Chefbüro des Verwaltungsgebäudes statt, in einem großen Raum mit ganz moderner audiovisueller Ausstattung.

Ich schaue auf die Uhr. »Lass mich mal eben telefonieren.«

Zwanzig Minuten später rufe ich June zurück in mein Büro. »Geht Geoff heute zum Mittagessen raus?«, frage ich.

»Das tut er immer. Punkt halb eins, und zwischen eins und halb zwei kommt er zurück.«

»Okay, das ist gut. Falls er es aus irgendeinem Grund nicht tut, glaubst du, du kannst ihn trotzdem aus seinem Büro locken?«

»Ich kann es versuchen, warum? Was hast du vor?«

Ich gebe ihr keine Antwort, ich muss das alles erst noch

einmal durchdenken. »Und sein Vorstellungsgespräch ist um zwei, hast du gesagt?«

»Ganz genau.«

»Könntest du um Viertel vor zwei zu ihm gehen und ihm sagen, dass sie darum gebeten haben, den Termin um eine halbe Stunde nach hinten zu verschieben? Sag ihm, dass die anderen Kandidaten länger brauchen als erwartet, so etwas in der Art.«

Sie gluckst. »Das wird ihm gar nicht gefallen.«

»Gut. Umso besser.«

»Und wenn er um Viertel vor zwei nicht in seinem Büro ist?«

Ich seufze. »Tja. Dann muss ich mir wohl etwas anderes einfallen lassen.«

Ich erzähle ihr von meinem Plan. Sie hört zu und hebt dabei eine Augenbraue. Als ich fertig bin, grinst sie. »Genial. Großartig. Glaubst du, das funktioniert?«

»Keine Ahnung, aber das ist alles, was ich im Moment auf Lager habe.«

Den Rest des Vormittags bin ich ziemlich abgelenkt, aber immerhin geht es mir gut. Oder zumindest besser. Das brauche ich, dieses Gefühl, eine Aufgabe zu haben. Die Kontrolle zu übernehmen, mein Schicksal selbst in die Hand zu nehmen.

Wie von June prognostiziert, verlässt Geoff um fünf vor halb eins sein Büro, zieht seine Jacke an und schließt die Tür ab. June tut so, als würde sie dasselbe tun. Sie kommt im Mantel in mein Büro und hat ihre Handtasche über der Schulter. Sobald sie eintritt, legt sie die Tasche ab und zieht den Mantel wieder aus. Ich rufe Steve an, meinen neuen besten Freund. Steve, der bei meinem Forrester-Vortrag so enttäuscht darüber war, dass ich ihn nicht nachsehen lassen wollte, was mit meinem Laptop war. Am nächsten Tag schrieb ich eine E-Mail an seinen Chef, erklärte ihm, ich hätte in letzter Minute beschlossen, doch kein

PowerPoint zu verwenden, und entschuldigte mich dafür, dass ich Steve in diese Lage gebracht hatte. Später rief er mich an, um sich bei mir dafür zu danken. Es sind die kleinen Dinge.

»Die Luft ist rein«, sage ich.

»Roger«, antwortet er, was mich zum Schmunzeln bringt.

Den nächsten Teil bekomme ich nicht mit, aber ich weiß, dass June das Büro aufschließt und Steve hineinlässt, angeblich um etwas an der Telefonleitung zu reparieren, falls jemand danach fragt. Er arbeitet zwar in der audiovisuellen Abteilung, aber ich glaube nicht, dass Geoff den Unterschied wüsste, wenn er zufällig früher zurückkommt als geplant.

SECHSUNDDREISSIG

Um Viertel nach eins bekomme ich eine SMS von June, dass Geoff vom Mittagessen zurück ist. Um Viertel vor zwei stehe ich im Flur vor seinem Büro. June ist drinnen und erzählt ihm, es gebe eine Verspätung, er solle erst um halb drei vorm Gremium erscheinen.

Mein Herz pocht in meinen Ohren, während ich warte und auf einem Fingernagel kaue. Endlich kommt June heraus.

»Hi, Anna!«, sagt sie, als wäre sie überrascht, mich zu sehen. Es klingt sehr überzeugend.

»Ist er drinnen?«, frage ich.

»Ja, da hast du Glück«, antwortet sie. »Geh einfach rein.«

Ich muss fast loslachen, so albern klingen wir.

Als wir aneinander vorbeigehen, flüstert sie mir zu: »Viel Glück!«

»Was willst du denn hier?«, schnauzt Geoff mich an, ohne aufzusehen, als ich die Tür schließe. »Ich hoffe …«

Ich hebe eine Hand. »Spar dir das«, sage ich. Ich weiß, dass er gerade die Pentti-Stone-Notizbücher erwähnen wollte, und davon will ich jetzt nichts hören.

»Etwas ganz Seltsames ist passiert. Ich dachte, du könntest vielleicht etwas Licht in die Sache bringen. Ich habe nämlich mit Janette aus der Personalabteilung gesprochen.«

Er schaut auf. »Ach ja? Und?«

»Es gibt keine Beschwerde wegen sexueller Belästigung gegen mich. Es hat nie eine gegeben.«

Er lehnt sich in seinem Stuhl zurück. »Die gibt es gar nicht? Na so was!«

»Du hast dir das alles ausgedacht!«

Er lacht. »Ich wollte dir eigentlich erzählen, dass die Beschwerde zurückgezogen wurde. Ich wollte nur sehen, wie du dich noch ein bisschen windest. Sorry, das hätte ich längst tun sollen. Also, wenn das alles ist, ich habe zu tun.«

»Nein, das ist nicht alles. Ich habe beschlossen, dich anzuzeigen. Bei der Polizei.«

Da steht er auf und ist in zwei Schritten an der Tür. Mein Herz schlägt mir bis zum Hals. Er wird mir sagen, dass ich verschwinden soll. Ich kann versuchen, mich mit ihm zu streiten, aber wenn er will, kann er mich einfach rauswerfen.

Er öffnet die Tür einen Spalt, steckt den Kopf hindurch, sieht sich um und ruft: »Ich bin in einer Besprechung, June. Ich will nicht gestört werden.«

»Alles klar«, flötet sie laut.

Ich bin so erleichtert, dass ich für einen Moment die Augen schließe und lange ausatme.

»Bei der Polizei? Und was genau soll ich bitte schön getan haben?« Er hat die Tür jetzt geschlossen und ist hinter seinen Schreibtisch zurückgekehrt.

»Du hast versucht, mich zu vergewaltigen, Geoff. Was glaubst du denn, warum?«

Er schaut mich verächtlich an. »Bist du dir sicher, dass du dir das antun willst? Erstens: Ich bin nicht der Ansicht, dass ich versucht habe, dich zu vergewaltigen. Ich bin davon ausgegangen, dass du es auch willst.«

»Ich wollte nie Sex mit dir haben, und das weißt du ganz genau.«

Er lacht. »Ach ja? Und was war in Chicago?«

»Weißt du, ich bin ganz froh, dass du das ansprichst. Ich habe in letzter Zeit viel über Chicago nachgedacht. Und mir ist klar geworden, dass ich an dem Abend gar nicht *so* viel getrunken habe. Nur ein wenig Wein und einen Schlummertrunk mit dir in der Bar. Aber definitiv nicht so viel, dass es erklären würde, warum ich in deinem Zimmer wieder zu mir gekommen bin und völlig verwirrt war.«

Er stößt sich an der Rückenlehne seines Stuhls ab und wippt vor und zurück. »Das musst du aber, denn genau so war es. Ich bin nicht dafür verantwortlich, wie viel du trinkst, Anna.«

»Ich glaube, du hast mir etwas in den Drink getan.«

»Das kannst du nicht beweisen.«

Ich lächle. *Falsche Antwort.* »Aber es stimmt, oder?«

»Hey, ich habe es dir nur leichter machen wollen. Das ist alles.«

»Was genau hat mir das denn leichter gemacht?«

Ich stehe schon die ganze Zeit, aber es ist nicht einfach, mutig zu sein, wenn die Beine kurz davor sind, einzuknicken. Ich nehme mir einen Stuhl und setze mich.

»Ich kenne Frauen wie dich«, sagt er. »Ihr wollt Spaß haben, aber ihr wollt keine Schuldgefühle haben. Also habe ich ein wenig nachgeholfen, das ist alles. Das hätte es dir leichter gemacht, hinterher zu sagen, du hättest nicht gewusst, was du da tust.« Er zwinkert mir zu. »Höchstens hätte ich ein paar Tropfen mehr ins Glas tun sollen.«

Mir wird schlecht. Einen Augenblick lang bin ich wieder dort, in dem Hotelzimmer in Chicago. Ich kann nicht glauben, dass ich so nah dran war … Ich würde mich am liebsten auf ihn stürzen und ihm das Grinsen aus dem Gesicht kratzen, aber das verkneife ich mir. Ich bin noch nicht fertig.

Daran, wie er die Papiere vor sich ordnet, wird deutlich, dass er unser kleines Gespräch für beendet hält. Er will gerade aufstehen, als ich sage: »Ich habe Ryan besucht. Das war sehr aufschlussreich.«

Er setzt sich langsam wieder hin. Bis jetzt hat er gegrinst. Er war sicher, dass er sich aus allem herausreden könnte, was ich ihm an den Kopf werfe. Damit ist es jetzt vorbei. Er presst die Zähne aufeinander, seine Lippen sind ganz schmal und fast weiß.

»Du hast deinen eigenen Neffen genötigt, mir eine Falle zu stellen, damit er ein Nacktfoto von mir macht. Mit *deinem* Handy. Und dann hast du dieses Foto benutzt, um mich fertigzumachen. Du wolltest, dass ich mich paranoid und verängstigt fühle. Und die ganze Zeit hast du so getan, als wäre es dein Neffe gewesen. Weißt du eigentlich, wie krank im Kopf du bist, Geoff?«

Er wirft seinen Stift auf den Schreibtisch. Er prallt ab und fällt zu Boden. »Das hast du dir selbst zuzuschreiben. Du hast mir …«

»Was bist du? So eine Art Incel? Kannst du es nicht akzeptieren, wenn eine Frau nicht mit dir schlafen will?«

Er lehnt jetzt an seinem Schreibtisch, die Arme verschränkt, und schaut mich grimmig an. »Frauen wie du bekommen nur, was ihnen gebührt.«

»Und Männer wie du auch«, gebe ich zurück. »Du kratzt gemeine Wörter in mein Auto …«

Er lacht. »Wenn es dir hier nicht mehr gefällt, dann kündige, Anna. Ich halte dich bestimmt nicht auf.«

»Du erzählst was von Beschwerden gegen mich, die es gar nicht gibt …«

»Hast du Beweise? Siehst du, das dachte ich mir.« Er lehnt

immer noch lässig am Tisch und verschränkt die Hände hinter dem Kopf. »Da steht dein Wort gegen meins.«

Dann öffnet sich plötzlich die Tür und ich denke: *Endlich! Gott sei Dank*. Ich hatte schon befürchtet, dass es nicht funktionieren würde. Dass am Ende wirklich Aussage gegen Aussage stehen würde.

Geoff richtet sich auf. »June, ich sagte doch …«

»Ich glaube, wir haben genug gehört!«, bellt der Dekan. Hinter ihm stehen die vier Gremiumsmitglieder und Steve, der mich anschaut und den Daumen hebt.

»Sie sind gefeuert, Geoffrey«, brüllt der Dekan. Sein Gesicht ist rot vor Wut. »Mit sofortiger Wirkung. Raus hier, stante pede!«

»Was? Nein! Roy! Ach, kommen Sie. Warum denn?« Geoff schaut von einem zum anderen und sieht aus, als ob er gleich weinen muss.

Ich fange an zu lachen, ich kann nicht anders. Es sind meine Nerven, die Anspannung, die sich entlädt. »Sie haben alles gehört, Geoff!«, sage ich schließlich. »Nein, warte: Sie haben alles *gesehen*.«

»Wir werden die Sache sofort der Polizei übergeben«, fügt der Dekan hinzu.

»Ganz recht! Diesmal habe ich *dich* reingelegt!« Ich hebe eine Hand. »Tut mir leid, es ist wahrscheinlich nicht fair, dass ich mich darüber beschwere, was du mir angetan hast, und es dir dann heimzahle, aber so ist es nun einmal. Ich habe dem Gremium – nein, eigentlich war es June, die hat dem Gremium gesagt, dass du ein Video hast, das sie sich vor eurem offiziellen Gespräch ansehen können.« Ich mache eine kleine Verbeugung in Steves Richtung. »Im Regal zu deiner Rechten ist mein Handy aufgebaut, siehst du? Es hat alles gefilmt und direkt auf den riesigen Videobildschirm übertragen, der im Verwaltungsgebäude an der Wand hängt. Du weißt, welchen ich meine. Ich fürchte, dein Vorstellungsgespräch läuft nicht allzu gut, Geoff.

Ich meine ja nur. O Gott, wenn du dein Gesicht sehen könntest!«

Ich lache immer noch, als ich merke, dass mich jetzt alle anschauen. Sogar der Dekan. »Möchten Sie ein Glas Wasser, Anna?«, fragt er.

Ich huste und klopfe mir auf die Brust. »Nein, danke. Tut mir leid«, sage ich und wische mir fix die Tränen aus dem Gesicht.

Geoff ballt seine Hände zu Fäusten und öffnet sie wieder, und einen Augenblick lang erwarte ich, dass er mir vor die Füße spuckt.

Dann taucht plötzlich June auf und sagt: »Die Polizei ist da.«

»Jetzt schon?« Ich wende mich wieder an Geoff. »Wow, ich bin beeindruckt. Das war wirklich *sehr* schnell. Ich habe dir doch gesagt, dass das, was du tust, gegen das Gesetz verstößt. Oder vielleicht auch nicht, ich weiß es nicht mehr. Wie auch immer.« Ich tippe mir auf die Finger, einen nach den anderen, als ich aufzähle: »Versuchte Vergewaltigung. Ohne Zustimmung ein intimes Foto gemacht *und* verbreitet. K.-o.-Tropfen in den Drink deiner Kollegin getan. Vandalismus an Privateigentum – damit meine ich übrigens mein Auto. Habe ich irgendetwas übersehen? Dann mal los, was Geoff? Worauf wartest du? Na los, zeig deine Hände, dass sie dir Handschellen anlegen können. Du weißt doch, wie das läuft.« Meine Stimme wird mit jedem Wort lauter und klingt zunehmend hysterisch. Ich will gerade rufen: »Kommen Sie herein! Er gehört Ihnen!«, als June an meinem Ärmel zupft.

»Sie sind deinetwegen hier«, sagt sie, und mit Sorgenfalten auf der Stirn bedeutet sie mir lautlos: *Tut mir leid.*

Ich erstarre, drehe mich langsam um, und vor mir steht Detective Jones.

SIEBENUNDDREISSIG

Sie würden nur mit mir reden wollen, haben sie gesagt. Detective Jones und seine Kollegin, Detective Dalloway, eine Frau mit kurzem schwarzem Haar und einer Narbe über der Oberlippe. Ob sie es war, die Luis neulich befragt hat? Ich bin ihnen mit gesenktem Kopf und schamesroten Wangen gefolgt. Bin folgsam hinterhergetrottet, dabei hatte ich solche Angst, dass sich meine Beine wie Gummi anfühlten. Sie haben mich auf den Rücksitz einer schwarzen Limousine gesetzt, in der es nach kaltem Zigarettenrauch stank.

Sie haben mich in einen kleinen Raum mit weißen Wänden und einem Plastiktisch gebracht. Nun stellen sie sich beide noch einmal vor, obwohl ich ja längst weiß, wer sie sind. Das ist für die Kamera, sagt Jones. Er bittet mich, das Gleiche zu tun.

»Ich heiße Anna Sanchez«, sage ich mit zittriger Stimme. »Bin ich verhaftet?«, frage ich schließlich und starre auf den Aktenordner auf dem Tisch.

»Nein«, sagt Jones. »Wir haben nur ein paar Fragen. Ein paar Dinge, die wir klären müssen, und dann sind Sie im Handumdrehen wieder draußen. Möchten Sie einen Anwalt dabeihaben?«

Einen Anwalt? Ich fühle mich, als ob ich gleich ohnmächtig werde. Ich bitte um Wasser. In der Ecke des Raums steht ein Wasserspender, und Dalloway füllt mir einen weißen Plastikbecher. Ich trinke, und ein wenig läuft mir über das Kinn, als ob mein Mund nicht mehr richtig funktioniert.

Sie warten geduldig, während ich überlege, ob ich einen Anwalt brauche oder nicht. Es heißt ja immer, dass man bei so etwas auf jeden Fall einen Anwalt dabeihaben sollte, aber ich wüsste gar nicht auf Anhieb, wo ich einen herbekomme. Ich überlege, ob ich Luis anrufen soll, aber ich will erst einmal wissen, worum es hier überhaupt geht. Hat Jones nicht gerade gesagt, dass ich bald wieder hier draußen bin? Das klingt nicht gerade, als wäre ich in großen Schwierigkeiten. Es klingt eher, als ob sie meine Hilfe brauchen. Daran sollte ich mich halten: dass ich hier bin, um zu helfen. Und im Helfen bin ich ganz fabelhaft. Ich bin eine echte Teamplayerin.

»Nein, ich brauche keinen Anwalt. Was möchten Sie von mir wissen?«, frage ich, jetzt schon mit festerer Stimme. Wenn ich mich auf vertrautem Terrain befinde, gelingt es mir viel besser, mich zusammenzureißen.

»Ich sollte Ihnen zunächst mitteilen, dass wir im Zusammenhang mit dem Tod von Ms. Wilcox eine Mordermittlung durchführen.«

Mein Herz setzt einen Schlag aus. Ich frage mich, wie viele Male es das noch kann, bevor es aufgibt und einfach aufhört zu schlagen. Ich starre ihn an und lasse die Worte in meinem Kopf Revue passieren. »Sie glauben also, sie wurde ermordet?«

»Mrs Sanchez, Sie haben angegeben, dass Sie Isabelle Wilcox das letzte Mal an dem Freitag gesehen haben, als Sie und Ihr Mann eine kleine Dinnerparty veranstaltet haben.«

Ich muss daran denken, was für ein trauriges Gesicht June gemacht hat, als sie mich mitgenommen haben. *Tut mir leid.*

»Ja, das habe ich. Aber das stimmt so nicht.«

Er schreibt etwas auf. »Was stimmt so nicht, Mrs Sanchez?«

»Ich war in der Nacht, als Isabelle starb, bei ihr«, sage ich schnell, während ich ausatme.

»Verstehe. Wieso haben Sie uns das verschwiegen? Hatten Sie das vergessen?« Er lehnt sich zurück in seinem Stuhl und kaut auf dem Ende seines Stifts herum.

Das ist eine ganz schlechte Angewohnheit, würde ich ihm am liebsten sagen. *Ich habe versucht, es Carla abzugewöhnen, aber das scheint aussichtslos. Wissen Sie, wie viele Billionen Bakterien Sie gerade aufnehmen? Wo war dieser Stift? In der Innentasche Ihres Jacketts? Wann haben Sie das zuletzt reinigen lassen? Ist Ihnen der Stift in letzter Zeit auf den dreckigen Fußboden hier gefallen? Natürlich ist er das.*

»Mrs Sanchez?«

»Ich hatte ihnen doch gesagt, dass ich mit jemandem von der Arbeit unterwegs war, June«, platze ich heraus. »Ich hatte erzählt, wir wären zusammen gewesen, bis ich heimging, aber wir waren gar nicht die ganze Nacht zusammen. Ich glaube, wir haben uns gegen zwanzig Uhr getrennt. Danach bin ich zu Isabelles Haus gegangen, um mit ihr zu reden, das ist alles, nur um mit ihr zu reden. Und bevor Sie fragen, worum es dabei ging ... Im Grunde ging es nur um meinen Mann. Sie war zu Hause, sie hat mich reingelassen. Ich ... meine Erinnerung an diesen Abend ist ein bisschen verschwommen, tut mir leid.«

»Kein Problem. Lassen Sie sich Zeit.«

Ich zupfe an der Haut um meinen Daumennagel herum.

»Ich bat sie, ihn in Ruhe zu lassen. Ich nehme an, Sie wissen, dass sie und Luis ...«

Ich schaue ihn hilfesuchend an, warte auf eine Bestätigung. Aber er schaut mich nur stur an und wartet darauf, dass ich weiterrede.

»Also, ich nehme an, Sie wissen, dass sie so etwas wie eine Affäre hatten. Die war kurz, und er hatte sie schon beendet.

Aber das wusste ich nicht. Jedenfalls wollte sie ihn nicht aufgeben, hat sie zu mir gesagt. Sie wären verliebt. Sie war schwanger, und das Kind war von Luis, das wissen Sie wahrscheinlich auch schon ... Wobei ich keine Ahnung habe, ob das überhaupt stimmt. Ich habe sie beschimpft und ihr gesagt, sie soll sich von meiner Familie fernhalten, dann bin ich gegangen.«

»Um wie viel Uhr war das?«

»Äh ... zehn? Oder elf? Ich bin hinterher in eine Bar gegangen, ich weiß nicht mehr genau, wo.«

»Okay. Warum haben Sie uns das nicht schon beim ersten Mal gesagt?«

»Es war mir peinlich. Ich wollte nicht, dass Sie das von Luis und Isabelle erfahren. Je weniger Leute es wissen ...«

Detective Dalloway, die auf einem abgenutzten Plastikstuhl in einer Ecke sitzt und sich Notizen macht, sagt zu Jones: »Das kann ich gut verstehen.« Dann fügt sie in meine Richtung hinzu: »Wenn mein Mann mich betrügen würde, würde ich auch nicht wollen, dass irgendwer davon erfährt.«

»Oder?«, frage ich erleichtert. »Ganz genau.«

Jones verzieht das Gesicht. »Das haben wir alle schon erlebt, Mrs Sanchez. Von seinem Partner betrogen zu werden, fühlt sich furchtbar an. Vor allem, wenn Kinder im Spiel sind. Ich kann es Ihnen nicht verdenken, dass Sie sie zur Rede gestellt haben.«

Ich zucke zurück. »Ich würde nicht sagen, dass ich sie zur Rede gestellt habe. Es war eher ein offenes und ehrliches Gespräch.«

»Richtig«, sagt er. »Und dieses offene und ehrliche Gespräch dauerte also ... drei Stunden?«

»Nein! O Gott, nein, ich weiß nicht mehr, wann ich gegangen bin, aber so lange hat es definitiv nicht gedauert.«

»Schon gut, wir haben Aufnahmen einer Überwachungskamera, die zeigt, dass Sie in der Gegend waren und um acht Minuten nach zehn von Ms. Wilcox' Haus wieder weggegangen sind. Sagen wir also, es waren zwei Stunden. Nur damit ich das richtig verstehe: Sie sind zu Ms. Wilcox' Haus gegangen, haben ihr gesagt, sie solle sich von Ihrem Mann fernhalten, haben sie beschimpft ... Was haben Sie denn in den restlichen anderthalb Stunden gemacht?«

»Wir haben uns gestritten! Sie hat mir gesagt, dass sie schwanger ist, ich habe geweint, und wir haben uns angebrüllt!«

»Haben Sie sie tätlich angegriffen?«

»Nein!« Ich fahre mir mit der Hand über die Stirn. »Ich habe eine Vase umgestoßen. Das ist alles.« Ich denke an die Wasserlache auf dem Teppich, wie sie sich bückt und die Blumen zurück in die Vase stellt. Wie widersinnig mir das jetzt alles vorkommt. »Als ich von ihr wegging, war sie vollkommen okay.«

»Hat sie sich denn bereiterklärt« – er leckt eine Fingerspitze an und blättert um – »ihn in Ruhe zu lassen?«

Ich brauche einen Moment, um zu antworten. »Nein. Aber das war dann ja auch egal. Luis hatte schon Schluss gemacht.«

»Ach ja?«, fragt Jones mit großen Augen, als würde er zum ersten Mal davon hören.

Ich beuge mich zu ihm vor. »Das wird er Ihnen ja wohl erzählt haben.«

Er wendet sich an Dalloway. »Hat Mr Sanchez erzählt, dass er mit ihr Schluss gemacht hat?« Sie hebt ihre Hände zu einer Geste, die so viel bedeuten soll wie: *Ich weiß von nichts*. Sie tauschen einen vielsagenden Blick aus, dann wendet sich Jones wieder mir zu. »Nehmen wir einmal an, dass Ihr Mann die Beziehung wirklich beendet hat.«

Bei dem Wort »Beziehung« zucke ich zusammen. Ein Wort, das ein vertrautes Miteinander impliziert und in diesem Fall völlig unpassend ist. Aber ich verkneife mir einen Kommentar.

»Warum hatten Sie dann das Bedürfnis, zu ihr zu gehen?«

Ich reibe mir mit dem Zeigefinger dieselbe Stelle auf

meiner Stirn wie vorhin. Allmählich pellt sich dort die Haut ab. »Weil ich es zu diesem Zeitpunkt noch nicht wusste.«

Er beugt sich vor. »Wissen Sie, wenn ich an Ihrer Stelle wäre, Mrs Sanchez, und ich würde den Liebhaber meiner Frau aufsuchen, rein theoretisch, und ich würde ihn *höflich* bitten, sich von meiner Frau fernzuhalten, und er würde Nein sagen – ich wüsste nicht, was ich täte. Ganz ehrlich, ich weiß es wirklich nicht. Aber Sie haben das sang- und klanglos akzeptiert und sind gegangen, ist das so richtig?«

»Dass ich das sang- und klanglos akzeptiert habe, würde ich nun nicht gerade sagen.«

»Stimmt, Sie sagten, Sie hätten sie beschimpft und seien dann gegangen. Trotzdem – Sie wollten doch sicher alles daransetzen, Ihre Ehe zu retten. Und dann haben Sie das einfach geschluckt und sind gegangen?« Er lässt die Frage im Raum stehen. »Woher haben Sie die Striemen da an Ihrer Hand, Mrs Sanchez?«

Ich schaue sie mir an. Sie sind schon fast verschwunden. »Das habe ich Ihnen doch gesagt. Von der Gartenarbeit.«

»Wussten Sie, dass Ihr Mann Ms. Wilcox eine Halskette geschenkt hat? Sie mochte sie sehr. Sie trug sie ständig. Einem Kollegen erzählte sie sogar, dass sie sie niemals abgenommen hat.« Er öffnet den Aktenordner und nimmt eine Prospekthülle heraus. Darin befindet sich ein Foto von Isabelle und einem anderen Mann, das aussieht wie auf einer Vernissage geschossen. Sie stehen dicht beieinander und lächeln in die Kamera, beide haben ein Glas Sekt in der Hand. Die Kette um ihren Hals ist deutlich sichtbar.

Ich kann meine Augen gar nicht mehr von dem Foto abwenden und muss die ganze Zeit daran denken, wie hübsch sie ist. Eine Welle des Zorns erfasst mich. Logisch, dass Luis ihr nicht widerstehen konnte. Sie ist wie eine dieser Pflanzen, die wunderschön sind, mit leuchtend bunten Farben und Tautropfen, aber Fliegen fressen. Wenn man ihnen zu nahekommt, fangen sie ihre Beute und lassen sie nicht mehr los, bis sie erstickt.

»Mrs Sanchez?«

Ich hebe den Kopf. »Die hat sie niemals abgenommen?«

Die zwei tauschen einen Blick aus, und mir ist klar, dass das die falsche Antwort war.

Ich lehne mich zurück. »Ich wusste nicht, dass er ihr die geschenkt hat, nein.«

»Auch nicht, als Sie am 12. November mit dem Kassenbon für diese Kette in ein Juweliergeschäft gegangen sind und behauptet haben, Ihr Mann hätte sie Ihnen geschenkt?«

Einen Moment lang habe ich das Gefühl zu fallen. Der Boden rast auf mich zu, und ich versuche, mich an etwas festzuklammern. »Doch, ich wusste es«, sage ich und spüre, wie meine Mundwinkel nach unten wandern.

»Aber gerade eben haben Sie doch noch das Gegenteil behauptet, nicht wahr?«

Ich weiß nicht, was ich sagen soll. Meine Augen werden feucht, und eine dicke Träne kullert mir über die Wange. Ich wische sie weg.

»Warum haben Sie uns angelogen, Mrs Sanchez?«

»Wissen Sie denn, warum sie die Halskette in jener Nacht nicht bei sich hatte?«, fragt Dalloway. »Tagsüber hat sie sie noch getragen, aber nicht mehr, als sie starb. Wir haben ihr ganzes Haus durchsucht und die Kette nicht gefunden.«

»Weil ich sie ihr abgenommen habe«, sage ich. »Sie hat daran herumgenestelt, als wir uns unterhielten, und mich ausgelacht. Ich habe die Kette gepackt und sie ihr vom Hals gerissen.« Ich reibe mir die Handfläche. »Sie war stabiler, als ich erwartet hatte.«

»Verstehe. Dann haben Sie sie also doch tätlich angegriffen.«

»Nein!«

»Kommen Sie, Mrs Sanchez. Sie sagten doch selbst gerade,

sie hätte Sie ausgelacht. Sie war schwanger. Sie hatte nicht vor, die Beziehung zu Ihrem Mann zu beenden …«

»Es war schon vorbei! Er hatte Schluss gemacht!«

»Das behaupten Sie, aber Sie haben bereits zugegeben, dass Sie das zu diesem Zeitpunkt noch gar nicht wussten. Glauben Sie, jemandem an die Kehle zu greifen, gilt nicht als tätlicher Angriff? Wie haben Sie sie dazu gebracht, die Treppe hochzugehen?«

»Was?«

»Sie stand auf der obersten Stufe der Treppe, die zum Schlafzimmer führt, als sie geschubst wurde. Ist sie von selbst die Treppe emporgestiegen, und Sie sind ihr gefolgt?«

»Haben Sie ihr bei der Gelegenheit die Goldkette vom Hals gerissen?«, fragt Dalloway. »Hat sich das so abgespielt?«

»War es ein Unfall?«, fragt Jones.

Das Blut rauscht in meinen Ohren und übertönt die Stimmen der zwei, und ich presse mir die Finger gegen meine pochenden Schläfen.

»Erzählen Sie uns, was passiert ist, Mrs Sanchez.«

Ich schließe die Augen. Ich kann ihr Gesicht sehen, ihre schockierten Augen. »Warum haben Sie behauptet, Sie wäre nicht bei ihr gewesen, Mrs Sanchez?«

»Haben Sie sie die Treppe hinuntergestoßen, Mrs Sanchez?«

Ich springe auf. »Nein!« Ich zittere und bin ganz verwirrt. Ich starre Jones an, dann Dalloway. »Ich würde jetzt gerne nach Hause gehen«, sage ich. Ich bücke mich, um meine Tasche zu nehmen, die zu meinen Füßen liegt, und rechne fest damit, dass sie mich aufhalten und mir mitteilen, ich sei verhaftet. Ich muss an meine Kinder denken und stelle mir ihre Gesichter vor, wenn sie davon erfahren, und es bricht mir das Herz.

Jones sagt, die Befragung sei um 16:32 Uhr beendet worden, und schließt seinen Ordner.

»Dalloway wird Sie nach draußen begleiten. Wir bleiben in

Kontakt. Bleiben Sie möglichst erreichbar. Wenn Sie den Bundesstaat verlassen müssen, wäre es gut, wenn Sie uns Bescheid sagen.«

Draußen habe ich Luis angerufen. Ich war wie betäubt und ganz verwirrt, so ähnlich wie man sich fühlt, wenn man nach einer Ohnmacht aufwacht und nicht weiß, was passiert ist, wo man ist und warum. »Kannst du mich bitte abholen?«, habe ich gefragt. Gefleht.

»Anna?«

Ich schaue gerade auf meine Hände, da kommt er. Als ich aufsehe, steht er bereits vor mir. Er sieht mich verzweifelt an, und ich frage mich, ob seine Verzweiflung mir oder ihr gilt, und als er fragt: »Was hast du getan, Anna?«, da glaube ich, dass er gleich anfängt zu weinen.

Eine Hand an meinem Ellbogen, geleitet er mich zum Auto. »Mein Vater hat die Kinder geholt, sie bleiben heute Abend dort.«

Ich nicke. »Das ist gut.« Ich wische mir die Tränen mit meinem Ärmel fort. »Das ist sicher besser so. Sie finden es immer ganz toll da. Das ist wirklich nett von ihm.«

»Ja.« Danach reden wir nicht mehr miteinander. Zu Hause gehe ich sofort nach oben und lege mich aufs Bett. Ich könnte Luis gar nicht klarmachen, wie viel Angst ich in diesem Moment habe. Er kommt und bringt mir eine Schlaftablette und ein Glas Wasser. Ich nehme wortlos die Tablette und falle in den Abgrund.

Es ist dunkel und still, als ich aufwache, und ich vermisse die Kinder so sehr, dass es wehtut. Luis liegt neben mir und beobachtet mich. Ich drehe mich zu ihm um.

»Luis?«

»Ja, Schatz?«

»Ich habe solche Angst.«

Er nimmt meine Hand. »Ich weiß.«

Wir gehen nach unten, und er macht uns Sandwiches mit Schinken und Käse, aber ich bekomme keinen Bissen hinunter.

»Ich war es nicht«, teile ich ihm mit. »Als ich von ihr wegging, ging es ihr gut.« Aber ich sage ihm auch, dass wir Pläne für den Ernstfall machen sollten, denn es sieht nicht gut für mich aus. »Ich bin so verwirrt«, sage ich, und mein Mund zittert. »Ich habe solche Angst, Luis. Sie werden mich ins Gefängnis stecken.«

»Nein, das werden sie nicht, wir besorgen die besten Anwälte – wir können es uns doch leisten, oder? Wir haben doch dein Preisgeld, damit bekommen wir die Besten der Besten.«

Ich bringe es nicht übers Herz, ihm mitzuteilen, dass es mit dem Preisgeld wahrscheinlich nichts wird. »Ja«, sage ich, »du hast recht. Wir schaffen das schon. Aber falls nicht …«

»Du musst positiv denken, Anna.«

»Luis, bitte. Hör mir zu. Ich möchte, dass wir über die Kinder sprechen, darüber, was ist, falls mir etwas zustößt.«

Er setzt sich neben mich an den Tisch und fährt sich mit der Hand durchs Haar.

»Versprichst du mir, dass du dich um sie kümmerst, dass du sie beschützt? Matti verbringt zu viel Zeit an seiner Xbox, dagegen müssen wir etwas tun. Und versuchst du bitte, Carla so lange wie möglich von den sozialen Medien fernzuhalten? Sie haben dich beide so lieb, Luis. Du bist ein wunderbarer, großartiger Vater. Aber du musst stark sein.«

Er fängt an zu weinen. »Ich schaffe das nicht ohne dich, Anna.«

Ich greife nach seiner Hand. »Natürlich schaffst du das. Du bist der beste Vater überhaupt. Weißt du noch, als Mateo damals vom Fahrrad gefallen ist?« Ich lache durch meine

Tränen hindurch. »Weißt du, wie eifersüchtig ich war, weil er nach dir gerufen hat und nicht nach mir? Sie vergöttern dich, Luis. Du bist alles für sie.«

Er drückt meine Hand. »Ich muss dir etwas sagen.«

Ich kann nicht. Ich kann mich im Moment einfach nicht noch mit irgendetwas anderem beschäftigen. Ich presse mir die Finger gegen die Schläfen. »Was?«, frage ich, ohne aufzublicken.

»An jenem Tag habe ich Matti gebeten, vom Fahrrad zu fallen und nach mir zu rufen.«

Ich warte und spüre, wie meine Lippen zu lächeln beginnen. »Nicht wirklich, oder?«

»Doch. Ich habe ihm fünf Dollar dafür gegeben. Ich wollte dir zeigen, wie toll ich mich um unsere Kinder kümmere. Du warst der Star, Anna. Du warst so klug und so erfolgreich. Ich wollte doch nur, dass du mitbekommst, was für einen guten Job *ich* zu Hause mache. Das war mir die fünf Dollar wert.«

»Und die Turtles-Pflaster?«

»Die waren Teil des Plans.«

»Ernsthaft?«

»Ja.«

»Wow.«

»Ich weiß.«

»Er ist ziemlich heftig hingefallen.«

»Er ist ein toller kleiner Schauspieler.«

»Er hätte sich am Kopf verletzen können.«

»Stimmt wohl.«

»Und Matti hat das mitgemacht?«

»Für fünf Dollar.«

Ich muss wieder lachen. Ich wische mir die Tränen fort und lege meinen Kopf auf seine Schulter. »Ich kann gar nicht glauben, dass du das alles getan hast, nur um mich zu beeindrucken.«

Er streicht mir übers Haar. »Ich passe auf die beiden auf, das verspreche ich dir.«

Das war es nicht, was ich von ihm hören wollte. Ich wollte, dass er mir noch einmal sagt, dass alles gut wird und dass wir dieses Gespräch gar nicht führen müssen.

Denn wenn Luis nicht an mich glaubt, tut es niemand.

ACHTUNDDREISSIG

Ich bleibe fast den ganzen Vormittag über im Bett. Luis bringt mir eine Tasse Tee und mustert mich besorgt. »Kann ich dir sonst noch etwas Gutes tun?«, fragt er, als wäre ich krank und müsste gepflegt werden. Er setzt sich auf die Bettkante. »Ich finde, die Kinder können heute noch einmal bei meinem Vater übernachten, oder?«

»Ja«, antworte ich. »Ja, du hast recht. Geht es ihnen gut? Sind sie gut zur Schule gekommen?«

»Es ist Samstag«, sagt er.

»Ach ja.«

»Natürlich geht es ihnen gut, sie sind mit Freunden unterwegs. Sie wissen von nichts.«

»Okay, gut. Das ist gut«, sage ich und warte, bis er das Zimmer verlassen hat. Dann vergrabe ich mein Gesicht im Kissen und heule mir die Augen aus.

Irgendwann meine ich zu hören, dass es an der Haustür klopft, und mein Herz pocht wie wild, weil ich sofort annehme, dass die Polizei da ist und mich verhaften will. Ich sollte aufstehen und mich anziehen, denn früher oder später werden sie kommen, und so sollen sie mich nicht vorfinden. Ich greife nach dem Handy, um June anzurufen. Sie muss sich große Sorgen machen. Ich werde ihr sagen, dass ich Verständnis dafür habe, dass sie der Polizei verraten musste, dass mein Alibi gelogen war. Sie muss sich schreckliche Vorwürfe machen. Sie geht nicht ran, und ich spreche ihr auf die Mailbox. »Hallo, ich bin's.« Meine Stimme versagt. »Ich bin zu Hause«, sage ich, falls sie dachte, ich sei verhaftet worden. »Meine Güte, das war furchtbar. Ruf mich doch mal zurück.« Ich dusche, ziehe mir praktische Kleidung an, flache Schuhe, eine Hose, für die ich keinen Gürtel brauche – man kann ja nie wissen, und im Gefängnis muss man den bestimmt abgeben. An all so was muss ich jetzt denken.

Ich hatte erwartet, dass June sich meldet, aber: Fehlanzeige. Luis hat ein paar Anrufe getätigt und einen Anwalt für mich gefunden. »Er ist der beste«, sagt er. Ich verspreche ihm, dass ich ihn heute Nachmittag anrufen werde. Dass es kein Geld gibt und wahrscheinlich auch nie geben wird, verschweige ich ihm.

»Geh ruhig ins Atelier, wenn du arbeiten musst«, sage ich. »Hier kannst du ja doch nichts tun.«

Er nimmt meine Hand. »Bist du sicher?«

»Natürlich. Ich will sowieso June besuchen.« Den Zusatz *Solange ich noch kann* verkneife ich mir.

Ich hinterlasse June noch eine Nachricht und fahre dann zu ihr nach Hause. Langsam mache ich mir Sorgen. Es sieht ihr gar nicht ähnlich, mich nicht zurückzurufen. Außerdem möchte ich mich unbedingt persönlich bei ihr entschuldigen. Ich hätte sie nie bitten dürfen, für mich zu lügen. Vielleicht ist sie sauer, dass ich sie in diesen ganzen Schlamassel mit hineingezogen habe. Ich werde ihr erklären, dass ich einfach in Panik geraten bin. Ich dachte, wenn die Polizei weiß, dass ich da war, kommen sie mich holen. Was dann am Ende ja trotzdem passiert ist.

An all das muss ich denken, während ich ihre Veranda betrete, eine violette Hyazinthe im Arm, weil ich irgendwo gelesen habe, dass die *Bitte verzeih mir* symbolisiert. Ich klingle, und im nächsten Moment sehe ich ihren Umriss durch die Milchglasscheibe näherkommen. Schnell stelle ich mich mit ausgestrecktem Arm seitlich neben die Haustür, damit sie erst die Topfpflanze sieht, bevor sie mich entdeckt.

»Es tut mir so leid«, flöte ich, als sie die Tür öffnet, den Kopf schief gelegt und die Augenbrauen hochgezogen. »Bitte verzeih mir.«

»Gott im Himmel!« Sie klopft sich mit der Hand auf die Brust. »Du hast mich zu Tode erschreckt!«

Ich stutze. »Ehrlich? Das tut mir leid. Ich habe dir tausend Nachrichten hinterlassen. Na gut, drei Stück.«

Ich warte ab und drücke mir die Topfpflanze an die Brust, aber June bleibt regungslos.

»Ich habe dir etwas mitgebracht, eine Blume, die sagen soll, dass es mir leidtut, dass ich dich gebeten habe, für mich zu lügen. Das war nicht in Ordnung. Geht es dir gut? Ich hoffe, sie haben dich nicht zu hart in die Mangel genommen? Ich habe ihnen gesagt, dass alles meine Schuld war.«

Sie steht etwas zittrig da und nimmt die Pflanze entgegen. »Danke. Die ist sehr schön.« Sie lächelt, aber es sieht gezwungen aus, und ihre Lippen zucken.

Ich stemme eine Hand in die Hüfte und lege den Kopf schief. »Was ist los?«

»Nichts. Ich habe nur viel um die Ohren, das ist alles.«

Ich blinzle. Ich hatte mir ausgemalt, dass ich herkomme, einige Stapel Backzeitschriften von ihrer Couch wegräume und es mir mit einer Tasse ihres Chai gemütlich mache, eines ihrer geblümten Kissen im Arm. Es kam mir überhaupt nicht in den Sinn, dass sie mich nicht würde sehen wollen.

»Darf ich reinkommen?«

Sie wirft einen Blick über ihre Schulter.

»Oh, entschuldige, hast du Gäste?« Dann dämmert es mir, und ich schaue angestrengt ins Halbdunkel und versuche, im Inneren des Hauses etwas auszumachen. Ich beuge mich vor und flüstere: »Ist die Polizei bei dir?«

»Nein. Die Polizei ist nicht hier. Niemand ist hier. Ich bin nur müde, das ist alles.«

Ich nicke. »Alles klar. Ich sollte verschwinden. Meine Güte, June, ich will nicht einfach so wieder gehen! Es tut mir so leid! Ich kann das gar nicht oft genug sagen. Ich werde wahrscheinlich verhaftet, außer es geschieht ein Wunder, aber ich habe keine Ahnung, was das für eines sein soll. Und dann sehe ich dich vielleicht nie wieder.« Ich ziehe ein gebrauchtes Papiertaschentuch aus meiner Manteltasche und putze mir die Nase.

Sie legt den Kopf schief und sieht plötzlich ganz traurig aus. Genauso traurig wie ich.

Sie seufzt und tritt zur Seite.

»Danke«, sage ich ganz leise. »Ich bleibe auch nicht lange.«

Sie stellt die Hyazinthe auf dem kleinen Beistelltisch ab, macht aber keine Anstalten, sie aus dem Zellophan auszupacken.

»Was ist denn passiert, June? Ist es, weil ich dich gebeten habe, für mich zu lügen? Wegen des Alibis? Ich sage denen alles, was du willst. Und ich werde ihnen noch einmal versichern, dass alles meine Schuld ist.«

Ich hätte so gern, dass sie irgendetwas sagt, das die Situation entspannt, dass sie Lösungen parat hat, dass sie tut, was sie sonst auch immer tut, die patente June. Aber sie steht einfach nur da, die Arme vor der Brust verschränkt. Wir sind ins Wohnzimmer gegangen, aber sie hat mich noch nicht aufgefordert, Platz zu nehmen. Ich schaue mich um. Wie immer ist ihr Couchtisch voll mit Haushaltszeitschriften, aufgeschlagenen Rezeptbüchern, leeren Bechern und Gläsern und kleinen, mit Krümeln übersäten Tellern. June bewegt sich immer noch nicht. Und dann dämmert es mir.

Sie hat Angst vor mir.

»Was ist los?«, frage ich.

»Ich habe die Halskette in meiner Handtasche gefunden.«

Ich schlage mir die Hände vor den Mund. »Oh nein. Bitte, ich kann das erklären.«

»Wolltest du mir die etwa unterjubeln, damit man die bei mir findet?«

»Nein! Ich schwöre bei Gott! Bei meinen Kindern! Nie und nimmer.« Ich will sie berühren, aber sie zieht den Arm weg. »Weißt du noch, an dem Abend, als du auf Matti aufgepasst hast und Carla meine Tasche nach meinem Portemonnaie durchwühlt hat? Ich hatte die Kette da drin, und ich geriet in Panik. Als ich dir die Handtasche von der Schulter riss, habe ich die Kette in eine der Innentaschen gesteckt, weil ich nicht wollte, dass Carla sie findet. Oder Luis. Das war alles ganz spontan. Ich wollte es dir hinterher sagen, aber dann war das mit Ryan und Geoff ... Es tut mir so leid, June, das habe ich einfach vergessen.«

»Aber woher hattest du die überhaupt?«, fragt sie.

»Hör zu. Als ich zu ihr ging, trug sie die Kette, und ich war so wütend, dass ich sie ihr vom Hals gerissen habe. Davon habe ich diese Schramme hier, siehst du?« Ich zeige ihr meine Hand, auf der die hellrosa Linie gerade noch sichtbar ist. »Das ist alles. Ich habe sie eingesteckt und bin gegangen.«

Sie schüttelt langsam den Kopf und hält sich die Hand vor den Mund.

»Du musst mir glauben. Ich habe sie dir nicht in die Handtasche gesteckt, um dir eins auszuwischen. Ich brauchte nur ein sicheres Versteck und habe vergessen, dir Bescheid zu sagen.«

Wir starren einander einen Moment lang schweigend an. Sie sieht aus, als würde sie gleich weinen.

»Ich gehe wohl besser«, sage ich. Sie nickt. Als ich an der Hyazinthe vorbeigehe, mache ich mich spontan daran, sie aus dem Zellophan auszupacken.

»Das ist die reine Wahrheit«, sage ich mit dem Rücken zu ihr.

»Lass das«, sagt sie. Ich fahre herum. Sie streckt eine Hand aus und greift nach dem Topf auf dem Tisch.

»Was?« Ich folge ihrem Blick. Unter dem Topf ragt ein Stück Papier hervor, auf das sie etwas gekritzelt hat. Ich schiebe die Pflanze zur Seite und nehme es in die Hand hoch.

»Gib das her«, blafft sie mich an.

FlowersDirect, lila Prärieenziane und Margeriten. Daneben stehen die Adresse der Universität und ein Datum.

»Was ist das?« Ich starre immer noch auf den Zettel, als sie sich auf mich stürzt und versucht, ihn mir aus der Hand zu reißen. Ich halte ihn hoch über meinen Kopf. »Was ist das?«, frage ich noch einmal, diesmal lauter. Lila Prärieenziane und Margeriten – das sind die Blumen, die mir meine Mutter immer schickt. Es sind jedes Mal die gleichen.

»Gib das her, Anna.«

»Das ist der Strauß, den mir meine Mutter geschickt hat.« Ich tippe mit einem Finger auf den Zettel. »Und das ist der Floristikservice, der ihn geliefert hat, oder nicht? Am Tag, als im großen Saal das Dinner stattfand. Was hat das zu bedeuten, June?«

Sie sagt kein Wort. Sie beißt sich in die Innenseite ihrer Wange und reibt sich die Arme, als ob es hier drinnen zieht.

»June?«

»Ich weiß, dass du sie dir selbst geschickt hast.«

»Was?«

Sie zittert jetzt am ganzen Körper. »Ich wollte dir nur helfen, ganz ehrlich, denn ich hatte dich wirklich gerne, Anna!« Ihre Stimme versagt, und Tränen kullern ihr über die Wangen. Sie wischt sie mit zitternden Fingern weg. »Nachdem sie dich gestern mitgenommen haben, wollte ich deine Mutter kontaktieren«, sagt sie.

»Was? Wieso das denn?«

»Weil ich dachte, dass du sie vielleicht brauchst. Ich fand, das wäre gut für dich, und dass sie dir so viel schuldet und dass sie jetzt die Chance hätte, für dich da zu sein, und ich kannte ihren Nachnamen nicht und wusste auch nicht, wo sie wohnt, aber dann fielen mir die Blumen ein, die sie dir geschickt hatte, denn ich hatte die Lieferung entgegengenommen, und ich erinnerte mich an den Namen der Firma.«

»Ach, June …«

»Aber sie war gar nicht die Absenderin«, sagt sie.

Plötzlich schaut sie sich gehetzt um, als würde ich ihr den Weg versperren und sie müsste nach einer Fluchtmöglichkeit suchen.

»Natürlich hat sie mir die geschickt«, sage ich beschwichtigend.

»Nein, hat sie nicht! Das warst du selber.«

Ich schüttle energisch den Kopf. »Nein, das stimmt nicht, sag das bitte nicht!«

»Dort hat man mir mitgeteilt, wer sie geschickt hat, und das warst du, Anna! Und es war nicht das erste Mal. Du bist da Stammkundin und bestellst immer wieder die gleichen Blumen! Du schickst sie *an dich selbst*!«

»June, hör auf, bitte, weißt du, wie verrückt du gerade klingst? Da liegt ganz offensichtlich ein Fehler vor! Der Laden hat sich geirrt, sie haben es verwechselt und dir statt der Absender- die Empfängerdaten gegeben, und die Empfängerin bin ich! Verstehst du? Denk doch mal nach, June! Warum sollte ich so etwas tun? Das ergibt doch keinen Sinn! Warum sollte ich mir selbst Blumen schicken und so tun, als wären die von meiner Mutter?«

»Weil sie tot ist!«

»Luis?« Ich weine. Ich heule wie ein Schlosshund. Laute Schluchzer brechen aus mir hervor, während mir der Rotz aus der Nase läuft.

»Was ist los, Schatz? Wo bist du?«

»Im Auto«, sage ich. Ich habe es geschafft, wegzufahren, ich wollte nicht vor Junes Haus sitzen und heulen, aber ich bin nur zwei Häuserblocks weit gekommen, dann musste ich rechts ranfahren, weil ich Angst hatte, ich würde sonst einen Unfall bauen.

»Du musst mir helfen, Luis«, flüstere ich.

»Baby, ich kann dich kaum hören. Ich verstehe nicht, was du sagst. Hattest du einen Unfall?«

»Nein, es ist wegen June. Sie hat gesagt ...«

»Was hat sie gesagt?«

»Ach, Luis ... Ich habe so schlimme Dinge getan ...«

»Was denn für Dinge, Schatz?«

Obwohl ich allein im Auto bin, halte ich mir die Hand vor den Mund, damit mich niemand hört. »Ich habe meine Mutter umgebracht«, flüstere ich.

Sein Schweigen ist lang und distanziert und schneidet mir mitten ins Herz. Ich glaube fast, er hat aufgelegt. Aus heiterem Himmel kommt mir ein furchtbarer Gedanke: *Wusste er es schon?*

Was hast du nur getan?

»Bin ich verrückt?« Ich fahre mir mit der Hand über die Augen. Ich habe solche Angst, ich kann es kaum ertragen.

»Ach, Anna. Schatz.«

»Ich habe meine Mutter umgebracht!« Danach kann ich kaum noch sprechen. Jedes Wort kommt abgehackt heraus und überschneidet sich mit dem nächsten. Es ist, als würde ich Morsezeichen ausstoßen, die man erst in richtige Sprache übersetzen muss. »Meine Mutter ist seit sechzehn Jahren tot. Ich habe mir selbst Blumen geschickt.«

»Nein, Anna, nein.«

»Luis, es tut mir so leid …« Meine Stimme wird so leise, dass ich mich selbst kaum hören kann.

»Hör mir zu, Anna.« Sein Tonfall lässt mich aufhorchen. »Ich weiß nicht, was June dir erzählt hat, aber du hast deine Mutter *nicht* umgebracht, hast du mich verstanden? Das ist doch irre! Glaubst du nicht, wir wüssten es, wenn deine Mutter tot wäre?«

»Keine Ahnung«, jammere ich. »Wüssten wir das?«

»Ja! Natürlich! Hör nicht auf June, Anna. Komm nach Hause. Wir rufen zusammen deine Mutter an, und dann reden wir mit June, okay?«

»Ich habe schon so lange nicht mehr mit meiner Mutter gesprochen, Luis.« Er schweigt einen Moment lang. Als er wieder spricht, ist sein Tonfall ein anderer. Weicher, aber schwerer. Schwer vor Mitleid. »Es wird alles gut, Anna. Egal, was du getan hast, Baby, ich liebe dich. Ich werde dich immer lieben. Ich bin für dich da. Was auch immer passiert.«

Ein Mann mit einem dunklen Bart klopft an mein Fenster. *Alles okay?*, formt er mit dem Mund.

Ich nicke, hebe eine Hand und winke. *Danke. Bitte gehen Sie, mir geht es gut.* Der Mann zögert, dann tippt er sich an den Hut und geht weg. Aber mir geht es überhaupt nicht gut, mir wird es nie gut gehen, und was wird mit den Kindern, wenn ich sterbe? Denn ich werde ganz bestimmt sterben. Menschen wie ich bekommen keine zweite Chance. Für all die schlimmen Dinge, die ich getan habe, werden sie mich für sehr lange Zeit ins Gefängnis stecken.

»Wo bist du?«, frage ich.

»Im Atelier. Aber ich komme nach Hause, so schnell ich kann. Wir sehen uns dort, okay, Schatz? Und dann rufen wir gemeinsam deine Mutter an. Alles wird gut, du wirst sehen. Egal, was passiert, Anna, wir werden dir helfen, das verspreche ich. Egal, was passiert. Aber alles wird gut werden. Du wirst schon sehen.«

»Wie lange ... brauchst du?«

»Maximal eine Stunde. Okay? Geh bitte nicht noch einmal zu June zurück, Schatz. Warte zu Hause auf mich. Wir werden gemeinsam herausfinden, was los ist, du und ich, und dann gehen wir zurück und sagen es June. Wir beide zusammen. Alles wird gut. Das verspreche ich dir.«

»Danke, Luis. Tut mir leid.«

»Ich liebe dich, Anna. Egal was passiert, okay?«

»Ich liebe dich auch. Es tut mir so leid.«

NEUNUNDDREISSIG

Ich starte den Motor und schalte in den Leerlauf. Ich weiß nicht, was ich tun soll. Ich kann den Gedanken nicht ertragen, jetzt nach Hause zu fahren und dort ganz allein zu sein, also fahre ich zum Atelier. Alles, was ich im Moment will, ist Luis. Dass er mich in den Arm nimmt und mir hilft, alles wieder in Ordnung zu bringen, auch wenn ich weiß, dass nichts jemals wieder in Ordnung sein wird. Die Polizei wird bald kommen. Vielleicht sind sie schon bei uns zu Hause. Ich habe so wenig Zeit, dabei würde ich mich jetzt so gerne auf dem Sofa zusammenrollen und ihm bei der Arbeit zuschauen, wenn auch nur, um für eine Weile so zu tun, als wäre nichts von all dem passiert.

Ich gebe den Türcode ein und fahre mit dem Lastenaufzug hinauf. Ich klopfe an die schwere Tür, aber er scheint mich nicht zu hören. Ich lehne meine Stirn gegen das kalte Metall. Von drinnen höre ich leise Musik. Ich hole den Ersatzschlüssel aus seinem Versteck und schließe auf.

»Luis?«

Seine große Skulptur, *The Nest*, ist wieder da. Sie ist größer, als ich sie in Erinnerung hatte. Und irgendwie auch bedrückender. Ich gehe um sie herum zum anderen Ende des Ateliers und stelle die Musik ab.

»Luis?«

Ich schaue auf mein Handy, aber er hat sich nicht gemeldet.

Ich starre die Skulptur an. *The Nest*. Der Höhepunkt seines künstlerischen Schaffens. Ich denke daran, wie sehr ich wollte, dass er Erfolg hat, wie sehr ich ihn unterstützte, ihn liebte, ihm vertraute und ihn bewunderte. Und dieses Werk? Sein Meisterstück? Es hätte von uns handeln sollen. *The Nest*. Er hätte es für *mich* schaffen sollen. Und ich muss schon wieder weinen, als ich an den Abend der Vernissage zurückdenke: *Es sieht so aus, als ob Isabelle es schafft,* The Nest *an das Museum für zeitgenössische Kunst zu verkaufen. Die wollen es in die ständige Sammlung aufnehmen.* Ich denke daran, wie er Zeige- und Mittelfinger kreuzte, die Augen schloss und das Gesicht zur Zimmerdecke wendete, und ich erinnere mich an die Worte, die mir damals durch den Kopf gingen, als würde sie mir jemand zuflüstern.

Er ist verliebt.

Was als Nächstes passiert, bekomme ich gar nicht richtig mit. Ich spüre nur, wie all der aufgestaute Schmerz und Zorn durch mich hindurchfahren, und bevor ich mich versehe, halten meine Hände die lange Metallstange, die vor ein paar Sekunden noch am Fenster gelehnt hat, und ich schreie auf, als ich die Stange über meinen Kopf hebe und so fest ich kann auf die Skulptur niedersausen lasse. Der Haken verfängt sich irgendwo, und ich ziehe die Stange hoch und schlage blindlings noch einmal zu und noch einmal und noch einmal, bis die Seile reißen und das ganze Gebilde mit einem lauten Krachen hinunterfällt und die Kreaturen in ihren Eierschalen über den Boden rollen und ich auch sie zertrümmere, ich zertrümmere ihre Gesichter und ihre Augen und die zarte Schale um sie herum, und ich schreie, denn hätte dieses Gebilde nicht unsere Kinder darstellen sollen? Hätte das nicht *unser* Nest sein sollen, Luis?

Wieso hatten wir es nicht verdient, dass dieser Ausdruck deines Genius uns galt, Luis? Waren wir nicht genug für dich, dass du dich in *sie* verlieben musstest?

Und ich kann nichts mehr sehen, und es ist alles seine Schuld, und alles, was ich getan habe, habe ich für uns getan, und jetzt sind da nur noch Lärm und Staub und Splitter, die gegen die Wände fliegen, und ich schreie immer noch, und ich kann nicht atmen, aber ich will nicht aufhören, bis es weg ist, bis dieses *Ding*, das da sitzt wie ein Denkmal für alles, was falsch gelaufen ist, *weg ist*.

Ich rutsche auf den Knien herum. Ich lasse die Stange fallen, sie klirrt zu Boden. Ich kann nicht atmen. Ich weiß nicht, wie lange ich so sitze, inmitten der Trümmer, die Arme fest um mich geschlungen. Ich öffne die Augen und sehe die Kreaturen zu meinen Füßen, zerbrochen, die Augen eingeschlagen, kein flehender Blick mehr, als wären sie echt und jetzt tot, und plötzlich habe ich diesen überwältigenden Drang, sie wieder zusammenzusetzen. Ich krame auf dem Boden herum, um die passenden Teile zu finden, und schnappe mir ein Stück Eierschale, dann noch eines, und ich will sie wieder zusammenfügen, aber nichts passt aneinander.

Ich starre schluchzend die Schale in meinen Händen an. Da fällt mir etwas auf: Buchstaben. Wörter. Die Schale besteht aus zusammengekleisterten Papierstreifen. Ich ziehe sie vorsichtig auseinander und glätte die Falten, so gut es geht, und da sehe ich, was mir eben ins Auge gesprungen ist: mein Name auf einem offiziellen Dokument oder dem, was davon übrig ist. Es ist voller dunkler Flecken, als ob es zu lange an einem zu feuchten Ort aufbewahrt wurde.

Es ist der Kaufvertrag für das Haus in Youngstown, in dem ich aufgewachsen bin. Für mich war es immer das Haus meiner Mutter, nachdem mein Vater gestorben war und bevor sie nach

Kalifornien wegzog. Ich weiß, dass meine Mutter das Haus damals verkauft hat, aber wieso um alles in der Welt hat Luis eine Kopie dieses Kaufvertrags? Dann schaue ich genauer hin und denke, irgendetwas stimmt mit mir nicht. Offenbar tue ich Dinge, an die ich mich später nicht erinnern kann. Denn als Verkäuferin in diesem Dokument eingetragen ist nicht meine Mutter, sondern ich. So steht es hier. Im Jahr 2006 gehörte mir das Haus meiner Mutter, und ich habe es an jemanden verkauft, dessen Namen ich noch nie gehört habe.

Ich sammle weitere Stücke ein, pule vorsichtig die Lagen von Papier auseinander und glätte sie, so gut ich kann, und dann heule ich wie ein Tier, denn Luis hat gesagt, dass meine Mutter noch lebt, natürlich ist sie nicht tot, hat er gesagt, das wüssten wir doch. Und doch muss er es gewusst haben, denn hier in meiner Hand halte ich einen Schnipsel von ihrer Sterbeurkunde. Und als ich ihn mir noch einmal ansehe, kommt es mir vor, als würde das Licht um mich herum schwinden und die Wände näher kommen, und ich schleudere ihn von mir und stoße mich vom Boden ab, möglichst weit weg von diesem Stück Papier, bis ich mit dem Rücken an die Wand stoße und mich nicht mehr rühren kann, ich zittere, weine und rufe seinen Namen, und ich habe wahnsinnige Angst davor, dass ich gerade den Verstand verliere, denn als Todesursache steht dort: *Unfalltod durch Sturz auf der Treppe.*

Der Boden ist jetzt mit Trümmern übersät, und während ich auf Händen und Knien herumkrieche und mir das Blut in den Ohren dröhnt, entdecke ich etwas Merkwürdiges, Längliches, das so gar nicht hier hineinpasst. Ich hebe es auf. Es ist eine Art Röhrchen, teilweise durchsichtig, mit einem gelbweißen Aufkleber, und zuerst denke ich, es ist eine Packung Lötdraht. Erst, als ich das Etikett lese, wird mir klar, was das ist.

Ein EpiPen.

So einen EpiPen habe ich noch nie gesehen. Er sieht anders aus als die, die man heute so sieht, aber es ist definitiv einer, und mein Herz klopft in meiner Brust, weil mir sofort klar ist, dass er Monica gehört hat. Er fällt mir aus der Hand und rollt unter die Couch. Ich knie mich hin und schaue darunter. Er ist gegen etwas Kleines, Glänzendes gestoßen, das verhindert hat, dass er noch weiter nach hinten gerollt ist, einen Knopf oder so etwas, ich muss den Arm so weit ausstrecken, wie ich kann, um heranzukommen. Ich ertaste das Ding mit meinen Fingerspitzen, stoße es dabei aber versehentlich weg. Ich muss den EpiPen benutzen, um es mir zu angeln, und dann hole ich beides zusammen hervor, das Gerät und den glänzenden Knopf. Der allerdings gar kein Knopf ist. Es ist ein Ring. Silbern, seltsam geformt.

Der ist von einem ganz spannenden Metallkünstler. Einem Franzosen.

VIERZIG

Meine Brust fühlt sich so eng an, dass allein das Luftholen wie Feuer brennt. Ich muss mich beruhigen. Ich zwinge mich, zu atmen, aber es tut weh, als sticht mir jemand in die Brust. Ich schließe die Augen, habe die Stirn am Lenkrad und das Telefon fest ans Ohr gepresst und merke erst jetzt, dass meine Hand blutet.

Ich presse mir die Finger zwischen meine Augen, als die Mailbox rangeht. »Luis?«

Meine Stimme versagt, und einen Moment lang denke ich, dass ich es nicht fertigbringe. Ich schaffe es nicht, so zu tun, als wäre alles wie vorher, als hätte sich nichts verändert. Als hätte ich nichts entdeckt. Und ich will es auch nicht. Dann denke ich an meine Kinder und knicke in der Taille ein, eine Hand vor dem Mund, um ein leises Wimmern zu unterdrücken. Als wäre ich aus dem Wasser aufgetaucht.

»Luis, ich bin's. Bist du schon zu Hause? Ich muss mit dir reden. Ruf mich bitte an, sobald du das hier hörst.«

Ich lege auf und rufe June an.

Geh ran! Gehrangehrangehran ...

»Hi, tut mir leid, dass ich Ihren Anruf gerade nicht entgegennehmen kann, bitte hinterlassen Sie eine Nachricht!«

»June.« Meine Stimme ist schrill und voller Panik. »Ich bin's. Hör mir ganz genau zu. Wenn Luis zu dir nach Hause kommt, mach ihm nicht auf, hast du verstanden? Tu so, als ob du nicht da wärst. Wenn du da bist, verlass sofort das Haus, sobald du das hörst. Geh irgendwo hin, geh ins Einkaufszentrum. Bleib weg. Aber vor allem darfst du ihn unter keinen Umständen in dein Haus lassen.«

Ich lege auf und rufe noch einmal bei ihr an. Und dann noch zweimal. Ich sage mir, dass sie nicht abhebt, hätte nichts zu bedeuten. June weiß ja gar nicht, was sie jetzt noch von mir halten soll. Ich wette, sie hasst mich. Sie ist überzeugt, dass ich Isabelle umgebracht habe und ihr das anhängen wollte. Sie hält mich für durchgedreht und gefährlich. Logisch, dass sie nicht ans Telefon geht.

Ich rufe Luis' Vater an. Er geht nach dem ersten Klingeln ran.

»Anna, alles okay mit dir? Ich habe gehört …«

»Rob. Ist Luis da?«

»Luis? Nein, warum? Sollte er? Ich dachte, Carla und Matti dürfen bis morgen bleiben.«

»Hör zu, Rob. Wenn Luis kommt, dann lass ihn nicht gehen, bevor ich da bin, okay? Sag ihm, er soll auf mich warten. Ich bin gleich bei dir.«

»Ist alles in Ordnung?«

»Ja. Alles ist prima. Bis gleich. Falls Luis vor mir da ist, ruf mich bitte an.«

Aber zuerst fahre ich noch einmal zu June, und falls sie wirklich nicht zu Hause ist, hinterlasse ich ihr eine Nachricht. Genau das werde ich tun. Damit sie es schwarz auf weiß hat. Und falls sie da ist und mich nicht reinlässt, dann schreie ich durchs Fenster, was ich zu sagen habe.

Danach werde ich meine Kinder holen. Genau so werde ich das machen.

Ich fahre so schnell, dass ich zweimal fast einen Unfall baue. Bei June angekommen, lasse ich das Auto auf der anderen Straßenseite stehen und laufe hinüber zu ihrem Haus. Ich hämmere mit beiden Händen an die Tür. *Mach auf!* Aber sie ist nicht da. Ich will gerade zurück zum Auto laufen, um nach einem Zettel und einem Stift zu suchen, als ich aus dem Augenwinkel etwas hinter dem Fenster wahrnehme. Die Jalousie hat sich bewegt, ich bin mir ganz sicher. Nur ein paar Zentimeter, als ob jemand durch die Lamellen späht. Ich klopfe mit der Handfläche gegen die Scheibe. »June! Ich weiß, dass du da bist! Ich muss mit dir reden!«

Ich schaue mich verzweifelt nach einem Stein um, irgendetwas, das ich werfen kann, als die Jalousie plötzlich mit einem Ruck hochgezogen wird. Ich schreie auf.

Luis starrt mich an.

»Du hättest nicht herkommen sollen, Schatz.«

Er hat die Tür geöffnet und mich ins Haus gezogen.

»O Gott.« June sitzt gefesselt in der Ecke, ein Schal ist um ihren Mund gebunden. Ihre vor Angst aufgerissenen Augen sind ganz rot. Ich will ihr helfen, aber Luis legt mir einen Arm um die Schultern und zieht mich von ihr weg.

»Du hättest nicht herkommen sollen. Ich habe dir gesagt, dass du nicht herkommen sollst, Anna. Oder etwa nicht? Habe ich nicht gesagt: Geh nicht zu June? Warte zu Hause auf mich? Habe ich das nicht gesagt?«

»Lass sie frei! Sie hat mit all dem nichts zu tun!«

»Sie hat versucht, deine Mutter ausfindig zu machen!«, brüllt er und zeigt auf sie. »Das hätte sie nicht tun dürfen. Und das ist ihre eigene Schuld, oder etwa nicht?« Er dreht sich um, rauft sich die Haare und geht im Zimmer auf und ab. »Jetzt muss ich mich darum auch noch kümmern. Aber das werde ich.«

Ich weine so heftig, dass ich kaum sprechen kann. »Wer bist du? Was hast du getan, Luis? Hast du das alles wirklich getan? Hast du all diesen Menschen wehgetan?«

Er schaut mir einen Moment lang in die Augen, dann verändert sich sein Gesichtsausdruck, und mit einem Mal sieht er unendlich traurig aus. »Schau mich nicht so an. Ausgerechnet du, Anna. Ich dachte, wenn es jemand versteht, dann du.«

Er sinkt auf die Knie und hält sich an meiner Jacke fest, schaut mich aber weiterhin flehend an.

»Was tust du hier, Luis?«

»Ich bin hier, um mich um June zu kümmern«, sagt er leise. »Du musst mir vertrauen, Anna. Alles wird gut. Das verspreche ich dir.«

»Nein. Bitte tu ihr nicht weh. Ich flehe dich an! Du musst sie gehen lassen.«

Er zieht mich mit nach unten, jetzt sind wir beide auf den Knien. Er ergreift meine Hände. »Komm schon, Baby. Du verstehst das doch, oder? Natürlich verstehst du das. Du hast sie doch auch in dir, diese Finsternis, genau wie ich. Wir sind uns so ähnlich.«

»Nein, Luis, das sind wir nicht.«

»Alles wird gut. Ich kümmere mich nur noch um das hier, dann holen wir die Kinder und verschwinden von hier. Nur wir vier, okay? Wir gehen, wohin du willst.«

»Was hast du mit Isabelle gemacht, Luis?«

»Das war ein Fehler. Das habe ich dir doch gesagt. Ich hätte mich nicht mit ihr einlassen dürfen. Ich könnte nie mit jemandem wie Isabelle zusammen sein. Frauen wie sie sind zu klug, zu schillernd, zu perfekt. Es war nur eine Affäre, mehr nicht, aber sie wollte mehr – sie wollte ein Kind von mir, aber ich wollte dich nicht verlieren.«

»Wir müssen zur Polizei, sofort.«

»Nein! Auf keinen Fall! Ich kümmere mich um alles, versprochen. Das verstehst du doch, oder?« Er packt meine Hände fester und zieht mich an sich heran. »Du bist aus demselben dunklen Holz geschnitzt wie ich.« Und dann sagt er noch einmal: »Wir sind uns so ähnlich.«

»Nein, Luis, das sind wir nicht. Wir sind uns überhaupt nicht ähnlich.«

»Niemand liebt mich so wie du«, sagt er. »Du bist besessen von mir, merkst du das nicht? Und ich bin besessen von dir.« Ich muss an die vielen Male denken, als er das gesagt hat. *Du bist besessen von mir.* Und ich dachte immer, das sei sie, die reine, wahre Liebe. Dabei war es in Wirklichkeit die ganze Zeit über etwas ganz anderes, viel Dunkleres.

»Du und ich, wir tun doch alles füreinander. Wir würden füreinander töten. Das habe ich bei dir immer gewusst. Aber Isabelle wollte sich zwischen uns drängen. Ich habe einen Fehler gemacht, das gebe ich zu. Aber ich konnte nicht zulassen, dass sie uns das antut. Das verstehst du doch, Baby, oder?«

»Warum bist du in der Nacht damals zu ihr gegangen?«, frage ich.

»Weil sie mich angerufen hat, nachdem du weg warst. Sie meinte, sie hätte dir von dem Baby erzählt und dass ich jetzt frei sei und mit ihr zusammen sein könnte. Aber das wollte ich gar nicht, Anna! Ich wollte das Baby nicht. Also schaltete ich das Licht in meinem Schuppen an, stellte Musik an und schloss die Tür, damit du denken würdest, ich sei da drin, wenn du nach Hause kämst. Dann bin ich zu ihr gefahren und habe versucht, mit ihr zu reden, wirklich, aber sie hat mir gar nicht zugehört. Sie meinte, sie würde Patrick und Perry in der Galerie und allen anderen, die sie kannte, erzählen, dass sie ein Kind von mir bekommt. Ich konnte einfach nicht zulassen, dass sie uns das antut. Das verstehst du doch, oder?«

Ich löse eine Hand auf seinem Griff und wische mir die

Tränen von den Wangen, dann packt er sie wieder. »Hast du sie die Treppe hinuntergestoßen?«

»Sie war so wütend, dass sie mir den Ring, den ich ihr geschenkt hatte, ins Gesicht warf und meinte, sie würde es überall herumerzählen. Ich tat so, als täte es mir leid, tat so, als würde ich sie küssen, und sagte: ›Lass uns nach oben gehen, lass uns ins Bett gehen‹, und dann …« Er hebt ganz leicht eine Schulter. »Dann ist sie gestürzt«, sagt er schlicht.

»Luis, nein. O Gott.« Mir wird übel. Meine nächste Frage würde ich am liebsten gar nicht stellen – aber ich muss. »Was war mit Monica?«

»Das war ein Unfall. Ich schwöre bei Gott. Ich wollte mit dir auf diese Party gehen, erinnerst du dich an die Party?«

»Natürlich erinnere ich mich an die Party.«

»Ich wusste, dass sie sich an jenem Tag ein Stück Kuchen aus der Cafeteria mitgenommen hatte«, fährt er fort. »Das hat sie ständig gemacht, weißt du noch? Sie hat den Kuchen immer in eine Tupperdose mit Blumen darauf getan, erinnerst du dich? Und dann hat sie ihn bei den Hausaufgaben genascht.«

»Ja, ich erinnere mich«, sage ich.

»Ich habe ein paar Erdnüsse zerdrückt und ihr gesagt, dass sie sich irgendwo mit mir treffen soll, dass ich ein Geschenk für sie habe. Als sie aus dem Zimmer war, bin ich hineingegangen, habe die Erdnusskrümel über das Stück Kuchen gestreut und ihren EpiPen mitgenommen. Ich bin dann schnell dahin, wo sie schon auf mich wartete, und habe ihr einen Zeichenblock gegeben – weißt du noch, dass sie immer gezeichnet hat? Sie dachte, wir würden uns später auf der Party sehen, aber ich hatte mich da schon in dich verliebt, weißt du? Ich wollte, dass wir zusammen sind, dass uns niemand stört. Ich dachte, ihr wird schlecht und sie muss sich hinlegen. Ich hatte doch keine Ahnung, dass sie *sterben* würde, ich schwöre bei Gott, ich hatte keine Ahnung.«

Ich befreie meine Hände und vergrabe mein Gesicht darin,

aber er packt sie wieder, und jetzt hält er sie so fest, dass es wehtut. »Das verstehst du doch, oder?«

June gibt in der Ecke ein Geräusch von sich, eine Art Stöhnen.

»Und ... und meine M-Mutter?«

Er lässt meine Hände los und greift sich in die Haare. »Deine Mutter war ein böser Mensch, das weißt du doch. Sie hat zu mir gesagt, dass mit mir etwas nicht stimmt, und sie hat sich über mich erkundigt. Hat ein paar Dinge herausgefunden, die ich als Kind angestellt habe und für die ich damals nachsitzen musste, aber das war alles vorbei, seit ich dich kennengelernt hatte, und ich habe ihr das auch gesagt, aber sie wollte es dir erzählen, sie wollte uns auseinanderbringen, Anna. Und ich ...«

Er sagt nichts mehr, sondern sieht sich nur hektisch um, reibt sich das Gesicht und rauft sich die Haare.

»Als sie tot war, geriet ich in Panik. Ich wusste nicht, wie ich es dir sagen soll. Also habe ich so getan, als wäre sie noch am Leben. Die Polizei meinte ohnehin, es wäre ein Unfall gewesen, und ihr beide hattet zu der Zeit schon keinen Kontakt mehr. Und du hast sie ja eh nie gemocht, sie war eine furchtbare Person. Aber dann, als Carla auf die Welt kam, wolltest du dich mit ihr versöhnen, und ich ... ich habe einfach weiterhin so getan, als wäre sie noch am Leben! Ich ließ es aussehen, als wäre sie weggezogen, und suchte mir einen Ort aus, der so weit wie möglich von uns entfernt war. Ich mietete auf ihren Namen ein Postfach, und ich ging davon aus, dass du es irgendwann sein lässt, aber nein! Du hast sie zu Weihnachten und zu Geburtstagen eingeladen, und ich habe dir Blumen und E-Mails geschickt, und du hast sie angerufen und ihr Nachrichten hinterlassen, aber sie hat nie zurückgerufen, sondern dir nur E-Mails geschickt, und dann hat sich das Ganze irgendwie verselbständigt.«

»Aber die Blumen hast du in *meinem* Namen gekauft, nicht

in deinem«, rufe ich. »Warum? Hast du das bei dem Postfach genauso gemacht?«

Er nimmt mein Gesicht in seine Hände. »Ich dachte, wenn jemand dahinterkommt, könnte man es so einfacher erklären, verstehst du?« Er sieht mich flehend an. »Ich hatte genug von all den Lügen. Davon, dir Blumen zu schicken und so zu tun, als würde deine Mutter noch leben. Ich wollte dir einen Brief von ihr schicken, in dem sie dir schreibt, dass sie nichts mehr mit uns zu tun haben will, dass sie wegzieht und wir uns nicht mehr bei ihr melden sollen. *The Nest* habe ich für uns gemacht, Anna! Ich habe alles hineingetan, die Sachen von deiner Mutter, den EpiPen und noch ein paar Dinge, von denen du gar nichts weißt … Ich wollte das alles loswerden und von vorne anfangen, aber all das einfach so zu verbrennen, reichte mir nicht. Ich musste mehr tun, etwas Transformatives, einen Neuanfang. Ich wollte etwas ganz Großes daraus machen, etwas für *uns*. Deshalb habe ich Isabelles Ring hineingetan. Und dann wollte ich es verkaufen, es sollte irgendwo in einer Galerie stehen, und nur ich würde wissen, was es damit auf sich hat. Es wäre eine Art Ode an uns beide. Verstehst du?«

Ich schüttele den Kopf und weine so sehr, dass ich nicht sprechen kann.

»Wir müssen niemandem etwas sagen, Anna. Niemand braucht Bescheid zu wissen. Weder über deine Mutter noch über Isabelle noch über Monica.«

»Mein Gott, Luis! Alle werden Bescheid wissen.« Ich wische mir mit dem Handrücken die Nase ab. »Sie werden das mit Isabelle herausfinden, sie werden wissen, wie es abgelaufen ist, und dann ist da noch June …«

»Mach dir keine Sorgen um June, Schatz. Ich kümmere mich um June.«

»Du musst sie gehen lassen! Wenn du ihr wehtust, werde ich allen erzählen, was du getan hast. Du musst sie gehen lassen, Luis!« Ich drehe mich um, immer noch auf den Knien, und versuche, auf die Beine zu kommen, aber er packt mich am Knöchel, und ich stürze und schlage mit dem Kopf gegen die Ecke des Couchtischs.

Er schreit mich an, dass ich aufhören soll. »Wo willst du hin?«, brüllt er. »Was soll das?«

Er will, dass ich ihm zuhöre, aber ich kann nicht mehr, ich schreie und trete nach ihm, und für einen Moment lässt er los und schreit vor Schmerz auf, und da ist eine Tür neben dem Kamin, und ich stürze in das Zimmer und knalle die Tür hinter mir zu und lehne mich keuchend dagegen.

Es ist Junes Schlafzimmer.

»Was machst du da? Schatz? Zwing mich nicht, dir wehzutun! Anna?« Er tritt gegen die Tür, und ich schreie, dass er aufhören soll, und plötzlich ist er auf mir, zieht an meinen Haaren und knallt meinen Kopf mit der Schläfe auf den Boden, und ich greife nach etwas, irgendetwas, und mit einer Hand bekomme ich das Bein des Nachttischs zu fassen und ziehe so heftig daran, dass die Lampe herunterfällt, und Luis flucht, aber ich kann die Lampe nicht erreichen, aber dafür die Schublade des Nachttischs, ich greife blindlings hinein, und dann fühle ich sie.

Klein, hart, metallisch. Junes Pistole.

Ich habe ihm mit voller Kraft ins Gesicht getreten, und er hält sich die Nase, sein Gesicht ist schmerzverzerrt, und ich bin jetzt auf den Beinen, vor mir meine ausgestreckten Arme, meine Hände zittern so sehr, dass ich nicht weiß, wie lange ich sie so halten kann.

Luis lässt die Arme hängen. Seine Nase blutet. Er schüttelt langsam den Kopf. »Nein. Nicht.« Plötzlich sind seine Hände in meinem Gesicht, und es gibt ein Geräusch, so schnell und so laut, dass es die Luft zerreißt, und dann ist es genauso schnell wieder still. Bis auf einen hohen Ton, eine Art Pfeifen.

Luis lächelt, richtig herzlich, und Tränen füllen seine Augen, und als sein Mund die Worte *Ich liebe dich* formt, spüre ich, dass das stimmt, und er schaut hinunter auf das Blut auf seiner Brust, und ich schreie, aber ich kann meine Stimme nicht hören, alles, was ich höre, ist das hohe Pfeifen, und als er umfällt, falle ich mit ihm, und dann halte ich ihn im Arm und sage ihm immer und immer wieder: *Ich bin besessen von dir.*

EINUNDVIERZIG

Ich stehe am Fenster und schaue auf die Bäume mit ihren strahlend weißen Blüten. Sie sind über den ganzen Campus verstreut und blühen alle gleichzeitig, die dichten Kronen sind unten breit und rundlich und laufen oben spitz zu. Es handelt sich um Zierbirnen, die eine ähnliche Form haben wie die Früchte, die an ihnen wachsen, was ich schon immer geradezu poetisch fand.

»Hey.«

Ich drehe mich um. June ist hereingekommen, einen Teller in der Hand. Ich lache.

»Eine Auswahl deiner Lieblingskekse«, sagt sie und platziert den Teller auf dem Schreibtisch. Wir umarmen uns, obwohl wir uns erst heute Morgen gesehen haben. Immer, wenn ich wegen der laufenden Ermittlungen hierher zurückkommen muss, übernachte ich bei ihr in ihrer neuen Wohnung.

Ich nehme mir einen Keks und setze mich an meinen Schreibtisch. Der eigentlich gar nicht mehr mein Schreibtisch ist, auch wenn es noch keinen Nachfolger für mich gibt.

»Es ist so ruhig hier«, sage ich.

»Ich weiß, Frühlingsferien, die Studierenden sind weg. Ist das nicht toll?«

»Ja, wirklich.« Es ist das erste Mal seit Luis' Tod, dass ich die Locke Weidman University betreten habe. Umso dankbarer bin ich, dass kaum Studierende hier sind. Ich glaube nicht, dass ich deren Blicke ertragen könnte, auch wenn ich in der Hinsicht inzwischen ein dickeres Fell habe.

»Wie geht es Roberto?«, fragt sie.

Ich lächle. Sie ist die Einzige, die Luis' Vater so nennt, und ich glaube, er findet das insgeheim ganz toll.

»Rob geht es richtig gut. Er nimmt die Kinder ständig zum Angeln mit.«

»Das ist doch toll für die zwei«, sagt sie.

Ich werde nie den Tag vergessen – das habe ich in letzter Zeit ziemlich oft gesagt –, an dem Rob vor dem Gerichtsgebäude auf mich wartete. Wir hatten gerade so viel über Luis erfahren. Dass er jahrelang meine Unterschrift gefälscht hatte. Dass er den Erhalt meines Erbes quittiert hatte, dass er in meinem Namen eine Vollmacht gefälscht hatte, damit er das Haus meiner Mutter verkaufen konnte, sobald genug Zeit vergangen war, und dass er das Geld behalten und nie ausgegeben hatte. Die ganze Zeit über lag es auf einem Festgeldkonto, das er ebenfalls auf meinen Namen eröffnet hatte.

Aber von einer Sache hatte ich überhaupt nichts gewusst: Als Jugendlicher hat Luis einen Mann angezündet, und dieser Mann ist gestorben. Bis heute kennt niemand die genauen Umstände, und Luis wurde damals wegen fahrlässiger Tötung angeklagt. Aufgrund seines Alters kam er für acht Monate in den Jugendarrest. Irgendwie hat meine Mutter das herausgefunden, und sie hat versucht, es mir mitzuteilen. Aber das, was ich damals glaubte, gilt immer noch: Mag sein, dass es die Wahrheit war, aber sie wollte nur aus einem einzigen Grund, dass ich es erfahre: um mich zu verletzen. Um mich unter Druck zu setzen, die Beziehung zu beenden, weil sie nicht ertragen konnte, dass ich glücklich bin. Für mich hätte es ohnehin keinen Unterschied gemacht, wenn sie es mir gesagt hätte. Ich hätte von ganzem Herzen geglaubt, dass alles, was Luis damals getan hatte, allerhöchstens *fahrlässig* war.

Aber an jenem Tag auf dem Rasen vor dem Gerichtsgebäude brach Rob in Tränen aus, weil er mir nie davon erzählt hatte, und weinte sich an meiner Schulter aus.

»Wir haben beide geglaubt, dass er ein netter, freundlicher Mensch ist«, sagte ich. »Du wusstest ja auch nicht, wozu er alles fähig war. Du wolltest nur nicht, dass etwas, das er als Junge angestellt hatte, sein ganzes Leben überschattet. Bei meinen Kindern hätte ich dasselbe getan.«

Aber er hielt sich eine Hand vor die Augen und wollte wissen, ob ich seine Enkel jetzt nicht mehr zu ihm lassen würde. »Sie sind alles, was ich noch habe«, sagte er.

»Dann zieh doch zu uns«, schlug ich vor. »Die Kinder sind ganz vernarrt in dich. Du bist jetzt allein, und abgesehen von mir haben sie keine Verwandten. Das gilt auch für mich, ihr drei seid die einzige Familie, die ich noch habe.«

Und er schluchzte wieder an meiner Schulter, eine ganze Weile, aber diesmal vor Erleichterung, schätze ich, und weil er sich freute.

Ich habe an der Locke Weidman University gekündigt und unser Haus verkauft, und wir sind in ein kleines, charmantes Mietshaus auf Martha's Vineyard gezogen. Das Geld aus dem Hausverkauf reicht nicht, um hier ein Haus zu kaufen, und bis Anfang dieser Woche wusste ich nicht, ob ich das Geld von dem Festgeldkonto bekommen würde. Ich bin mir auch nicht sicher, ob ich es haben will. Das Preisgeld kriege ich ganz bestimmt nicht. Die Forrester Foundation hat mir freundlicherweise noch einmal einen Aufschub gewährt, um meine Notizbücher einzureichen, aber ich habe bereits beschlossen, den

Preis abzulehnen. Ich will nur noch warten, bis der Staatsanwalt seine Ermittlungen abgeschlossen hat, um es ihnen offiziell mitzuteilen und ihnen darzulegen, dass es Alex war, der die Vermutung gelöst hat, mit ein wenig Hilfe meinerseits, und dass der Preis posthum an ihn verliehen werden sollte. Vielleicht nutzen seine Eltern das Preisgeld, um ein Stipendium in seinem Gedenken einzurichten, zumal der Rechtsmediziner seinen Tod offiziell als Suizid eingestuft hat.

Der Grund dafür war seine Ex-Freundin, eine junge Frau namens Lauren, die mit ihm zusammen war, als sie beide auf die NYU gingen. Sie hatte mit ihm Schluss gemacht, aber er hatte sich geweigert, das zu akzeptieren. Nachdem er sie zwei Jahre lang genervt und quasi gestalkt hatte, hatte er ihr eine Mail geschickt, in der er schrieb, er würde ihr etwas zeigen wollen, und danach, so versprach er ihr, würde er sie nie wieder belästigen. Das ist das Letzte, das sie von ihm gehört hat.

Ich kenne die genauen Details nicht, ich weiß nur, dass sie zu ihm geflogen ist, ohne es ihren Eltern zu sagen, denn die hätten es ihr verboten. Als sie bei ihm ankam, war die Wohnungstür nur angelehnt, aber er war nicht da. Sie ging hinein, wartete vergebens, und dann ging sie wieder. Alle sind sich einig, dass er gehofft hatte, sie würde mitbekommen, dass er sich ihretwegen umgebracht hatte.

Habe ich die Tür damals offen gelassen? Das muss ich wohl. Denn als ich ihr Foto sah, wurde mir klar, dass sie die junge Frau sein musste, der ich an jenem Tag auf der Treppe begegnet war. An ihr Gesicht habe ich mich nicht erinnert – ich habe sie ja gar nicht angeschaut –, aber an ihren Ring. Einen Absolventenring in den Farben der NYU, silbern und violett.

Ich weiß nicht, was er ihr zeigen wollte, und ich glaube nicht so recht, dass er sich umbringen wollte. Es gibt Tage, da denke ich, vielleicht war es ja doch Suizid, und an anderen

Tagen bin ich mir sicher, dass es ihm nicht gut ging und er nicht genau wusste, was er tat. Aber auch ohne all diese Details ist es eine gewichtige Entscheidung, den Preis abzulehnen, und ich war einfach nicht so recht bei der Sache, also wartete ich den Beschluss des Staatsanwalts ab, und der kam am vergangenen Montag. Aufgrund der Beweislage hat der Staatsanwalt verfügt, dass es nicht nötig ist, den Fall vor die Grand Jury zu bringen, also habe ich nichts mehr zu befürchten. Heute werde ich den Brief an die Stiftung schreiben und alles in Ordnung bringen. Aber erst werde ich im Büro meine restlichen Sachen einpacken, dann fahre ich nach Hause zu meinen Kindern.

Ich zeige auf ein UPS-Paket auf dem Schreibtisch. Ein mittelgroßer Karton. »Was ist das denn?«, frage ich June.

»Weiß ich nicht. Das kam letzte Woche für dich. Wie lange bleibst du eigentlich?«

Ich nehme das Paket und schaue es mir von allen Seiten an. »Ich fahre heute Abend zurück. Übrigens, hast du Lust, uns in deinem Urlaub zu besuchen? Wir würden uns freuen, wenn du kommst.«

»Sehr gerne!«, sagt June und strahlt mich an. »Ich habe in letzter Zeit meine Schachkenntnisse aufgefrischt. Ich kann es kaum erwarten, sie gegen Matti auf die Probe zu stellen.«

Ich lache. Seit Rob ihm Schach beigebracht hat, ist Matti wie besessen. Und er ist schon richtig gut. Über Weihnachten hat er die ganze Zeit mit June Schach gespielt, und als sie letzten Monat zu Besuch war, genauso. Es ist ihr nur einmal gelungen, ihn zu schlagen.

»Wie geht es den Kindern?«, fragt sie, als ich eine Schere aus der Schublade hole und das Klebeband durchtrenne.

Ich halte inne und wende mich ihr zu. »Weißt du, als du das letzte Mal da warst, habe ich Matti zum ersten Mal seit Langem lachen gehört. Er klang wie früher. Das war so schön!« Sie nickt, und ich sehe, wie ihre Augen feucht werden. »Und Carla hat ein paar Freundinnen gefunden, und ihre Augen leuchten endlich wieder.« Ich atme tief durch. »Ich glaube, sie sind bald über den Berg.«

»Und wie geht es dir?«, fragt sie.

Aber das ist nur ein Insiderwitz zwischen uns, denn ich antworte: »Mir geht es gut, wie geht es dir?«, und sie sagt: »Mir geht es gut, wie geht es dir?«, bis wir beide loslachen. Das ist albern, aber diese kleine Albernheit gönnen wir uns. Es gehört zum Prozess, das Geschehene zu verarbeiten.

Es hat eine Menge Therapie gebraucht, bis June dort angelangt ist, wo sie jetzt ist. Sie geht erst seit Kurzem wieder zur Arbeit, aber dort hat man sie zur leitenden Administratorin des Fachbereichs Englisch befördert. Trotzdem weiß sie nicht, wie lange sie den Job noch machen will. Nicht sehr lange, schätze ich.

Auch ich habe eine ganze Reihe Therapiesitzungen hinter mir, aber ich habe ja noch meine Kinder und Rob. Und auch wenn ich das niemandem verrate: Ich vermisse Luis. Ich vermisse ihn so sehr, dass ich mich manchmal nachts in den Schlaf weine.

June steht auf und streicht sich über die Hände. »Ich sollte wieder an die Arbeit gehen. Wollen wir nachher zusammen Mittag essen?«

»Ja, gerne.«

»Okay. Dann hole ich dich gegen eins ab.«

Als sie weg ist, öffne ich endlich den UPS-Karton. Darin befindet sich ein Briefumschlag mit meinem Namen und darunter ein weiterer, kleinerer Karton, aber der sieht ganz anders aus. Er wirkt so alt und abgenutzt, als hätte er die letzten fünfzig Jahre irgendwo auf einem Dachboden gelegen. Er ist nicht zugeklebt, und ich öffne den Deckel.

Der Geruch erinnert mich sofort an meine alte Schule und

versetzt mich für einen surrealen Moment an einen anderen Ort und in eine andere Zeit.

Ich schließe den Deckel wieder und öffne den Umschlag, darin steckt ein Brief.

Sehr geehrte Dr. Sanchez,

Sie werden sich nicht an mich erinnern, aber wir haben uns einmal kurz kennengelernt. Ich habe mit Alex zusammen in einer Wohnung in Tremont gewohnt. Im Zuge des Umzugschaos, als ich dort ausgezogen bin, habe ich versehentlich ein paar Dinge von Alex eingepackt, und bis jetzt war alles in einem Lagerraum verstaut, deshalb konnte ich es Ihnen noch nicht schicken. Diese Schreibblöcke waren bei Alex' Sachen dabei, und da Ihr Name drinsteht, schicke ich sie Ihnen hiermit zurück.

Mit freundlichen Grüßen

Vernon Tuckey

Ich öffne den Karton erneut. Schlichte karierte Collegeblöcke in verschiedenen Farben. Genau solche Spiralblöcke habe ich früher in der Schule benutzt. Aber diese hier sind alt und muffig und an manchen Stellen verfärbt. Ich nehme den obersten Block vom Stapel und schlage ihn auf. Und im nächsten Moment habe ich das Gefühl, der ganze Raum um mich herum würde kippen, denn dort, auf der ersten Seite, lese ich in meiner eigenen Mädchenhandschrift meinen Namen: *Anna Miller*.

Ich nehme Vernons Brief vom Tisch und lese ihn noch einmal. ... *da Ihr Name drinsteht ...*

Das ergibt überhaupt keinen Sinn. Woher kennt Vernon

meinen Mädchennamen? Ich hole alle Collegeblöcke heraus, ich werde immer hektischer. Es sind zwölf Stück.

Die Pentti-Stone-Vermutung, eine Lösung, von Anna Miller

Es kommt mir vor, als würde ich die alten Schularbeiten eines anderen Mädchens lesen. Eng beschriebene Seiten mit mathematischen Gleichungen in einer Handschrift, die auf den ersten Seiten noch sehr ordentlich ist, bis die winzigen Zahlen auf den letzten Seiten über sich selbst zu stolpern scheinen. Zeilen über Zeilen mit Berechnungen, umrahmt von gekritzelten Blumen, runden Blütenblättern, die über die Ränder hinwegschweben, manchmal »Hope« mit einem kleinen Herz daneben, und der Kugelschreiber meiner Mutter, die ganze Seiten diagonal durchgestrichen hat.

Ist das alles von mir? Ja, das ist es. Ich weiß es genau, aber zugleich weiß ich es nicht. Ich erkenne die Lösungswege wieder, die Logik, die Gedankengänge, die Schlussfolgerungen, aber nur, weil ich sie in Alex' Aufzeichnungen gesehen habe, und ich staune, dass ich damals meine eigene Arbeit nicht wiedererkannt habe.

Dann wird mir klar, wie Vernon auf mich gekommen ist. Auf der Innenseite des Pappdeckels mehrerer Schreibblöcke steht: *Dr. Anna Sanchez, Dozentin, Institut für Mathematik, Locke Weidman University.*

Ich kenne diese Handschrift, und es ist nicht meine, sondern die von Alex. Ich blättere durch jeden Block, jede Seite, jetzt noch hektischer. Meine Berechnungen sind voll mit seinen Notizen, Ausrufezeichen, aufgeregten Markierungen. *So nah dran! Ja! Nein! Warum?*

Ich hebe die alte Pappschachtel hoch und betrachte sie, auf der Suche nach Anhaltspunkten.

Auf der Seite steht in blauem Filzstift: *Alles zusammen 2 $.*

Ich erinnere mich vage daran, dass meine Mutter, als ich von zu Hause auszog, um aufs College zu gehen, alles verkauft hat, das ich dagelassen habe, auch meine Schulbücher. Vielleicht hat sie das auf den Karton geschrieben. Es könnte ihre Handschrift sein. In diesem Karton werden auch meine Mathe-Unterlagen gewesen sein; offenbar hat sie alles zusammengepackt. Wie es in Alex' Besitz gekommen ist, werde ich wohl nie erfahren.

Ich gehe jeden Schreibblock noch einmal durch, einen nach dem anderen, und bin schockiert, wie haarscharf ich an der Lösung der Pentti-Stone-Vermutung dran war. Aber ich weiß noch genau, wie ich es meiner Mutter zeigte, wie mein Herz vor Vorfreude schlug und wie sie den Kopf schüttelte: »Nein, Anna. Das ist nicht richtig. Versuch es noch einmal.«

Dabei *war* es richtig. Wieso hat sie das nicht erkannt? Oder hat sie es mir absichtlich nicht gesagt, weil sie sich nicht an ihren Teil der Abmachung halten wollte? *Wenn du die Pentti-Stone-Vermutung löst, kannst du rausgehen und spielen.* Sie hat nie geglaubt, dass ich sie lösen kann. Sie hat sich nie die Mühe gemacht, sich anzusehen, was ich gerechnet hatte. Sie hat einfach ganze Seiten durchgestrichen, ohne überhaupt einen Blick darauf zu werfen. *Nein, das ist nicht richtig, gib dir mehr Mühe.*

Wie kann es sein, dass ich mich später nicht mehr daran erinnert habe? Sind das die Folgen eines Traumas? Bringt es einen dazu, Dinge zu verdrängen? Ich erinnere mich an nichts, was auf den karierten Seiten dieser Spiralblöcke steht, nur an den Schmerz und die Frustration, die ihr Anblick jetzt noch bei mir weckt. In dem Moment, in dem meine Mutter beschloss, ich müsse mich jetzt nicht mehr mit der Pentti-Stone-Vermutung befassen, verbannte ich den Inhalt aus meinem Gedächtnis, aber die Wut und die Traurigkeit konnte ich nicht vergessen. Ich wollte nie wieder daran denken, aber als Alex es zur Sprache brachte, musste ich es tun. Ich war so nah dran gewesen! Genauso nah wie Alex, als er mir seine Entwürfe zeigte. Und das ergibt ja auch Sinn, denn schließlich waren es nicht seine, sondern meine. Er hatte mir erzählt, er sei meinetwegen an meine Universität gekommen. Er hätte einen Artikel gelesen, den ich publiziert hatte, irgendeinen ganz normalen Artikel über die brownsche Molekularbewegung, ein Thema, das gar nichts mit der Pentti-Stone-Vermutung zu tun hat.

»Ich muss hier promovieren!«, hatte er gesagt. »Bei Ihnen!« Natürlich musste er das. Er wusste bereits, dass er sich mit der Pentti-Stone-Vermutung beschäftigen würde, als er an die Locke Weidman University kam. Er war klug genug, um zu wissen, was in diesen Heften stand: nahezu die ganze Lösung, bis auf einen letzten Teil, der noch fehlte. Er muss zu der Überzeugung gelangt sein, dass er es alleine nicht schaffen würde, also hat er mich ausfindig gemacht. Was für eine Ironie des Schicksals, dass dann ausgerechnet ich das letzte Teil des Puzzles fand. Mitten in der Nacht rief ich ihn an. *Was, wenn …?* Und dann habe ich ihm den ganzen Ruhm überlassen, weil ich glaubte, ich hätte nur dieses winzige Bisschen beigesteuert und er hätte den ganzen Rest gemacht.

Das hatte er nicht. Das war auch ich. Und danach brauchte er mich nicht mehr.

Ich habe es mir anders überlegt …

Ich gehe meine Berechnungen noch einmal durch, dieses Mal gründlicher. Dann schlage ich das letzte Heft auf und schaue mir die letzten Gleichungen an. Dahinter sind noch ein paar leere Seiten. Ich nehme einen Kugelschreiber und schreibe komplett aus dem Gedächtnis den letzten Teil des Beweises nieder.

Der Brief an die Forrester Foundation, den ich zwei Stunden später tippe, ist ganz anders als gedacht. Zum einen ist er viel kürzer, und zum anderen pocht mein Herz vor Freude, als ich ihn formuliere:

Lieber Jack,

ich gehe davon aus, dass die beigefügten zwölf Schreibblöcke Ihren Erwartungen an eine detaillierte Dokumentation meiner Lösungsfindung entsprechen.

In Dankbarkeit und mit freundlichen Grüßen,

Dr. Anna Sanchez, geb. Miller

MEHR VON BOOKOUTURE DEUTSCHLAND

Für mehr Infos rund um Bookouture Deutschland und unsere Bücher melde dich für unseren Newsletter an:

deutschland.bookouture.com/subscribe/

Oder folge uns auf Social Media:

facebook.com/bookouturedeutschland
x.com/bookouturede
instagram.com/bookouturedeutschland

EIN BRIEF VON NATALIE

Liebe Leser:innen,

zunächst einmal ein herzliches Dankeschön von mir, dass ihr euch für *Untreu* entschieden habt. Wenn ihr euch über alle meine neuesten Veröffentlichungen informieren möchtet, könnt ihr euch gerne unter dem folgenden Link in meine Mailingliste eintragen. Eure Daten werden nicht an Dritte weitergegeben, und ihr könnt euch jederzeit abmelden.

deutschland.bookouture.com/subscribe/

Manche Bücher sind einfacher zu schreiben als andere. Manche Geschichten sind in der Fantasie dessen, der sie schreibt, schon völlig ausgeformt, noch bevor er oder sie einen Stift in die Hand nimmt oder einen Finger auf die Tastatur legt.

Als ich *Untreu* schrieb, ließ ich mich von Anfang an von diesem einen Gedanken leiten: Kann das, was wir als Kinder erlebt haben, unsere Entscheidungen als Erwachsene so stark beeinflussen, dass wir ein Verbrechen begehen? Zum Beispiel Betrug – können wir Anna verzeihen, dass sie die Lorbeeren für eine Arbeit einheimst, die nicht die ihre ist, wenn wir wissen, dass sie von ihrer Mutter nur Zuneigung erfuhr, wenn sie die Beste und die Klügste war und dafür Preise gewann?

Dieser Roman war noch lange nicht fertig konzipiert, als ich einen Finger auf die Tastatur legte, und nach meiner ursprünglichen Idee nahm die Geschichte viele Wendungen. Wenn ihr es bis hierher geschafft habt, werdet ihr wissen, dass diese Idee am Ende nur einen kleinen Teil der Handlung ausmachte. Aber sie war für mich der Keim der ganzen Erzählung. Danach habe ich den Rest die Figuren erzählen lassen. Ich hoffe, sie haben euch genauso gut unterhalten (und überrascht!) wie mich.

Wie ihr wahrscheinlich wisst, sind Rezensionen die beste Methode für neue Leser:innen, unsere Bücher zu entdecken, und wenn euch *Untreu* gefallen hat, wäre ich euch sehr dankbar, wenn ihr eine Rezension hinterlassen würdet. Das bringt eine ganze Menge, also vielen Dank im Voraus!

Bis zum nächsten Mal,

Natalie

facebook.com/NatalieBarelliBooks

DANKSAGUNG

Es braucht nur einen Menschen, um ein Buch zu schreiben, aber es braucht viele Menschen, um ein besseres Buch zu schreiben, und ich hatte das große Glück, dass mir auf meinem Weg einige wunderbare, kluge Menschen geholfen haben. An dieser Stelle möchte ich mich bei ihnen bedanken.

Meine Lieblingsmathematikerin, Laura De Carli – ich kann dir nicht genug dafür danken, dass du mir einen Einblick in die Welt der Hochschulmathematik gewährt hast. Vielen Dank für deine ausführlichen Antworten auf meine vielen Fragen und für all deine großartigen Vorschläge.

Ich danke dem überaus freundlichen und stets geduldigen Mark Freyberg dafür, dass er mir all meine Fragen zum Thema Recht und Justiz beantwortet hat. Es ist das vierte Mal, dass du auf diesen Seiten erwähnt wirst, Mark, und ich bin dir sehr dankbar.

Ebenso danke ich Jessie Botterill, meiner herausragenden Lektorin, für ihren Enthusiasmus. Danke, dass du all die schlechten Details ausgemerzt hast und dir viele gute Details hast einfallen lassen. Ich freue mich schon sehr auf das nächste Mal.

Meine Schreibfreundin, Debra Lynch – hab vielen Dank, dass du mich so toll unterstützt und mich so oft zum Lachen bringst!

Ich danke meiner Familie und meinen Freunden, die mich stets so bereitwillig anfeuern, vor allem meinem Mann, der mich in jeder Hinsicht unterstützt und sich dabei immer wieder selbst übertrifft.

Und schließlich danke ich euch, liebe Leser:innen, dafür, dass ihr dieses Buch gelesen habt. Es bedeutet mir unendlich viel.

Printed in Poland
by Amazon Fulfillment
Poland Sp. z o.o., Wrocław

35215605R00208